함께 내딛는

찬찬한 걸음

지은이

류수연 柳受延, Ryu Su-yun
문학, 문화평론가. 2013년 계간 『창작과비평』 신인평론상으로 등단했다. 전 인천문화재단 이사 직을 맡았으며, 현재 인하대학교 프런티어학부대학 교수로 재직 중에 있다. 최근에는 문학연구 를 토대로 대중문화연구와 비평으로 관심을 확대하고 있다.

함께 내딛는 찬찬한 걸음

초판인쇄 2023년 8월 15일 **초판발행** 2023년 8월 31일

지은이 류수연 **펴낸이** 박성모 **펴낸곳** 소명출판 **출판등록** 제1998-000017호

주소 서울시 서초구 사임당로14길 15 서광빌딩 2층

전화 02-585-7840 **팩스** 02-585-7848

전자우편 somyungbooks@daum.net **홈페이지** www.somyong.co.kr

값 36,000원

ISBN 979-11-5905-809-7 03810

ⓒ 류수연, 2023

* 이 저서는 인하대학교의 지원에 의하여 연구되었음.

류수연 평론집

함께 내딛는 찬찬한 걸음

A Calm Step Together

어린 시절부터 책 읽기를 즐겼다. 하지만 돌이켜보면 실상은 즐겼다기보다는 일종의 문자중독에 가까웠던 것 같다. 손에 쥐는 대로 읽었고, 읽지 않으면 밀려드는 공허함을 막을 수 없었다. 뒤늦게 깨달은 그 공허함의 원인은 바로 글쓰기였다. 수없이 읽으면서 나 역시도 무엇인가를 쓰고 싶다는 욕망을 키워왔던 것이다.

그러나 글쓰기는 또한 항상 어렵고 무겁고 두려웠다. 비평가의 책무를 감당하기에 너무나 부족한 역량임을 깨달을 때마다 저도 모를 불안감에 시달렸던 것도 사실이다. 그 고통을 극복할 수 있는 유일한 힘은 그저 성실한 독서와 사유로 스스로를 채찍질하는 것밖에 없었다. 그리하여 비록 시대를 관통하는 혜안을 갖지는 못했지만, 언제나 작품을 마주하는 가장 성실한 독자로서 자신의 자리를 찾고자 하였다. 그럼에도 이제야 겨우 한 권의 책을 묶었으니 이만저만한 게으름과 태만이 아니다. 2013년 계간 『창작과비평』으로 등단해서 2023년에 첫 비평집을 묶었으니, 꼭 10년 만이다.

그러니까 이 서문은 일종의 변명이기도 하다. 이 한 권의 책을 내기까지 무려 10년이라는 세월을 보냈음에도 여전히 변변치 않은 글들을 엮어낼 수밖에 없었던 비겁한 글쟁이의 변명 말이다. 그렇기에 첫 비평집이라는 감격에 빠지기에는 부끄러운 마음이 더 크다. 그럼에도 이 한 걸음이 아니면 그 다음의 한 걸음을 내딛을 수 없기에, 더 나은 10년의 글쓰기에 대한 약속으로 이 책을 묶고자 하였다.

지난 10년, 한국사회는 그야말로 격동기를 보냈다. 촛불혁명과 탄핵, 해시태그를 동반한 미투운동, n번방 사건, 이대남과 이대녀의 대립, BTS와 〈오징어게임〉으로 대표되는 K콘텐츠의 눈부신 성장, 코로나로 인한 팬데믹과 돌봄의 문제, 웹 플랫폼과 웹 콘텐츠의 약진, 그리고 가장 최근에는 우리 정부의 일본에 대한 강제구상권 실질적 포기로 인한 논란까지. 그저 나열만 해도 놀라울 만큼 극명한 명암을 드리운 사건들이 한국사회를 뒤흔들었다는 것을 확인할 수 있다.

이 책에 담은 글들은 이토록 뜨거웠던 지난 10년을 관통하며 성실하게 문학과 시대를 고찰하고자 했던 결과물들이다. 무엇보다 이 격동하는 시대 안에서 문학을 둘러싼 여러 변화들을 포착하고자 노력하는 한편, 주류문학이라는 틀 바깥까지 나아가 오늘의 문학을 보다 폭넓게 사유하고자 하였다. 웹 기반 장르문학의 부흥과 그것을 매개한 웹 플랫폼이라는 새로운 매체의 등장에 대한 사유들은 그로부터 기인한다. 이를 통해 주류문학과 장르문학을 한국문학이라는 하나의 흐름 속에서 바라보는 비평적 과정을 실천하고자 하였다.

제1부 '오늘을 되짚어보기'에서는 2020년 코로나19 바이러스 확산을 기점으로 시작된 팬데믹 시대를 관통하는 사유를 담아내고자 했다. 팬데믹 시대에 가장 중요하게 떠오른 화두는 바로 돌봄이었다. 돌봄은 사회적 거리두기로 인해 가장 큰 타격을 받은 영역이다. 학교, 병원, 요양원 등은 감염에 너무나 취약했고, 그로 인한 시스템상의 문제를 노출하였다. 하지만 동시에 팬데믹은 그간 우리 사회에서 소외되었던 돌봄노동의 가치를 되돌아보게 만들기도 했다. 돌봄이 '멈춤'이 된 순간, 사회

곳곳의 기능들이 마비된다는 것을 깨닫게 되었기 때문이다. 그러나 코로나의 정점에서도, 그리고 엔데믹에 들어선 오늘날에도 돌봄을 둘러싼 고질적인 문제들은 해결되지 않고 있다. 만성적인 저임금과 인권유린을 감당해야 했던 돌봄노동자를 둘러싼 구조적 모순은 여전히 현재진행형이기 때문이다. 이러한 돌봄의 문제를 직접적으로 다룬 작품들을 통해서, 돌봄을 화두로 젠더와 노동, 정치로 이어지는 최근 문학적 경향을 살펴보고자 하였다.

제2부 '다시 어제, 애도의 사회학'은 한국 현대사의 비극적인 사건을 마주하는 작품들을 천착한 장이다. 광주, 용산참사, 그리고 세월호 사건까지 이어지는 현대사의 비극을 다룬 작품들을 통해 문학을 통해 지속되고 있는 '애도'의 의미와 가치를 살펴보았다. 이것은 다양한 미디어와 화려한 콘텐츠가 넘쳐나는 21세기에도 여전히, 문학이라는, 어찌 보면 낡고 진부한 콘텐츠가 생생한 현장감으로 여전히 살아남을 수 있었던 이유와 의미를 짚어보는 과정이기도 했다. 이를 통해 오늘의 문학이 가진 소명과 가치를 재확인할 수 있었다.

제3부 '경계, 사유의 기원'은 비평가로서 스스로의 출발점을 거슬러 올라가는 장이라고 할 수 있다. 등단을 전후로 한 2010년대 초반에 집필했던 비평문들을 담아냈다. 권여선의 작품론을 다루었던 등단작부터, 황석영과 강영숙, 그리고 방현석의 작품을 분석한 미발표 원고까지 두루 담아내었다. 또한 오늘날 n포세대로 지칭되고 있는 청년세대의 현실적인 고통을 직접적인 목소리로 드러냈던 김애란의 초기작을 당대적 시각을 살펴본 글도 함께 담았다. 이는 20세기에서 21세기까지를 관통

해온 작가정신을 통해 동시대의 삶을 되짚어 보고자 하는 시도였다.

제4부 "'함께'의 가치'와 제6부 '다시 여는 노래'는 한 쌍을 이루는 대칭으로서 구조화하였다. 먼저 제4부는 2010년대부터 2020년대까지 게재했던 여러 소설론을 묶어낸 챕터로 구성하였다. 여기서는 주로 젠더적 관점이 뚜렷하게 드러난 여성작가들의 작품을 다루었다. 조해진, 김이설, 윤고은, 양선미, 김금희 작가가 그 대상이다. 이들의 작품은 여성적 연대뿐만 아니라 보다 폭넓은 사회적 연대의 가능성을 적극적으로 드러내고 있다는 점에서 시사하는 바가 크다. 제6부에는 다양한 매체에서 발표했던 시에 대한 해설과 서평 등을 담아냈다. 이 시기의 시에서는 젠더적 관점과 함께 사회적 윤리의식이 첨예하게 드러난다는 점이 인상적이었다. 세월호 사건과 국정농단, 그리고 n번방 사건으로 연결되는 사회적 폭력에 대한 시적 반항을 포착할 수 있었다.

이 책에서 가장 문제적인 장은 아무래도 제5부 '트랜스미디어 시대의 문학'일 것이라 생각한다. 새로운 미디어 환경의 등장 속에서 우리 문학이 어떻게 변화하고 있는지를 포착하고 있는 이 부분은 이 책에서 가장 이질적인 성격을 가지고 있을지도 모르겠다. 하지만 이 변화들 역시 한국문학이라는 거대한 흐름을 이루는 또 다른 축이라는 점에서는 본질에서 벗어나는 논의들은 아닐 것이라고 생각한다. 오늘날 매체 환경의 변화 속에서 주류문학과 장르문학의 경계는 이미 무너지고 있다. 그러므로 트랜스미디어적 환경 속에서 변화하고 있는 한국문학의 현주소를 고찰하는 것은 특별한 의미를 갖는다. 이에 제5부에는 2010년대부터 전 세계를 휩쓸고 있는 K문화의 부흥과 함께 새롭게 주목되고 있는 K

문학의 가치를 도출하고, 더 나아가 웹 플랫폼 시대를 맞이하며 웹 기반 콘텐츠의 강자로 성장하고 있는 웹-문학의 가치를 탐색한 글들을 실었다. 이는 새로운 전환점을 맞이하고 있는 한국문학, 그 콘텐츠로서의 가치에 대한 포착이 될 것이라고 생각한다.

편집자 선생님께 이 지면을 빌려 감사를 전하고 싶다. 제때 메일을 확인하지 못한 탓에 매번 답변이 늦어져서 심려를 끼쳐야 했다. 선생님의 다정한 기다림 덕에 무사히 책을 마칠 수 있었다. 또한 글을 쓰는 모든 순간을 격려해주신 최원식 선생님과 인하대의 동학들, 그리고 척박한 내 삶에 든든한 위로와 무한한 행복을 주는 가족들에게도 감사의 마음을 전한다.

이 책은 비평가로서 나의 본격적인 첫 걸음이다. 이 책을 묶어내면서 느낀 부끄러움을 자양분 삼아, 보다 성실한 독자이자 비평가로서 새로운 발걸음을 내딛고 싶다. 그리하여 지금까지처럼 내일도, 여전히 읽고 쓰는 기쁨으로 나 자신을 항상 새롭게 할 수 있기를 기도한다.

마음을 다해, 읽고 쓰는 사람
2023년 7월
류수연

차례

제1장
2020년, 우리는 무엇을 노래했는가?

1

한 해를 마무리하면서 가장 많이 하는 말은 다사다난多事多難이다. 그도 그럴 것이 우리의 삶이란 어느 때이든지 수많은 사건사고로 점철되어 있기 때문이다. 그러므로 이 말에서 벗어날 수 있는 한 해란, 사실 불가능에 가깝다.

그렇지만 2020년은 조금은 다를 것 같다. 팬데믹이라는 현실이 너무나 압도적이었기 때문에 다른 사건사고들은 그대로 묻혀버린 것 같은 상황이다. 다난多難은 분명하되, 다사多事는 떠올려지지 않는다고나 할까? 2020년을 둘러싼 모든 일들이 코로나19 하나에서 촉발되고 귀결되는 것 같은 느낌을 떨쳐낼 수 없는 것이다.

하지만 2020년 우리의 일상을 부연하는 어휘들은 그리 부정적이지만은 않다. 신조어인 '집콕'이라는 단어의 발랄한 느낌뿐만 아니라, '잠시 멈춤'이나 '언택트' 등의 용어들에서도 긍정적인 지향을 담아내고자 한 우리 사회의 노력이 느껴진다. 팬데믹으로 인한 고립이라는 현실보다는 휴식이나 새로운 방식의 소통이라는 다채로운 가능성이 더 많이 담겨져 있기 때문이다.

목덜미에 노란 깃털을 두른 작은 새가 꽃을 따먹고 있다. 쉬잇! 너무 이뻐. 새가 놀라지 않게 까치발을 한 휴대폰 카메라가 두세 차례 초점을 맞추고 떠난다. 앙증맞고 귀여운 새여서 꽃은 황홀했을까. 검고 구불텅한 벌레가 갉아먹고 있었다면 끔찍했을까. 카메라마저 각도를 틀었을까.

고양이가 반려자의 가슴에 안겨 고요히 눈을 감고 있는 장면이 있었다. 반려자로부터 바이러스가 전염되었다고 한다. 박쥐나 아르마딜로나 또는 두개골이 크고 온몸에 털이 숭숭한 단백질 덩어리가 전염시켰다면 고양이는 치를 떨었을까. 보드라운 머릿결과 아늑한 가슴이어서 고양이는 행복했을까. 그래서 기꺼이 몸을 웅크려 맡겼을까.

먼지가 곧 연분홍 벚꽃이고 벚꽃이 고양이고 고양이의 수염이 사람이고, 차별 없이, 사람이 산허리 작은 돌들이고, 돌들은 바람이고, 바람은, 흙은, 하늘은, 책은, 또 사람은, 벌레는. 서로의 눈과 귀를 바꿔보는 날, 황은, 흑은, 백은, 유기질과 무기질은,

볕 좋은 공원 마당에서 한 아이가 마스크를 쓰고 자전거를 탄다. 돗자리에 앉아 있는 사람들 주위로만 빙글빙글 돌고 있다. 우리에서 멀어지면 안 돼. 경계를 벗지 마. 보도블록 위에 떨어진 하얀 날개를 까만 개미들이 부산하게

끌어가고 있다.

김명철, 「꽃은, 고양이는」, 『창작과비평』, 2020 여름호

　멈춤이 야기한 자리에 들어온 것은 다름 아닌 사색이다. 사회적 거리 두기는 역설적으로 그 '거리'에 대한 깊이 있는 고민들로 채워졌다. "털이 숭숭한 단백질 덩어리"가 만들어낸 공포 속에서도 우리를 견디게 만든 것은, "보드라운 머릿결과 아늑한 가슴"으로 기억되는 인간적인 연대가 아니었던가?

　그래서일까? 의도치 않게 유폐된 지난 1년 동안, 우리는 서로에게 닿지 않으면서도 닿을 수 있는 방법들을 깊이 모색했다. 어쩌면 문학도 그 방법 가운데에 있었던 것일지도 모르겠다. 집이라는 섬(?)에서의 생활은 우리가 그간 외면했던 보다 정적이고 고요한 일들에 다시금 주목하는 계기가 되기도 했기 때문이다.

　이것은 비단 추정만이 아닌, 실질적인 데이터로 입증된 것이기도 하다. 실제로 2020년 도서 판매량은 뚜렷한 상승세를 보였다고 한다. 대표적인 인터넷서점인 예스24와 교보문고의 도서 판매량이 전년 대비 각각 23%와 7.3%가 증가했고, 특히 아동과 청소년을 대상으로 한 도서 판매량이 껑충 뛰었다고 한다. 물론 이것은 아이들의 자유로운 선택만은 아니었을 것이다. 학교도 도서관도 학원도 문을 닫아버리면서, 마음이 조급해진 부모들의 다그침도 있지 않았을까? 그럼에도 무엇 하나 좋아질 것이 없이 답답하기만 했던 2020년의 상황에서, 누군가는 책을 펼치는 일로 스스로를 위로했다는 것은 꽤나 고무적으로 느껴진다.

필자 역시 2020년은 부정적인 의미에서도, 그리고 긍정적인 의미에서도 특별한 한 해였다. 비록 집에 갇혀 돌봄 육아라는 이중고에 시달렸지만, 그 어떤 때보다 많은 책과 영상을 볼 수 있었던 해였다는 점은 다소나마 위안이 된다. 이동거리의 단축이 야기한 의외의 성과라고나 할까? 까닭에 한 해를 정리하는 의미를 더하여 필자의 집콕 일상에 위안과 사유를 던져준 두 권의 시집에 담긴 시를 소개하는 것으로 2020년 12월 문화톡톡을 정리해보고자 한다.

2

오늘은 나의 이란인 친구와
나란히 앉아 할랄푸드를 먹는다

그녀는 히잡을 두르고 있고
나는 반바지 위에 긴 치마를 입고
우리는 함께 앉아서 텔레비전을 본다

(…중략…)

그녀의 히잡은 검고

내 치마는 희고

우리는 나란히 앉아
이 세계에 허락된 음식을 먹는다

우리는 나뭇가지로 딱총을 만들어
나뭇잎들을 맞히기 시작하는데

떨어지는 나뭇잎은 날아오르는 새들 같고
우리는 생각 없이 웃는다

그녀가 작은 목소리로 노래를 부르기 시작하면
내 발바닥엔 글씨가 적히기 시작한다

주민현, 「철새와 엽총」 부분, 『킬트, 그리고 퀼트』, 문학동네, 2020

2010년대 한국문학의 가장 중요한 화두 중 하나는 페미니즘이었다. '#문단내성폭력' 운동에서 촉발되어 미투 운동을 거치는 동안, 한국문학의 페미니즘은 가장 역동적이면서도 단단한 연대를 구축해온 전위였다고 해도 과언은 아닐 것이다. 주민현의 시는 이러한 페미니즘적인 지향 안에서, 그러면서도 일정한 거리를 두고 그것을 노래한다. 이 과정을 통해 시인이 찾아낸 것은 바로 페미니즘이 나아가야 할 진정한 지향점, 다름 아닌 '또 다른 나'를 향한 따뜻한 연대의 손길이다.

주민현의 『킬트, 그리고 퀼트』문학동네, 2020의 발문에서 김상혁 시인은 주민현 시인의 윤리적 전략을 '함께 있음'이라고 말한 바 있다. 「철새와 엽총」은 이를 잘 보여주는 시이다. 아마도 룸메이트일지도 모를 두 친구, 그들은 같은 공간에서 밥을 먹으며 텔레비전을 본다. 그들의 행위는 동일하지만, 사실 그들에게 주어진 환경은 완전히 다르다. 히잡을 두른 친구와 반바지를 입은 나는 함께 있지만, 서로 다른 정치적·문화적·사회적·종교적 배경을 가졌음이 분명하다.

하지만 이것은 결코 단절이 아니다. 여기에서 가장 중요한 것은 그들이 "나란히 앉아" 있음 그 자체이기 때문이다. 그렇기 때문에 서로에게 주어진, 혹은 허락된 전혀 다른 음식을 먹는 순간에도 그들의 연대는 끊어지지 않는다. 그들의 행위는 그들이 나란히 있음으로 인해, 그저 '함께 있음'으로 인해 충분히 유의미해진다. 곁에 있는 누군가를 향해 내미는 손, 묵묵히 함께해주는 든든한 지탱, 그것이야말로 가장 강력한 연대가 아니고 무엇이겠는가?

순결한 네 이마에서
불온한 자궁의 무늬를 읽는 건
우연이 아니야

(…중략…)

여자의 시간은 멈추지 않아

여자의 시간은 흐르지 않아

기억해

저녁 종소리를 마시고
잉태한 나의 여자여

이용임, 「시계의 집」 부분, 『시는 휴일도 없이』, 걷는사람, 2020

하지만 저항으로서의 목소리가 줄어든 것은 아니다. 주민현 시인이 '가슴이 있어서 여자라 불려야 했다'주민현, 「철새와 엽총」라고 노래한 두 친구의 연대를 지탱하는 또 다른 현실은, 이용임 시인의 시에서 마주할 수 있다. 『시는 휴일도 없이』걷는사람, 2000에서 이용임 시인이 보여주는 것은 그 연대를 지탱해주고 있는 힘의 원천이기 때문이다.

시인은 제 목소리를 내는 여성들에게 가해지는 폭력적인 현실을 환기한다. 이 시에서 '불온한 자궁'이라는 시어는 너무나 당연하게도 서로 충돌하는 이중의 의미를 갖는다. 그것은 끊임없이 여성을 타자화하고 대상화하는 모욕이 드리워진 말이지만, 시인은 거기에 개의치 않겠다고 말한다. 오히려 그 불온성에서 가장 건강하고 능동적인 가능성을 도출하고자 한다. 수없는 폭력과 모욕 속에서도 '멈추지 않고 흐르지 않을 수 있었던' 유일한 힘은 바로 그 불온성이었기 때문임을 잊지 않고자 한다. 가장 뜨거운 언어를 잉태한 존재로서의 여성, 자기 자신을 자각하는 순간인 것이다.

3

두 편의 시, 그리고 그 언어가 담긴 두 권의 시집. 하지만 사실 그것은 하나의 목소리이다. 동시대를 살아가는 두 시인의 다른 듯 같은 목소리이고, 그들과 마주 잡은 손의 주인들이 내는 목소리이기도 하다. 코로나19로 인해 우리 모두는 자신의 광장을 뒤로 하고 각자의 무인도에 스스로를 가두어야 했지만, 우리의 목소리는 '씌어졌고', '읽혔고' 그럼으로써 또 다른 연대로 나아갈 수 있었다.

이제 2020년도 꼭 열흘이 남았다. 아직 채우지 못한 공허가 있다면, 혹은 팬데믹이 야기한 이 진득한 고립감을 떨쳐내고 싶다면, 지금 두 시인의 시집을 여는 것으로 남은 2020년의 시간을 정리해보는 것은 어떨까?

웹진 『르몽드 문화톡톡』, 2020.12

제2장

돌봄과 공생의 윤리

전염병의 시대가 우리에게 이야기하는 것들

1. 감염의 시대를 살아가는 동행

코로나19라는 전염병의 시대가 우리에게 야기한 가장 큰 변화는 무엇일까? 가장 먼저 떠오르는 것은 언택트[비대면]의 확산이다. 코로나 이후 사회적 거리두기의 확산과 함께, 우리는 과거와 같은 방식으로 타인과 관계를 맺고 소통하는 것이 더 이상 불가능해졌음을 인정하게 되었다. 언택트라는 개념이 그 자리를 대체하고는 있지만, '대면불가능성'에서 비롯된 구조적 모순이 가속화되는 것을 완전히 막아내기엔 역부족이다.

이러한 모순은 어디서 기인하는가? 바이러스 앞에서 모든 인간의 신체는 매우 '공평하게' 무방비 상태였다. 하지만 바이러스로 인한 '멈춤'의 결과는 사회 내에서 더 취약한 계층에게 전가되어갔다. 어쩌면 만성적 저임금과 고용불안에 시달리던 사람들이 가장 먼저 해고되는 일은,

이미 예감되었던 것일지도 모른다. 근대 이후 세계 역사는 그러한 방식으로 '성장'해왔기 때문이다. 코로나19 이후에는 그 성장이 현상유지로 대체되었을 뿐이다.

분명한 것은, 우리가 목도하고 있는 "생명의 재생산과 돌봄의 위기 상황은 기존 자본주의 성장모델로는 이 세계의 삶을 더 이상 지탱할 수 없다는 강력한 문제의식"[1]을 환기하고 있다는 점이다. 사실 아이러니컬하지 않은가? 바이러스로 인해 '함께' 살아가는 것이 가장 큰 공포가 된 시대가 역설적으로 '함께' 살아갈 방법에 대해 가장 적극적인 논의를 이끌어내고 말았으니 말이다.

다시 처음의 질문으로 되돌아가 보자. 코로나19라는 전염병의 시대가 야기한 가장 큰 변화는 무엇인가? 아직 확실한 답은 없다. 하지만 팬데믹 이후 가장 두드러진 변화는 그 무엇이라도 자각되는 순간 그대로 '현실'이 되는 상황 그 자체일 것이다. 과거라면 분명 수많은 논의와 실험이 전제되어야 했던 것들이 이제는 화두가 되는 즉시 현실이 되고 만다. 그 때문에 "무엇을 사유하든 거의 불가피하게 거대담론으로 연결되며, 사유의 실험과 삶의 실험 사이의 거리도 훌쩍 가까워진다. 그러므로 어떻게 생각해야 하는지가 어느 때보다 중요해졌고, '가치'를 둘러싼 판단이 최전선이 되었다".[2]

2020년 소설이 가장 문제 삼는 것은 이러한 현실 자체이다. 거기에는 이 혹독한 재난의 한 가운데 서 있는 우리 자신이 담겨 있다. 팬데믹

---

1   백지연, 「생명, 노동, 돌봄의 문학」, 『창작과비평』, 2020 겨울호, 299쪽.
2   황정아, 「팬데믹 시대의 민주주의와 '한국모델'」, 『창작과비평』, 2020 가을호, 19쪽.

이라는 상황에 당혹해 하면서도 생존을 위해 어쩔 수 없이 거기에 적응하고, 어느덧 그것을 일상으로 받아들이고 있는 '현재'가 그것이다. 그러나 이는 어쩔 수 없는 수용에 가까울 뿐, 대안이나 해결까지는 아직 요원하다.

그럼에도 우리는 질문을 멈출 수 없다. 이 질문들이 결국 '다음'으로 나아갈 방향을 만들어내는 것임을 잘 알고 있기 때문이다. 현실의 반영이라는 문학의 숙명을 상기한다면, 2020년의 소설이야말로 그 질문이 가장 역동적으로 제기된 영역 중 하나일 것이라는 전제를 쉽게 수긍할 수 있을 것이다. 그러므로 코로나19와 함께한 지난 1년, 한국의 소설은 무엇을 담아냈고 또 질문하고자 했는가? 동시대의 고난과 동행해온 그 이야기를 되짚어 보고자 한다.

2. 뜻밖에 마주친 '서로'

코로나19가 시작된 이래 현재까지, 가장 큰 문제로 부각된 것은 이른바 '돌봄'의 문제였다. 무엇보다 돌봄은 언택트로 대체되기에 가장 어려운 영역이었기 때문이다. 학교와 유치원, 요양원이나 장애인 시설과 같이 공적인 돌봄을 제공하던 기관들이 문을 닫으면서 우리 사회의 공공성은 치명타를 입고 만다. '방역'이라는 당위 앞에서, 대면관계를 통해 이루어졌던 많은 공적 서비스가 무력해졌고, 그것은 공적 돌봄을 통해 확장해왔던 사회적 안전망을 후퇴하게 만들었다.

그런데 모순적이게도 돌봄의 수요는 오히려 이전보다 확산되었다. 코로나 상황의 가속화는 이전보다 더 강력하게 돌봄의 필요를 야기하는 것이었기 때문이다. 확진자를 위한 의료 돌봄만이 아니라 자가 격리를 위한 방역에 따른 돌봄까지. 바이러스 확산은 기존의 돌봄에 더해 새로운 돌봄의 수요까지 야기하게 된다. 그러나 인간 생명체에게 필수적으로 요구되는 재생산노동을 '사적인 것'으로 바라보는 우리 사회에서, 돌봄은 여전히 사회적 약자의 몫으로 전가되고 있다.[3]

우리 사회에서 돌봄의 문제가 화두가 된 것은 어제오늘의 일은 아니었다. 가족 돌봄과 의료 돌봄의 문제가 지속적으로 제기되었음에도 실제로 우리 사회는 여기에 대해 제대로 응답하지 못하고 있는 것이 현실이었다.[4] 수요에 비해 공급은 항상 턱없이 부족했고, 그럼에도 이러한 돌봄에 소요되는 예산은 가장 손쉽게 삭감되었다. 돌봄을 둘러싼 문제는 시시때때로 논의의 장에 올랐지만, 현장의 변화를 야기하기엔 그 관심의 지속이 너무 짧았다. 그것은 돌봄을 '사적인 것'으로 규정하는 논리가 더 우세했기 때문이다. 코로나 이후 그 결과는 참혹해졌다. 공적 돌봄에 종사하는 노동자는 고질적인 저임금과 고용불안에 시달려야 했고, 이러한 악순환으로 인한 공백의 대부분은 우리 사회의 더 약한 고리로 전가되었기 때문이다.

따라서 오늘 우리가 겪는 팬데믹의 본질은 어쩌면 돌봄의 위기 그 자

---

3   허라금, 「관계적 돌봄의 철학—'필요의 노동'을 넘어 '정치적 행위'로」, 김희강·임현 편, 『돌봄과 공정』, 박영사, 2018, 74~77쪽.
4   백영경, 「탈성장 전환의 요구와 돌봄이라는 화두」, 『창작과비평』, 2020 가을호, 37쪽.

체로부터 촉발되고 있는 것일지도 모른다. 이것은 실제로 바이러스의 직격탄을 맞은 곳이 어디인가를 떠올려보는 것만으로도 충분히 증명된다. 사적 돌봄으로 그 서비스를 돌려버린 학교와 유치원은 그나마 안전을 유지한 데 반해, 공적 돌봄을 멈출 수 없었던 요양원과 병원은 그렇지 못했다. 우리는 매일 뉴스와 재난문자를 통해 이러한 공적 돌봄의 영역이 바이러스에 얼마나 취약한 장소인지를 확인하고 있다. 그렇다면 사적인 돌봄은 과연 안전한 것인가? 2020년의 소설이 가장 먼저 주목한 문제가 돌봄일 수밖에 없는 이유가 바로 여기에 있다.

권여선의 「실버들 천만사」[5]는 반희와 그녀의 딸 채운의 첫 여행을 내밀하게 담아낸 작품이다. 7년 전 남편과 이혼한 반희는 자녀들에게도 연락을 최소화하면서 혼자만의 삶을 꾸려나간다. 어느 날, 딸 채운은 여행을 제안한다. 토요일로 예정되어 있던 아버지의 재혼 결혼식이 취소되었으니, 함께 여행을 가자는 것이다. 코로나19라는 전대미문의 상황이 오히려 이 뜻밖의 여행을 가능하게 만든 힘이었다. 예정되어 있던 일들도, 해야 했던 일들도 아무렇지도 않게 취소되는 일상. 그것이 바로 코로나가 바꾼 2020년의 모습이었기 때문이다.

생일이나 기념일처럼 정해진 날이 아니라 무엇을 하기로 예정한 날이었다가 취소가 되어 무슨 날이었던 것이 된 것이다. 요즘은 다 그랬다. 뭐든 취소되고 뭐든 문을 닫았다. 반희가 일하던 구립체육관도 무기한 휴관에 들어

---

5   권여선, 「실버들 천만사」, 『창작과비평』, 2020 여름호.

갔다. 휴관하기 전까지 체육관은 코로나19가 아닌 무좀과의 전쟁을 벌이고 있었다. 주민들로부터 체육관 이용 후 발톱 무좀에 걸렸다는 항의가 빗발쳤다. 그때만 해도 코로나19는 먼 위협이었고 발톱 무좀은 코앞의 적이었다.

권여선, 「샐버들 천만사」, 120쪽

이 작품은 덤덤한 목소리로, 그러나 날카로운 자각으로 코로나가 바꾸어 놓은 일상의 풍경을 포착해낸다. 반희가 일하던 구립체육관의 고민거리가 발톱 무좀에서 코로나로 바뀌는 그 전환은 순식간이었지만, 그 결과는 무기한 휴관이 결정될 만큼 엄청났다. 하지만 아직까지 코로나는 공포라기보다는 반복적인 일상을 깨뜨리는 수많은 균열 가운데 하나처럼 여겨진다. 하루하루의 삶을 치열하게 살아가는 모녀의 삶은 녹록지 않지만, 그럼에도 이 예상치 못하게 주어진 이틀이라는 특별한 시간이 주는 의미는 결코 사소하지 않다.

이혼 후 반희는 오롯이 홀로만의 삶을 살기 위해 노력했다. 그녀는 자신의 삶에 딸인 채운조차 온전히 허락하지 않았다. 하지만 그 이유는 오직 채운을 위한 것이었다. 채운이 자신의 삶을, 그 버텨내는 삶을 닮지 않기를 바랐기 때문이다. 하지만 여행을 통해 발견한 것은 두 사람이 아무리 발버둥 쳐도 꼭 닮을 수밖에 없는 모녀라는 사실이었다.

내가 겉보기엔 안 그럴 거 같은데, 맛있는 거 있을 때 눈치 안 보고 막 먹는 거, 그걸 못해.
그게 왜 안 될까?

뭔 소리야? 채운이 뒤를 돌아 반희를 노려보며 말했다. 나 이거 반희씨한 테 배운 건데.

(…중략…)

그건 반희씨가 혼자 사니까 그런 거고, 또 먹는 것만이 아니라, 오늘 아침 에 보라고. 길에 나와서 서 있는 것도 그렇고, 김밥 말아 온 것도 그렇고, 먹을 거 바리바리 싸 온 것도 그렇고.

다 눈치 보는 거라고?

위의 글, 135쪽

코로나가 아니었다면 성사될 수 없었던 여행. 여기서 반희와 채운 모 녀는 처음으로 서로의 상황을 오롯이 바라보면서 자기 이야기를 꺼낼 수 있는 최초의 시간을 맞이한다. 딸이 성장할 때까지 이혼을 미루며 8 년을 버틴 엄마와 마침내 찾은 엄마의 삶을 지지하기 위해 7년 동안 자 기 상처를 드러내지 않은 딸. 그들이 자각한 것은 어쩔 수 없이 닮아 있 는 서로의 모습이다. 서로를 사랑하고 서로를 위해 자기 상처를 끌어안 으려는 한, 이 닮음은 외면할 수도 벗어날 수도 없는 숙명이다. 그들의 돌봄은 그저 책임이 아니라, 애정. 가장 든든한 애정을 기반으로 쌍방으 로 작용하는 또 다른 의미의 연대에 가까운 것이었기 때문이다.

사랑해서 얻는 게 악몽이라면, 차라리 악몽을 꾸자고 반희는 생각했다. 내 딸이 꾸는 악몽을 같이 꾸자. 우리 모녀 사이에 수천수만 가닥의 실이 이 어져 있다면 그걸 밧줄로 꼬아 서로를 더 단단히 붙들어 매자. 말라비틀어지고 질겨지고 섬뜩해지자. 뇌를 젤리화하고 마음에 전족을 하고 기형의 꿈을 꾸자.

위의 글, 144쪽

그리하여 「실버들 천만사」에서 모녀는 함께 꾸는 악몽을 선택하기로 한다. 그것은 악몽을 벗어나는 출발점이기도 하다. 자기 손을 내밀어 믿고 의지할 또 다른 손이 있는 사람이라면, 그에게 악몽은 더 이상 벗어날 수 없는 반복이 아닐 것이다. 코로나19라는 현실적 악몽 속에서 마련된 이 짧은 여행은 이들 모녀에게는 서로의 손을 붙잡아 주는 뜻밖에 선물이 된 것이다. 위험을 벗어나기 위해 자기 뇌를 젤리화하는 심해어처럼, 기형의 삶조차 묵묵히 함께하겠다는 반희의 다짐은 어쩐지 든든하게 느껴진다.

가족관계와 돌봄의 문제를 살펴볼 수 있는 또 다른 작품으로는 김이설의 「환기의 계절」[6]을 꼽을 수 있다. 이 소설에 드러난 가족 내의 갈등은 두 가지 축이다. 하나는 27년 전에 집을 나갔던 아버지의 귀환이고 다른 하나는 '나'와 아이를 버리고 다른 가정을 꾸리겠다는 남편의 이혼 통보이다. 이 과정에서 느끼는 '나'의 갈등은 양가적이다. 아직까지 극복되지 못한 어린 시절의 상처가 그 하나라면, 다른 하나는 자신의 상처가 아이에게 대물림될지 모른다는 두려움이다.

---

6   김이설, 「환기의 계절」, 『문학과사회』, 2020 여름호.

나는 말수가 줄어들었고, 밤에는 잠이 깨 우두커니 앉아 있거나, 거울을 오래 쳐다보는 어린애가 되어갔다. 그래도 나는 엄마와 이모에게 한마디 투정도 부리지 않았다. 어린아이로 누려야 할 철없음을 가져본 적이 없었던 것이다. 그래서 나는 내 아이가 한밤중에 벌떡 일어나 앉아 있게 하고 싶지 않았다. 그러니 아이에게 아빠가 떠났다는 걸 말하지 못하는 것이었다. 아이가 나를 이해하기 위해 미리 어른이 될까 봐, 아이가 나를 닮을까 봐, 내 아이가 내가 될까 봐.

김이설, 「환기의 계절」, 83쪽

'나'에게 아버지의 부재는 삶 자체를 송두리째 바꿔버린 결정적인 사건이었다. 그것은 '나'로 하여금 '아이로서의 삶'을 포기하도록 만들었기 때문이다. 그 대신 어린 '나'에게 주어진 것은 돌봄의 책임이었다. 엄마의 고통을 이해하고 동생을 돌보아야 한다는 당위는 한 개인의 삶과 그에 따른 선택까지도 바꾸어버린다. 아직 어린 나이에, 나이 차이가 많이 나는 남편과의 결혼을 선택한 것도, 그리고 그 남편에게 과도하게 의존했던 지난 시간도, 사실은 그 누구에게도 돌봄 받지 못했던 어린 시절의 상처로부터 기인된 것이었다. 그리고 이제 그녀는 더 큰 공포를 예감한다. 그 두려움의 정체는 "내 아이가 내가 될"지 모른다는 것이다. 이것은 권여선의 「실버들 천만사」에서 주인공 반희가 느꼈던 고뇌와도 맞닿아 있다.

반희는 채운이 자신을 닮는 게 싫었다. 둘 사이에 눈에 보이지 않는 닮음의 실이 이어져 있다면 그게 몇천 몇만 가닥이든 끊어내고 싶었다. 그래서 결국 둘 사이가 끊어진다 해도 반희는 채운이 자신과 다르게 살기를 바랐다. 그래서 너는 '너', 나는 '나'여야 했다.

권여선, 「실버들 천만사」, 123쪽

두 작품에서 엿볼 수 있듯이 돌봄의 문제는 그리 단순하지 않다. 그것은 애정의 문제이면서 책임의 문제이고, 서로를 감정적인 고리로 엮는 것이지만 다른 한편으로는 어쩔 수 없이 지독한 경제논리에 사로잡히게 만드는 것이기 때문이다. 그러나 두 작품은 돌봄에 있어서 보다 본질적인 문제가 '관계성'에 있음을 다시금 환기하기도 한다. 돌봄과 인간적 가치를 연결하려는 시도는 그 무엇보다 그것이 인간의 존엄성과 자존감을 확보하는 최소한의 방향이라는 점에서 중요하다.[7] 두 작품에서 드러난 모녀간의 연대야말로 그 본질적 가치에 대한 가장 적극적인 형상화라고 할 수 있다.

3. '돌봄'이 무너진 자리

너는 귀가해 마스크를 벗고 손을 씻는다. 네가 할 수 있는 것은 너의 두 손을 청결케 하고 그 두 손이 협력하여, 생명의 질서에 위배되는 실수를 하지

---

7 허라금, 앞의 글, 92쪽.

않도록 자제하는 것이다.

최윤, 「애도」, 49쪽[8]

　하지만 팬데믹의 지속과 함께 소설에 반영된 현실도 보다 첨예하게 바뀐다. 타인에 대한 차단이자 배려인 마스크가 필수품이 되었고, 하루에도 수차례씩 반복되는 손씻기는 바이러스로부터 스스로를 지켜내는 마지노선이 되었다. 코로나19는 이제 돌봄의 문제를 환기할 뿐 아니라 그 모순을 가장 적나라하게 드러내는 효과적인 배경으로 작용한다. 지금껏 아무렇지도 않게 영위되었던 일상과 그 일상을 가능하게 했던 사적 돌봄이라는 것이 얼마나 큰 희생을 담보하는 것인지가 보다 뚜렷하게 환기된다. 최은미의 「우리 여기 마주」[9]는 팬데믹 상황 속에서 지극히 평범했던 사람들의 삶이 어떻게 무너지는가를 포착해낸다.

　코로나가 시작되기 직전, '나'는 집 근처 상가에 작은 공방을 내기로 계약한다. 가게를 시작하는 사람이 누구나 그렇듯 오랜 시간의 준비와 대출이라는 다소의 무리를 바탕으로 꿈을 실현하고자 한 것이다. 하지만 희망이 무너지는 것은 한순간이었다. 코로나19 바이러스는 순식간에 일상을 잠식했고, '나'는 점차 모순된 감정에 휩싸인다. 일상에 침입한 전염병의 위험으로 인해 타인과의 접촉에 예민하게 반응하면서도, 다른 한편으로는 공방에 오는 손님의 발길을 기다려야 한다. 그리하여 공방을 방문하는 손님을 반기면서도 또 원망해야 하는 모순된 하루하

8　　최윤, 「애도」, 『현대문학』, 2020 9월호.
9　　최은미, 「우리 여기 마주」, 『문학동네』, 2020 가을호.

루를 보내게 된다.

일상에 침입한 진정한 공포는 평온하고 다정했던 모든 관계들에 대해 신뢰를 잃게 되는 과정이었다. 그것은 동네친구인 수미와의 관계를 통해 드러난다. 수미는 여자로서는 드물게 1종 면허를 가지고 있었기 때문에 근처 학원에서 차량도우미로 인기가 많았다. 비슷한 또래의 딸을 키운다는 점 때문에 좋은 관계를 유지했던 두 사람은 코로나 상황 속에서도 사교를 이어간다. 수미가 자신의 지인들과 사적 모임을 가질 장소로 '나'의 공방 수업을 활용했기 때문이다.

> 하지만 어떻게, 어떻게 가능할까.
> 나는 내 공방의 안전을 위해서 마스크를 쓰지 않은 사람을 거부할 수는 있었지만 다른 이유로 내 손님을 거부할 수는 없었다. 다른 기준으로 공방 출입 자격을 물을 수 없었다. 내가 무언가를 통제할 수 있다고 믿는 순간 펼쳐질 지옥을 감당할 자신이 없었다. 내 공방이 있는 곳은 새경프라자였다.
> 나는 그녀들의 초대를 받아들일 수가 없었다.
>
> 최은미, 「우리 여기 마주」, 279쪽

코로나 상황이 끝이 보이지 않는 터널을 향해 달려가면서, '나'는 공방을 방문하는 수미와 그녀의 지인들이 함께하는 정보공유 단톡방에 초대를 받는다. 서로의 동선과 확진자의 동선에 따른 정보를 공유하는 것. 그것은 어느덧 코로나 시대를 살아가는 데 필수적인 생활방식이 되어버렸기 때문이다. 하지만 '나'는 쉽사리 그 초대를 받아들일 수 없었다. 그녀의 생계 터전인 공방은, 그리고 그 공방이 있는 새경프라자는 어쩔 수 없이 불특정 다수에게 열려 있어야 했기 때문이다.

> 평소에 카메라를 잘 안 켜려고 해서 선생님한테 말을 듣던 서하는 그날 줌 프로그램의 카메라를 켰고, 음 소거 기능을 껐다. 카메라는 한 뼘 정도 열린 방문만을 비추고 있었지만 방문 밖의 소리를 그 수업에 참가한 모두에게 고스란히 들려왔다. 아마도 수미가 냈을 소리. 벽 하나가 부서지는 것 같은 소리. 되붙일 수 없을 만큼 그 안의 어딘가가 망가지는 소리. 깨지기 쉬운 것들이 기어코 깨지는 소리. 그 화면은 서하가 집밖으로 내보낸 직접적인 신호였다.
>
> 위의 글, 281쪽

하지만 바이러스보다 더 무서운 공포는 바깥이 아니라 한 가정의 내부에 있었음이 곧 드러난다. 당연하게 보이던 것들을 볼 수 없게 되면서, 오히려 보이지 않았던 것들이 터져 나오는 것이다. 5월의 어느 날, '나'는 딸 은채의 영어학원 화상수업을 통해 수미네 집에서 벌어지는 가정폭력 현장을 목격한다. 수미가 그녀의 딸 서하에게 가하는 폭력이 화면을 통해 그대로 전달된 것이다.

무엇을 놓친 것일까? '나'는 오랜 시간을 보아왔던 수미와 그녀의 딸 서하와의 지난 시간을 떠올린다. 그리고 "서하의 한숨에, 서하의 눈물에, 서하의 짜증과 서하의 슬픔에 수미가 과도한 자책감을 느낀다는 것"276쪽을 기억한다. 그래서 "수미가 있는 세상에서 서하는, 방문을 세게 닫을 수도 책장을 확확 넘길 수도 없다는 것"276쪽을 떠올린다.

코로나는 그 아슬아슬한 균형을 무너뜨렸다. 그 어떤 공적 돌봄의 지원도 감시도 없이 내동댕이쳐진 사적 돌봄 속에서 누군가는 병들어가고 있었던 것이다. 어쩌면 그것은 코로나로 인해 일을 잃고, 일상을 잃고, 매일매일 반복되는 돌봄 속에 일방적으로 떠밀려진 상황이 만들어낸 최악의 결과였을지도 모른다. 수미는 "기정시 67번 확진자"가 되었고, '나'는 음성판정을 받고 자가 격리자가 되었다. 그들은 재난문자 속의 또 다른 익명이 되었지만, 그 숫자 너머의 진짜 공포는 그대로 묻히고 만다.

이토록 뒤틀어진 일상을 다시 회복한다는 것이, 과연 가능한 것일까? 2020년 하반기 소설들에서 두드러지는 풍경은 그 불가능성에 대해 이야기하고 있는 것 같다. 코로나19 이후 불과 10개월 남짓인 시점이지만, 삶의 궤적은 너무나도 달라졌다. 이미 코로나 이전의 삶은 머나 먼 '과거'의 일처럼 느껴진다. 코로나19와 함께 우리가 겪고 있는 두려움은 상상과 은유 속에서 응시했던 미래라는 디스토피아가, 그 어떤 비유도 없이 실존하고 실감되고 있는 '현재'에서 초래된 것이었기 때문이다.

최은미의 「우리 여기 마주」가 가정 내의 돌봄이 무너져가는 모습을 담아냈다면, 위수정의 「은의 세계」[10]는 우리가 간과해왔던 동시대의 '돌봄'의 문제를 환기한다. 저임금과 불안정한 고용에 위탁해왔던 돌봄의 또 다른 단면이 그것이다.

---

10 위수정, 「은의 세계」, 『문학동네』, 2020 겨울호.

불과 이 년 전만 해도 마스크 없이 타인과 엘리베이터 안에서 이야기를 나눌 수 있었다는 사실이 둘에게는 종종 낯설게 다가왔고 아주 먼 옛날의 추억처럼 여겨졌다. 지금은 엘리베이터가 고장나면 추락보다도 타인과 밀폐된 공간에 오래 있어야 하는 것이 더 공포스러운 일이 되어버렸다. 팬데믹이 일 년 넘게 지속되고 있었다.

위수정, 「은의 세계」, 306쪽

위수정의 「은의 세계」는 일상적 공포가 삶을 어떻게 잠식해가는지를 보여주는 작품이다. 지환과 하나는 아직 결혼식을 올리지 않은 부부이다. 2년 전 엘리베이터에 함께 갇히면서 '운명적'으로 만난 두 사람은, 그래서 현재가 더 낯설게 느껴진다. 결혼식을 한 달 앞두고 모든 것이 취소되는 상황 때문만은 아니다. 오히려 한때 두 사람을 연결해준 그 로맨틱한 상황이, 바이러스가 창궐하는 현재에 있어서는 끔찍한 호러가 된다는 사실 때문이다.

그럼에도 지환과 하나의 일상은 겉으로 보기엔 평온하다. 두 사람 모두 코로나로 인해 큰 타격을 입지 않은 축복받은 영역에서 일하고 있기 때문이다. 프리랜서 성우인 하나와 게임회사 번역팀에서 일하는 지환은 어쩌면 코로나로 인해 특수를 누리는 영역에서 일하고 있는 사람들이라고 볼 수 있다. 그러나 경제적으로 곤경에 처해 있지 않다고 해서 심리적인 위험마저 사라진 것은 아니다. 팬데믹 상황에 가장 덤덤한 것처럼 보였던 지환과 하나의 일상은, 가사도우미로 방문한 하나의 사촌 명은으로 인해 그 균열을 드러낸다.

청소회사에서 일하기 시작했다는 명은은, 코로나 이후 정신없이 바빠진 하나를 위해 청소를 대행한다. 그러나 하나와 지환의 집을 방문하기 시작한 지 일주일 만에 명은은 회사에서 해고되고 만다. 배고픔을 참지 못해서 몰래 먹었던 컵라면 하나. 여느 때였다면 아무렇지도 않았을 업무 중의 작은 일탈이 그대로 실직으로 이어진다. 마스크를 쓰지 않았다는 컴플레인으로 발전했기 때문이다. 바이러스의 시대는 사적 영역으로 들어오는 모든 이에 대해 날선 경계와 과도한 공포를 동반했다. 그것은 하나와 지환도 마찬가지였다.

코로나 상황이 아니었다면, 명은의 상황은 좀 더 긍정될 수도 있었을 것이다. 어린 시절 부모를 잃고 하나와 함께 컸다는 명은은 어느 곳에도 적을 붙이지 못하고 갈등하는 인물이다. 하나뿐인 그녀의 오빠 경은마저 도둑질을 하다 남의 집에서 추락사하면서, 명은은 어디에도 적응하지 못한 채 부유하는 삶을 살았다. 충분히 연민의 대상이 될 수 있는 삶이다. 하지만 지독할 정도로 자기 비극에 빠져 있는 이 인물을 바라보는 시선은 차갑기만 하다. 연민이나 공감이 아닌 불쾌와 공포가 그 자리를 채우기 때문이다. 그것은 속옷만 입은 채 위태롭게 난간에 기대어 있던 명은을 지환이 목격하면서 분명해진다.

지환은 명은이 떠난 후 소독제를 찾아 발코니를 닦았다. 소파와 거실 바닥에도 뿌렸다. 큰 의미는 없고 단지 조심하는 것뿐이라고 지환은 스스로를 계속 설득했다. 혼자 사는 게 아니니까. 하나도 있으니까. 욕실과 부엌까지 소독제를 뿌리다가 지환은 갑자기 화가 치밀었다. 하던 일을 멈추고 약통을 싱

크대 안에 던져버렸다. 생각보다 소리가 크게 나서 움찔했다. 지환은 나직하게 욕설을 내뱉었다.

위의 글, 319쪽

지환은 명은이 한 것처럼 발코니 난간에 몸을 의지하고 고개를 아래로 최대한 떨어뜨려보았다. 그때 누군가 강하게 등을 떠밀었다. 지환은 십이 층에서 바닥으로 추락했다. 머리가 땅에 부딪히며 퍽 소리를 내고 깨졌다. 코끝까지 땅한 어지러움과 가벼운 구토가 밀려왔다. 지환은 발코니에 쪼그려앉았다. 은근한 흥분이 몸안에 퍼졌다. 하나가 어느새 다가와 놀란 목소리로 물었다. 왜 그래? 괜찮아?

술이 과했나봐. 지환은 고개를 들어 웃어 보였다. 하나가 속상한 얼굴로 말했다.

이게 다 전염병 때문이야.

위의 글, 322쪽

지환은 명은이 떠난 자리를 열심히 소독하고, 명은이 더 이상 오지 않을 것이라는 사실을 알게 된 후에는 기쁨을 느낀다. 명은이 기대어 있던 발코니 난간에서 그가 느끼는 아찔한 환상과 쾌감은 모순적이다. 그것은 명은으로 인해 자신이 느꼈던 위기에 대한 확인인 동시에, 이제야 비로소 자기 공간이 완전히 '안전'해졌다는 데서 오는 안도감이다.

돌봄은 가치인 동시에 실천이다. "돌봄의 사회화는 돌봄의 실천이 윤리적이고 정치적인 활동이 될 수 있도록 의존의 관계망을 조직하는 방향으로 전개"[11]되어야 하며, 동시에 "모든 돌봄은 배려, 민감성 그리고 필요에 대한 응답을 포함"[12]해야 한다. 돌봄의 사회화가 돌봄노동에 대한 경제적 가치 환산만으로 단순 대치될 수 없는 이유가 이것이다. 하지만 코로나가 만들어낸 언택트 사회의 문제는 이러한 돌봄에서 가장 중요한 '친밀감'이 공포로 대체되었다는 지점이다. 그것은 이 시대는, '함께'가 가장 큰 두려움으로 변질된 시대이기 때문이다.

따라서 오늘 우리가 경험하는 세계는 어떠한가? 가장 익숙했던 사람들과 나누었던 최소한의 신뢰조차 확신할 수 없기에「우리 여기 마주」, 낯선 이와 같은 공간에 있는 것 자체는 이미 공포가 되고 만다「은의 세계」. 돌봄의 자리가 무너진 곳에서 우리가 마주하는 것은, 스스로조차 확신할 수 없는 실체 없는 두려움이다. 그러므로 그 어떤 누구라도 쉽게 '친밀함'의 영역에 넣을 수 없는 시대. 그것이 바로 2020년 소설이 바라보는 오늘의 모습인 것이다.

4. 공생과 공존이라는 화두

이처럼 코로나19는 우리가 상상해왔던 악몽을 현재화 했다. 우리가 경험하고 있는 가장 큰 공포는 그 무엇도 아닌 바로 우리의 일상이다. 지금까지와 다른 삶의 방식들이 '어쩔 수 없는 것'으로 수용되고, 그대

---

11   허라금, 앞의 글, 95쪽.
12   Virginia Held, 김희강·나상원 역, 『돌봄-돌봄윤리』, 박영사, 2017, 84쪽.

로 순응되어 일상이 되는 것. 그 자체가 진정한 공포인 것이다. 너무나 무력하게도 우리는 이 디스토피아가 현실임을 인정할 수밖에 없는 상황에 처해 있다. 이렇게 '현재'를 다룬 소설들이 쉽사리 전망을 이야기하지 못하는 사이에, 포스트코로나를 위한 담론들은 SF 서사에서 더 구체적으로 확인된다.

김초엽의 「오래된 협약」[13]은 가상의 행성 벨라타를 배경으로 한다. 이 작품은 벨라타의 사제인 노아가 지구인 이정에게 보내는 편지의 형식을 가지고 있다. 벨라타를 방문한 이정은 벨라타인의 수명이 고작 20~30년에 불과하다는 것을 알게 된다. 이정은 조사 끝에 벨라타인에게 취식이 금지된 오브만이 벨라타인의 생명을 연장할 수 있는 유일한 방법임을 알게 되고 이를 노아에게 알린다. 하지만 노아도, 그리고 다른 벨라타인들도 이정의 대안을 거부한다. 노아의 편지는 그들이 그럴 수밖에 없었던 진실을 전달하고 있다.

> 벨라타에는 이러한 오브의 들판이 아주 많답니다. 오브는 벨라타에서 가장 금기시되고, 가장 기피되는 생물이지요. 우리는 절대 오브를 먹지 않습니다. 오브에 접근하거나, 손을 대거나, 훼손하지도 않지요. 그것을 벨라타 신앙의 가장 강력한 금기입니다.
>
> 김초엽, 「오래된 협약」, 211쪽

---

13 김초엽, 「오래된 협약」, 『문학동네』, 2020 여름호.

노아의 이야기는 금기의 '확인'으로부터 시작된다. 그들의 금기는 그들의 신앙 그 자체이다. 노아는 이러한 불합리한 금기가 벨라타에서 가장 절대적인 신앙이자 합리성이 될 수밖에 없었던 역사를 편지에 담아낸다.

"언뜻 죽은 고목처럼 보이는 오브"223쪽는 사실 벨라타의 본래 주인이었다. 그들은 오래전 그곳에 온 불청객, 현재의 벨라타인이 된 과거의 지구인을 맞이한다. 이정이 발견한 법칙은 벨라타인의 선조들도 똑같이 발견한 사실이었다. 벨라타에 온 지 오래지 않아 그들은 오브에서 나오는 클로포늄이 벨라타에 정착한 사람들을 죽게 만들지만, 오브를 먹으면 해독이 가능하다는 사실을 알게 된다. 하지만 이내 그것이 오브들의 생명 활동을 활발하게 만들어 대기 중의 클로포늄을 증가하게 만드는 악순환을 야기함을 자각한다. 살고자 할수록 죽게 되는 악순환은 그대로 지난 벨라타의 역사였던 것이다.

> 오브들에게 우리는 불청객이었지요. 그들은 우리가 단지 죽어가도록, 절망하도록, 흔적도 없이 사라지도록 내버려둘 수 있었습니다. 하지만 그렇게 하지 않았습니다. 그들은 연민할 줄 아는 존재였으니까요.
>
> 위의 글, 223쪽

> 우리의 행성에서 앎은 우리를 구원하지 않습니다. 지난 역사에서 우연히 진실을 알게 된 이들, 사제 중에서도 소수에 해당하는 이들은 협약을 깨고 자신의 삶을 연장하려는 유혹에 시달렸어요. 몰입 상태에 가까워질수록 우리는

이성을 잃고 욕망에 잠식되지요. 우리는 과거와 미래보다 당장의 삶을 갈구하여 협약을 위협했던 사례들을 너무나 많이 보았어요. 그렇기에 벨라타에서 우리를 구원하는 것은 앎이 아닌 무지이지요. 마지막 순간까지 우리를 절제하게 만드는 것은 평생에 걸쳐 우리를 지배하는 규율이고 신앙이며, 금기에 대한 복종입니다.

위의 글, 224쪽

노아는 고백한다. 벨라타의 금기는 사실 '공생'을 위한 약속, 오브와 인간 사이의 '오래된 협약'이었음을 말이다. 노아는 신을 받드는 것이 아니라 "이 행성의 시간을 잠시 빌려온 것에 불과하다는 사실"224쪽을, 그리고 그 약속을 지켜내는 사제였던 것이다.

우리가 경험하는 현실 바깥의 다른 세계를 그려내고 있지만, 김초엽의 소설이 보여주는 세계의 진실은 '지금 여기'의 삶과 맞닿아 있다. 이러한 서사는 우리로 하여금 거대한 자연이 찰나의 인생을 살아가는 우리에게 어떻게 생을 양보했는지, 그 양보에 올바르게 응답하는 행위는 무엇인지를 고찰하게 만든다. 여기서 우리가 환기할 수 있는 것은 공생의 윤리 속에서 함께하는 '다음'을 가능하게 만드는, 탈성장의 가치이다. 그것은 반反성장을 의미하는 것도 무조건적인 고통을 감내하자는 것도 아니다. "탈성장의 길은 성장 사회가 만들어내는 수많은 퇴폐와 박탈로부터 벗어나기 위한 길"14이다. 그것은 우리 사회에 주어진 또 다른 '선

---

14   세르주 라투슈, 양상모 역, 『탈성장사회』, 오래된생각, 2014, 235쪽.

택'을 가능하게 한다. 「오래된 협약」은 그것만이 인간과 비인간이 함께 어울려 살아가는 이 세계에 대한 책임과 실천을 감당할 수 있는 길[15]일 수 있음을 보여주고 있다.

이것은 코로나19가 오늘 우리에게 환기한 과제이기도 하다. 우리는 이미 팬데믹으로 인해 인간이 '멈춤'을 선언하면서 자연이 얼마나 드라마틱하게 회복되는지 목도한 바 있다. 또한 바이러스로부터 생존하기 위해 인간이 선택한 방역과 거기에 소요되는 여러 물품과 활동들이 다시금 자연을 파괴하는 부메랑이 될 것이라는 사실 역시 분명히 예감하고 있다. 인간의 생존은 그대로 자연에 대한 위협이 되는 것이다. 그러므로 「오래된 협약」에서 벨라타의 문제는 다른 어느 곳도 아닌 '지금 여기'의 문제이다.

「최후의 라이오니」[16]에서도 유사한 문제의식이 드러난다. 죽음에 대한 공포가 없는 가상의 존재 '로몬'은 우주의 청소부이다. 멸망의 현장을 탐사하고 자원을 확보하는 그들의 삶은 모험으로 가득하다. 하지만 주인공 '나'는 그러한 로몬으로서 실격에 가까운 존재이다. 로몬답지 않게 죽음에 대한 공포를 가지고 있기 때문이다. 그런 '나'에게 시스템은 처음으로 단독탐사를 배정하고, 자기 증명에 대한 갈등을 가지고 있던 '나'는 그 업무를 수행하기로 한다.

감염병 D는 그 자체로 신체를 파괴하는 것이 아니었다. 감염병 D가 파괴

---

15   백영경, 앞의 글, 48쪽.
16   김초엽, 「최후의 라이오니」, 『문학과사회』, 2020 가을호.

하는 것은 도시에 이미 수백 년간 자리 잡은 불멸이라는 개념이었다. 복제된 신체로의 자의식 전송을 불가능하게 만드는 미세한 면역 체계의 변화. 그것이 불멸인들의 도시에 '죽음'의 공포를 전파하기 시작한 감염병이었다.

김초엽, 「최후의 라이오니」, 163쪽

감염은 속절없이 퍼져나갔다. 온갖 뜬소문과 괴담이 돌기 시작했다. 여러 사람의 혈액을 한꺼번에 주입하여 면역 기능을 강화하면 감염으로부터 안전하다는 속설이 퍼졌을 때, 불멸인들은 서로를 해치기 시작했고, 폭력은 감염병보다 빠르게 전파되었다.

위의 글, 163쪽

'나'가 방문한 3420-ED는 한때 불멸의 도시였다. 월등한 생명공학 기술에 의존하여 신체를 복제하고 기억과 자의식을 전송함으로써 그들은 불멸을 획득했고 번영했다. 하지만 감염병 D로 인해 수백 년 만에 죽음이 발생하면서, 후천적으로 학습된 공포 앞에서 도시는 속수무책으로 무너졌다. 그렇게 멸망한 도시에는 기계들만 남겨졌고, '나'를 구한 것 역시 그 기계들이었다.

그런데 그곳에서 '나'는 또 다른 사실을 알게 된다. "죽음을 존재 조건으로 타고났지만 정작 죽음을 두려워하지 않는, 이전에 존재하지 않았던 새로운 인류"165쪽의 존재이다. 바로 복제인들이었다. 그들은 세상 밖을 향했고 기계들은 남겨졌다. 그 기계들과 함께 남았던 것은 라이오니, 죽음을 두려워하는 오류를 품고 태어난 복제였다. 그리고 '나'는 자신이 그 라이오니의 또 다른 복제이며, 숙명적으로 이곳에 와야 할 존재였음을 깨닫는다.

> 기계들이 간과했던 것은, 라이오니에게는 다른 생물이, 그리고 다른 생물의 죽음이 필요하다는 것이었다. 그것이 유기체의 존재 조건이었다. 기계들과 달리 인간은 유기체들의 죽음 위에 삶을 구축한다. 거주구 내부의 공기, 물, 식량에 이르기까지 모든 것이 라이오니의 생존을 불가능한 조건으로 치달았다.
>
> 위의 글, 169쪽

여기서 보다 주목해야 할 것은, 이 작품에서 작가가 말하는 공생의 조건이다. 생명을 위해서는 "다른 생물이, 그리고 다른 생물의 죽음이 필요"하다는 깨달음이 그것이다. 인간이 다른 "유기체들의 죽음 위에 삶을 구축"한다는 당위는, 인간과 자연의 '오래된 협약'을 다시금 상기한다.

5. '이후'를 가늠하는 일

코로나 이후를 가늠할 수 있을까? 이것은 오늘을 살아가는 우리 모두의 과제이다. 하지만 그 길은 상당히 요원한 것처럼 보인다. 지금 우리에게 코로나 이전의 삶이 아득히 먼 과거처럼 느껴지는 것처럼, 팬데믹의 정점을 살아가면서 그 이후를 상상하는 일은 불가능에 가깝다. 그렇기 때문에 오늘의 문제를 들여다보는 일에 결코 소홀할 수 없다. 2020년의 소설들에서 드러난 사유들 역시 이와 맞닿아 있다. 그것만이 이 공포의 시대를 넘어서 '이후'를 바라볼 수 있는 유일한 방향키가 될 것이기 때문이다. 이러한 서사적 탐색을 통해 우리는 돌봄과 공생이야말로 코로나19와 함께 살아가야 하는 현재에도, 그리고 그것을 넘어설 내일에도 가장 중요한 가치임을 발견할 수 있었다.

하지만 방역의 시대에서 돌봄의 문제는, '안전'과 '자유'라는 모순된 가치를 함께 견지해야 한다는 과제를 내포하고 있다. "코로나 시대에 따른 국가의 상시적 대응체제 구축은, 국가가 그 어느 때보다 적극적으로 국민 건강의 돌봄 책임을 맡겠다는 뜻이지만, 그것은 또한 국가의 생체권력이 항구화될 것임을 시사"[17]하는 것이기도 하다. 따라서 오늘의 우리는 돌봄의 전환이라는 문제가 그대로 '국가의 돌봄으로 예속'이라는 결과로 이어지는 것에 대해 경계해야 하는 이중의 과제를 가지고 있다. 공생의 문제도 마찬가지이다. 바이러스로부터 인간의 안전을 지켜내는 모든 일들이 자연에 치명타가 될 것임은 명약관화明若觀火하기 때문이다.

어쩌면 코로나19는 자연이 우리에게 주는 마지막 기회인지도 모른다. 인간과 인간이, 그리고 인간과 비인간이 서로를 돌보고 공생할 수 있는 데드라인 말이다. 그러기 위해 성장과 발전이라는 목표를 향해 달려온 인간의 모든 방식은, 새로운 전환점을 맞이하지 않을 수 없다. 이 전환의 시대를 어떻게 맞이할 것인가? 오늘의 소설은 우리에게 바로 그

---

17   신진운, 「코로나 시대에 공공의 안전과 개인의 자유」, 『문학사상』, 2020.10, 15쪽.

질문을 던지고 있다. 이제 가치를 넘어 실천으로 그 답을 준비해야 함을 말이다.

『문예연구』108, 한국문예연구문학회, 2021 봄호

제3장
돌봄, 노동에서 정치로
김유담·임솔아·김혜진의 작품을 중심으로

1. 정치적 이슈가 된 돌봄

코로나로 인한 전 지구적 위기 속에서 돌봄의 문제는 우리 사회의 가장 중요한 화두 가운데 하나로 자리매김했다. 팬데믹의 여파로 공적인 돌봄을 제공하던 기관들이 폐쇄되면서 그 부재의 실감이 한층 더 뚜렷해졌기 때문이다. 그러나 그간 우리 사회에 축적되어 왔던 돌봄의 모순이 충분히 해결되었는가에 대해서는 긍정적인 답을 하기 어렵다.

전염병의 공포는 '평등'하지만 그 대응과 여파는 결코 평등할 수 없다는 사실을, 우리는 이미 지난 3년여의 경험을 통해 충분히 인식하고 있다. 그 가운데서도 돌봄과 젠더의 문제는 더욱 두드러진다. "감염과 해고의 위협에 제일 먼저 노출된 돌봄노동자도, 가정에 쏠린 돌봄 부담을 온전히 떠안게 된 식구도 대부분 여성이라는 점"[1]은 부정할 수 없는 현실이다. 더구나 그들 대부분이 비정규직 노동자라는 점에서 돌봄노동은 계층의 문제까지 끌어안고 있다.

이것은 포스트코로나로 접어든 오늘의 현실만 보아도 분명하다. 정부의 방역 고삐가 느슨해진 지금, 팬데믹 기간에 고용된 돌봄노동자들은 해고의 위협에 시달리고 있다. 돌봄이 생존과 긴밀하게 연관되었던 팬데믹을 거쳤음에도, 노동으로서 돌봄은 우리 사회 안에서 소외되어 있는 것이다. 이것은 여전히 돌봄노동이 불안정 노동의 정점에 놓여 있음을 시사한다. 팬데믹하에서 돌봄노동은 정치적으로 이용되었을지는 몰라도 그 자체로 정치화되지는 못했던 것이다.

백영경은 「탈성장 전환의 요구와 돌봄이라는 화두」[2]에서 가족 돌봄과 의료 돌봄의 문제가 지속적으로 제기되었음에도 실제로 우리 사회는 여기에 대해 제대로 응답하지 못하고 있음을 환기한 바 있다. 또한 「돌봄과 탈식민은 탈성장과 어떻게 만나는가」[3]에서는 "돌봄의 가치를 재평가하고자 하면서도 돌봄노동의 성별 집중현상을 개선하려는 노력은 보이지 않는 경우가 많음"을 날카롭게 지적하고 있다. 이것은 돌봄을 노동의 영역에서 판단하지 않고, 가족이라는 사적인 울타리 안에 포함시킴으로써 그에 따른 사회적 비용을 최소화했던 관습이 여전히 강력하게 작동하고 있음을 방증한다.

백영경이 사회학적인 관점에서 돌봄의 문제를 고찰하고 있다면, 문학

---

1   조문영, 「한국사회 코로나 불평등의 위계」, 『황해문화』 108, 새얼문화재단, 2020 가을호, 17쪽.
2   백영경, 「탈성장 전환의 요구와 돌봄이라는 화두」, 『창작과비평』 189호, 2020 가을호.
3   백영경, 「돌봄과 탈식민은 탈성장과 어떻게 만나는가」, 『창작과비평』 195호, 2022 봄호.

적 반향 안에서 돌봄의 문제가 어떻게 형상화되고 있는지 파악하고 그 의미망을 분석하는 글들도 눈에 띈다. 백지연은 「생명, 노동, 돌봄의 문학」[4]에서 돌봄의 위기 상황은 곧 자본주의 성장모델의 파산을 보여준다는 것을 환기하는 한편, 여성의 범주를 급진화하고 단일화하는 흐름에 대해서도 경계한다. 그는 공선옥, 권여선, 조해진의 작품을 통해 오히려 여성의 범주를 다양화하고 그 사이의 '차이'에 주목하는 협동의 전선이 삶에 창조적 변화를 일으키는 발판이 될 것임을 강조한 바 있다. 또한 「삶의 전환을 꿈꾸는 돌봄의 상상력」[5]에서는 재난과 재해로 인해 삶의 직격탄을 맞는 계층의 문제를 다룬 황정은과 이주혜의 작품을 통해 돌봄과 연대는 이상주의의 출구가 아닌 시작이 되어야 함을 강조하고 있다.

선우은실 역시 「세계적 위기의 공통감각 위에서 읽는 질병 시대의 여성서사」[6]에서 이주혜의 작품을 다루면서 전염병의 시대 속에서 가부장제가 여성의 삶을 경계화하는 위험성을 지적하는 한편, 동시대의 서사가 그것을 어떻게 감지하고 있는지를 포착하고자 하였다. 그런데 돌봄의 문제는 비단 노동의 문제만을 환기하는 것은 아니다. 송종원은 「돌봄은 어떻게 문학이 되는가」[7]에서 돌봄을 제공하는 주체가 특정성별과 계급에 집중되는 우리 사회의 구조적 모순을 지적하는 한편, 바로 그 때문에 돌봄의 정치화가 필요한 시점임을 강조한 바 있다.

---

4   백지연, 「생명, 노동, 돌봄의 문학」, 『창작과비평』 190호, 2020 겨울호.
5   백지연, 「삶의 전환을 꿈꾸는 돌봄의 상상력」, 『창작과비평』 192호, 2021 여름호.
6   선우은실, 「세계적 위기의 공통감각 위에서 읽는 질병 시대의 여성서사」, 『작가들』 74호, 2020 가을호.
7   송종원, 「돌봄은 어떻게 문학이 되는가」, 『창작과비평』 196호, 2022 여름호.

이러한 논의들은 결국 돌봄의 가치를 재조명하는 것을 넘어 그 노동의 가치를 실현하기 위해 정치적 실천이 뒤따라야 함을 피력하고 있다. 그리고 지난 3년 동안 한국소설은, 바로 이러한 돌봄의 문제에 천착해왔다. 전 지구적 공포 속에서 그 수요와 가치가 충분히 증명되었음에도 돌봄의 가치가 온전한 제 몫을 찾지 못하고 있는 이유가 무엇인가? 돌봄을 주제로 삼고 있는 김유담, 임솔아, 김혜진의 소설을 통해 그 진실에 좀 더 가깝게 다가가보자.

2. 돌보는 마음과 돌보는 행위 김유담의 「돌보는 마음」

김유담의 소설집 『돌보는 마음』[8]은 우리 모두가 삶에서 한 번쯤 마주쳤을 돌봄에 대한 이야기들을 담고 있다. 하지만 그것은 그저 아름답고 따뜻한 이야기가 아니다. 돌보는 마음이 어떻게 강요되고 있는지를 돌봄의 대상에서 돌봄의 주체가 된혹은 되어야 하는 인물들의 각성을 통해 그려내고 있기 때문이다. 무엇보다 표제작 「돌보는 마음」은 돌보는 행위와 돌보는 마음이 괴리되는 상황을 그려내고 있다.

계획에 없던 임신과 출산으로 회사에 밉보인 미연은 복직을 서두른다. 문제는 어린 딸 지우를 맡길 수 있는 믿을 만한 베이비시터를 구하는 것이다. 구청에서 운영하는 시니어 인력 개발 지원 센터에서 소개해

---

8   김유담, 『돌보는 마음』, 민음사, 2022.

준 베이비시터 화숙은 면접을 보면서 구청과는 다른 조건을 이야기한다. 육아와 가사는 둘 다 할 수 없지만, 급여는 둘 다 할 때 제시된 금액으로 받겠다는 화숙의 논리는 미연에게 거부감을 느끼게 한다.

친구인 혜정이 알려준 시터 소개 업체를 통해 오게 된 정순은 말 그대로 전문가였다. 육아와 가사 모두를 완벽하게 해냈다. 급여는 오히려 화숙이 요구했던 것보다 더 비쌌지만 그만큼 확실한 전문성을 보여주었다. 하지만 정순의 프로페셔널함에도 미연은 항상 마음이 불편했다. 미연이 CCTV로 보는 정순의 돌봄에는 '돌보는 마음'이 부재했기 때문이다. 더구나 정순이 작은 물건들을 도둑질한다는 것을 알게 되면서 미연의 갈등은 더 커진다.

놀이터에서 마주친 102동 할머니인 남희를 베이비시터로 고용한 것 역시 절박함 때문이었다. 경력도 자격증도 없는 남희에게 미연의 마음이 끌린 이유는, 정순과는 달리 남희에게서 '돌보는 마음'의 진정성을 느꼈기 때문이다. 하지만 어느 날, 두고 온 휴대폰을 찾으러 남희의 집을 방문했던 미연은, 치매를 앓는 시어머니를 학대하는 남희를 보고 충격을 받게 된다. 그럼에도 미연에게 또 다른 선택지는 없었다. 다음 날도 그녀는 출근을 해야 하고, 아이를 누군가에게 맡겨야 했기 때문이다.

이렇게 미연이 베이비시터를 구하는 일련의 과정은 돌봄노동에 따른 모순을 그대로 드러낸다. 돌봄노동 역시 다른 노동과 마찬가지로 그 노동의 양과 질에 따라 물질적 교환가치로 환산되지만, 거기엔 언제나 플러스알파가 존재한다. 바로 '돌보는 마음' 말이다. 미연이 세 명의 시터를 면접하고 고용하면서 느끼는 불편함은, 실제로 일상에서 우리가 돌봄노동을 마주할 때 느끼는 불편함과 동일하다.

이것은 돌봄이 기본적으로 '친밀함'에 근간한 노동이기 때문이다. 따라서 물리적인 노동뿐만 아니라 감정적인 노동과 헌신까지 요구한다. 산업사회 이후 많은 돌봄노동이 산업화되었지만, 여전히 많은 여성들이 가정 내 돌봄노동의 연쇄고리에서 벗어날 수 없다. 돌봄노동의 물리적인 부분은 대체될 수 있지만, 감정적인 헌신까지 대체되기는 어렵기 때문이다. 더구나 이 관계 속에서 노동을 맡기거나 대체하는 대부분의 사람들이 여성이라는 점에서 돌봄의 문제는 명백히 젠더의 문제가 된다.

더구나 한국사회 안에서 돌봄은 많은 여성들에게 선택을 강요한다. 돌봄과 경력을 동시에 유지하기 위해서는 엄청난 비용을 소비해야 한다. 더구나 어느 쪽에도 집중할 수 없으면서도 양쪽 모두에 균형을 잡아야 한다는 정신적 스트레스를 감내하는 것은 필수적이다. 때때로 이 모든 과정에서 제3자를 자처하는 남성의 질타와 훈수를 듣기도 한다. 겉보기에는 선택이지만, 실질적으로는 양쪽 모두를 완벽하게 수행해내기를 요구받는 지독한 슈퍼우먼 콤플렉스에 처해 있는 것이다.

이것은 모두 한국사회 내에서 돌봄노동이 전체 사회를 유지하는 데 필수적인 노동으로 인식되지 않고 있기 때문이다.[9] 돌봄노동이 그 자체로 독립적인 노동으로 인식되지 않고 돌봄 주체자^{주로 엄마}의 일을 보조하는 노동으로만 여겨지는 한, 이 모순은 쉽사리 해결될 수 없다.

---

9   허윤, 해설 「우리 집 이야기」, 『돌보는 마음』, 민음사, 2022, 297쪽 참조.

미연은 운전석에 비스듬히 몸을 기댄 채 휴대폰을 들어 CCTV 앱을 켰다. 102동 906호 거실이 화면에 떴다. 빈 거실만 덩그러니 나타났을 뿐 아이와 남희는 보이지 않았다. 매일 보던 거실 풍경이 낯설고 무섭게 느껴졌다. 미연은 소리라도 들어 보려고 허겁지겁 볼륨을 최대한으로 키웠다. 휴대폰에서 치익하는 잡음이 비어져 나왔다. 아이의 가늘고 약한 목소리쯤은 모두 덮어 버릴 정도로 크고 불쾌한 기계음이 귓전을 때렸다. 미연은 초조한 손길로 카메라 각도를 이리저리 움직이면서 줌 기능을 실행시켰다. 아이의 모습을 도통 찾을 수 없었다. 거실 너머 보이지 않는 곳에서 무슨 일이 벌어지고 있는지 어서 확인해야 했다. 미연은 두 눈을 부릅뜬 채 휴대폰 화면을 들여다보았다.

188~189쪽

실제로 「돌보는 마음」에서도 돌봄으로 인해 직접적인 스트레스를 받는 것은 미연뿐이다. 복직을 앞두고 베이비시터를 구하고 그 신뢰여부를 따져야 하는 것도, 매일 CCTV로 아이가 잘 지내는지 관찰해야 하는 것도, 그리고 혹여나 베이비시터가 일하면서 불편하지 않은지를 배려해야 하는 것도 모두 미연의 일이다. 그 과정에서 미연의 남편은 철저하게 제3자이다.

이 때문에 여전히 경제적 가치로 환산되는 돌봄노동은 위태로운 경계에 놓여 있다. '돌보는 행위'에 따른 노동은 경제적으로 보상되고 가치로 환산될 수 있지만, '돌보는 마음'은 그럴 수 없기 때문이다. 서로를 신뢰할 수 있기를 기대하지만 그것이 쉽지 않은 관계, 때로 신뢰할 수 없을 때조차 불안한 마음으로 맡길 수밖에 없는 관계. 그것이 돌봄노동이

처한 오늘의 모습이다.

3. 이력서에 적히지 않는 것들에 대하여
임솔아의 「초파리 돌보기」

김유담의 「돌보는 마음」이 돌봄노동의 문제를 고용자의 입장에서 그려냈다면, 임솔아의 「초파리 돌보기」『젊은작가상 수상작품집』, 문학동네, 2020는 노동자 가족구성원의 눈을 통해 돌봄노동자의 삶을 바라본다. 「초파리 돌보기」의 주인공 원영은 '자기 일'을 갖고 싶다는 열망을 가지고 있다. 하지만 현실에서 그녀는 경력이 단절된 50대 여성이었을 뿐이다.

현대인에게 직업을 갖는다는 것은 생계를 꾸리는 것 이상의 의미가 있다. 그 자체로 사회적 자아로서 인정을 받는 과정이기 때문이다. 그런데 아이러니컬한 것은 이토록 '자기 일'을 갖고 싶다고 말하는 원영은, 1978년 이후 단 한순간도 일을 하지 않았던 적이 없었다는 사실이다.

원영은 1978년 가발 공장 취업 이후 외판원, 마트 캐셔, 초등학교 급식실 조리원, 볼펜 부품을 조립하는 부업 등을 거치며 쉬지 않고 일해 왔다. 그럼에도 '오십대 무경력 주부'로 취급되었다. 면접을 보러 오라는 곳 자체가 드물었다. 주변 사람들은 왜 일을 하느냐 했다. 집에 있어도 되지 않느냐 했다. 딸에게 개인 교습을 시켜줄 수는 없었지만, 학원에 보낼 수 있을 정도는 되었다. 학원에 보낼 형편이 안 되었던 시절에도 원영은 비슷한 말을 들었다. 학원비 몇 푼 버느니 집에서 아이를 돌보는 편이 낫지 않냐는 식이었다. 원영은 자기 일을 갖고 싶었다. 집을 갖고 싶다거나 아이를 갖고 싶다는 여느 사람처럼 그 랬다. 중학교를 졸업한 이후로 삼십삼 년 동안 그랬다.

11쪽

주인공 원영은 단 한 번도 일을 쉰 적이 없지만, 그녀의 이력은 언제 나 '제로'였다. "오랫동안 여성 노동의 가치를 인정하지 않은 성차별적 구조에서 원영의 분주했던 삶의 이력은 단지 '오십 대 무경력 주부'라는 말로 간단히 요약되고 만다."[10] 사실 '자기 일'을 꿈꾸는 그녀의 커리어 포부는 대단한 것은 아니다. 가족사진을 놓을 수 있는 자신만의 책상이 있는 곳, 어쩌면 그것이 전부였기 때문이다.

원영이 처음 자신만의 책상을 갖게 된 것은 50대가 되어서였다. 텔레 마케터, 그것은 원영의 이력서 첫 칸을 채울 수 있는 경력이기도 했다. 하지만 그것은 '하루 아홉 시간을 근무하면서, 아홉 시간 동안 전화번호 를 누르고, 거의 매일 쌍욕을 들어야 하는 일'이기도 했다. 이러한 텔레 마케터 업무는 여성노동의 현실을 집약한 것처럼 보인다. 같은 일을 함 에도 남자 직원에게는 최소한 욕을 하지 않는다는 모순, 그럼에도 여성 직원이 대부분인 이유는 남성 직원에게 요구되지 않는요구할 수 없는 '상냥 함'이 상품 홍보를 위해서는 필수적이기 때문이다. 그에 비하면 원영의 두 번째 경력이자 마지막 경력인 실험동에서의 '초파리 돌보기'는, 원영

---

10 박서양, 해설 「해피엔드를 다시 생각하기」, 『2022 제13회 젊은작가상 수상작품집』, 문학동네, 2002, 44쪽.

의 삶에서 가장 찬란했던 시간이 되어주었다.

초파리의 가격은 쥐에 비해 훨씬 저렴했다. 번식은 왕성했다. 수명은 고작 이 주 내외였다. 유지비마저 저렴했다. 실험이 다음 세대에 어떤 영향을 미치는지도 보다 빨리 목격할 수 있었다. 겨우 한 달이면 3세대까지 관찰이 가능했다. 4세대가 되어서야 뒤늦게 반응이 올라오는 경우도 있다고 했다. 어떤 일들은 아주 나중에야 볼 수 있다고. 4세대 초파리는 자신에게 생긴 일을 결코 이해할 수 없을 것이다.

16쪽

하지만 4세대 초파리가 자신에게 일어나는 일을 알 수 없었던 것처럼 원영 역시 자신에게 가장 완벽한 만족을 주었던 일이 자신의 몸에 어떤 영향을 주었는지 알 수 없었다. 자신이 정성스럽게 키우던 초파리를 가족들에게 보여주고 싶다고 생각했던 원영은 폐기 처분될 초파리를 몰래 들고 나왔다. 그리고 그날부터 원영의 건강은 급속도로 나빠지기 시작했다.

무엇이 문제였던 것일까? 원영은 실험동의 최말단에서 일했다. 그녀는 실험의 주 대상인 초파리를 기르는 일을 담당했지만, 그것이 어떤 실험인지 더 나아가 그러한 실험이 자신에게 어떤 영향을 줄 수 있는지에 대해서는 구체적으로 알 수 없었다. 이것은 자본주의 사회의 분업화된 노동환경에서 흔하게 일어나는 일이다. 위험에 대한 구체적인 정보나 경고가 배제된 노동의 문제 말이다.

원영의 딸이자 소설가인 지유의 고민 역시 여기서 시작된다. 삼 년 만에 원영과 만난 지유는, 원영의 상태를 보며 이것이 산재라는 사실을 직감한다. 지유는 실험동에서 원영이 어떻게 근무를 했는지를 물었다. 실험실에서 마스크나 장갑을 꼈는지, 함께했던 동료는 누구였는지, 실험을 주도한 교수는 누구였는지. 그런데 여기서 지유는 뜻밖의 장벽에 부딪친다. 그것은 다름 아닌 피해자 원영 자신이었다.

원영에게 실험동은 '자기의 일'을 갖고자 했던 꿈이 이루어진 장소였다. 자신만의 책상이 보장된 깨끗하고 정갈한 환경, 인격적인 대우와 그에 걸맞은 경제적 보상까지. 그런데 딸인 지유가 가장 완벽하게 자신의 커리어포부를 실현했던 그곳을 질병의 원인으로 지목하고 파헤치고자 한다. 원영은 지유의 그러한 행동이 자신의 기억과 경험을 훼손하고 있다고 느끼며, 오히려 거기서 인격적인 모독을 느낀다.

반면 지유는 도무지 원영을 이해할 수 없다. 그녀가 느끼기에 실험동은 마스크와 장갑조차 주지 않는 안전 불감증이 팽배한 공간이며, 노동자에게 실험의 위험성에 대한 정보를 공유하지 않는 비윤리적인 작업환경이었기 때문이다. 설상가상으로 원영은 자기 경험을 기반으로 쓸 지유의 새 소설이 해피엔드가 되기를 요구한다.

지유는 무엇을 선택했을까? 엄마 원영의 바람과 자신이 알고 있는 여성 노동자의 현실 사이에서 갈등했지만, 지유는 끝내 엄마의 바람대로 '눈감음'을 선택하고 해피엔드로 소설을 마무리한다. 물론 핑계가 없었던 것은 아니다. 초파리 실험을 통해 로열젤리의 효능이 입증되면서 새로운 약품이 개발되었고, 원영의 상태는 이 약을 먹으면서 뜻밖에 개선

되었기 때문이다.

　　원영을 괴롭혔던 미진단 질환은 초파리와 실험동 때문일 수도 있다고, 지유는 여전히 생각했다. 아니면 노화의 수순이었을 수도 있다. 누군가에게는 노화가 서서히 자연스럽게 오고, 누군가에게는 치명적인 위력을 행사할 수 있다. 원영이 지유에게 소설로 써달라고 했던 그 모든 사연의 총합이 원인일 수도 있다. 어쩌면 지유의 소설도 사연의 한 부분일 것이다. 가장 시시한 문장으로 지유는 소설을 끝맺었다. 이원영은 다 나았고, 오래오래 행복했다.

37~38쪽

　어쩌면 지유의 소설은 실패한 것일지도 모른다. 척박한 돌봄노동의 현실에서 해피엔드라니. 그것은 그림이 맞지 않는 퍼즐을 욱여넣은 것처럼 불편하다. 그럼에도 때로 이 '눈감음'이 든든한 것은 그 출발점이 무엇보다 애정이기 때문이다.

　돌봄의 정치가 가능할 수 있다면, 아니 돌봄이 정치가 되어야 한다면 반드시 고려해야 하는 것 중 하나가 이러한 바람들은 아닐까? 정치적인 신념이 이해당사자이자 피해자인 노동자의 존엄과 가치를 훼손하는 것이라면, 그것을 과연 정치적인 올바름이라고 볼 수 있을까? 원영과 같은 노동자들이 진짜 바라는 첫 번째 단계가 무엇인지를 잊지 않는 일. 그들의 삶과 노동에 응답하고 응원하고 격려하는 일. 그 출발점을 외면한다면 돌봄은 그저 정치적 이슈이자 수단으로 또 다시 전락할 수밖에 없다. 이러한 사명을 기억하게 만드는 것이야말로 역시 오늘의 돌봄문학에 요구되는 소명 가운데 하나일 것이다.

4. 연대의 시작, '다정한 말'의 힘 김혜진의 「축복을 비는 마음」

  돌봄노동의 경제적 가치를 높이는 일, 노동환경을 개선하는 일, 더 나아가 그로부터 발생할 수 있는 산재와 같은 문제를 예방하고 보장하는 모든 일. 이런 것들은 코로나와 함께 우리 사회가 해결해야 할 당면문제로 부각되었다. 그러나 그 과정에서 때때로 잊히는 것들이 있다. 그것은 그 노동의 당사자, 그들이 느끼는 가치와 진정성을 바로 보고 그것을 인정하고 응원하는 일이다. 김혜진의 「축복을 비는 마음」[11]에 담긴 것도 바로 그러한 이야기이다.

  사십 대 초반인 인선은 양사장을 통해 입주청소 일을 받아서 하고 있다. 그곳에서 만난 경옥_{본명은 소현}은 함께 일하기에 적절한 사람은 아니었다. 비단 서른 남짓한 어린 나이 때문만은 아니다. 경옥은 인선이 일하고 있는 환경에서는 결코 좋은 사람이 못 되었기 때문이다. 여기서 말하는 좋은 사람이란, 한 사람의 몫을 제대로 해내는 사람이다. 그래야만 '함께 일하는 사람들의 몸을 축내지 않는 사람_{147쪽}'이 될 수 있기 때문이다. 그런 기준에서 본다면 경옥은 결코 '좋은 사람'이 아니었다.

  경옥은 말 그대로 '하나부터 열까지 다 알려줘야 하는 타입'이었기 때

---

11 김혜진, 「축복을 비는 마음」, 『창작과비평』 196호, 2022 여름호.

문이다. 인선이 일하는 청소 영역은 일에 대한 숙련도를 인정하지 않는 영역이다. 여기서 숙련도는 기껏 '눈치껏'이라는 말로 대체된다. 사실 이런 말이 자주 언급되는 곳에서는 정확한 업무분장이나 매뉴얼을 기대하기 어렵다. 선임자와 후임자 사이의 교육도 제대로 이루어지지 않는다. 그것은 이 일이 언제든 다른 사람으로 대체되기 쉬운 일이라는 것을 의미하고, 실제로 인선은 매번 신입과 함께 일하면서 현장에서 몸소 이를 확인한다. 그런데 그저 주어진 일만 해내면 된다고 생각했던 인선의 생각에 변화를 야기한 건 바로 경옥이었다.

> 여느 때처럼 울분이 치밀지도 않았다.
> 그것이 경옥이 건넨 말 때문이라는 것을 인선은 나중에 알았다. 지금껏 들어본 적 없고, 듣게 될 거라고 기대하지 않았던 그 말을 자신이 내내 기다리고 있었다는 것을. 누군가가 한번쯤 그런 말을 해주길 몹시 바라고 있었다는 것을. 그럼에도 누구도 그런 다정한 말을 건넨 적이 없음을 깨닫게 된 거였다.
>
> 150쪽

인선은 문득 경옥과 함께 하는 날이면 유독 편안하게 일할 수 있었다는 것을 깨닫는다. 그것이 경옥이 던진 다정한 말 때문이었다는 사실에 인선은 스스로 놀란다. 인선의 이러한 자각은 노동, 그것도 주로 돌봄노동이나 일용직 노동의 현장에서 우리의 사유가 무엇을 놓치고 있는지를 각성시켜 준다. 경제적 가치로 환산되지 않는 노동의 진정성, 수치로 측정되지 않는 숙련도에 대한 존중이 바로 그것이다. 아무도 돌아보지 않았던 그들의 노동이 가진 진정함을 확인해주는 '다정한 말'의 힘. 그것이 함께하지 않는다면 돌봄노동에 대한 우리의 모든 논의는 공허할 수밖에 없음이 드러나는 것이다. 그리고 점차 '눈치가 없다'고만 생각했던 경옥 말들을 곱씹어보게 된다.

> 그러나 일을 마치고 귀가할 때면 경옥이 했던 말들을 곰곰이 되짚어보게 됐다. 식사비와 교통비, 추가비용과 추가수당 같은 경옥이 스치듯 양사장에게 했던 질문의 의미를 찾아보는 거였다. 정류장에서 버스를 기다리다가, 지하철에서 잠깐씩 졸음에 빠지다가, 마트에서 계란과 커피 같은 식료품을 고르다가 인선은 경옥의 질문을 떠올릴 때가 많았고, 그러면 지금껏 자신이 당연하게 해왔던 일의 수고와 비용을 따져볼 수밖에 없었다.
>
> 151쪽

무엇보다 입주청소를 하면서 인선은 항상 일터에서 좋은 사람이 되기 위해 노력해 왔다. 일이 잘 진행되도록 융통성을 발휘하고 일의 과정에 트집 잡지 않고 적당히 '눈치껏' 빠르게 일하는 사람. 그런 좋은 사람이 되고자 노력했고, 성취했다고 생각했다. 그러한 기준에서 인선에게는 자신도, 그리고 자신에게 일을 주는 양 사장과 그의 아내도 좋은 사람이었다. 하지만 경옥의 말은 어쩐지 그 좋은 사람의 의미를 자꾸 불편하게 만드는 것이었다.

그러던 어느 날 결정적인 사건이 발생한다. 인선과 경옥이 놀이터 공사현장에서 넘어지면서 시멘트에 발자국이 찍힌 사건이 발생하는데, 양 사장은 그걸 빌미로 집주인이 청소비를 주지 않겠다고 했다며 인선에게 전화를 한다. 경옥의 설득에 직접 집주인을 찾아간 인선은 양 사장이 거짓말을 했음을 알게 된다. 집주인은 놀이터 사건을 직접 해결해주기를 요구했을 뿐이었고, 그것은 청소비와는 무관한 것이었음을 말이다. 인선과 경옥이 관리사무소와 문제를 해결하자 집주인은 바로 청소비를 입금한다. 하지만 그걸로 인해 인선과 양사장과의 관계는 끝이 난다.

이러한 일련의 과정은 인선으로 하여금 좋은 사람이라는 말에 가려진 위선을 자각하게 만든다. 양 사장 부부의 사람 좋은 웃음은, 사실 인선에게 온당하게 가야 할 '대가'를 착복함으로써 유지되었다는 사실을 말이다. '조금 더'를 요구하는 노동환경에서 인선은 실제로 한 사람의 몫 '이상'을 암묵적으로 강요받았고, 그렇게 추가된 노동의 가치는 물질적으로든 정신적으로든 온전히 평가되지 못했던 것이다. 더 나아가 이런 방식의 노동 현장에서 그 노동의 가치를 제대로 인정받고자 하는 노력은 거부된다는 쓸쓸한 사실까지도 재확인된다.

저도 궁금한 거 있는데 물어봐도 돼요?

인선이 고개를 끄덕이자 경옥은 도저히 엄두가 나지 않는 집을 청소할 땐 마음이 너무 불행해지지 않느냐고 물었다. 받는 돈은 똑같은데 몇배나 더 일해야 하는 상황이 억울하지 않느냐는 거였다.

축복을 비는 마음으로 하는 거죠, 뭐.

인선이 답했고 경옥이 물었다.

축복요? 무슨 축복요?

깨끗하게 청소해드리는 만큼 좋은 일 많이 생기시라고 빌어주는 거죠.

162쪽

그러나 인선은 좌절하거나 절망하지 않는다. 배신감에 치를 떨지도 않는다. 오히려 자신이 미처 몰랐던 자기 마음의 본질을 깨닫고 그것을 수용한다. 아무도 돌아보지 않는, 때로는 속아서 착복당하는 이 노동 속에서도 자신을 지켜낼 수 있었던 힘은 그저 진심이었음을 깨달았기 때문이다. '좋은 사람'이기 위해서가 아니라 그저 좋은 사람으로서 누군가의 출발을 응원하고자 하는 마음, 그것이 인선이 누군가의 집을 청소하는 일에 담은 진심이었다. 그것은 때로 양사장 같은 사람시스템에게 가장 쉽게 이용당하지만, 오히려 그렇기에 때로는 경옥과 같은 든든한 응원과 연대를 얻을 수도 있는 마음이다. 돌봄이 노동의 영역에서 회자될 때 결코 잊어서는 안 되는 것, 그것은 그 어떤 물질로도 환산될 수 없는 바로 이 가치인 것이다.

5. 돌봄이 정치가 될 수 있다면

정치라는 것이 무엇인가? 그것은 본질적으로 사회 구성원 사이의 이해관계를 조정하고 때로 통제하는 과정 그 자체이다. 그러나 협의의 정치로 들어가면 그 주체는 오직 정치인이나 통치자로 한정되어버린다.

이러한 한정 역시 꼭 필요하지만 또한 대단히 위험하기도 하다. 자칫 정치를 인간으로부터 탈각시켜 조직 혹은 시스템 안에 가두어버리는 오류를 범할 수 있기 때문이다. 그러므로 모든 정치는 근본적으로 인간에 대한 이해로부터 시작되어야 한다.

그런데 노동의 영역에서 돌봄을 고찰하고 그것의 경제적 가치를 오롯이 환산하고자 하는 정치적 실천들은, 때때로 그 진정성을 훼손하게 되는 상황에 직면하기도 한다. 따라서 돌봄에 대한 논의들은, 물질로 환산될 수 없는 희생과 헌신의 가치가 돌봄에 내재되어 있다는 지점을 반드시 기억해야 한다. 이것은 돌봄에 대한 논의가 노동을 넘어 정치로 나아가기 위해 반드시 짚고 넘어가야 할 관점이기도 하다.

김유담, 임솔아, 김혜진의 작품은 바로 이러한 이해에 맞닿아 있다. 그것은 단지 돌봄의 현실을 드러내는 것에만 치중하는 것이 아니라, 여성들 스스로가 그러한 문제 속에 갇힐 수밖에 없는 현실적인 모순들을 함께 드러낸다. 무엇보다 돌봄의 대물림에서 벗어나고자 하는 여성들에게는 이기적이라는 낙인이 찍히는 현실은 씁쓸함을 자아낸다. 그것은 "혼자만 편하려고 모두를 불편하게 만든 여자라는 비난"^{김유담의 「안安」}[12]처럼 가부장제 사회에서 돌봄의 주체가 되기를 강요받는 모든 여성들이 처한 현실이다.

잘 알고 있듯이 돌봄의 문제는 노동뿐만 아니라 젠더나 계층의 문제와도 밀접하게 연관되어 있다. 이처럼 너무 여러 문제가 결합되어 있기

---

12   김유담, 「안安」, 『돌보는 마음』, 민음사, 2022.

때문에 실질적이고 구체적인 정치적 행동 안에서는 오히려 쉽게 배제되기도 한다. 이러한 모순을 극복하기 위해 주목해볼 만한 것은 다름 아닌 생태정치이다.

생태정치란 기후변화와 환경파괴가 일상화 되는 현실 속에서 생태적 문제를 해결하고자 하는 시민운동이 보다 정치적인 목소리를 내면서 지칭되기 시작한 용어이다. 실제로 생태운동은 많은 나라에서 정당정치의 영역 안으로 들어가 목소리를 높이고 있다. 이러한 생태정치를 보다 능동적으로 실천하고 있는 영역은 바로 문학이다. 최근 SF 장르에서 생태주의적 경향은 전 세계적으로 두드러지고 있다. 이들 작품은 그 어떤 정치활동보다 더 정치적이라는 점에서 주목할 만하다. 기후변화에서 촉발되는 생태적 위기를 담아낸 서사적 상상력은 그 어떤 정치구호보다 구체적이고 실천적이기 때문이다.

이처럼 돌봄의 문제를 제대로 고찰하기 위해서는 돌봄 그 자체로서 정치화 되어야 할 필요가 있다. 그동안 돌봄은 그 자체로서보다는 젠더나 노동, 혹은 보다 포괄적으로는 생태의 한 영역으로 다루어지고는 했다. 이것 역시 의미 있는 일이지만, 그것만으로 돌봄의 문제가 완전히 해결되기는 어렵다. 수많은 정치적 의제 안에서 작동하는 '보조적인 의제'로서 제 몫의 논쟁이나 사회적 결과를 도출해낼 수 없기 때문이다.

그러므로 돌봄은 이제 돌봄노동을 넘어 돌봄정치로 나아가야 한다. 팬데믹을 거쳤음에도 "한국사회는 이러한 돌봄을 필수 노동으로 재해석하는 데 실패"[13] 한 상태이다. 다행스러운 것은 팬데믹이 단순히 돌봄을 환기하는 데 그치지 않고, 우리 사회 전체가 돌봄의 가치를 새롭게 자각하는 한 계기가 되었다는 지점이다. 그러므로 그 실패의 경험을 개선할 수 있는 기회는 아직 남겨져 있다. 돌봄은 아직 제대로 정치화되지 않았기 때문이다. 그러므로 우리의 돌봄문학이 이러한 돌봄정치의 가능성을 가장 가시적으로 만들어내는 힘이 될 수 있기를 기대해본다.

『현대비평』 12, 2022 가을호

---

13   허윤, 앞의 글, 297쪽.

제2부

다시 어제, 애도의 사회학

제1장
광장으로 들어서다

1. 호민豪民의 시대

　최순실 게이트로 인한 분노가 광화문 광장을 촛불로 뜨겁게 달구었다. 광장의 열정이 놀라운 것은 단지 그곳에 백만이 넘는 사람이 모였기 때문만은 아니다. 현실 정치의 끝없는 배신과 그로 인한 절망을 이겨낸 한 걸음 한 걸음이, 오직 '촛불의 일원'이 되겠다는 마음으로 그곳에 모였다는 사실이 더 중요하다. 끊임없이 말 바꾸기를 시도하는 정치인들과 '모르쇠'로 일관하는 피의자들로 인한 공분을 가장 평화롭고 윤리적인 방식으로 표출하는 과정 속에서, 2016년의 대한민국은 그 어느 때보다도 치열하게 민주주의를 학습하는 시간을 가졌다. 대통령과 그 비선에 의한 국가의 사유화라는 대의 민주주의의 총체적 위기가 오히려 직접 민주주의에 대한 열망을 지핀 것이다.

이 광장의 민주주의를 이끈 것은 다름 아닌 호민豪民들이다. 밥을 먹다가도 길을 걷다가도 하루하루의 업무를 보다가도 혹은 가족과 정다운 시간을 보내다가도, 문득문득 치밀어 오르는 것은 분노였으며 모멸감이었고 더 나아가서는 이대로는 민주주의를 영영 잃어버릴지도 모른다는 두려움이기도 했다. 그것은 주말이면 많은 이들의 발걸음을 광장으로 향하게 했고 그 뒤를 또 다른 발걸음이 따랐다. 그 8할이 거짓과 태만으로 가득했던 꼭두각시 대통령을 향한 분노였다면, 나머지 2할은 그곳에 모여서 함께 목소리를 내지 않고는 도저히 일상을 버텨낼 수 없을 것 같은 치욕 때문이었으리라. 더 이상 침묵하는 항민恒民으로도 원망하면서도 현실을 감내하는 원민怨民으로도 살 수 없다는 시민들은, 스스로 떨쳐일어나 가장 민주적인 방식으로 불의에 저항하는 호민이 되었다.[1] 침묵할 수 없다는 각성이야말로 이 광장의 민주주의를 이끈 동력이 된 것이다. 그리하여 광장에서 마주친 것은 민주주의라는 동일한 신념으로 하나의 촛불을 든 '우리' 자신이었다.

그러나 광장의 역사는 이제 겨우 시작되었을 뿐이다. 평화로운 방식으로 정의를 지켜낸다는 것이 얼마나 길고 힘든 싸움인지는 명약관화하다. 촛불이 국회를 움직여 대통령 탄핵소추안을 가결로 이끌었지만, 우리 앞에는 여전히 끝이 보이지 않는 투쟁의 시간이 남겨져 있다. 탄핵만으로는 이 부정과 부패의 사슬을 끊어낼 수 없기 때문이다. 따라서 이 길고 지난한 시간을 견뎌낼 또 다른 동력으로서, 우리는 오늘의 문학에

---

1   허균, 임형택 역, 「호민론」, 『성소부부고』, 한국고전번역원. db.itkc.or.kr 참조.

그 자리를 새롭게 물어야 할 시간이 왔다.

이 광장의 역사 앞에서 문학은, 과연 '무엇'이 되어야 하는가? 문학의 자리를 향한 논의들은 그 동안 수없이 반복되어왔다. 그러나 2016년의 종료를 앞둔 한국 사회만큼 그 논의가 절박했던 적은 없었다. 문학이 스스로에게 그 자리를 묻는다는 것, 그것은 어쩌면 너무도 당연한 일이다. 그러나 문학의 바깥에서조차 문학의 자리를 묻는다는 것, 그것은 어쩌면 부끄러운 일일지도 모르겠다. 그만큼 문학이 제 역할을 다하지 못했다는 방증이기 때문이다. 그러나 동시에 그것은 여전히 문학에 대한 사회적 기대가 지대함을 의미하는 것이기도 하다. 그리하여 이제 여기서 되묻는다. 문학은 '무엇'이어야 하는가? 문학은 이 광장의 지성을, 그 목소리를 어떻게 반영하고 대변할 것인가? 그것이 2017년을 여는 이 글에서 보고자 하는 한국 시의 '현재'이다.

2. 결코 침몰할 수 없는 진실[2]

이제 대한민국의 시계는 다시 2014년 4월 16일로 되돌아갔다. 사실 광장을 메운 촛불은 2년 8개월 전, 세월호 참사로부터 이미 시작된 것이라고 해도 과언이 아니다. 대한민국 헌정사를 뒤흔든 이 초유의 국정농단 이면에는, 진실을 인양할 수 없게 만든 은폐와 탄압이 놓여 있기 때

---

2   윤민석 작사·곡의 〈진실은 침몰하지 않는다〉에서 차용함.

문이다. 구하지 않은 '저들' 때문에, 우리가 구할 수 없었던 '그들'의 이야기는 또 다시 광장의 목소리를 응집시키는 힘이 되었다. 2년 반이나 지각한 발걸음들이 그 미안함으로 광장을 메우는 지금, 가장 뜨겁고 진실하게 세월호를 노래한 진은영 시인의 시는 그 울림이 남다르다.

예은아 거기서도 들리니? 아빠의 목소리가
"얘들아, 어서 벗자 이건 너희들이 입기엔 너무 사이즈가 큰 슬픔이다"
예은아 거기서도 보이니?
모두에게 제대로 마른 걸 입히려고 진실의 옷을 짓는 엄마가

너와 네 친구들의 얼굴이
맑은 물 돌들 밑
은빛 물고기처럼 숨어 있다 나타난다
모두 알고 있다 안 보이지만 너희가 거기 있다는 걸

예은아, 진실과 영혼은 너무 가볍구나
거짓됨에 비해,
진실과 영혼은 너무 가볍구나
모시옷처럼
등 뒤에 돋은 날개처럼

양팔 저울의 접시에 고이는 네 눈물

너의 별 쪽으로 더 기울어지려고

광장 위 가을 하늘이 자꾸만 태어났다 쏟아진다

진은영, 「천칭자리 위에서 스무 살이 된 예은에게」[3] 부분

세월호 참사로 희생된 유예은 학생을 위한 진은영 시인의 두 번째 생일시는, 가을에 시작되어 어느덧 겨울로 넘어온 이 촛불집회가, 다시 봄을 향한 진행형이 되어야만 하는 이유를 말해준다. 2015년에 발표했던 「그날 이후」가 예은이의 시점으로 쓴 것이었다면, 「천칭자리 위에서 스무 살이 된 예은에게」는 시인 진은영이 보내는 답시이다. 이러한 진은영의 시는 오늘, 문학의 자리가 어디여야 하는가를 분명하게 보여준다. 상처받으면서도 아픈 시간을 견뎌내야 하는 사람들 곁에서 그들의 아픔을 함께 드러내는 시, 그 위로의 자리가 문학의 첫 번째 자리이다.

그것은 무엇보다도 '말 건넴'이다. 진은영의 시에는 매혹적인 은유도 격정적인 호소도 날카로운 상징도 부재한다. 일상의 어휘들만으로 그저 도란도란 이야기하듯 내뱉는 그의 시어는, 그럼에도 불구하고 묵직한 울림을 만들어낸다. 아주 작은 기교조차도 슬픔의 본질을 해할까 저어하는 시인의 그 조심스러움이야말로 결코 가벼울 수 없는 진실을 대하는 시인의 마음을 대변하고 있는 것은 아닌가. 그것은 진실을 향한 발걸음이 얼마나 큰 고통과 절망을 딛고 나아가는 것인지를 너무나 잘 알고 있기 때문이리라. 이처럼 진은영의 시가 상처받은 이들의 고통을 함

---

3   진은영, 「천칭자리 위에서 스무 살이 된 예은에게」, 『21세기문학』, 2016 겨울호, 34~37쪽.

께 쓸어안아주는 위로를 건네고 있다면, 김중일의 시는 보다 격정적으로 세월호를 노래한다.

> 엄마들은 자식이 죽었다는 소식을 전해 듣고
> 그 순간 한순간에 세상이 무너질까봐
> 그 자리에 곧바로 무너지듯 털썩 주저앉는다
> 지구가 땅속 깊은 곳에서부터 폭발해 터져나오려는
> 그 순간 그 자리를 틀어막듯 주저앉는다.
>
> (…중략…)
>
> 이렇게 오랫동안 기적을 기다리며
> 매순간 무너지려는 길의 틈새를
> 매순간 무너지려는 공중의 틈새를
> 천지사방을 이 시간을 온몸으로 막으려
> 죽어서도 그들은 여기에 서 있다.
>
> 김중일, 「매일 무너지려는 세상」 부분[4]

우리의 오늘은 누구에게 빚지고 있는가? 김중일은 4·16 이후 이 세계는 매일매일 무너져 내리고 있었다고 말한다. 진실 앞에서 침묵하는

---

4   김중일, 「매일 무너지려는 세상」, 『창작과비평』, 2016 겨울호, 102~104쪽.

사람들, 침묵을 강요하는 사람들, 그저 외면하는 사람들로 인해 매일 무너지려는 세상을 가까스로 틀어막은 것은 가장 고통스러운 사람들의 비명이었다. 우리 사회가 세월호의 진실을 향해 지각 걸음을 하는 동안에도 그들은 결코 무너지지 않았다고, 시인은 역설한다. 고통에 비명을 지르면서도 그들은 오히려 이 무너지려는 세상을 막으려 "무너지듯 털썩 주저앉"은 것이었다고 외친다. 그리고 마침내 가려진 장막이 걷힌 순간, 오늘의 우리는 깨닫는다. 이 무너지려는 세상을 기적처럼 막아내기 위해 '죽어서도 여기 서 있는 그들'이 우리 곁에 있음을 말이다. 따라서 그들을 위한 진실을 인양하는 것이야말로 오늘 광장을 메운 촛불의 책무가 아닐 수 없다.

그러나 분노만으로는 이 사명을 이룰 수 없다. 진실에 나아가는 길은 때로 욕되고 멸시받음을 감내해야 하는 길이기도 하다. 정치인이 되면서 시인의 언어를 뒤로 하고 세상 정치의 언어를 입에 담아야 했던 시인 도종환의 고백은 더욱 비장해진다.

나는 세속의 길과
구도의 길이 크게 다르지 않다고 말했지만
사람들은 믿으려 하지 않았다
원수와도 하루에 몇 번씩 악수하고
나란히 회의장에 앉아 있는 날이 있었다
그들이 믿는 신과 내가 의지하는 신이
같은 분이라는 걸 확인하고는 침묵했다

일찍 깬 새들이 나 대신 새벽미사에 다녀오고

저녁기도 시간에는 풀벌레들이 대신

복음서를 읽는 동안

나는 악취가 진동하는 곳에서 논쟁을 하거나

썩은 물위에 몇 방울의 석간수를 흘려보내기 위해

허리를 구부렸다.

그때도 오체투지를 하고 있는 풀들을 보았다

풀들은 말없이 기도만 하였다

풀잎들이 나 대신 기도를 하였다

도종환, 「풀잎의 기도」 부분[5]

　　세속의 길과 구도의 길을 함께 걸어가기 위해 스스로 정치라는 진창에 발을 내딛은 시인 도종환은 자신의 고뇌를 이렇게 갈무리한다. 그에게 정치란 "원수와도 하루에 몇 번씩 악수"를 해야 하는 시간이었고, 때로는 "그들이 믿는 신과 내가 의지하는 신이 / 같은 분"이라는 사실에 절망하는 시간이기도 했다. 그럼에도 그는 신 앞에서 자신에게 주어진 사명의 의미를 되새긴다. 그가 온갖 욕망에 찌들어 "악취가 진동하는 곳"에 서 있어야 할 이유는 단 하나, "오체투지"를 위함이다. 두 손, 두 무릎, 이마를 땅에 대고 하는 절실한 기도. 그것을 위해 그는 광장의 문을 열어주는 문지기가 되어 온몸을 바닥에 내려놓고 진창을 구른다. 적어도

5　도종환, 「풀잎의 기도」, 『문학의 오늘』, 2016 겨울호, 96쪽.

시인 도종환에게 그것은 시와 진실을 향한 구도의 길인 것이다.

이처럼 2016년 12월을 마감하는 시들은 지독하게 담담하고, 그래서 지독하게 아프다. 스스로 위안의 자리에 선 문학은 이토록 절박하다. 현실정치의 참담함은 시의 언어를 둘러싼 수사修辭를 걷어낸 채, 민낯의 시어로 '오늘'을 사유하고 노래하게 한다. 현실이 시어를 압도하는 순간인 것이다. 마침내 눈과 귀를 뜬 우리 사회 앞에, 광장은 그렇게 신화처럼 도래했다.

3. 광장의 언어, 시가 되다

그리하여 광장을 가슴으로 끌어안은 2016년 12월의 시에는 그 무엇보다도 '우리'를 향한 뜨거운 신뢰로 가득하다. 그것은 눈과 귀를 막은 맹목적인 집착이 아닌, 수많은 회의와 비판을 거치면서 함께 단단해져 언제든 서로의 어깨를 의지할 수 있다는 든든함이다. 각자 다른 삶의 가치와 정치적 지향에도 불구하고 서로를 향해 눈과 귀를 열 수 있다는 신뢰가 아니라면 불가능한 질서가, 바로 광장에 존재한다. 그곳에서 시는 은유를 벗고 상징을 걷어내고 일상의 언어를 입는다. 그리고 하나의 목소리를 낸다.

> 설악산에서부터 내장산, 한라산에 이르기까지
> 은행나무도 단풍나무도

비 내리듯 지상의 모든 물든 잎들이

조용히 조용히 하야하고 있는데

11월의 왕관은 그것이다

색을 버리고 수묵의 강산으로

각설하고

다 하야한다

김승희, 「11월의 은행나무」 부분⁶

    광장에 모인 모든 이들이 대통령의 하야를 외쳤던 11월의 어느 날을 시인은 가장 찬란한 하루로 기억한다. 그리고 광장의 언어는 그대로 시인에겐 시의 질료가 된다. '하야下野'를 명사가 아닌 동사로 활용함으로써 시인은 거기에 보다 강력한 요구를 담아낸다. "지상의 모든 물든 잎들이" 마땅히 떨어져 본래의 자리로 돌아가는 그 모든 과정을, 시인은 '하야'하고 있다고 표현한다. 그리하여 자연의 마땅한 요구를 전달한다. '하야하라.'

    이로부터 문학의 두 번째 자리가 분명해진다. 광장의 언어를 내면화하고, 더 나아가 광장의 목소리를 이끄는 동력이 되어야 한다는 다짐이다. 김승희뿐만이 아니다. 많은 시인들이 정치적인 수사修辭를 자신의 시어로 적극적으로 받아들였다. 그것은 그 어느 때보다 더 강력하게 현실

---

6   김승희, 「11월의 은행나무」, 『현대시』, 2016.12, 150~151쪽.

정치의 문제가 문학의 자리로 비집고 들어온다는 것을 의미한다. 김별은 연작시 「21세기 고추」 중 첫 편에서 정치적인 수사들이 어떻게 시적인 메타포로 수용될 수 있는지를 보여준다.

　　나도 안다. 한때나마 그것은 전기의자가 아니라 정의봉正義棒이었다.
　　딱 오늘부터 어제까지의 역사와
　　지난 세기였다면 문제없이 유통되었을 하루 밤낮의 레시피들.
　　전기는 짜릿짜릿하고 방망이는 달콤달콤하겠지.
　　21세기가 아니었다면 나는 알아차릴 수도 없었어. 이를테면
　　누진세에 굴복하는 전기뱀장어. 주유소 사모님이 빨아먹는 기름장어.

　　에버랜드에서 말을 훔쳐 타고 돌아오는 길에 나는 보았다.
　　열 살도 먹지 않은 사랑스러운 계집애들이 삼삼오오
　　손을 잡았다 놓았다 하며 몰려오는 골목길을 나는 바라보았다.
　　정의봉의 달콤달콤한 맛을 보던 안두희의 골통이 반으로 쪼개지는 순간
　　그 은밀한 틈 사이에서 사랑하는 계집애들이 출산당할 수도 있었을 것.
　　아버지. 어서 전기의자의 빨간 스위치를 위스퍼로 눌러봐. 그러면 슬퍼.

　　(…중략…)

　　그대여.
　　유치하게 웃어달라.

안드로메다는 전두환의 꿈을 꾸는가?

김별, 「21세기 고추」 부분[7]

최순실 게이트로부터 여권의 차기 대선후보, 삼성, 승마 부정입학, 여성혐오까지. 2016년 하반기를 달구었던 국정농단을 둘러싼 수많은 정치적 화두와 비유들이 그대로 시어로 수용되었다. 김별의 이 시는 광장의 목소리에 가장 적극적으로, 그리고 가장 노골적으로 화답하고 있다고 평가할 수 있으리라. 그런데 시인은 현실을 반영하는 것에서 그치지 않는다. 그는 부패한 권력의 욕망까지 들여다본다. "안드로메다는 전두환의 꿈을 꾸는가?"

이렇게 현실 정치를 향해 던지는 시인들의 직설화법은 비단 김별만이 아니다. 김민정,[8] 안승범,[9] 강인한,[10] 김남호[11]의 작품에서도 현 시국에 대한 냉소적 진단이 직설적으로 드러난다. 안내하고 포위하고 시중들고 즐겁게 하는 게 전부 '꼭두'의 세상^{김민정}에서 슬픔조차 비정규적일 수밖에 없는 생의 비애를 담아내며 "바람의 정권이 겨울에서 실각하는 내일"^{안승범}을 꿈꾼다. 한쪽에서는 장거리 미사일을 쏘아 올리고 다른 쪽에서는 맞장구치듯 사드 배치를 예찬하는 코미디가 언제나 유효한 이곳 대한민국^{강인한}은 "망각하고 망각하고 더 이상 망각할 게 뭐 없나 생각하

---

7   김별, 「21세기 고추」, 『21세기문학』, 2016 겨울호, 12~13쪽.
8   김민정, 「출장전문수리사 맥가이버 김의 명함」, 위의 책.
9   안승범, 「비정규적 슬픔」, 『시로 여는 세상』, 2016 겨울호.
10   강인한, 「창조적인 서커스1」, 『시인수첩』, 2016 겨울호.
11   김남호, 「어제들의 도시」, 『문학의 오늘』, 2016 겨울호.

다 캄캄해지는" 절망의 땅_{김남호}이다. 그럼에도 불구하고 그들은 아직 현실에 절망하지 않았다. 광장이 이미 그들에게 열려 있기 때문이다.

11월

어디론가 사람들이 자꾸 간다.
가고 있다들.

김민정, 「그끄제」 부분[12]

4. 남겨진 시어들

허균은 「호민론」에서 "천하에 두려워해야 할 바는 오직 백성일 뿐이다"[13]라고 말했다. 광화문 광장의 촛불은 그 힘을 증명하였다. 2016년 12월 9일. 비선 실세에 의한 국가의 사유화가 그 꼬리를 밟히고 광장으로 민심이 모여들기 시작한 지 꼭 7주 만에 대통령에 대한 탄핵소추안이 국회를 통과했다. 그럼에도 불구하고 여전히 촛불은 이어지고 있다. 촛불이 꺼지지 않는 이유는 단 하나이다. 지금 우리는 무너지려는 이 세계에서 겨우 한 발 재겨 딛을 수 있는 좁은 발판 위에 섰을 뿐이다. 이 작

---

12   김민정, 「그끄제」, 『21세기문학』, 2016 겨울호, 10쪽.
13   허균, 임형택 역, 「호민론」, 『성소부부고』, 한국고전번역원, db.itkc.or.kr

은 불빛이 만드는 뜨거운 연대는 하나를 위한 수많은 '우리'이기에 가장 두려운 존재가 될 수 있었다. 그러나 여전히 우리 앞에는 균열이 난 수많은 틈새들이 함정처럼 기다리고 있다. 따라서 그 모든 틈새를 뜨거운 촛농으로 막아낼 우리의 촛불은 아직 쉴 수 없다. "돌멩이는 하나가 아니었다 불안은 동심원처럼 퍼져나갔다 돌 하나를 부수기가 무섭게 다시 돌 하나를 내려놓는 손이 있다면",[14] 그것은 바로 여기 광장에 모인 우리 자신일 것이다.

『현대시』, 한국문연, 2017.1

---

14   안희연, 「불씨」, 『창작과비평』, 2016 겨울호, 155쪽.

제2장

오늘의 '문학'에 묻는다

1. 문학의 파산

2017년 2월, 국정농단과 탄핵을 둘러싼 최종적인 사법처리를 목전에 두고 광장은 다시 촛불의 열기로 뜨겁게 타오르고 있다. 우리 사회의 적폐를 더 이상 방관하지 않겠다는 비판적 시민들의 발걸음이 주말에서 주말로 이어지고 있다. 이미 치욕이 되어버린 나라에서 더 이상 욕되게 살 수 없다는 목소리들이 "대한민국의 모든 권력은 국민으로부터 나온다"는 그 평범한 진리를 되찾기 위해 혹한의 겨울을 달구고 있는 것이다.

> 우리는 정직하게 말해도 되겠지만,
>
> 종국엔 비겁하게 말을 고르겠지.

(…중략…)

그리하여 우리의 말이

종국엔 평범하고 고요한 무관심들이라면,

무관심의 전체주의라면,

이 노래는 어떻게 파산해야 할까,

어떻게 사라져야 할까,

김안, 「파산된 노래」 부분, 『현대시』, 2017.1

그런데 바로 이 순간, 시인은 역설적이게도 문학의 파산을 노래한다. 그 어느 때보다 문학의 정치·사회적 기능이 강조되어야 할 바로 이 시점에 말이다. 무엇이 시인으로 하여금 이 끔찍한 자기파괴를 감내하게 하는 것일까?

이 시에서 김안 시인은 단순히 문학의 파산을 선언하는, 그리하여 우리에게 아주 익숙한 언설言說로서의 '문학의 위기'를 답습하지 않는다. 오히려 시인을 고뇌하게 하는 것은 지금 이 순간, "이 노래는 어떻게 파산해야 할까"라는 당위의 문제이다. 무엇보다도 그는 이 파산의 원인으로 지목된 "우리" 속에서 자신의 이름을 삭제하지 않는다. 그는 "평범하고 고요한 무관심"이 되어버린 그리하여 마침내 '무관심' 아닌 다른 언어를 용납하지 않는 폭력으로 전락해버린 "우리의 말"을 향해, 그 자체가 청산의 대상이 되어야 한다고 외친다. 그러한 비판의 날이 첫 번째로 향한 곳은 바로 시인 자신이며, 그는 자신의 방관이 만들어낸 책임으로부터 결코 눈을 돌리지 않는다.

이제 파산해야 할, 그리하여 마침내 사라져야 할 타락한 언어. 하나의 글쓰기였고, 하나의 작품이었으며, 때로 누군가의 텍스트였을 그 문학을 다시 바라보자. 그토록 찬란했던 이름이, 그리고 아름다운 수사 모두가 우리 안에 숨겨진 어떤 괴물의 가면이었다면, 우리는 그 "문학의 파산을 어떻게 인정해야 할까".[1] "가해자로서, 피해자로서, 방관자로서, 연루자로서, 자신이 문학장에 속해 있다는 의식을 갖는 이"[2]들이라면 그 누구라도 이 파산으로부터 자유로울 수 없다. 따라서 작가와 작품에 대한 논의 역시 오늘의 '문학'을 둘러싼 이 혹독한 파산이라는 당위 앞에서 시작되어야 할 것 같다.

2. 보라, 우리 안의 괴물을

오랜 시간 동안, 우리 문학 내에서 가장 많이 회자된 언설言說 중 하나는 '문학의 위기'였다. 그리고 많은 경우, 그것은 문학의 내부로부터가 아닌 외부로부터 촉발된 타의적인 것으로 인식되었다. 그러한 언설 속에서 문학은, 그리고 그 문학의 실질적인 생산자이자 가장 적극적인 소비자로서의 문인들은 적어도 자기 스스로를 상처 입은 피해자의 위치에 자리매김할 수 있었다. '문학의 위기'라는 프레임 안에서 문학은 언

---

1   황인찬, 「'우리'의 파산을 어떻게 견뎌야 할까」, 『현대시』, 2017.2, 53쪽.
2   위의 글, 54쪽.

제나 천대받고 멸시받는, 가장 낮은 자리에 위치한 그 무엇으로 정의되었던 것이다.

그 때문일까? 실제로 오랜 시간 동안 문학이 탐구해온 '오늘'의 문제는 문학과 문학 아닌 것들 사이의 충돌이었고, 그것은 때때로 둘의 관계를 피해와 가해의 관계 속에 놓기에 용이한 전제가 되기도 하였다. 텔레비전과 영화 등의 영상예술에 그 영광을 빼앗겨버린 상황에서 약자로서의 위치 설정은, 어쩌면 문학이 가질 수 있었던 가장 강력한 무기였는지도 모른다. 그로부터 지난 30여 년간, 문학논쟁의 장 안에서 간과되었던 것은 어쩌면 문학을 둘러싼 오늘을 문제 삼고 있는 '문학' 그 자체는 아니었을까? 정치·사회에 대해 날카로운 비판을 견지하던 문학이 그 스스로를 '피해'의 자리에 놓음으로써, 결정적으로 문학 스스로에 대한 윤리성을 물을 수 있는 비판적 거리를 충분히 확보하지 못했다는 것이다.

이러한 비판의식을 보다 강력하게 이끌어낸 것은 지난 2016년 SNS를 중심으로 시작된 〈#문단_내_성폭력〉 운동이었다. 오늘의 한국 시단을 이끌어가는 기성·신진작가를 망라한 이름들이 성폭력의 '가해자'로 지목되었다. 무엇보다 경악스러웠던 것은 새로운 시어로 시단의 기대를 한 몸에 받은 젊은 시인들마저 그들의 유명세를 이용해서 예비 작가와 독자들을 정신적·육체적으로 착취했다는 사실이었다. 더욱 심각한 것은 적극적으로 드러난 피해 사실보다 여전히 수면 아래에 잠겨 있는 피해자들이 더 많을 것이라는 예측이다.

문학이 그 스스로 권력에 취하고 타락한 언어로 작가 한 개인의 비윤리적 욕망을 채우는 수단이 될 때, 그것이 얼마만큼 추악해질 수 있는지를 보여주는 사건은 비단 이것뿐만이 아니다. 국정농단의 중심에서 우리는 또 한 명의 문인과 마주치게 된다. 비선실세의 딸을 위해 이화여대 성적조작에 참여했던 소설가. 최고의 권위를 자랑하는 문학상의 수상자이며 베스트셀러 작가, 최연소 교수라는 타이틀을 지닌 그는, 한때의 문단 총아였다. 그에게 있어서 문학이 권력으로 나아가는 도구에 불과했다는 사실은, 충격을 넘어 깊은 절망을 안겼다. 따라서 지금 우리 문학 앞에 놓인 윤리적 물음들은 더욱 엄정하며, 그 무엇보다도 문학의 내부를 겨냥할 수밖에 없다.

누군가 유리의 숲이라고 명명한 곳에는 무엇이 있지요? 유리가 있습니다. 숲은 없고 유리가 있습니다. 유리의 숲에 숲은 없고 유리가 있다는 것. 그것이 우리가 흔히 말하는 진실이라는 것입니다. 진실 속에는 무엇이 있지요? 유리가 있습니다. 진실 속에도 유리가 있는 것입니다. 이를 통해 누군가 알 수 있는 것은 무엇일까요? 바로 진실은 깨어진다는 것입니다.

(…중략…)

누군가 유리의 숲이라고 명명한 곳에는 고발의 흔적들로 눈부십니다. 눈을 뜰 수 없겠지만, 부디 눈을 떠주십시오. 눈멀 것 같겠지만, 보이는 것이라곤 숲이 아닌 깨어진 유리 조각들뿐이겠지만. 부디 눈 떠주십시오. 깨어진 세상에 진실이 하나 있다면 깨어진 진실이라도 반드시 무언가를 비춘다는 것입니다. 생존하고 있는 우리 속에 광선이 있기 때문입니다.

비전 속에서 당신이 본 것들을 믿지 마십시오. 숲의 여기저기에서 맥락

없이 출몰하는 개들이 바로 당신의 거울이라고.

송승언, 「유리세계」 부분, 『창작과비평』 174, 2016 겨울호

현재의 문단상황에 가장 적극적인 목소리를 내고 있는 문인 중 한 명
인 송승언 시인은 오늘의 문단상황을 '유리의 숲'이라 명명한다. 〈#문
단_내_성폭력〉 운동의 진행 이후 여론을 잠재우기 위해 사과문을 내놓
고는 뒤에서는 피해자들을 고소하는 행태를 일삼는 가해자들, 가해의
사실이 수면으로 드러나지 않았다는 이유로 도덕적 올바름을 일종의
'코스튬 플레이'처럼 걸치고 있는 위선자들, 그들을 비호하고 있는 문단
까지. 시인은 그 모두를 향해 비판의 날을 세웠고, 그 결과 오히려 가해
자에게 고소당하는 위기에 처했다.

"유리의 숲에 숲은 없고 유리가 있다"는 진실은, 결국 우리가 숲이라
고 여겨왔던 것이 허구에 불과했음을 말하는 것이다. 그곳에서 우리가
발견할 수 있는 것은 오직 깨어진 유리조각뿐이다. 진실이 드러난 이상,
이 거짓으로 일구어진 숲은 산산이 부서져야 한다. 그래야만 그 뒤에 숨
겨진 모든 죄악들이 낱낱이 드러날 수 있기 때문이다. 그것을 관통하는
광선, 그로부터 드러나는 이 추악한 이면이야말로 "진실의 폭로"라고 시
인은 역설한다.

지금 SNS를 켜보라. 문단의 추악한 이면을 폭로하는 "고발의 흔적들"
이, 비통한 진실을 드러내고 있다. 사실 진실을 향해 눈을 뜨는 것은 그
리 유쾌한 일은 아니다. 진실을 드러내는 일보다 그것을 외면하는 것이,

거짓을 파헤치는 일보다 그것을 덮는 것이 더 쉽고 편하기 때문이다. 그래서 작품의 독자성을 강조하며, 작가의 인성이 무슨 상관이냐고 반문하는 이도 있을 것이다. '관행'이라는 이유로, 혹은 예술가 특유의 괴팍한 품성이라며 이를 옹호하는 사람도 있을 것이다. 그러나 우리는 기억해야만 한다. "모든 폭력과 혐오는 '알고자 하지 않는 게으름'에서 출발한다"[3]는 것을 말이다. 따라서 송승언이 부르는 이 냉혹한 파괴의 노래는 김안이 부르는 "파산된 노래"의 이유이며 당위가 된다.

> 우리는 고통을 상상하기 위하여 서로의 눈[目]을 파냈던 것이 아니라, 그저 눈감기 위해서였을까, 우리는, 우리라는 말[言]은. 그러니 우리 안의 괴물을 버린들 기록된 악행이 사라질까, 우리의 괴물들은, 우리라는 말의 괴물들은 기록을 딛고 또 다시 쓰이며 되살아나고, 행복과 야만의 국경을 지우고 부단히 포복하고, 썩어 부서진 늑골 안에 눌어붙어 포자처럼 번지고, 우리 말에는 눈이 없어, 귀도 없고 마음이 없고, 우리라는 말은 서정과 실험 속에서 서로의 바벨이 되어 몰락해가고.
>
> 김안, 「파산된 노래」, 『현대시』, 2017.1[4]

---

3   신필규, 「김윤석의 놀라운 '사과', 그는 '몰랐다'고 하지 않았다」, 『오마이뉴스』, 2017.1.19. http://star.ohmynews.com

4   2017년 1월호 『현대시』에 실린 김안 시인 작품 두 편은 모두 제목이 「파산된 노래」이다. 일련번호도 없는 이 연작은 두 개의 몸체를 지닌 하나의 작품이다(김안 시인의 작품에는 이러한 연작들이 다수 포함되어 있다). 이에 이 글에서는 특별한 의미부여나 구분 없이 두 작품에 모두 하나의 제목을 그대로 사용하고자 한다.

다시 김안의 시로 돌아오자. 시인은 파산의 본질이 오늘이 아닌 '어제'에 있다고 말한다. 더 나아가 그 어제를 감춘 폭력의 잔상들이 "우리라는 말"에 새겨져 있다고 토로한다. 그가 말하는 괴물의 본질은 그의 혀를 통해 발화되고 그의 손을 통해 적힌 그 수많은 언어와 기록물 속에 잔존한다.

물론 시인은 알고 있다. 우리 안의 괴물을 버린다고 해서, 그들과 함께 쌓아올린 악행들이 사라지지 않는다는 것을. 따라서 이 유리의 숲을 깨어버리지 않는 이상^{송승연, 「유리세계」}, 또다시 우리의 언어는 또 다른 괴물들에게 잠식될 수밖에 없다. 노래의 파산은 필연적이다. 그것은 이 노래가 숨겨왔던 모든 부채를 탕감할 수 있는 유일한 길이며, 괴물의 언어가 만들어낸 "서로의 바벨"로부터 벗어날 수 있는 단 하나의 열쇠이기 때문이다.

3. 윤리적 물음들, 그리고

문학은 작가의 작품인가, 아니면 작품의 작가인가? 우리가 말하는 문학이 그 어떤 것도 아닌 바로 글 쓰는 '우리' 자신의 자의식과 필연적으로 연결되는 것이라면, 이 질문은 이제 바뀌어야 한다. 그것은 무엇보다도 작가와 작품에 바쳐진 신화화로부터 벗어나는 일이다. 자신의 세계를 문자로 바꾸는 일, 그 문자를 통해 다시 세계를 바꾸는 일. 그것이 문학의 궁극적 지향이라면, 우리의 글쓰기는 무엇이 되어야 하는가?

문학은 얼마든지 범죄를 상상하고 파괴를 형상화할 수 있다. 그러나 그 자체가 문학의 목적이 될 수는 없다. 또한 그것이 작가 한 개인의 윤리적 타락에 대한 면죄부로 기능하는 일은 더욱 용납할 수 없다. 예술이라는 이름으로 자기 범죄를 정당화하고 합리화하는 것은 얼마나 추악한 일인가. 그러므로 우리의 글쓰기는 그 무엇보다도 우리 자신에게 엄정하고 윤리적인 그 '무엇'이 되어야만 한다.

> 당신은 여전히 아스팔트 위를 걷고 여전히 살아 있다
> 벽돌의 바람대로
>
> 아름다운 사랑을 한다 시를 쓴다
> 아름다운 시는 거리 곳곳을 날고 그러다 지치면 당신 품에 들어 쉰다
>
> 나는 과연 벽돌이고 아무렇지 않은 얼굴로
> 이따금 몸을 던진다
> 당신은 벽돌을 던진 적이 없다.
>
> 　　　　　　　박소란, 「이 단단한」, 『창작과비평』 174, 2016 겨울호

　우리의 파산이 어떤 결론을 가지고 올지, 아무도 예측할 수 없다. 우리는 어쩌면 지금까지보다 더 혹독한 위기와 독자의 외면을 견뎌야 할지도 모른다. 그러나 적어도 우리는 기억해야 한다. 이 파산의 끝에서 우리의 글쓰기가 손을 내밀 곳은 적어도 그들, 더럽혀진 언어로 자기의 범죄

를 숨겨왔던 그 괴물들은 아니어야 한다는 것을. 이제 우리는, 그리고 문학은 그들을 향해 '함께 던져지는 벽돌'이어야 한다는 것을.

『POSITION』 017, 2017 봄호

제3장

다시 '광주', 애도의 사회학

권여선·공선옥·한강

1. 질문의 시작점에서

〈가보세요〉에서〈녹두새요〉,〈파랑새요〉로 이어지는 갑오동학혁명의 참요讖謠, 그 의미가 새삼 강렬하다. 그것은 두 갑자甲子를 지나 되돌아온 2014 갑오년, 우리 사회의 모순이 그때와 별반 다르지 않다는 자각 때문일 것이다. 2014년을 전후로 소설의 서사성이 강화되기 시작한 것 역시, 갑오년의 도래에 대한 예민한 문학적 반응이라고 말한다면 지나친 것일까? 권여선의 『레가토』창비, 2012를 필두로 공선옥의 『그 노래는 어디서 왔을까』창비, 2013, 한강의 『소년이 온다』창비, 2014에 이르기까지. 1980년 '광주'가 이 서사적 강화를 이끄는 중요한 화두라는 사실은 예사롭지 않다.

광주는 지난 30여 년에 걸쳐 가장 뜨겁게 사유되었지만, 가장 차갑게 내쳐진 공간이었다. 광주를 이야기한다는 것은 늘 '모욕과 상처, 회한과 반성이 여전히 진행형으로 뒤섞인 상태에서 한 세대의 삶을 돌아보는 일'[1]에 가까웠다. 하나의 사건이 한 세대를 넘어서 끊임없이 현재화된다는 것은, 사실상 공포에 가깝다. 그것은 광주를 둘러싼 모순들이 오늘날까지도 여전히 유효하다는 것을 의미하기 때문이다. '광주에서 연행한 176명 모두 귀가',[2] "세월호 전원구조"라는 두 헤드라인은, 그 뒤에 수많은 사람들의 죽음을 은폐했다는 점에서 1980년 5월과 2014년 4월 사이에 놓인 시간의 간극을 무색하게 만든다. 전자가 총칼에 의한 학살이라면 후자는 총체적인 비리와 태만에 의한 참사라는 점이 다를 뿐이다. 이미 세월호는 우리가 구하지 못한 또 하나의 '광주'가 되어버린 것이다.

그러나 우리가 광주에 다시 주목해야 하는 이유는 따로 있다. 그것은 비극, 그 이후의 문제들 때문이다. 2014년 오늘은 그 어느 때보다도 광주를 떠올리게 만드는 정치사회적 조건 위에 놓여 있다. 4·16 이후 세월호를 둘러싼 진실에 대한 모든 요구는 색깔론으로 폄하되었고, 희생자를 위한 눈물의 공동체는 집단적 광기로 치부되었다. 수치로 기록되는 죽음의 상징성 앞에서 수많은 개인들의 죽음은 너무도 쉽게 괄호 안으로 생략되어버린다. 바로 이 때문에 애도의 목소리는 망각을 강요받는다. 이것은 광주 이후, 광주를 향해 우리 사회가 저지른 모든 만행에 대한 답습이라는 점에서 더욱 문제적이다.

일상의 이름으로 진실에 대한 침묵이 강요되는 지금, '광주'는 우리에게 진정한 애도의 의미를 되묻는 화두가 된다. 더구나 우리 사회는 300

---

1   정홍수, 「고해의 자리」, 『흔들리는 사이 언뜻 보이는』, 문학동네, 2014, 368쪽.
2   최정운, 『오월의 사회과학』, 오월의봄, 2012, 43쪽.

여명의 목숨을 칠흑 같은 바다에 수장시키고도, 아직 그 죽음에 대한 장례조차 온전히 치러내지 못하고 있다. 물 밑에 가라앉은 진실이 드러나지 않는 한, 그 앞에서 흘리는 모든 눈물은 하나의 퍼포먼스에 지나지 않는다. 진실 앞에 고개 숙이지 않는 눈물이란 진정한 의미의 애도일 수 없기 때문이다. 세월호를 둘러싼 애도의 시공간이 끝없이 확장되고 있는 이유 역시, 바로 여기에 있다. 이 안타까움의 눈물을 진실을 이끌 새로운 힘으로 전환시키기 위해, 우리는 다시 광주를 초혼해야만 한다. '광주'는 우리가 축적한 가장 뜨거운 눈물의 정수이기 때문이다.

2. 희생의 복원과 침묵이라는 소통

한 죽음 앞에서 그 죽음이 가진 의미를 되새기는 것. 애도는 단지 눈물 흘리는 것이 아니라 눈물 속에서 한 죽음의 의미를 복원하는 과정이다. 오늘 우리에게 광주가 다시금 호출된다는 것은, 여전히 그러한 애도가 끝나지 않았음을 의미한다. 이미 익숙해져버린 이 죽음의 문제가 결코 해묵은 과거로 남겨질 수 없다는 것은 무엇을 의미하는가? 그것은 지금 우리 앞에 현현顯現한 폭력의 시간이, 광주의 기억으로부터 그리 멀지 않은 곳에 위치해 있다는 고통스러운 자각이다. 이로써 광주는 그 누구도 선택하지 않았지만 우리의 삶으로 유전遺傳된 한 시대에 대한, 그리고 그것을 넘어 우리 앞에 선 '오늘'에 대한 은유가 된다.

오늘의 삶을 위해 또 다시 광주를 호출해야 하는 지금, 그로 인해 애도는 더욱 문제적이 될 수밖에 없다. 값싼 연민과 그보다 더 가벼운 망각이라는 또 다른 폭력으로부터 벗어나, 우리는 우리 앞의 광주와 더욱 뜨겁게 마주해야만 한다. 그 첫 번째 과제는 광주에 부여된 상징성의 무게를 벗겨내는 것이다. 한 세대에 걸쳐 우리의 죄의식과 부채감이 빚어낸 상징의 무게야말로 광주를 가두고 박해했던 폭력의 또 다른 이름이었을지도 모르기 때문이다.

> 나는 두려움과 외로움에 거듭 그녀를 범했습니다. 그런데 그녀는 지금 어디에 있습니까? 정말 사라진 겁니까? 어디에도 없습니까?
>
> 『레가토』, 177쪽

> 정애는 어디로 갔을까. 허물을 벗듯이 옷조차 벗어놓고 어디로 간 것일까.
>
> 『그 노래는 어디서 왔을까』, 213쪽

여기, 한순간에 사라져버린 두 여인이 있다. 『레가토』권여선, 창비, 2012의 정연과 『그 노래는 어디서 왔을까』공선옥, 창비, 2013의 정애는 자신의 부재를 통해 자기 존재를 증명한다는 점에서 친연성을 갖는다. 그녀들은 무엇보다도 광주에 부여된 거대한 상징성으로 인해 우리가 망각해버린, 한 인간의 온기에 대해 환기하고 있다. 두 작품은 모두 희생의 언어를 최대한 제한함으로써 가해자의 목소리를 통해 그 희생의 과정이 재현되도록 하는 서사적 장치를 취한다. 광주는 두 작품의 서사적 초점인 정연과 정애의 삶을 송두리째 바꿔버린 결정적인 사건이지만, 그녀들은 자신의 목소리로 그것을 재현하지 않는다. 그녀들의 육체를 휩쓸고 지나간 광주에서의 폭력이 세상과 소통할 수 있는 그녀들의 언어마저 앗아가 버렸기 때문이다. 이로써 그녀들은 그 자체로 동시대로부터 모든 소통을 단절 당한 1980년 광주를 은유하게 되는 것이다.

광주에 대한 인식적 변화를 가장 극적으로 보여주었다는 점에서, 권여선의 『레가토』는 사실상 광주를 둘러싼 최근 서사의 진정한 출발점이라 할 수 있다. 이 작품은 후일담의 성격을 지니고 있지만, 광주의 열흘을 재현하는데 주력하지는 않는다. 이 작품의 서사적 초점인 여대생 정연은 선배 박인하의 아이를 임신하고, 출산을 위해 고향에 내려왔다가 5·18에 휘말린다. 그녀는 타인의 삶과 자신의 삶을 구별하지 않는 본능에 가까운 공동체적 지향으로 인해 금남로에 서게 된다. 그러나 기억을 잃은 그녀에게 광주에서의 열흘은 그대로 공백이 된다. 정연은 그 어떤 증언도 할 수 없는 희생자가 되어버리는 것이다.

바로 이 증언 불가능성으로 인해 권여선의 『레가토』는 임철우의 『봄날』1998과는 다른 지향으로 나아가게 된다. 오히려 『레가토』가 더 주력하는 것은 광주의 재현이 아니라 의도치 않게 역사에 휘말려버린 수많은 개인들, 그래서 그 자체로 파괴되고 은폐되고 소멸된 존재로서의 광주가 되어버린 '그들'의 복원이다. 그러나 이것은 단지 재현을 거부하는 것이 아니다. 오히려 재현을 넘어서 그 희생의 의미를 문학적으로 더 깊이 형상화하고자 하는 노력에 가깝다. 비통한 눈물이 아닌, 이제 흔들리도록 나약했지만 그토록 질긴 생명력을 가졌던 광주의 진실을 복원하고자 하는 것이다.

공선옥의『그 노래는 어디서 왔을까』도 마찬가지이다. 정애와 그녀의 친구 묘자를 초점화자로 하는 이 작품은 가장 밑바닥에서 저도 모르게 광주의 원심력으로 끌려들어가 버린 사람들의 이야기를 다룬다. 정애와 묘자의 남편인 용재가 바로 그들이다. 그 중에서도 보다 주목되는 것은 정애의 삶이다. 반벙어리인 어머니와 자기만의 문법을 가진 아버지, 이렇게 세상과 온전히 소통하지 못하는 무력한 부모를 둔 정애에게 폭력은 그저 일상이었다. 고작 열다섯 살에 마을 사람들에게 성폭행을 당하고도, 그녀는 자기를 위해 울지 못한다. 칼로 째는 듯 아픈 아랫도리를 참아내며 정애는 자기만의 노래로 고통스러운 삶을 이겨냈다. 그럼에도 불구하고 현실은 정애에게 더욱 가혹해진다. 부모를 잃은 정애와 동생들은 그 폭력적인 고향에서마저도 밀려나 버린 것이다.

맨처음 정애에게 노래는, 혹독한 시련 앞에서 그녀가 낼 수 있는 유일한 비명이었다. 그녀의 어머니가 "흥응ㅇㅇㅇㅇㅇ 흥응ㅇㅇㅇㅇㅇ"10쪽 울음소리로 노래했다면, 정애는 "우지 마소 우지 마소 꽈리때깔을 불어줄게 우지 마소"31쪽라며 웃음으로 노래한다. "멀미 나고 인정 없는 세상에서 살아가기 위해 정답게 굴어야 할 때"32쪽마다 그녀는 노래함으로써 자기에게 가해진 모든 폭력을 딛고 생존할 수 있었다. 광주의 뒷골목에서 만신창이가 되어버린 그녀를 지켜낸 것도 이 노래였고, 다시 돌아간 새정지에서의 반복되는 폭력에서 그녀를 구원한 것도 이 노래였다. 비명이 되어버린 노래와 노래가 되어버린 비명 사이에서 정애는 흔들리듯 자기 삶을 견뎌냈던 것이다.

이처럼『레가토』의 정연과『그 노래는 어디서 왔을까』의 정애는 광주로 집결된 폭력 앞에서 가장 처연하게 희생된 존재이며, 침묵이라는 자기 존재의 상징적 부재를 통해 비극을 증언하는 존재이다. 어쩌면 정연의 기억상실과 정애의 실성은 이 시대적 폭력 앞에서 그녀들이 할 수 있던 유일한 저항이었을지도 모른다. 따라서 이러한 사회적 실종으로부터 그녀들의 희생이 복원되고 다시 삶으로 귀환하는 모든 과정은 결코 녹록지 않았다.

금남로에서 실종된 정연은, 모든 기억을 잃고 아델로 새롭게 호명되면서 한 세대를 보내고 나서야 '정연'의 자리로 귀환할 수 있었다. 프랑스에서 그녀의 언어는 그 누구와도 소통할 수 없는 침묵에 불과했다. 소리로 이루어진 침묵 속에서 정연은 광주와 함께 시간의 망각을 견뎌야 했던 것이다. 이것은 『그 노래는 어디서 왔을까』의 정애에게도 마찬가지였다. 어린 시절부터 수많은 폭력과 수탈을 감내해야 했던 정애였지만, 얼룩무늬 군인들에게 짓밟혀야 했던 광주에서의 시간은 그녀의 정신마저 앗아가버렸다. 더 이상 온전한 의미를 만들어내지 못하는 그녀의 노래 역시, 그 누구에게도 받아들여지지 않는 침묵의 소리가 되어버렸다.

여기서 우리는 이 침묵하는 소리, 즉 그녀들의 상징적 부재로부터 그녀들이 자기 삶의 영역으로 귀환하는 그 과정에 대해 보다 주목할 필요가 있다. 무엇보다도 그녀들의 귀환은 그녀들에게 폭력을 가하고 그 육체를 탐했던 사람들로부터 시작되기 때문이다. 그녀들의 귀환이 그녀들 자신을 위해서가 아니라, 그녀들을 밀어낸 사람들의 부채감으로부터 시작되는 것은 다분히 의도적이다. 그로 인해 그녀들은 스스로 자기 희생을 증명해야 하는 증언의 폭력으로부터 벗어날 수 있었기 때문이다. 이제 그녀들의 삶은, 가해의 기억 위에서 그들의 죄를 낱낱이 고발하는 방식으로 실감實感되는 것이다.

> 순간 그는 평생 그녀와 함께 있으면 다시는 아프거나 굶지 않으리라는 걸 확신했다. 그녀와 함께 있으면 다시는 외롭지 않을 것이라고 느꼈다. 낡고 보드라운 속옷 같고, 닳고 구겨진 책받침 같고, 심심한 국 같고, 씹을수록 구수한 맛이 나는 이 괴상한 통김밥 같은, 어제까지는 그녀 내부에 자신을 넣을 여성적 기관이 있는지조차 몰랐던 그녀……
>
> 『레가토』, 79~80쪽

> ─ 아바아바사융기상가바!
> 정애를 놀리며 쫓아오던 아이들이 우뚝 섰듯이, 박샌도 문득 놀라며 정애를 빤히 쳐다보았다. 박샌이 갑자기 무릎을 꿇고 정애 손을 밭잡고 부르르 떨며,
> ─ 좋다, 나는 너한테만은 모든 것을 말할 테다. 엄마아, 씹할!
>
> 『그 노래는 어디서 왔을까』, 185~186쪽

따라서 정연과 정애의 귀환은 5월 광주 이전의 폭력을 되짚어보는 것으로부터 시작되어야 한다. 폭력은 군인들의 군홧발보다 더가까운 일상으로부터 다가왔기 때문이다. 정연은 그토록 믿고 따랐던 전통연구회의 실질적 리더인 박인하에게 강간당했고『레가토』, 정애에게는 고향인 새정지 전체가 폭력의 공간이었다『그 노래는 어디서 왔을까』. 광주의 원심력이 그녀

들을 끌어당긴 건 어쩌면 필연적이다. 그녀들이야말로 가장 약하고 서글픈 존재, 바로 '광주' 그 자체였기 때문이다.

> 하고 싶은 말은 많으나 들어주는 사람 없어 혼자 울어야 했던 그대, '광주'에 바친다.
>
> 「작가의 말」, 위의 책, 262쪽

그러나 이러한 애도 방식은 또 다른 갑갑증을 야기하기도 한다. 희생이 복원되고 귀환은 이루어졌지만, 그녀들에게 가해졌던 가해의 기억에 너무도 쉽게 면죄부가 주어진다는 느낌을 떨쳐버릴 수 없었기 때문이다. 더구나 이 모든 귀환의 전 과정에서 또 다시 희생하는 것은 바로 그녀들 자신이다. 『레가토』에서 정연은 자신의 실종을 통해 인하에게 씻을 수 없는 죄책감을 주었지만, 인하의 강간으로 낳은 딸에게 '하연'이라는 이름을 붙여줌으로써 궁극적으로는 인하의 죄를 희석시킨다. 마침내 "폭력의 피해자이면서도, 폭력의 가해자를 넉넉히 안아주는 절대적인"[3] 모성이 되어버린 정연의 귀환은 그 자체로 인하에게 면죄부로서 기능하게 된다.

『그 노래는 어디서 왔을까』에서 정애의 희생은 더욱 가혹하다. 그녀의 몸은 새정지 모든 이의 치유로서 기능한다. 끊임없이 정애 가족을 수탈하는 것도 모자라 정애의 몸을 탐하던 마을의 남자들에게도, 그녀에게

3　류수연, 「통각의 회복, '이름'의 기원을 재구성하다」, 『창비』, 2013 가을호, 421쪽.

가해지는 폭력을 외면하고 손가락질하던 마을의 여자들에게도, 정애는 구원이 된다. 그들은 그녀의 육체를 탐하고, 다시 그녀에게 그 모든 죄를 고하고, 그녀의 노래를 통해 스스로 위안을 얻는다. 마침내 무슨 뜻인지 알 수 없었던 정애의 노랫가락이 그녀의 몸과 함께 사라진 그날, 그들은 가장 소중한 무엇인가를 잃어버린 듯 애달프게 운다. 하지만 그 모든 것은 정애를 위한 것이 아닌, 오직 그들 자신을 위한 것이었을 뿐이다.

> 아낙들이 일제히 울음을 터뜨렸다. 마치 꽃잎들이 터지듯이. 누군가는 정 재로부터 받은 부적 때문에, 또 누군가는 부적을 받아두지 못해서 아낙들은 한나절이 다 되도록 울음을 그치지 못했다.
>
> 위의 책, 213쪽

이 어쩔 수 없는 한계. 그러나 그것이야말로 오늘의 우리가 광주에, 그리고 광주 이후의 모든 사회적 죽음에 요구했던 애도의 방식이었음을 기억할 필요가 있다. 비극 앞에서는 뜨겁게 울어주지만, 너무나 쉽고 빠르게 망각해버리는 우리 자신이야말로 정연과 정애에게 또 다른 희생을 강요하는 바로 그 타자들이기 때문이다. 권여선과 공선옥은 상징적 침묵을 통해 이 필연적인 한계를 그들의 서사적 동력으로 삼았다. 적어도 두 작가는 희생된 사람들이 자기희생을 증명하고 증언해야 하는 우리 사회의 폭력적인 요구를 거부하고 있다. 그리하여 정연과 정애의 희생은 가해의 기억을 통해 회상되고 증명되고 다시 복원될 수 있었던 것이다.

이러한 두 서사를 통해 이제 광주의 시간은 또 다른 화두로서 오늘의 시간과 마주한다. 육화된 광주의 두 실체로서 정연과 정애는 소통되지 않는 언어와 회복될 수 없는 부재를 통해, 가해의 기억 속에서 그들의 희생을 재조명했다. 이를 통해 권여선의『레가토』와 공선옥의『그 노래는 어디서 왔을까』는 잊지 않는 것, 망각이라는 쉬운 용서를 용납하지 않는 것, 그것이야말로 진정한 애도의 시작임을 기억하는 서사로 완성될 수 있었다. 광주로부터 무려 한 세대를 더 살고 난 후에야 얻어낸 이 가치들로부터, 광주를 향한 진정한 애도는 다시금 현재화된다.

3. 진혼鎭魂의 '장소'를 회복하다

권여선의『레가토』와 공선옥의『그 노래는 어디서 왔을까』는 가려졌던 희생의 귀환을 통해 광주를 다시 제의의 무대 위에 올려놓았다. 그리고 마침내 광주를 향한 새로운 진혼의 서사가 시작된다. 한강의『소년이 온다』창비, 2014가 바로 그것이다. 이 작품은 죽은 자를 호출하고 있다는 점에서 '씻김'의 과정을 취하지만, 죽은 자의 한을 풀어주고 삶의 의미를 새롭게 하는 그리하여 그의 생과 사를 위로하는 것만으로 그 의미를 국한할 수는 없다. 그것은 한강의 이 서사가 끝없이 다시 태어나는 오늘의 광주에 대한 묵시록적 예언이기도 하기 때문이다. 신명으로 이어지지 못할 만큼 비통한 눈물 속에서 오늘을 살아낼 애도의 방식을 찾아내고자 하는 안간힘, 그 안타까운 고군분투야말로 바로 한강의『소년이 온다』이다.

세월호로 인해 우리 안의 광주를 또 다시 목도하고 있는 오늘, 한강은 1980년 광주에서 마지막 오월을 보내던 열다섯 살의 동호를 호출한다. 동호는 7명으로 이루어진 초점화자의 한 명이지만, 전체 작품의 '부재하는 중심'[4]으로 기능한다는 점에서 주목된다. 친구 정대의 죽음을 외면했다는 죄책감에 시달리다, 다시 그 친구의 주검을 찾겠다는 의지로 도청에서 시체를 안치하는 일을 하던 열다섯 살의 동호. 모든 이야기는 그로부터 시작된다.

진압군의 총에 맞아 죽은 동호의 친구 정대에게도, 동호와 함께 도청에서 일했던 은숙과 선주에게도, 동호의 어머니에게도, 그리고 소설가 자신에게도. 동호는 광주를 기억하는 출발점이다. 7명의 초점화자 중 유일하게 동호의 이야기를 하지 않는 사람은, 선주가 연구자 윤으로부터 받은 생존자 녹취 속의 시민군이다. 그의 인터뷰는 동호, 은숙, 선주와 함께 도청에서 일했던 진수에 대한 것이었다. 그러나 그와 진수, 광주를 둘러싼 그들의 깊은 죄책감과 지독한 트라우마를 매개하는 이는 소년 영재이다. 그 누구보다도 약하고 겁이 많았지만, 바로 그 때문에 그 누구보다도 강하고 용기 있었던 영재는 동호의 또 다른 현신이라고 볼 수 있다.

소설가 김영하는 『나는 나를 파괴할 권리가 있다』[1996]에서 "공포라는 연료 없이 혁명은 굴러가지 않는다. 시간이 흐르면 그 관계는 뒤집힌다. 공포를 위해 혁명이 굴러가기 시작하는 것이다"[5]라고 선언한 바 있다.

---

4   이경재, 「소년이 우리에게 오는 이유」, 『자음과모음』, 2014 가을호, 328쪽.
5   김영하, 『나는 나를 파괴할 권리가 있다』, 문학동네, 2010, 10쪽.

어쩌면 그의 이 말은 '이념의 시대'로 호명되는 1980년대를 향해 1990년대가 내릴 수 있었던 가장 위악적인 정의였는지도 모르겠다. 그 세대에게 광주는, 그리고 혁명은 그저 바라보고 언급하는 것마저도 힘겨운 상처였기 때문이다. 그러나 한강의 『소년이 온다』는 바로 이러한 생각으로부터 비껴나는 지점에서 완성된다. 오히려 그는 그동안 광주에 드리워진 모든 상징성을 걷어냄으로써 우리가 간과했던 또 다른 광주의 진실을 보여주고자 노력한다. 이 점에서 본다면, 그의 서사가 어린 동호로부터 시작되어 동호에게서 끝이 나는 것은 어쩌면 필연적이다. "쏠 수 없는 총을 나눠 가진"117쪽, 그 누구도 해치지 않았지만 가장 끔찍한 폭력의 희생물이 되었던 그 아이야말로 우리 앞에 놓인 광주 그 자체이기 때문이다.

그러나 『소년이 온다』에서 한강은 동호를, 더 나아가 광주를 단순히 속죄양으로 호명하지는 않는다. 테리 이글턴은 "속죄양은 너무 낯설어도 안되고 너무 친숙해도 곤란하다"[6]라고 말한 바 있다. 동호는 분명 이러한 정의에 가장 잘 부합되는 인물인 것처럼 느껴진다. 더구나 그는 무죄하게 희생된 자가 아닌가? 그러나 목소리를 잃고 침묵하는 존재를 통해 기존 체제의 악마성을 비판하는 것이 동호를 호출하는 소설적 이유는 아닌 듯하다. 오히려 동호는 다른 모든 인물들에게 죽음의 공적 순간을 목격하도록 한다는 점에서, 발터 벤야민의 사유에 더 가까운 인물이다. 벤야민은 소설의 전사前史로서 이야기, 그 원천을 '죽음'에 있다고 보

---

6   테리 이글턴, 이현석 역, 『우리 시대의 비극론』, 경성대 출판부, 2006, 481쪽.

왔다. '제 아무리 하찮은 사람이라도 죽음의 순간에는 살아 있는 사람들에 대해 가장 강렬한 권위를 갖는다.'[7] 『소년이 온다』에서 동호의 죽음은 바로 그 하나의 권위로서 작용한다. 그것은 "각 개인의 삶에서 공적인 과정이었고 또 가장 전범적인 과정"[8]이었던 죽음의 복원이며 모든 개인에게 주어진, 그러나 오직 생의 마지막에만 가질 수 있는 찬란한 이야기의 회복이다.

따라서 동호는 단순하게 속죄양으로 치부될 수 없다. 그는 살아남은 자들에게 깊은 죄책감으로 각인되었지만, 그의 죽음은 결코 그들 누군가를 '대신'한 것이 아니었다. 그는 오직 그 자신으로 살았고 그 자신으로 죽었다. 따라서 스물네 살의 은숙이, 마흔 살의 선주가 여전히 동호와 함께 자기 삶을 살아내고 있는 것은 동호가 속죄양이었기 때문이 아니다. 1980년 5월에 멈춘 그들의 시간, 그것이 바로 동호이다. 또한 지금 현재 그들이 왜 살아남아야 하는지에 대해 답을 주는 존재 역시 동호이다. 따라서 이 동행이야말로 지금 이곳으로 동호가 호출되어야 하는 의미이다.

병동을 등지고 당신은 걷는다. 어렴풋한 박명이 내리기 시작하는 잔디밭을 가로지른다. 두 손을 나란히 뒤로 돌려, 쇠처럼 어깨를 짓누르는 배낭을 받쳐든다. 어린애를 업은 것처럼. 포대기 아래 손을 받쳐 달래는 것처럼.

---

7   발터 벤야민, 최성만 역, 「이야기꾼」, 『서사, 기억, 비평의 자리』, 도서출판 길, 2013, 434쪽 참조.
8   위의 책, 433쪽.

내 책임이 있는 거야, 그렇지?

입술을 악문 채, 눈앞에서 일렁이는 파르스름한 어둠을 향해 당신은 묻
는다.

*내가 집으로 가라고 했다면, 김밥을 나눠 먹고 일어서면서 그렇게 당부했
다면 너는 남지 않았을 거야, 그렇지?*

그래서 나에게 오곤 하는 거야?

왜 아직 내가 살아 있는지 물으려고.

예리한 것으로 거푸 그어 붉은 선이 그어진 것 같은 눈으로 당신은 걷는다.

『소년이 온다』, 176~177쪽

금남로에서 동호의 죽음을 목격하면서, 선주는 "심장이 터질 것 같은
고통의 힘, 분노의 힘으로"[173쪽] 생존의 이유를 찾아낸다. 동호에 대한 죄
책감과 그를 죽인 자들에 대한 분노를 통해 그녀는 살아남았다는 치욕
으로부터 벗어날 수 있었던 것이다. 그것은 광주에서의 열흘 동안 그들
이 시신을 태극기로 감싸고 애국가를 목 놓아 불렀던 이유이기도 했다.
도륙된 고깃덩어리가 아닌 인간이기 위해서, 그들의 육체가 가장 치욕
적으로 느껴졌던 그 시간들을 견뎌내기 위해서, 그들은 스스로 태극기
가 되어야 했고 애국가가 되어야 했다. 그 살육의 시간이 흐른 뒤에도,
그들의 육체가 고통의 감각 앞에서 무너질 때마다 그들을 인간으로 살
수 있게 한 단 하나의 힘, 그것이 바로 동호였다. 동호의 죽음을 기억하
는 것으로, 동호와 함께하는 것으로 그들은 망각이라는 가장 잔혹한 폭
력으로부터 스스로를 구원할 수 있었던 것이다. 기억하는 것, 그리하여

동행하는 것은 그들이 할 수 있었던 유일한 생존이 된다.

> 114 버튼을 누르고 기다렸다. 도청 민원실 부탁합니다. 안내받은 전화번
> 호를 누르고 다시 기다렸다. 분수대에서 물이 나오고 있는 걸 봤는데요, 그래
> 서는 안된다고 생각합니다. 떨리던 그녀의 목소리가 점점 또렷해졌다. 어떻
> 게 벌써 분수대에서 물이 나옵니까. 무슨 축제라고 물이 나옵니까. 얼마나 됐
> 다고, 어떻게 벌써 그럴 수 있습니까.
>
> 69쪽

일상으로의 복귀, 『소년이 온다』는 이 말이 품은 잔혹함과 폭력성을
눈부신 물줄기를 뿜어내는 1980년 6월의 분수대로 상징한다. 은숙의
절규는 세월호의 진상규명을 위해 광화문 광장에 모여든 사람들의 그
것에 겹쳐지는 것이기도 하다. "얼마나 됐다고, 어떻게 벌써 그럴 수 있
습니까." 분노로 떨리는 은숙의 목소리는 "가만히 있어라"와 "그만 잊어
라"라는 두 개의 폭력적 언사 속에서 분노하는 오늘날에도 유효하다.

그렇다면 진혼의 서사는 무엇부터, 그리고 어디서부터 시작되어야 하
는가? 그것은 희생의 복원으로부터, 그리고 그 희생의 장소로부터 다시
시작되어야 한다. 친구의 주검을 두고 달아난 자기 자신을 용서하지 못
하는 동호의 마음. 그것은 열다섯 살이라는 나이가 주는 순수함만은 아
니었다. 동호가 가진 힘은 다른 것이었다. 너무나 무서웠지만, 바로 그
두려움을 인정하고 돌아올 수 있는 용기. 그것이야말로 동호를 다시 그
죽음의 장소로 되돌아오게 했던 힘이었던 것이다. 동호는 수치로 기록

되는 죽음의 숫자 뒤에 가려진 수많은 개별적 죽음의 의미를 되찾게 하는 한 개인이며, 동시에 5월 광주에서 희생된 수많은 '그들'의 이름이며, 그 죽음을 통해서만 가까스로 회복될 수 있었던 또 다른 삶이기도 하다. 자신이 놓인 학살의 현장을 가장 두려워했지만, 그래서 가장 절실한 희망을 품었던 '그들'이야말로 광주의 마지막 밤을 지킨 진정한 영웅들인 것이다.

군인들이 죽인 사람들에게 왜 애국가를 불러주는 걸까. 왜 태극기로 관을 감싸는 걸까. 마치 나라가 그들을 죽인 게 아니라는 듯이.

17쪽

누군가가 소리 죽여 흐느끼듯 애국가 첫 소절을 부르기 시작하고 있었습니다. 그가 어린 영재라는 걸 깨달았을 때, 누가 먼저랄 것 없이 이미 합창이 시작돼 있었습니다. 자력에 이끌린 것처럼 나도 따라 불렀습니다. 죽은 듯이 고개를 숙이고 있던 우리들이, 땀과 피와 고름이었던 우리들이 조용히 노래하는 동안, 어째서였는지 그들은 제지하지 않았습니다.

123쪽

그런데 그들이 치욕으로부터 스스로를 지켜내기 위해 선택했던 것이 애국가와 태극기, 이 두 개의 국가적 상징물이라는 사실은 우리의 주목을 요한다. 따라서 어린 동호의 의문은 『소년이 온다』 전체를 관통하는 물음이 된다. 군인들이 죽인 사람들을 태극기로 감싸고 그들에게 애국가를 불러주는 모순. 경찰들이 가한 지독한 고문 속에서 오직 "냄새 풍기는 더러운 몸, 상처가 문드러지는 몸, 굶주린 짐승 같은 몸뚱어리들"119쪽로 전락해버린 그들이, 애국가 첫 소절을 읊조리며 눈물 흘리는 그 모순. 바로 이 모순으로부터 한강은 우리가 잊어버린 또 다른 광주의 희생자, '대한민국'을 불러낸다. 왜 대한민국인가?

> 은숙 누나는 동그란 눈을 더 크게 뜨며 대답했다.
> 군인들이 반란을 일으킨 거잖아, 권력을 잡으려고. 너도 봤을 거 아냐. 한낮에 사람들을 때리고 찌르고, 그래도 안되니까 총을 쐈잖아. 그렇게 하라고 그들이 명령한 거야. 그 사람들을 어떻게 나라라고 부를 수 있어.
>
> 17쪽

그들이 부르는 애국가, 그들의 몸을 감싼 태극기는 우리에게 되묻는다. 국가란 무엇인가? 국민 안에 있지 않은 국가란 과연 존재할 수 있는가? 한강은 5월 그 광장에서 수많은 사람을 상처 입히고, 죽이고, 고문했던 그 힘은 결코 국가일 수 없다고 말한다. 아니, 그 힘을 가진 '저들'은 결코 국가일 수 없다고 그는 역설한다. 광장에서 피 흘린 수많은 시민들이야말로 진정한 대한민국임을, 그들로부터 저들 권력은 결코 국가를 앗아갈 수 없음을 선언하는 것이다. 광주 이후 지난 한 세대 동안 탐욕스러운 저들의 권력에 유린당해온 대한민국을 망각으로부터 구원하는 것이야말로『소년이 온다』의 진정한 지향이 아닐 수 없다. 따라서 죽은 자와 산자가 마주치는 이곳 광주는, 모두가 망각했던 또 다른 희생자 대한민국을 위한 '씻김'이 되어야 했다.

'살고 싶어서, 무서워서 눈꺼풀까지 떨렸던'[92쪽] 그들이, 그리고 그 삶을 지켜주지 못해서 비통해 하는 그들이 바로 대한민국이다. 지난 세월 동안 단 한 번도 오롯이 위로받지 못했던 이 마지막 남은 희생자를 오늘이라는 마당 위로 호출함으로써, 한강의 서사는 광주를 익숙하고도 오래된 상징성으로부터 해방시킨다. 그리고 이제야 광주는 상징적 공간을 넘어, 가해와 피해의 '넋 올림'이 가능한 무대로 그 장소성을 되찾게 된다.

> 2009년 1월 새벽, 용산에서 망루가 불타는 영상을 보다가 나도 모르게 불쑥 중얼거렸던 것을 기억한다. 저건 광주잖아. 그러니까 광주는 고립된 것, 힘으로 짓밟힌 것, 훼손된 것, 훼손되지 말았어야 했던 것의 다른 이름이었다. 피폭이 아직 끝나지 않았다. 광주가 수없이 되태어나 살해되었다. 덧나고 폭발하며 피투성이로 재건되었다.
>
> 207쪽

소설의 말미에 등장하는 에필로그는 그 독특성 때문에 주목을 받았다. 그것은 작품을 정리하는 이야기가 아니라 준비하는 이야기였기 때문이다. 따라서 이 에필로그는 작가가 말한 것에 대한 이야기가 아니라 말하지 못한 것에 대한 이야기이다. 광주의 서사를 예비하면서, 에필로그 속의 소설가는 자기 일상 속에서 끝없이 다시 태어나 살해되는 광주와 마주친다. 2009년 용산에서 그는 여전히 우리 앞에서 상처받고 파괴되는 광주를 목격했다. 그럼에도 불구하고 '사람들은 여전히 화사하고, 태연하고, 그래서 낯설다.'205쪽 그토록 많은 사람들이 죽었음에도 아무렇지도 않은 듯 일상이 지나가는 것을, 그는 도저히 받아들일 수 없다. 이 잔혹한 시간의 칼날이 무심하게 강요하는 망각 앞에서, 그는 절망하고 있다. 그래서인지 작가의 외침은 더욱 눈물겹다. "믿을 수 없었다. 사람이 얼마나 많이 죽었는데."205쪽 그는 아직도 자기 안에 마무리되지 못한 이야기를 끌어안고 있는 것이다.

> 네가 죽은 뒤 장례식을 치르지 못해, 내 삶이 장례식이 되었다.
> 네가 방수 모포에 싸여 청소차에 실려간 뒤에.
> 용서할 수 없는 물줄기가 번쩍이며 분수대에서 뿜어져나온 뒤에.
> 어디서나 사원의 불빛이 타고 있었다.
> 봄이 피는 꽃들 속에, 눈송이들 속에. 날마다 찾아오는 저녁들 속에. 다 쓴 음료수 병에 네가 꽂은 양초 불꽃들이.
>
> 102~103쪽

4. 다시, 또 다른 광주 앞에서

지난 30년, 광주는 우리에게 가장 아픈 상처였다. 그리고 바로 그 아픔으로 인해 쉽게 마주할 수 없는, 외면하고 싶은 흉터이기도 했다. 광주를 겪은 세대에게 그것이 거대한 죄책감이었다면, 광주 이후의 세대에게 그것은 늘 비장해야만 했던 그 무엇이었다. 권여선으로부터 시작해서 공선옥, 다시 한강에 이르기까지. 세 작가의 서사는 광주를 바로 이 무거운 상징성으로부터 구원한다.

권여선의 『레가토』와 공선옥의 『그 노래는 어디서 왔을까』는 가장 뜨겁게 광주를 겪어야 했던 세대가 광주를 겪어내지 않은 세대에게 보내는 자기고백서에 가깝다. 광주 세대가 광주의 안팎에서 겪어야 했던 지독한 모멸과 분노와 죄책감을 온몸으로 드러내는 이 서사를 통해, 가장 나약하고 가장 겁이 많았기에 오히려 그 누구보다도 용감했던 '그들'은 그 맨얼굴을 드러낼 수 있었다. 그 이야기에 한강의 『소년이 온다』가 다시 답한다. 광주를 역사로 지식으로 습득했을 소설적 화자는, 바로 그 때문에 광주의 은원을 풀어내는 영매로 기능할 수 있었다. 그리고 이 진혼의 서사를 통해 우리는 자기 존재에 대한 끝없는 파괴 속에서도 인간으로 살아남고자 했던 '그들', 비장하지 않았지만 그 누구보다도 뜨겁게 그 시간을 살아낸 사람들의 해원解寃을 목도할 수 있었다. 그러나 그렇게 다시 얼굴을 돌려 마주한 광주, 그것은 또 다시 우리 자신의 얼굴이었다.

> 나는 열다섯살이다. 그리고 나는 또 서른살이고 쉰살이고 백살이다. 서른살의 내가 열다섯살의 나를 다독이고 쉰살의 내가 서른살의 나를 업고 강을 건넌다. 백살의 나는 쉰살의 나에게 응석을 부린다.
>
> 『그 노래는 어디서 왔을까』, 22쪽

이제 광주는 상징의 벽을 넘어 애도의 장소로 복원되었다. 그럼에도 불구하고 우리 앞에는 여전히 상처투성이의 또 다른 광주들이 놓여 있다. 이제 서른네 살이 된 광주는, 다섯 살이 된 또 다른 광주를 위해 울고 있다. 서른네 살과 다섯 살의 광주가 이제 막 태어난 광주를 위해 울고 있다. 2009년, 용산 참사가 일어났을 때 우리는 모두 그곳에서 광주를 보았다. 2014년 세월호가 침몰되었을 때 우리는 그곳에서 또 광주를 보았다. 얼마나 많은 광주를 위해 울어야, 얼마나 많은 광주가 태어나야, 이 모든 광주를 진정으로 애도할 수 있을까? 우리의 애도가 끝나지 않았다는 것, 그로 인해 광주는 또 다시 상징의 옷을 집어 입는다. '광주'의 영면永眠은 아직도 요원하다.

『문학선』 42, 도서출판 문학·선, 2014 겨울호

제1장
통각痛覺의 회복,
'이름'의 기원을 재구성하다

권여선의 『레가토』와 『비자나무숲』

1. 잘못된 '이름', 기원을 향한 추리들

　프로이트Sigmund Freud의 「늑대인간」1918은 유아 신경증에 대한 독보적인 저작이다. 그런데 다른 한편으로 이 논문은 내러티브의 권위에 대한 의미 있는 이중성을 보여준다는 점에서도 주목된다. 「늑대인간」에서 이야기하는 주체는 분명 늑대인간러시아 청년이지만 그것을 유의미한 담화로 이끌어내는 주체, 즉 내러티브의 권위를 가지는 것은 프로이트이다. 피터 브룩스에 따르면 "내러티브의 권위는 기원을 종착점과 관련하여 말할 수 있는 능력에서 비롯된다".[1] 그는 「늑대인간」에서 프로이트가 내러티브의 권위를 가질 수 있는 이유는 그만이 이 이야기의 출발점, 즉 신경

1　피터 브룩스, 박혜란 역, 「늑대 인간의 허구들」, 『플롯 찾아 읽기』, 강, 400쪽.

증의 기원인 "최초 장면"을 규정할 수 있기 때문이라고 말한다. 여기에서 프로이트는 탐정의 역할을 담당한다.

기억의 서사로서 권여선의 『레카토』는 바로 이 「늑대인간」이 지닌 내러티브의 이중성을 내포하고 있다. 무엇보다도 그것이 '기억'에 대한 서사라는 점에서 더욱 그러하다. 등장인물들의 기억을 조정하는 서술자의 권위는 기억의 현재화를 통해 "최초 장면"을 추적해 들어가지만, 거기에 다다를수록 그 권위는 오히려 약화되어가는 이중의 구조를 가진다. 여기서 기억을 추적할 수 있는 단서를 제공함으로써 서술화자에게 절대적인 내러티브의 권위를 제공하는 것, 동시에 기억의 기원을 향한 여정의 끝에서 그 권위의 필연적 몰락을 예비하는 것. 그것은 바로 '이름'이다.

"하연이라. 이쁘긴 헌디 정연이 하연이, 니 해허고 딸 해허고 성동생 안 같냐?"261쪽 한 사람의 이름은 새롭게 탄생한 한 생명에게 부여되는 최초의 선물이며, 출산의 고통을 이겨내며 그 생명을 탄생시킨 모성의 노고에 대한 인정이다. 권여선의 『레가토』는 바로 이러한 이름에 대한 서사이며, 그것은 이름의 기원이 왜곡된 현재를 재구성하기 위한 노력으로 귀결된다. 아버지 박인하의 존재가 은폐된 채 정연의 동생이 되어버린 하연의 갈등이 왜곡된 이름의 기원으로부터 시작되는 것이라면, 죽음의 문턱에서 '아넬'이 되어버린 정연은 자신의 이름마저 잃어버리고 만다.

"정연이, 하연이, 이름이 씨스터즈"87쪽라는 진태의 말처럼 『레가토』는 두 사람의 이름을 서사적 증식 기반으로 한다. 박인하와 오정연의 이야기로 시작했지만, 사실상 『레가토』의 서사는 하연의 이름을 둘러싼 오해가 해소되고, 진실이 드러나는 순간을 향해 나아가는 구조를 가진다. 따라서 하연의 등장과 함께 플롯을 생성하는 내러티브의 권위는 자연스럽게 하연에게로 기울어진다. 하연은 이 작품 안에서 그 누구보다도 절실하게, 자신의 이름을 둘러싼 미스터리를 밝혀내고자 하는 열정적인 탐정이기 때문이다. 끊겨진 정연의 스토리를 연결시키고자 하는 하연이야말로 이 작품의 플롯을 만들어나가는 인물인 것이다. 이러한 하연의 등장을 출발점으로 조각난 전통연구회 구성원들의 기억은 조금씩 맞추어지기 시작한다. 이제 정연의 스토리는 인과관계 속에서 새롭게 구성되는 하연의 플롯으로 완성되어 가는 것이다. 따라서 서사의 한 축이 아버지의 이름이 은폐된 채 정연의 동생이 되어버린 하연의 왜곡된 이름의 기원을 복원하는 것이라면, 다른 한 축은 아델이 되어버린 정연의 본래 이름을 되찾는 것이다.

그런데 탐정으로서 하연의 추적은 그 출발점부터 모순적이다. 하연은 분명 탐정이지만, 그녀 자신이야말로 가장 중요한 열쇠이기도 하다. 비밀을 드러낼 결정적인 제보자가 곧 탐정이 되어버리는 구조로 인해, 하연이 만들어나가는 플롯은 오히려 진실의 발견을 늦추는 역할을 하게 된다. 하연은 정연의 스토리를 추적하고 재구성시켜 끝없이 그것들을 겹쳐지게 만든다. 그러나 모든 인물들의 회상을 통해 겹쳐지는 정연의 스토리는 완결되지 못한 플롯이며, 모두의 기억은 '정연의 실종'에 대한 근원적 기원으로 거슬러 올라가 하나의 스토리를 완성시키기 위한 동인이 된다. 결국 하연의 추적은 정연이 남긴 미완성의 스토리를 완성시켜, '정연의 실종'이라는 부재의 기원을 현존시키기 위한 노력들이다. 하연의 플롯 안에 정연의 이야기가 들어오고, 다시 정연의 이야기가 하연의 플롯으로 완성되는 구조가 바로『레가토』인 것이다.

　완결되지 않은 이야기를 완결시키는 것이 플롯이기에 그것은 결말에 이르기 전까지 완성되어서는 안 되며, 이야기는 반복될 수밖에 없다. 이런 점에서 보자면『레가토』에서 하연의 플롯을 완성시키기 위해 등장인물들이 끊임없이 반복하는 정연의 스토리는, 오히려 이름의 비밀이 드러나는 순간을 지연시키는 결정적인 장애가 된다. 그리고 이렇게 미완성된 플롯에 대한 독자의 기대야말로 독서를 이끄는 본질적인 힘이다.

2. 틈새가 된 골방의 투사

　그렇다면 하연의 플롯은 어떻게 완결되는가? 엄밀히 말하자면 탐정으로서 하연은 자신의 추리를 끝까지 밀고 나가지 못한다. 하연은『레가토』의 서사 안에서 내러티브의 권위를 끝까지 유지하지 못한 것이다. 그 때문에 그녀가 만들어나가던 플롯은 미완으로 남겨진다. 끊어진 정연의 스토리를 하나의 플롯으로 재구성하는 내러티브의 최종적인 권위를 쟁탈하는 자는 바로 작가 권여선이다. 이렇게 내러티브의 권위를 바꾸어버린 원인, 즉 하연이 생성하는 플롯을 미완성되게 만들어버린 원인은 어디에 있는가? 그것은 바로 박인하이다.『레가토』라는 서사적 퍼즐의 마지막 조각. 박인하는 바로 그가 플롯을 완성시키는 마지막 조각이라는 점에서 필연적으로 이 작품의 "틈새"^{피터 브룩스}가 되어버린다.

프롤로그에 등장한 국회의원 박인하, 그리고 1979년 전통연구회의 구심점이었던 박인하. 그는 가장 치열했던 오월세대가 그것을 통해 가장 세속적으로 성공을 거둔 우리 현대사의 아이러니를 온몸으로 드러내는 전형적 인물이라 할 수 있다. 『레가토』가 후일담이라면, 박인하는 거기에 가장 잘 어울리는 옷을 걸쳐 입은 배우가 아닐 수 없다. 그러나 『레가토』를 남자들의 죄의식과 한 여자의 투쟁이 겹쳐진 권여선식 후일담[2]이라고 평가한 김영찬의 말처럼, 『레가토』 안에서 박인하는 골방에 유폐된 죄의식의 상징일 뿐이다.

투사에서 은폐된 범죄자로 추락한 박인하는 『레가토』의 서사를 결정적으로 변화시킨다. 소설 초반을 가득 메웠던 카타콤에서의 열렬한 토론이나 '피쎄일', 그리고 '반민주 유신독재 타도'라는 구호들은, 박인하의 폭력을 축으로 소설의 배경으로 물러나고 만다. 정연을 떠올리는 전통연구회 멤버들의 추억 속에서도 가장 열정적이었던 그들의 청춘은 배경 이상으로 작동하지 못한다. 그들의 열띤 구호들은 "이들의 삶을 둘러싼 하나의 배경일 뿐 그 자체가 심각한 탐구의 대상이 되지 않"[3]았기에, 『레가토』는 후일담 소설과는 다른 길을 걷게 된다.

어쩌면 그것은 『레가토』가 1979년이라는 정점에 박인하라는 인물을 놓은 순간부터 예견된 것이었을지도 모른다. 유명 배우인 어머니와 부유한 아버지, 그리고 차기 대선주자로 부각되는 국회의원으로서의 성공까지. 이러한 박인하의 인생에서 청춘을 보낸 하숙방은 오히려 하나의

2   김영찬, 「애도와 우울」, 『문학동네』, 2012 가을호, 513쪽.
3   이경재, 「하숙집에서의 하룻밤이 가르쳐 준 삶의 윤리」, 『학산문학』, 2012 가을호, 283쪽.

일탈에 가까웠고, 그 방을 둘러싼 기억은 그곳을 출구 없는 골방으로 만들어 버린다. 따라서 박인하의 골방은 가장 열정적인 운동의 중심에 서 있던 그의 카리스마에 대한 상징이 아니라, 그 이면에 숨겨진 지식인 운동가의 한계와 한없는 유약성을 상징하는 공간이 된다. 그럼에도 불구하고 그가 골방에 봉인한 가해의 기억과 그로 인한 죄의식이야말로 정연의 실종과 하연의 이름을 둘러싼 모든 물음에 답하는 "최초 장면"이며, 따라서 마지막까지 지켜져야만 하는 '최후의 비밀'이어야 했다. 틈새로서의 박인하, 즉 골방의 가치는 바로 이 간극으로부터 야기된 것이다. 우연과 필연으로 엮인 하연과 인하의 만남이, 끊어진 정연의 이야기를 완성할 그 어떤 단서로도 이어지지 않는 이유는 바로 그 때문이다. 그는 하연의 플롯이 완성되기 위해서 반드시 거쳐야 하는 관문이었지만, 또 그만큼 빨리 벗어나야 하는 "지연"^{피터 브룩스}이기도 했던 것이다.

비밀이 공개되는 절정이 지연될 때 플롯은 가장 능동적으로 생성된다. 서사를 이끄는 힘이 결국 플롯에 있다면, 갈등은 그것의 가장 좋은 연료이다. 이 점에서 본다면 『레가토』에서 끊어진 두 음을 연결해주는 화음으로서의 '레가토'는 바로 박인하 자신이다. 박인하는 정연과 하연을 연결하는 결정적인 고리이며, 박인하의 골방이야말로 끊겨버린 정연의 시간과 그 뒤를 이어 열린 하연의 시간을 겹치게 만들어주는 "최초"의 배경이 되기 때문이다. 그럼에도 불구하고 박인하는 『레가토』의 서사를 결정적으로 추락시키는 원인으로 작용되고 있다. 그 이유는 박인하라는 인물 자체에서 비롯된 것이 아니라 그를 응시하는 작가 권여선의 지독한 연민 때문이다.

순간 그는 평생 그녀와 함께 있으면 다시는 아프거나 굶지 않으리라는 걸 확신했다. 그녀와 함께 있으면 다시는 외롭지 않을 것이라고 느꼈다. 낡고 보드라운 속옷 같고, 닳고 구겨진 책받침 같고, 심심한 국 같고, 씹을수록 구수한 맛이 나는 이 괴상한 통김밥 같은, 어제까지는 그녀 내부에 자신을 넣을 여성적 기관이 있는지조차 몰랐던 그녀…….

79~80쪽

정연을 폭력으로 범하고 난 이후, 인하는 그녀로 인해 이전까지는 상상할 수도 없었던 평화를 얻는다. 그것은 마치 정연이 인하를 구원하기 위해 그 장소에 보내지고, 운명적으로 그의 폭력을 감내해야만 했던 것 같은 느낌까지 자아낸다. 한 개인이 지닌 정치적 올곧음이 그가 행한 폭력에 대한 면죄부가 될 수 없음에도 불구하고, 권여선은 시종일관 박인하의 폭력을 비판도 반성도 아닌 연민으로 대하고 있다. 작가의 이러한 의도는 필연적으로 하연이 이끄는 내러티브의 권위를 뒤엎게 된다. 그리고 작가에 의해 이끌어진 새로운 플롯 안에서 박인하의 죄는 너무도 쉽게 용서된다.

사거리 너머 정류장에 하연이 서 있는 게 보였다. 저 아이가 정연의 딸이라고? 내 딸이라고? 신호가 파란불로 바뀌는 순간 인하는 액셀을 밟았다. 발끝에 힘이 들어갔는지 차가 휙 튕겨나가는 느낌이었다. 브레이크를 밟는 순간 좌회전하는 트럭에 오른쪽을 들이받혔다. 브레이크는 듣지 않았다. 차체는 반바퀴 빙그르르 돌고도 속도를 못 이겨 인도를 타고 올라가 지하철역 입구를 쾅 들이받고서야 멈췄다. 앞유리가 부서져내리면서 파편이 튀었다. 인하는 반사적으로 눈을 감았다.

396쪽

"살아 계세요?"

하연이 물었다.

"네, 살아 있어요."

하연이 울기 시작했다. 줄줄 흐르는 눈물 자국을 따라 두 볼의 살갗이 갯지렁이처럼 붉게 부풀어올랐다.

398쪽

오하연이 '박하연'이 되는 진실의 순간에, 하연은 그때까지 가지고 있었던 내러티브의 권위를 상실한 채 서사 밖으로 밀려나고 만다. 더구나 교통사고를 당한 박인하를 간호하는 하연의 모습은 이미 이 플롯의 완성혹은죽음을 예견하는 것이었다. 정연을 추적하는 하연의 플롯이 매력적이었던 이유는 하연 스스로 정연의 모습에 겹쳐지며 정연이 되어가는 구성을 취했기 때문이다. 그것은 하연이 인하와 정연의 딸이라는 진실의 폭로가 지연됨으로써 가능했던 것이기도 하다. 인하는 정연에 대한 강렬한 죄책감을 그의 골방에 봉인했고, 그로 인해 그는 이러한 지연을 만드는 틈새로 작용할 수 있었다. 그러나 하연이 인하의 딸이라는 사실이 폭로되고 그가 교통사고를 당하면서, 인하는 지난날의 과오로부터 완전히 벗어나 용서를 받을 수 있는 가능성을 확보하게 된다. 즉 그는 더 이상 틈새로서 기능할 수 없게 된 것이다. 그것은 곧 『레가토』의 플롯이 완성될 수밖에 없는, 따라서 오직 추락으로 나아갈 수밖에 없는, 하나의 서사적 결절結節이 되고 만다.

3. '이름'의 귀환과 통각痛覺의 회복

오정연. 그녀의 이름은 『레가토』의 모든 인물들에게 상처의 기원으로 작용한다. 하연의 등장은 그들에게 오랜 시간 잊고 있었던 정연에 대한 기억을 환기시키고, 그것은 그들 각각이 정연의 이름을 기억에서 봉인한 채 무통증無痛症의 시간을 보내왔음을 자각하게 한다. '통닭 한 마리와 맥주'는 '초밥과 샐러드와 훈제족발이 차려진 와인파티'로 대체되었지만, 중년의 물질적 풍요는 결코 가난했던 청춘보다 빛나지 않았다. 생을 감각할 수 없는 무통의 일상 속에서, 그들은 죽음과 같은 삶을 살아가고 있기 때문이다. 하연의 등장은 이러한 그들에게 오랫동안 잊고 있었던 상처를, 그로 인한 통증을 상기시키는 계기가 된다.

따라서 이제 논의는 다시 골방으로 되돌아가야만 한다. 골방이야말로 『레가토』의 모든 갈등을 초래하는 "최초 장면"이며, 그들이 잊었던 통증을 회복해서 그것을 오롯이 감내할 수 있게 만드는 유일한 열쇠이기 때문이다. 그런데 이 소설에서 골방은 하나가 아니다. 공동 서클룸인 카타콤으로부터 그들이 모여 술을 마시는 중국집 골방을 거쳐 인하의 하숙방에 이르기까지. 불안을 무기 삼아 부조리한 사회에 대한 비판을 외치는 청춘들이, 유일하게 자기 안의 목소리를 낼 수 있었던 공간은 골방들뿐이었다. 그것은 시대적 비극이었지만, 적어도 그 골방들은 그들의 순수를 지켜주는 마지막 보루였음이 분명하다.

　그런데 박인하는 폭력의 가해자가 된 순간, 이 골방의 소유권을 사실상 상실한다. 애초에 그에게 있어 골방이라는 위장된 가난은 지식인 운동가로서 그가 뒤집어 쓴 가면에 불과했다. 이 점에서 본다면, 그는 단한 번도 골방의 진정한 주인인 적이 없었다고 보는 것이 더 타당하리라. 그렇다면 박인하가 가질 수 없었지만, 지켜내고자 했던 골방의 순수를 계승하는 인물은 누구인가? 그것은 바로 오정연이다. 정연은 폭력의 피해자이면서도, 폭력의 가해자를 넉넉히 안아주는 절대적인 '평화'를 상징한다. 더구나 그녀는 자기 안에 폭력을 정화시킬 또 다른 골방을 확보한 모성적 존재이기도 하다.

> 토하는 와중에도 그녀는 양손에 먹을 것을 틀어쥐고 있었다. 장떡을 움켜
> 쥔 왼손은 붉은 기름에 물들어 있었고, 오른손엔 토한 직후에 베어문 쑥개떡
> 이 잇자국을 보인 채 비죽이 나와 있었다.
>
> 222쪽

> 늦게까지 솥을 지키며 밝을 긁어먹던 정연은 저인망 그물로 바다을 훑는
> 어선처럼 숟가락 두 개를 이용해 꽁치국 냄비에 가라앉은 보잘것없는 살점
> 들을 건져올리는 데 온 신경을 집중하고 있었다.
>
> 228쪽

닭봉의 살을 발라먹고 관절을 감싼 물렁뼈를 말끔히 뜯어먹은 훅 어금니로 동그란 관절뼈를 아작아작 씹었다. 그녀 앞에 쌓인 소복한 뼈들은 살점 하나 없이 깨끗했고 뼈의 양 끝은 납작하고 거무스레했다.

232쪽

권여선은 모성적 존재로서 정연이 갖는 생에 대한 강렬한 본능을 식탐으로 설명하고자 한다. 그러나 '강박적인 금욕에 사로잡혔던 전통연구회의 동년배들에게 그것은 탐욕으로 비춰졌고',[4] 이는 정연을 고향으로 내려갈 수밖에 없게 만드는 직접적인 원인이 된다. 그런데 이러한 전통연구회 구성원들의 무지한 폭력은, 결과적으로 인하의 폭력에 대한 일차적 면죄부가 된다는 점에서 주목할 필요가 있다.

그들은 수태한 그녀의 몸에서 탐식과 게으름을 읽었고, 새끼를 감싸는 예민한 정신에서 비굴과 타협을 보았다. (…중략…) 왜 임신한 그녀가 마지막 닭날개 한 조각도 다 먹고 가지 못하도록 매섭게 다그쳤는가. 통닭집에서 미안하다는 마을 하고 떠날 때 그녀의 눈빛에 담긴 비애와 슬픔을 왜 일제히 외면했는가. 왜 그들은 그토록 메마르고 무지한 정신으로, 왜 그렇게 근본적인 단절의 포즈를 고수했나. 왜 그렇게 동화될 수 없는 것들에 대한 동경을 품었으며 왜 그렇게 자신들의 무효성을 앞당기기 위해 날뛰었는가. 그녀의 조각배가 죽음의 해협을 지날 때 그들의 배는 어디쯤 항해하고 있었나. 모든 시대

---

4   위의 글, 286쪽 참조.

의 청춘들과 마찬가지로 그 역시 어디서건 제 운명을 읽어내고야 말겠다는 광적인 과잉에 사로잡힌 영혼으로 한 시절을 살아냈을 따름인데, 신진태, 그를 구성하는 기억의 허구는 무엇인가.

391쪽

『레가토』의 진정한 클라이맥스는 하연의 이름을 둘러싼 진실이 밝혀지는 순간이 아니라, 진태가 자신들이 저지른 또 다른 폭력을 자각하는 이 지점에 있다. 조금의 빈틈도 허용하지 않으려 했던 그들의 과잉된 도덕성이야말로 정연에게 가해진 또 다른 폭력이었음이 분명해졌다. 그런데 『레가토』의 서사는 이러한 진태의 자각으로부터 뒤틀어지기 시작한다. 전통연구회의 모든 구성원들이 정연의 실종에 결정적인 계기를 만들었다는 이 자각은, 역설적으로 박인하의 폭력이 용서될 수 있는 지점을 마련하는 것이기도 하기 때문이다. 이로써 하연의 플롯은 시작되기도 전에 서둘러 마감되고 만다. 그녀는 정연의 실종을 추적할 수 있었지만, 정연의 귀환은 그녀의 몫이 아니었기 때문이다. 모든 인물들이 각자의 플롯을 만들어나가기 시작하면서 이미 진실의 키는 하연의 손에서 너무 멀어져버렸던 것이다.

이제 정연의 이야기는 다시 그녀 자신에게로 돌아가야 한다. 이름의 상실로 인해 그녀는 '아델'이라는 새로운 이름을 얻는다. 새로운 이름을 부여받음으로써 정연은 새로운 삶을 시작한다. 우리의 질문은 여기서부터 다시 시작되어야 한다. 왜 정연은 자신의 이름을 잃어야 했을까? 그것은 역설적으로 정연으로서의 정체성을 지켜주기 위한 작가의 마지막

장치라고 보아야 한다. 기억의 상실은 정연의 정체성을 보호하기 위한 하나의 방편이었다. 아델로서의 삶이 정연으로서의 삶을 대체할 수 없도록 만든 것이다. 그 때문에 정연은 한국을 떠나 새로운 이름을 부여받고 새로운 삶을 살았음에도 마지막까지 '아델'이 아닌 '정연'으로서 남겨질 수 있었다. 이것은 프랑스에서 오랜 생활을 했던 은수가 한국에 돌아와 알 수 없는 정체성의 혼란을 느끼는 것과 대비된다. 은수와 달리, 정연은 자신의 정체성을 지켜내기 위해 길고 긴 투쟁의 시간을 보낼 필요가 없었던 것이다. 이제 끊어진 정연의 스토리를 완성하는 바통은 다시 작가 권여선에게로 넘겨진다.

과연 정연은 아무런 혼란 없이 귀환되었는가? 작가는 봉인된 기억을 되찾는 것만으로 정연이 고향에서 부재했던 자신의 시간과 화해할 수 있으리라 여기는 것처럼 보인다. 그러나 이 지점에서 우리는 다시 한번 '이름'의 의미를 환기해야만 한다. 한 인간에게 이름이 갖는 의미는 단순한 호명보다 훨씬 크다. 그것은 그의 탄생에 부여된 첫 번째 사회적인 의미이며, 그가 존재로서 첫 관문을 통과했음에 대한 선언이기도 하다. 정연에게 '아델'이라는 새로운 이름이 부여되는 순간, 이미 그녀의 존재는 뒤틀릴 수밖에 없다. 이전까지 정연이라는 존재를 규명해주었던 이름은 지워졌고, 그녀는 '아델'로서의 새로운 정체성을 살아야 했기 때문이다.

제가 아델을 어떻게 만나게 되었는지, 어떻게 그녀를 빠리까지 데려오게 되었는지, 그녀가 모든 고통과 장애에도 불구하고 지금 어떤 꿈을 꾸고 있는지, 희망은 불가능하기 때문에 더욱더 품을 가치가 있다는 진실을, 저 부서지기 쉬운 그녀의 육체가 얼마나 아슬아슬하게 입증해왔는지에 대해서 말이지요.

428쪽

정연은 삼십 년에 가까운 세월 동안 실종되었지만, 하연이라는 이름의 기원이 밝혀진 순간 순식간에 귀환된다. 에르베의 마지막 말은 기적에 가까운 정연의 귀환에 담긴 간절한 희망을 말해주는 것이지만, 동시에 그 귀환이 결코 이루어질 수 없는 허구의 산물이라는 증거이기도 하다. 이는 정연의 생일상은 차리지만 제사상은 차리지 않는 두 보살의 희망을 완성하는 것이며, 정연이 어딘가에 살아 있는 걸로 소설을 쓰겠다는 하연의 다짐을 반복하는 것이기도 하다.308쪽 아델에게 봉인된 정연의 기억은, 그녀 자신의 의지가 아닌 타자의 기억을 통해 해방되었다. 그녀의 실종처럼 그녀의 귀환 안에서도 정연은 철저히 소외되어 있다. 에르베의 말처럼 그것은 불가능해 보였던 희망의 현재화이다. 그러나 봉인된 정연의 기억이 해제된 순간부터 그녀가 마주해야만 하는 30년이라는 세월의 혼란은, 『레가토』의 결말이 보여주는 않는 진실이다.

그것은 작가 권여선의 지독한 연민이 정연이라는 인물이 가진 강인함까지 봉인해버렸기 때문이다. 정연은 골방의 폭력을 가장 아프게 겪었지만, 그 누구보다도 골방의 순수를 강렬하게 자각한 인물이기도 했다. 그녀는 전통연구회 구성원 중에서 유일하게 그들의 청춘을 사로잡았던 골방의 진실을 두 눈으로 지켜볼 용기를 가진 인물이었다. 그것은 그녀가 자기 안의 골방을 만들어 하나의 생명을 지켜낸 강인한 여인이었기 때문이다. 단지 모성이었기에 강했던 것이 아니라, 자기 아픔을 들여다볼 줄 아는 강한 인간이기에 모성이 될 수 있었던 것이다. 기억상실로 인해 정연은 자신의 신체에 가해진 역사의 폭력을 충분히 아파하고 이겨내야만 했던 시간을 빼앗겨버린다. 그 때문에 『레가토』의 서사를 마감하는 에필로그는 독자에게 가장 눈부신 귀환을 선사하지만, 결국 정연의 진정한 귀환은 사실상 불가능성의 영역으로 남겨지고 만다.

가장 매력적인 플롯은 늘 미완성되고자 한다. 플롯의 완성은 작가와 독자를 안심시킬 수 있지만, 그것은 독자의 가장 간절한 카타르시스를 희생시킨다. 플롯이 완성되었다는 것은 더 이상 반복될 이야기가 없다는 것이며, 그것은 곧 이야기의 죽음을 의미하는 것이기 때문이다. 『레가토』의 한계는 바로 여기에 있다. 아델의 등장은 '정연의 실종'이라는 플롯을 완성시켰지만, 그 순간 작품을 이끌어온 가장 큰 매력으로서의 이야기는 영원한 죽음을 맞이해버렸기 때문이다.

그럼에도 불구하고 『레가토』의 서사는 1980년 이후 우리의 현대사가 봉인해버렸던 5월의 아픔을 다시 기억할 것을 요구하고 있다. 권여선은 오늘의 현재가 우리에게 고통스러운 이유는 우리가 이 골방의 시간을, 그리고 골방을 벗어나기 위한 고통의 시간을 제대로 살아내지 않았기 때문이라고 말하고 있는 것이다. 권여선의 이러한 제안이 뜨거운 진정성으로 독자에게 다가설 수 있는 이유는, 그 자신 역시도 아직 그 시간을 완벽하게 살아내지 못했다고 고백하고 있기 때문이다. 아니 더 나아가 권여선은 자기 자신이이야말로, 그리고 소설 속의 수많은 자아들이야말로 골방에 스스로를 봉인한 무통증無痛症의 투사였음을 인정한다.

4. 고통을 받아들일 준비가 되셨습니까?

통각의 상실은 축복인가? 아니면 저주인가? 기억의 서사로서 『레가토』가 잃어버린 통각을 회복하기 위해 끊임없이 아픔의 기원을 거슬러 올라가는 시도였다면, 『비자나무 숲』문학과지성사, 2013에는 그런 과정을 통해 현재화된 통증을 다시 느껴야만 하는 작가 자신의 망설임과 두려움이 담겨있다. 이 때문에 『비자나무 숲』에서 권여선이 스스로에게 던지는 질문은 이전과는 달라져 있다. 통각의 회복은 축복인가? 아니면 저주인가?

기억의 서사가 가진 최종 목표가 과거의 통증을 온전히 복원하는 것이었다면, 그 서사가 끝난 자리에서 시작되어야 하는 것은 바로 '현재'이다. 『비자나무 숲』은 작가 권여선이 기억의 여정으로부터 돌아와서 비로소 마주한 '오늘'을 담아내고 있다. 봉인이 풀려버린 과거의 통증과 함께, 눈앞에 다가온 현재는 복합적인 병증으로 드러난다. 기억을 망각시켰던 통증의 근원은 여전히 해결되지 않은 채, 간헐적인 고통으로 되새김질 된다. 그럼에도 불구하고 현재의 시간은 새롭게 생성되는 또 다른 통증의 향연이다. 『비자나무 숲』은 이러한 현실 앞에 선 작가 권여선의 두려움을 고스란히 보여준다. 그리고 작가는 자신의 그러한 머뭇거림을 가감 없이 드러내줌으로써 기억의 서사가 완료되었음을 선언하는 듯하다.

『비자나무 숲』에서 가장 두드러진 변화는 과거형이었던 문체로부터 벗어났다는 점이다. 그것은 권여선이 이전의 서사로부터 벗어나 새로운 서사적 발걸음을 내딛었음을 의미한다. 사실 그의 소설 속에서 인물들은 늘 '무엇을 할까?'보다 '무엇을 했던가?'를 고민하는데 더 많은 시간을 보냈다. 그들은 미래형이 없는 일기를 썼고 그로 인해 기억은 늘 진행 중이었다. 때로 그것은 오히려 기억을 충분히 반성할 수 없게 만드는 한계로 작용하기도 했다. 기억으로부터 오는 통증은 충분히 앓지 못한 채 봉인되었고, 그로 인해 인물들의 현재는 상처에 대한 기억만으로도 두려운 무통증에 시달려야만 했다. 그들은 과거를 살아내기 위해 현재를 지워내는 모순을 감내했던 것이다.

허먼 멜빌의 『필경사 바틀비』를 연상하게 하는 「팔도기획」은 '바틀비라는 인물이 가진 불가해성과 애매성'[5]을 '작가적 자존감'이라는 보다 해석 가능한 것으로 구체화시킨다. 이러한 시도는 다소 거칠지만, 작가로서 권여선 자신이 겪는 현실적인 고민들을 부각시킨다는 점에서 주목된다. 여기서 권여선은 두 명의 분신을 등장시킨다. 목소리조차 들어본 적 없는 닭발집 사장의 지독한 외로움을 예민하게 발견하는 윤 작가와 그러한 자존감을 동경하지만 늘 자신의 지향에 다다를 수 없어 '매문賣文'해야만 하는 생활인으로서의 '나'. 그 사이에서 드러나는 것은 소설가로서 권여선이 겪는 '오늘'의 고통이다. 그럼에도 불구하고 「팔도기

---

5   한기욱, 「근대체제와 애매성」, 『안과밖』, 영미문학연구회, 2013년 상반기, 316쪽 참조.

획」은 대단한 긍정성을 보이는데, 그것은 작가 자신이 궁항매문^{窮巷賣文}의 현실로 인해 좌절하고 있지 않기 때문이다. 윤 작가가 떠나고 그녀를 닮은 또 다른 미지의 방문객을 기다리는 '나'의 모습에는 자신을 둘러싼 두 개의 정체성을 그대로 긍정하겠다는 권여선의 의지가 담겨 있다. 이로부터『비자나무 숲』의 메시지는 분명해진다. 기억의 서사를 마치고 나온 그가 새롭게 쓸 서사는 이러한 현실적 갈등 속에서 고군분투하리라는 것.

> 그러나 나는 양손에 상자를 들고 걸어가는 상미의 둔한 등허리와 부은 종아리와 닳은 샌들 굽을 보는 순간 쏜살같이 상가 쪽으로 방향을 꺾었다. 다시 교회 쪽에서 한 번 더 꺾었다. 나는 어디로 향하는지도 모르고 전속력으로 길모퉁이를 꺾으며 달렸다. 3년 전 이미 나는 올림머리 신부화장 쪽에서 길모퉁이를 돌아 녹은 머리 탄 머리의 세상으로 옮겨왔다. 재생이라니, 그건 간단한 만큼 불가능한 개소리였다.
>
> 「길모퉁이」, 148쪽

기억의 여정으로부터 돌아와 마주한 현재는 과거와는 다른 고통으로 가득 차 있다. 「길모퉁이」의 '나'는『레가토』와는 전혀 달라진 인물유형을 보여준다. 『레가토』의 모든 인물들이 철저하게 과거를 살았다면, 「길모퉁이」의 '나'는 과거로부터 완전히 벗어나기 위해 안간힘을 쓰며 현재를 살고자 한다. 그럼에도 불구하고 다단계라는 단 한 번 잘못 돈 길모퉁이로 인해 망가진 '나'의 현재는 영원히 회복될 수 없다. '나'는 새로운 길모퉁이를 마주할 때마다 늘 과거가 아닌 현재를 선택하지만, 여전히 과거는 끊임없이 그녀의 발목을 잡는다. 그 과거 때문에 그녀는 늘 더 좁고 초라한 자리로 내몰린다. 고시원이라는 골방조차도 사치일 수밖에 없는 '나'의 현재는 기억의 여정을 마치고 돌아온 작가 권여선의 현재이기도 하다. 따라서 '나'가 느끼는 두려움은 곧 권여선이 마주한 현실적인 두려움이기도 하다. 더구나 이 현재라는 시간에서 마주한 골방의 의미는 『레가토』의 그것과는 완전히 달라져 있다. 그 어떤 열정도 남겨지지 않은 골방이란, 그저 고통스러운 현재의 상징물일 뿐이다.

『비자나무 숲』의 서사는 이렇게 기억이라는 골방으로부터 인물들을 끌어내 다시 누추하고 남루한 현실의 골방 앞에 서게 한다. 그들 앞에 놓인 현재는, 기억의 여정이 고통의 회복이 아닌 고통으로부터의 도피였다는 사실을 각인시킨다. 그리고 권여선의 인물들은 또 다른 과거가 되어버릴지 모를 혹독한 현재를 살아내야 한다. 이러한 현재의 아픔을 온전히 앓기 위해서 과거의 상처는 드러나야 한다. 때로 그것이 스스로 은폐시킨 가식假飾을 만나는 것이라 할지라도 말이다.

> 그녀는 고개를 돌려 두 남녀를 끝까지 지켜보았다. 이호재가 모퉁이를 돌았고 보이지 않는 끈에 묶인 듯 여학생이 그 뒤를 따라 모퉁이를 돌았다. 묶은 머리가 한 포기 상추처럼 까딱거리다 사라지는 걸 본 순간 그녀는 지독한 경멸과 쓰라린 그리움이 결합된, 형언할 수 없는 감정에 사로잡혔다. 그것은 달고 쓰고 시고 떫은, 아주 기묘하면서도 익숙한 감정이었다.
>
> 「꽃잎 속 응달」, 228쪽

「꽃잎 속 응달」은 기억 속에서 되새김질하는 "최초의 장면"이란 너무나 쉽게 왜곡될 수 있는 유약한 것임을 분명히 한다. 그러나 더 두려운 것은 그것이 끝없이 재생산될 수 있는 현재적 위력을 가진 것이라는 사실이다. "달고 쓰고 시고 떫은"228쪽 또 다른 '그녀'의 악몽이 시작되는 순간을 지켜보면서, 양숙현이 느끼는 감정은 비극도 희극도 아니다. 후회와 고통 속에 반복되었던 한 교수와의 악연은 지나버린 과거 속에 있는 것이 아니라 현재에 지속되는 것이었다. "캑 소리"201쪽조차 내지 못한 채 봉인시켜버린 기억은 아픔의 시간을 지연시킬 수는 있었지만, 아픔을 치유할 수도 아픔의 근원을 제거할 수도 없게 만들었음이 명확해진다. 자신이 움켜쥔 것을 놓고 싶지 않은 그녀의 망설임은, 한 교수에게 또 다시 그녀에게 "원래 역사는 이런 귀퉁이에서 이뤄지는 거야"217쪽라고 말할 수 있는 기억의 삭제를 선사한다.

그러나 가장 주목해야 할 것은 이러한 지연遲延이 만들어내는 또 다른 '반복'이다. 숙현의 눈앞에서 목격되는 또 다른 '그녀', 이호재의 뒤를 따라가는 여학생에겐 한 교수의 뒤를 따라가던 숙현 자신의 기억이 덧씌워진다. 그것은 기억의 여정을 통해서도 완결시킬 수 없던 고통스러운 "최초"가 또 다시 재생산되고 있음을 보여준다. 그녀 자신이 침묵하는 한 그 "최초 장면"은 영원히 분석되지 않은 채, 끝없이 반복되는 악몽으로만 실감될 것이다.

그 애가 어리석은 꼼수만 쓰지 않았더라도 뜨거운 물을 퍼붓는 일은 없었을 것이고, 그 애가 발작을 일으키지만 않았더라도 화분으로 내려치지 않았을 것이다. 모든 책임은 저 악마에게 있다. 그녀 자신은 결백하다. 그녀도 죽은 그 애와 똑같이 피해자일 뿐이었다. 그런 의미에서 죽은 애는 그녀의 친동생이나 마찬가지였다.

「소녀의 기도」, 193쪽

그렇다. 모든 것을 예비하시는 그분께서 이런 시련을 통해 그녀에게 이런 소명을 주신 것이다.

오, 주여! 은혜는 수난을 당하는 성녀聖女처럼 공포와 희열에 휩싸인 채 알몸을 달달 떨면서 거울 앞에서 두 손을 모았다.

위의 글, 194쪽

기억은 어쩌면 인간이 가진 최고의 면죄부일지도 모른다. 기억에 사로잡혀 있는 사람들은 언제나 자신에게 가장 유리한 방식으로 기억을 왜곡함으로써, 죄악으로부터 스스로를 가장 먼 곳에 위치시킨다. 가해의 기억을 피해의 기억으로 왜곡하는 은혜의 모습에는 『레가토』에서 인하의 변명이 오버-랩 된다. 인간의 기억이란 얼마나 쉽게 변질될 수 있는지를 통해서, 권여선은 자신이 이어왔던 기억의 서사가 가진 모순을 그 스스로 가장 절박하게 토로한다. 이 지점에서 『레가토』에서 서사적 추락을 야기했던, 박인하에 대한 작가 권여선의 연민 역시 반성되고 있다. 이를 통해 가장 끔찍한 범죄의 기록으로서 「소녀의 기도」는, 이제 비로소 작가 권여선이 새로운 출발점 위에 서게 되었음을 반증하는 서사가 된다.

이미 통각은 회복되었다. 그러나 『비자나무 숲』에서 권여선은 통증의 기억을 회복한 것이 결코 현실의 통증을 이겨낼 백신이 될 수는 없다고 말하는 듯하다. 더구나 정연의 실종에서 촉발된 상실에 대한 예민한 감각은 여전히 뿌리내리지 못하는 삶을 살아가는 인물들의 내면을 통해 날카롭게 드러난다. 「은반지」, 「끝내 가보지 못한 비자나무 숲」은 기억의 오류가 만들어낸 또 다른 '실종'의 문제를 다루고 있다는 점에서 『레가토』의 서사와 직접적인 연계를 갖는다.

> 이건 꼭 잊지 마세요…… 우린 다 죽어요…… 그게 여기…… 규칙이에요…… 평생 비루먹은 말처럼…… 죽도록 고생만 하다…… 죽어버렸으면…… 좋겠어요…… 한밤중에 무슨 짓을…… 했는지…… 다 알고 있어요…… 시간이…… 얼마 남지…… 않았어요…… 머리 검은 짐승은…… 어서어서…… 준비를…… 하세요……
>
> 흠칫 놀란 오 여사가 양손으로 귀를 틀어막았다. 왼손 약지에서 은반지가 반짝, 거렸다.
>
> 85~86쪽

통각을 회복하고 현재로 돌아온 권여선의 인물들이 마주한 현실은 『레가토』의 그것보다 훨씬 가혹했다. 기억은 늘 시간의 왜곡 속에서 자신만의 변명을 준비할 수 있게 만들어주었다. 그러나 그 시간의 왜곡이 사라진 현재는 기억보다 더 잔인하고 고통스럽다. 5년이나 함께 의지하고 살던 심 여사가 갑자기 떠나버린 후 외로움을 느끼던 오 여사는, 문득 심 여사가 있는 요양원을 방문한다. 그곳에서 오 여사가 만난 심 여사는 자신이 기억하는 것과 전혀 다른 얼굴을 하고 있다. 오 여사가 우정의 표시라고 생각했던 은반지는 심 여사에게는 비루한 삶에 대한 낙인이 되어버리는 것이다. 이를 통해 권여선은 회상이라는 기억의 여정은 오히려 달콤했음을, 현재의 시간 속에서 마주한 고통은 죄책감보다 더 아프고 흉물스러운 것임을 직시할 것을 요구한다.

결국 모든 이의 기억은 「끝내 가보지 못한 비자나무 숲」에서 끝나고 만다. 아무리 최선의 노력을 다해도 결국 우리의 기억은 왜곡될 수밖에 없으며, 기억의 여정을 통해서는 아무리 노력해도 통증의 "최초 장면"으로는 되돌아갈 수 없다. 천 년의 시간을 산 비자나무의 "최초"는 그저 작은 씨앗일 뿐이다. 비자나무 숲에 가더라도, 혹은 가지 못하더라도 그 진실은 변하지 않는다. 이 깨달음을 통해 권여선은 비로소 기억과 기원에 대한 오랜 갈망에서 벗어날 수 있었다. 기억은 멈춤이 아니라 나아감이다. 기억의 서사는 과거에 묶인 인간들에 대한 초상이 아니라 그 기억을 통해 현재를 더 강하게 살아갈 인간에 대한 굳건한 믿음이어야 한다.

하지만 나는 걱정하지 않았다. 언젠가는 눈을 뜨게 될 것이고 숨을 쉬게 될 것이고 그때쯤이면 비자나무 숲 한가운데에 있을 것이다. 가을 저녁처럼 어둑하고 선선한 그 숲에서 나는 도우와 함께 어머니의 꿈 얘기를 들을 것이다.

117쪽

기억은 어쩌면 환각이다. 통각을 회복했다 해도 기억 속의 통증을 다시 앓을 수는 없다. 「끝내 가보지 못한 비자나무 숲」에서 권여선은 비자나무 숲에 가지 못해도, 천 년의 시간을 거슬러 올라가지 않아도, 우리는 우리의 현재에서 수많은 기원을 마주친다고 말한다. 완벽하게 보존되는 기억이란 존재하지 않는다. '나'가 기억하는 정우와 도우가 기억하는 정우, 정우의 어머니가 기억하는 정우가 각기 다른 것처럼, 기억은 늘 각자의 현재에서 왜곡되고 서로 조금씩 어긋난다. 따라서 「끝내 가보지 못한 비자나무 숲」의 플롯이 미완성되는 것은 어쩌면 필연적이다. 작가는 정우 어머니의 꿈 얘기를 듣게 하기 위해 '나'를 제주도까지 오게 했으면서도, 소설의 마지막까지도 그 이야기를 들을 수 없게 만든다. 어머니의 꿈이어야 할 소설의 마지막은 '나'의 환각으로 대치됨으로써 영원히 순환하는 미완의 플롯을 완성한다. 이것은 마치 정연의 귀환으로 인해 죽음을 선언 받은 『레가토』의 서사에 대한 반성문과 같은 느낌을 준다. 정연의 귀환이라는 『레가토』 플롯의 묘비명은 사라지고, 플롯은 마침내 영원한 생명을 얻는다.

5. 귀환하지 않은 기억들

권여선은 우리의 시대를, 부재를 생성하는 시대로 진단한다. 우리는 우리의 지난 반세기가 격렬하게 투쟁하면서 성취한 것들이 눈앞에서 사라지는 것을 목도하는 '오늘'을 살고 있다. 이처럼 기억에서 '실종'되어버린 시간을 회복하기 위해 우리는 무엇보다도 먼저 기억의 왜곡을 자각해야만 한다. 이 지점에서 『비자나무 숲』의 의미는 다시 환기되어야 한다. 비자나무 숲은 천 년의 시간이, 오늘의 땅을 뚫고 돋아나는 새순의 힘겨운 투쟁과 공존하는 곳이다. 과거와 현재가 교차하는 공간인 것이다. 그곳은 세월의 인고 속에서 고통이 무뎌지는 공간이며, 새로운 천 년의 고통이 시작되는 공간이기도 하다. 따라서 우리는 왜 권여선이 '비자나무 숲' 앞에 독자를 끌어왔는가에 대해 고민해야만 한다. 그것이야말로 『레가토』를 통해 기억의 여정을 끝내고, 이제 다시 독자 앞에 돌아온 권여선의 새로운 방향 전환에 대한 실마리가 될 것이기 때문이다. 그 답은 『비자나무 숲』의 마지막 작품, 「진짜 진짜 좋아해」에서 내려진다.

> 나는 얼마나 많은 사람들을 잊음으로써 얼마나 많은 시간 토막들을 잃어버리고 살아왔을까. 진짜는 죄다 도둑맞고, 내가 그토록 애지중지하는 자아의 금고 속에는 엉뚱한 모조품만 잔뜩 쟁여져 있는 느낌이다. 스물두 살의 첫 새벽처럼 나는 텅 빈 주방 앞에서 나지막이 읊조린다.
> 누가 너를 내게 보내주었지?
>
> 262쪽

기억이란 얼마나 편리한 것인가? 또한 얼마나 쉽게 왜곡될 수 있는 것인가? '나'가 수개월을 함께 산 경은에 대한 기억을 잃어버린 것. 그것은 수많은 죄책감으로부터 자유롭기 위해 스스로 감정적 무통증이 되어버린 우리의 자화상을 반영한다. '나'가 기억하지 않음으로 인해 경은

과 함께한 시간의 토막은 사라지고, 경은은 '나'의 안에서 실종된다. 이 것은 『레가토』에서 정연의 실종과 겹쳐진다. 정연과 경은은 모두 누군 가의 기억에서 삭제됨으로써 '실종'되고 말았다. 그 실종의 범위가 한국 이라는 국가 안이든, '나'라는 한 개인의 내면 안이든, 그것은 중요하지 않다. 보다 중요한 것은 기억을 삭제함으로써 혹은 왜곡함으로써 우리 는 끊임없이 누군가의 삶을 누락시키고, 그로써 우리를 둘러싼 타자를 '실종'시킨다는 것이다. 한나 아렌트가 '사적 인간'이라고 지칭[6]했던 그 들은 바로 우리의 무관심으로 인해 생겨났고, 우리는 기억하지 않음으 로써 그들에게 마땅히 주어졌어야 할 자리를 박탈한 것이다.

이제 기억의 서사는 『레가토』를 통해 하나의 정점을 찍었다. 그러나 그것은 마침표가 아니라 말줄임표였다. 따라서 『비자나무 숲』은 이러한 기억의 서사가 또 다른 당위 속에서 새롭게 시작될 것을 예감하게 한다. 권여선의 서사는 여전히 귀환하지 않은 채, 새로운 '이름'으로 호명되길 기다리고 있는 것이다. 기억은 이미 우리에게 익숙해지기 시작했다.

『창작과비평』, 창비, 2013 가을호

---

6   이진우·태정호 역, 『인간의 조건』, 한길사, 1996, 112쪽.

제2장

잉여의 공간에서 꿈꾸는 '자리 찾기'

김애란의 『비행운』에 대한 소고

1. "제 자리는 어디입니까?"

『인간의 조건』에서 한나 아렌트는 타인과의 모든 관계를 끊어낸 인간의 모습을 '사적 인간'으로 규정한다. "사적 인간이 행하는 것은 무엇이나 타인에겐 아무런 중요성도 없으며, 그에게 문제가 되는 것도 다른 사람에게는 아무런 관심거리가 되지 못한다."[1] 그 어디에 있어도 존재를 인정받지 못하는 사람들. 그 어느 곳에서도 자신을 위한 자리를 발견할 수 없는 사람들. 그래서 그들이 그 사회에 처음부터 존재하지 않았던 것처럼 그들의 부재를 그 누구도 인식할 수 없게 되어버린 사람들을 우리는 '잉여자'라고 지칭한다. 그런데 이러한 잉여자는 다름 아닌 타인에

---

[1] 한나 아렌트, 이진우·태정호 역, 『인간의 조건』, 한길사, 1996, 112쪽.

대한 무관심으로부터 출생한다. 타인에게 관심을 갖는 한, 그래서 누군 가 나에게 관심을 갖게 되는 한, 사적 인간이란 나타날 수 없기 때문이다. 이렇게 그 어떤 타인으로부터도 환기되지 않는 사람, 공공적 자리를 잃어버린 채 철저히 사적인 삶을 살 수밖에 없는 인간의 모습은 『비행운』의 서사를 관통하는 단 하나의 핵심이다.

바로 이 때문에 『비행운』은 김애란의 이전 작품들과는 전혀 다른 지점 위에 서게 된다. 그의 첫 소설집 『달려라, 아비』창비, 2005에서부터 『두근두근 내 인생』창비, 2011까지 일관되게 이어졌던 가족 로망스의 서사는 『비행운』을 통해 한 전환을 맞이하기 때문이다. 이전 작품들이 아비와 어미의 서사를 중심으로 자기 존재의 과거에 천착했다면, 『비행운』에서 김애란은 자궁을 찢고 나온 한 존재가 맞닥뜨린 현재를 공포로 포착한다. 한 인간을 둘러싼 탄생의 기쁨과 존재의 당위를 모두 부정해버리는 그것. 그것은 바로 '자리의 부재'이며 '갈 곳 없음'의 자각이다.

"제 자리는 어디입니까?"『비행운』, 133쪽 「그곳에 밤 여기에 노래」에서 김애란은 용대의 목소리를 통해 독자에게 가장 중요한 화두를 던진다. 그것은 '나'도 '너'도 모두 자신의 '자리'를 잃어버렸음을 환기시키는 것이다. 이 질문은 '자리의 부재', 바로 그 '갈 곳 없음'으로 인해 언어로 설명해낼 수 없는 깊은 울림을 갖는다. 부재를 통해 존재를 증명 받고자 하는 청춘들의 부단한 '자리 찾기'는 이미 김애란식 가족 로망스의 복원이 현실의 벽 앞에서 무너져 내렸음을 엄중히 선언하고 있는 것이다. 그래서 『비행운』의 서사는 이 모든 '자리 찾기'가 결국 '자리의 부재'를 보다 선명하게 드러내는 것으로 귀결될 수밖에 없음을 확인하는 과정이 된다.

2. '자리 찾기', 존재存在를 알리는 비명

'어디'를 향한 여정 속에서 김애란의 서사는 온몸으로 자신의 부재를 드러내며 비명을 토한다. 가족 로망스를 통해 끊임없이 자기 존재의 당위를 긍정해왔던 김애란에게 있어서 의미 있는 전환이 보이는 지점이다. 사실 아비와 어미에 대한 서사적 미화는 잃어버린 자궁에 대한 끝없는 갈구이며, 자기 존재에 대해 확인하고자 하는 원초적인 욕망에 가깝다. 그런데 이러한 집착의 이면에는, 그것이 결코 복원되지 않을 것이라는 비관적 전망이 깊게 배어있다. 부모의 서사가 자기 존재의 서사를 대체할 수 없기 때문이다. 바로 이 때문에『비행운』은 김애란의 서사가 녹록지 않은 성장기를 거치고 있음을 보여주는 문제작이 된다. 그의 서사를 감싸 안았던 자궁을 벗어나, 이제 그의 서사적 주인공들은 스스로 출산을 선언한다. 그리고 태어나자마자 조로해버린 이들의 걷잡을 수 없는 질풍노도는『비행운』의 세계를 보다 비루한 현실로 이끌어내고 만다.

「너의 여름은 어떠니」에서 미영은 "내가 거기 없다는 걸 통해, 내가 거기 있단 사실을 알리고 싶은"[13쪽] 치기를 고백하면서 부재를 통해 오히려 자기 존재를 확인하고 싶었던 인간의 내밀한 욕망을 드러낸다. 그런데 이처럼 타인에게 인정받고 싶은 욕망의 이면에는 사실 자기 자신의 현실성에 대한 뿌리 깊은 의심이 숨겨져 있다. '존재의 현실성에 대한 의심은 존중과 승인을 받지 못하는 것에 대한 분노나 슬픔보다 더 통절한 것'[2]

---

2   사이토 준이치, 윤대석 · 류수연 · 윤미란 역,『민주적 공공성』, 도서출판 이음, 2009, 15쪽.

이기 때문에 그녀의 고독은 보다 근원적이고 문제적일 수밖에 없다.

존재의 '자리'를 잃어버린 사람에게, 그 자리는 단 하나의 간절한 열망이며 희망이며 사랑이 된다. 호명되기 위해 미영은 자신의 부재를 의도했고, 그 기다림에 답해준 선배는 첫사랑의 설렘으로 기억된다. 그러나 지독한 간절함은 항상 진실을 왜곡한다. 호명되기를, 그리하여 그 누군가에게 의미 있는 존재가 되기를 원했던 간절함은 자신을 향하지 않은 호명에 의미를 부여하는 오류를 범하게 되는 것이다.

왜곡된 기억이란 사람을 얼마나 남루하게 만들 수 있는 것인가? "누군가 내게 사랑이 무어냐고 물어왔을 때, '나의 부재를 알아주는 사람'이라 답한" 미영의 설렘은 바로 그 절실함으로 인해 한순간에 무너지고 만다. 한때는 마음을 설레게 했던 그 한 마디의 진실. 그것은 다른 사람들 틈에서 어울리지 못하는 못난 후배에 대한 무심한 호의였다. 신입생 환영회에서 미영이 의도했던 고의적인 부재는, 결국 호명되지 않았다는 깨달음이야말로 그녀를 가장 아프게 하는 이유가 된다. 자신의 눈에 비친 '나'와 타인의 눈에 비친 '나' 사이의 간극 속에서 자신만의 자리를 상실한 사람들의 고독과 아픔을, 김애란은 이렇게 담담하게 그래서 너무나 잔인하게 포착하고 있는 것이다.

그러나 자신의 존재를 확인받고자 하는 열망이 남겨져 있는 한에는 그래도 희망이 있었는지도 모른다. 미영에게는 적어도 자신의 존재를 기억해줄 거라고 믿었던 단 한 명의 타인, 선배가 존재했기 때문이다. 설사 그것이 오해와 왜곡으로 인한 결과였다 하더라도, 마치 미영의 자리가 타인에 의해 승인된 것 같은 환상으로 일시적으로나마 그녀에게 위안을 선사했음은 부인될 수 없다. 그러나 오늘날 우리에게 더 무서운 진실은 그 존재를 확인받아야 할 타인의 자리마저 지워져간다는 것이다.

> 더 끔찍한 건 눈에 띄지 않는 작은 벌레들이었다. 어둠 속, 팔뚝 위로 느껴지는 미세한 꿈틀거림. 불을 켜고 봤을 땐 아무것도 없는. 느낌은 있지만 잡을 수 없는 어떤 것들 말이다.
>
> 51쪽

「벌레들」은 재개발구역에 자리한 장미빌라에서 사라져가는 이웃의 숫자를 채워가는 이름 모를 벌레들로 인한 공포를 담아낸다. 이미 사라진 이웃들이 한때 장미빌라에 살았다는 것을 확인시켜주는 유일한 증거는 녹슨 우편함의 숫자뿐이다. 그들이 그곳에 살았을 때, 그들의 존재는 '나'에게 전혀 중요하지 않았다. 그러나 그들의 부재는 녹슨 우편함을 통해 확실하게 각인된다. 불을 켜면 사라지는 벌레들은 그 부재를 통해 어둠 속에서 그들이 분명히 존재하고 있었음을 인지시키고, 얼굴 한번 제대로 본 적 없던 이웃들은 이 새롭게 등장한 벌레들을 통해 한때 그들이 벽 너머에 살고 있었음을 환기시킨다.

> 웬 커다란 애벌레가 안으로 들어오려는 듯 부지런히 머리를 찧고 있었다. 몸통이 애호박만 한 게 온몸에 징그러운 털이 나 있는, 처음 보는 벌레였다. 연두색 등판에는 선명하고 화려한 점들이 박혀 있었다.
>
> 72쪽

이처럼 김애란은 어느 날 문득 '나'의 삶에 비집고 들어오는 애벌레로 타인의 존재를 규정한다. 그들의 존재가 자각되는 그 어느 순간, 누군지 전혀 알 수 없기에 두려워지는 존재들. 이처럼 타인의 존재에 대한 극도의 공포와 부정은 그가 완전히 사적인 삶으로 퇴보했음을 보여주는 것이다. 사적인 삶에서 오는 일시적인 안락함은 자신의 자리가 이미 지워졌다는 부재를 인식하지 못하게 한다. 따라서 그 위태로운 안락함의 진실을 환기시키는 또 다른 타자들에게 그는 벌레라는 끔찍하고 징그러운 외피를 뒤집어씌운다. 장미빌라를 잠식해가는 벌레들은 결국 호명되지 않았던 타인이며, 잉여로서 또 다른 자신의 얼굴이다.

누군가에게 호명받기를 간절히 기다리지만, 누군가를 호명하는 데 있어서는 무관심한 현대인의 본질적인 이기심은 벌레에 대한 처절한 증오로 표현된다. 자기 존재의 유일한 안식처로서 사적인 삶이 위협받는 순간, 이전까지 김애란 서사에 드리워졌던 위장된 '명랑'은 무너지고 마는 것이다. 이렇게 공포에 휩싸인 인물의 내면을, 김애란은 알 수 없는 대상을 향한 집착에 가까운 폭력으로 표출시킨다.

칙칙— 세정제 거품이 방충망의 쇠로 된 그물을 타고 무겁게 흘러내렸다. 애벌레가 소르라치며 뒹굴었다. 아울러 내 속에 있는 가학적인 쾌감도 꿈틀댔다. 나는 좀 더 적극적으로 세제를 뿌려댔다.

'죽어, 죽어, 제발…….'

방충망은 소독액이 흘러내린 모양을 따라 하얗게 탈색됐다. 애벌레는 배를 뒤집고 몸을 꼬며 발광했다. 구역질이 났지만 벌레가 고통스러워하는 모

습을 끝까지 지켜봤다. 애벌레는 용을 쓰다 기운이 빠지는지 흐느적댔다. 그
러곤 얼마 후 고개를 떨구며 싱겁게 죽어버렸다.

73쪽

　자기보다 더 약한 타자에 대해 자행되는 폭력은 이미 잉여가 되어버
린 비루한 일상에 대한 유일한 긍정이다. 더 약한 고리를 끊어냄으로써
사적 삶을 굳건히 지켜낼 수 있다는 희망은 그들의 이기적 폭력을 정당
화한다. 그리고 마침내 가족 로망스의 위장된 명랑으로부터 튀어나온
이 비관적인 생존 감각은 김애란의 서사를 더 이상 명랑할 수 없는 것으
로 만들어버린다. 깊숙한 어둠 속에서 끊임없이 기어 나오는 벌레들에
둘러싸여 콘크리트 조각을 쥐고 출산의 순간을 맞이하는 '나'의 현재는
그것을 증명한다. 이 참혹한 그녀의 출산 앞에서, '아버지의 거대한 성기
에서 나온 불꽃들이 민들레씨처럼 밤하늘로 퍼져나가는, 아버지의 반짝
이는 씨앗들이 멀리멀리 고독한 우주로 방사된다'[3]는 즐겁고 유쾌한 탄
생의 신화는 힘을 잃어버린다. 그녀의 출산은 결코 호명될 수 없는 자기
안의 타자와 조우하는 시간이 될 것이기 때문이다.

3　　김애란, 「누가 해변에서 함부로 불꽃놀이를 하는가」, 『달려라, 아비』, 177쪽.

3. '소비', 도시라는 정글의 생존법칙

부재한 자리는 결코 회복될 수 없다는 암담한 진리는 이미 선언되었다. 그럼에도 불구하고 여전히 『비행운』 속의 인물들은 그들의 자리가 복원되었다는 착각 속에서 타인의 자리를 지워나간다. 그 스스로 잉여자이면서 잉여로서 자신의 본질을 들여다보지 못하는 이 무서운 착시는 어디로부터 기인되는가? 여기서 김애란은 자본주의 사회에서 살아가는 이들이라면 누구에게나 공식처럼 익숙해진 '소비'라는 기제를, 다시 한 번 서사의 중심으로 끌어올린다. 소비는 채워질 수 없는 호명에 대한 갈구가 충족되는 것 같은, 그리하여 부재한 자신의 자리라는 필요가 채워지는 것 같은 환상을 제공한다. 그러나 그 결과는 끊임없이 잉여를 재생산함으로써 자기의 몸집을 키워나가는 자본주의 사회의 본질이다.

이 점에서 「큐티클」은 상당히 흥미로운 상징을 보여준다. 여기서 김애란은 반드시 제거되어야 할 잉여로서의 삶을 '큐티클'로 명명한다. 새로 나온 손톱을 보호하지만, 그 손톱의 발육을 위해 마땅히 제거되어야 하는 손톱의 겉껍질. 손톱의 일부지만 손톱일 수 없는 큐티클은 대도시 안에서 잉여가 된 사람들을 표상한다. 그리고 서사는 큐티클로서의 자신을 인식하지 못한 채, 대도시의 소비라는 순환 속에서 소외되는 청춘들의 자화상을 담아낸다.

친구의 결혼식을 향하는 '나'를 웃게 만드는 그 모든 것은 소비의 결과물들이다. 그것은 대도시에서 그녀가 남길 수 있는 유일한 기록들이기도 하다. "소비는 내가 현재 대도시의 왕성한 생산 활동에 참여하고 있다는 사실을 상기"213쪽시키는 것이면서 동시에 대도시의 자연스러운 "신진대사에 속해 있다는 느낌"213쪽으로 '나'의 '자리'를 인정해주는 유일한 호명으로 환기된다. 이것은 얼마나 끔찍한 진실인가? 단 한순간도 그녀는 자신으로서 호명되지 못한다. 단지 신용카드 명세표에 찍히는 숫자만큼의 가치로 인식되는 것이다. 따라서 그 숫자가 찍히지 않는 동안, 그녀의 존재는 완벽하게 지워져버린다.

더구나 소비가 만들어내는 '필요'의 목록은 아주 작은 균열만으로도 쉽사리 깨지는 것이었다. 오랜만에 만난 대학 선배의 깨끗하게 다듬어진 손톱은 '나'가 간과했던 새로운 필요를 환기시켰고, 그것은 신체마저도 액세서리로서 완전히 소비되어야 한다는 강박을 일으킨다. "구두나 가방, 목걸이뿐 아니라 몸 자체도 하나의 장신구가 될 수 있다는"227쪽, 그리하여 몸이라는 "가장 비싼 액세서리"를 걸친 '나'로 탈바꿈하기 위해 그녀의 하루는 눈물겹게 바쁘다. 만 오천 원의 호사로 깨끗하게 정돈된 손톱을 얻은 '나'는, 그 손톱을 지키기 위한 그날 하루가 그렇게 지독하게 길고 괴로울 것임을 예상하지 못한다. 스스로를 만족스럽게 만들었던 그 모든 소비가 결코 그녀의 '자리'와 '필요'를 충족시킬 수 없음은 너무도 빨리, 그리고 너무도 허망하게 자각되고 만다.

호들갑스럽지 않게 자기주장을 하고 있는 정장. 백화점 할인매장에서 산 너무 비싸지도 싸지도 않은 핸드백. 담담한 질감의 소가죽 구두. 4월, 친하지 않은 친구의 결혼식에 가는 길. 책가방에 점수가 잘 나온 성적표를 담아 집으로 뛰어가는 아이처럼 나는 히죽 웃었다.

211쪽

　　친구들의 옷은 무척 과감하면서도 세련돼 보였다. 색깔이나 디자인이 흔
치 않은 거였고 그 천박하지 않은 화려함이 결혼식의 화사한 분위기와 잘 어
울렸다. 반면 내 옷은 너무 무난하다고 할까 답답할 정도로 평범해 보였다. 친
구들의 감각적인 정장을 보자 내가 의기양양하게 걸치고 온 것들이 유행이
지난 것처럼 느껴져 풀이 죽었다.

229~230쪽

　　우리는 소비를 통해 자신의 존재를 채울 수 있다고 믿지만, 소비는 우
리가 철저하게 소외되었다는 사실을 '돈'이 허락한 망각으로 덮을 뿐이
다. 그것조차 너무나 일시적이고 찰나적이다. 오히려 소비는 그 행위가
끝나는 순간, 우리 자신이 철저하게 소외되어 있다는 현실을 더 확실히
자각시킨다.

　　그러나 그것은 우리가 소비에 의존하는 사적인 삶을 선택한 순간부터
이미 예정되어버린 결말일지도 모른다. 한 명의 사회인으로서 마땅히
그가 가져야 할 '자리', 그 공공성을 상실함으로써 우리 모두는 이미 잉
여자로 전락하고 말았기 때문이다. 이 속악한 사회는 오직 소비를 통해
서만 우리에게 한 명의 인간으로서 일시적 가치를 부여한다. 애초에 '자
리의 부재'를 대신할 수 없었던 것임에도 불구하고, 잉여자들은 그것이
야말로 그들에게 허락된 유일한 자리라는 착각에 매달린다. 그러나 그

소비는 인간이 잃어버린 공공의 자리를 회복시켜줄 수 없다. 그것은 아주 잠시 마치 자신이 그곳에 존재했었던 것 같은 환상을 부여할 뿐이다. 더구나 그 환상의 결과는 끊임없는 필요라는 중독이다.

> 기옥 씨는 항상 세면대와 변기, 바닥과 거울 위를 '이제 막 닦아낸 것처럼' 만들어 놔야 했다. 많은 사람들이 쉴 새 없이 오가는 공간에서 바로 그 '드나듦의 흔적'을 없애는 것. 이것이 공항 청소의 핵심이었다.
>
> 177~178쪽

드나듦의 흔적을 없애는 것. 공항을 오고가는 수많은 사람들의 흔적을 지우는 것이야말로 「하루의 축」에서 기옥 씨가 하는 가장 큰 업무이다. 그것은 우리 삶에 개입되는 타인의 흔적을 없애는 것이고, 소비는 우리가 해야 할 그 일들을 대신한다. 그 누구의 흔적도 남겨져 있지 않는 부재를 즐기는 것은 소비의 특권이며, 그것을 통해 우리는 완벽하게 사적인 삶을 보장받는다. 그러나 소비로 만들어진 이 찰나의 특권 역시 또 다른 소비를 위해 마땅히 지워져야 할 흔적에 불과하다. 그럼에도 불구하고 소비하고 있는 그 순간, 그 누구도 그것이 자기 자신을 그리고 타인을 잉여자로 만드는 것임을 인식하지 못한다. 도시의 능동적인 소비자로서 얻을 수 있었던 일시적인 '자리'는, 오히려 우리로 하여금 소비로부터의 소외를 존재 자체에 대한 소멸로 오인하게 만든다. 그리하여 우리 모두는 근원적으로 고독할 수밖에 없는 것이다.

4. 박탈된 '자리'

이처럼 소비로 가치가 환원되는 사회에서, 가난은 더 이상 미담이 될 수 없다. 그래서 「호텔 니약 따」의 주인공 서윤은 비밀과 수치가 되어버린 가난으로 인해 한순간 남루해져버린 자신을 발견한다. 졸업은 서윤에게 "가진 것 중 가장 빛나는 것을 이제 막 잃어버리게" 만드는 순간에 불과하다. 사회로 발을 내딛는 순간, 우리 모두는 이전에 가졌던 '모든 반짝임을 잃어버리는' 그저 그런 시시한 인간이 되고 만다.

그러나 가난은 그 자체로 두려움의 대상이 된 것이 아니다. 오히려 가난으로 인한 가장 큰 두려움은 관계의 상실이다. 그것은 단지 그 곁에 아무도 없기 때문이 아니다. 오히려 타인의 삶 곁으로 비집고 들어갈 수 없기에, 모든 관계로부터 차단되어 삶을 박탈당한 사람들이 느끼는 근원적 고독에 가깝다. 따라서 그 고독은 보다 반짝일 수 있는 누군가, 즉 그만의 자리를 가진 것 같은 그 누군가의 곁에 있을 때 더 두드러진다. 그래서 인간은 모든 관계를 차단하여 그 반짝거림으로부터 멀어져 스스로 어둠 속에 숨어버리는, 가장 손쉬운 해결책을 선택하는 것이다.

그러나 사회적 존재로서 한 사람의 자리란 타인의 존재를 통해 증명받는 것이기에, 타인의 존재를 부정하는 것은 곧 나의 존재도 상실하게 만드는 것일 뿐이다. 따라서 그들 각각이 소비를 통해 서로를 소외시킴으로써 지워낸 타인의 자리는 결국 부메랑처럼 자신의 자리를 지워버린다. 소비를 통해 얻어지는 사적 공간은 부재하는 '자리'의 회복이 아닌, 그 부재의 영원한 지속을 공고히 할 뿐이다. 따라서 소비가 '자리 찾기'를 위한 대안으로 선택되는 한, 이 고독은 영원히 해결될 수 없다.

「물속 골리앗」은 모든 관계가 차단되어버린 세계를 가정함으로써 사적인 삶의 공포를 그려낸다. 갈 곳에 없는 모자에게 용역 회사 사람들은 공포의 대상이다. 그들이 강산아파트로 올 수 있는 유일한 길을 차단시킨 장마는 처음엔 축복처럼 여겨지지만, 곧 그것은 가장 끔찍한 악몽이 되어버리고 만다. 길이 끊기고 전기가 끊기자, 그토록 편안했던 모든 문명의 이기들은 아무런 힘도 발휘할 수 없는 무용지물이 되고 말았기 때문이다. 타인의 부재는 배고픔에 울부짖는 유기견의 울음에서 침묵으로 이어지며, 소년의 가슴에 서서히 각인된다.

장마는 소년의 일상을 집 안에 가두고, 모든 필요가 집이라는 사적 공간에서 충족되면서 소년과 어머니는 집 밖의 세계에 대해서는 무관심해진다. 「물속 골리앗」의 공포는 바로 그 무관심으로부터 시작된다. 장마는 물리적으로 그들을 가두었지만, 그 고립에 적응한 소년은 자기 곁에서 사라진 타인의 존재에 그 어떤 의문도 품지 못한다. 그러다 문득 자각한 현실은 참혹했다. 타인 부재한 순간, 세상에서 가장 안전할 것이라고 생각했던 집은 더 이상 소년을 위한 방패막이가 되어주지 못한다는 진실. 작가 김애란은 이를 망망대해가 되어버린 세계로 상징한다.

세계를 사라지게 만든 그 원인은 거창한 범죄에서 시작된 것이 아니었다. 내 곁을 둘러싼 타인을 존재하지 않는 것처럼 만드는 그 무관심, 그렇게 타인의 자리를 지워냄으로써 자신의 자리를 확보하고자 하는 그 작은 이기심이야말로 가장 무서운 폭력임을 드러내는 것이다. 그러나 속악한 세계는 소년에게 결코 노아의 방주를 허락하지 않는다. 소년의 작은 몸을 감당하기에도 벅찼던 문짝 뗏목은 어머니의 시체마저도 함께 자리할 수 없을 만큼 좁고 좁았다. 그리고 단 하나의 희망도 남겨지지 않은 세계의 종말을 묵묵히 지키는 것은 거대한 골리앗크레인들이었다. 그것은 끝없는 소비를 통해 모든 낯익음과 관계를 파괴하기에 주저하지 않았던 현대 문명의 고독한 묘비가 된다.

> 가도 가도 망망대해였다. 대신 대형 크레인이 자주 출몰했다. 물에 잠겨 크기를 가늠하기 어려웠지만 가로로 뻗은 기다란 철골의 길이로 보아 대부분 골리앗크레인이 틀림없었다. (…중략…) 세계는 거대한 수중 무덤 같았다. 세상에 이렇게 많은 타워크레인이 있었나 싶을 정도로 잦은 출현이었다. 그리고 그때 나는 비로소 전 국토가 공사 중이었음을 깨달았다.
>
> 112쪽

"살아보니 사람이 제일 큰 재산인 거 같더라"라는 수인의 옛 남자친구의 말로부터 「서른」의 역설은 시작된다. 광포해진 소비는 이제 손톱이라는 신체를 액세서리로 만드는 데 만족하지 않는다. 한 인간에게 남겨진 모든 것을 낱낱이 털어내 한 인간의 자리를 영원히 회복할 수 없는 것으로 지워버리는 소비의 폭력은 이제 사람과 사람 사이의 근원적인 관계를 끊어내기에 이른다.

보다 나은 삶을 위해 발버둥 쳤다는 바로 그 이유 때문에, 수인은 오히려 모든 사회적 관계망으로부터 '자리'를 박탈당했다. 자신의 부재를 알아주기를 바라는 소박한 욕망은 호명되지 않는 무관심 앞에 무너졌고, 그것은 '어디'를 향한 끝없는 행렬로부터 수인을 완전히 이탈되게 만든다. 그리고 모든 현실의 사람들이 그러하듯, 「서른」의 수인 역시 유일하지 않지만 가장 쉬운 방법을 선택함으로써 자신의 '자리'를 회복하고자 한다. 그것은 바로 '자리 바꾸기'였다. "한 달에 3백만 원, 많게는 천만 원도 벌 수 있다는"301쪽 그 무서운 곳에서 벗어나기 위해 수인은 "겨우 내가 되겠지"207쪽라며 가슴 깊게 아파했던 제자 혜미를 '나'로, 또 다른 잉여자로 만들어버린다.

'자리 찾기'의 절실함이 '자리 바꾸기'라는 최악을 선택한 순간, 수인은 점점 더 자신이 속한 현실로부터 소외되고 배제되기 시작한다. 잉여가 되어버린 자신의 삶을 또 다른 잉여를 만듦으로써 대신하겠다는 이 '자리 바꾸기'는 생존을 위한 어쩔 수 없는 선택이었음이 분명하다. 그러나 그것이 일단 선택인 한, 그 결과에 대한 책임은 오롯이 그녀의 몫이 된다. 그리고 "자신을 옥죄는 짙은 폐색감이 온전히 자신의 책임으로 다음 세대로 전승됐다는 '나'의 절망"4은 김애란의 서사가 더 이상 명랑해질 수 없음을 선언하는 것처럼 보인다.

김애란은 그 절망의 끝에서 수인의 삶을 나락으로 떨어뜨린 피라미드보다 더 극악한 먹이사슬의 굴레를 보여준다. 자연의 생존법칙이었던 약육강식은 대도시라는 정글에서 더 속악한 것으로 변질되었다. 단지 살아남기 위해, 우리는 우리보다 조금 강한 자에게 자리를 빼앗기고, 자신보다 조금 더 약한 자의 자리를 빼앗았을 뿐이라고 합리화한다. 그러

---

4   윤재민, 「너무 많이 아는 아이들을 위한 가족 로망스」, 『창작과비평』 158, 2012 겨울호, 422쪽.

나 그러한 변명들이 타인의 자리를 박탈할 뿐이라는 '자리 바꾸기'의 진실을 바꿔줄 수는 없다.

오히려 더 분명하게 드러나는 것은 이 먹이사슬이 결코 피라미드가 될 수 없다는 진실이다. 수인의 옛 남자친구도, 수인도, 혜미도, 그리고 그들을 감시하는 합숙소의 그 누구도 피라미드 끝의 포식자가 아니다. 그들은 판매실적을 높이기 위해 "그날 자기가 가진 옷 중 가장 괜찮은 걸 입고 나와 앉아 있었"301쪽을 뿐인 피라미드의 밑바닥이기 때문이다. 그들 중 그 어떤 누구도 이 먹이사슬에서 벗어나 피라미드 끝으로 올라설 수 없다는 진실, 그래서 이 사회의 계층구조는 그 누구의 진입도 차단하는 견고한 벽으로 분리되어 있다는 현실은 보다 분명해진다. 결국 가장 낮은 먹이사슬의 궤도 안에서 누군가에게 파괴당하고 누군가를 파괴하면서도 결코 그 밖으로 나가 완벽한 포식자가 될 수 없다는 진실이야말로, 이 도시의 약육강식이라는 생존법칙을 둘러싼 진정한 비극이다.

결국 '자리 찾기'이든 '자리 바꾸기'이든 우리는 결코 '자리의 부재'로부터 벗어날 수 없는 영원한 잉여자들인 것이다. 어쩌면 식물인간이 되어버린 혜미보다 더 비극적인 것은 타인의 삶을 파탄으로 이끈 자신의 과오로 인해 모든 관계망으로부터 이제 완전히 탈락되어 부재가 당연시되는 '잉여'가 되어버린 수인이다. 수인의 편지는 속악한 사회의 폭력이 한 개인의 몫으로만 돌려지는 구조적 모순에서 벗어나기 위한 그녀의 비명이다. 그러나 영원히 부치지 못할 그녀의 편지처럼 그 비명에는 소리가 없다.

5. "당신을 알게 되어 기쁩니다."

　그렇다면 김애란의『비행운』은 잉여자로서 살아가야만 하는 현대인
들의 처참한 '비행운非幸運'으로 마감되는 것일까? 여전히 김애란은 이
절망의 시대에서 희망을 길어 올리고 싶어 한다. 그는 모든 타인을 지워
낸 자리에서, 그 타인의 부재를 인식하고 다시 '나'와 '너'의 존재를 회복
하고자 하는 그 모든 발버둥을 아주 천천히 긍정하고자 한다. 그것이야
말로 이 작품집의 제목이 '비행운飛行雲'이어야 했던 유일한 이유이다. 혼
신의 힘을 다해 중력을 극복한 비행기의 한숨 같은 비행운에서, 잉여로
전락하지 않기 위해 몸부림치는 오늘 우리의 삶을 보듬을 숨결을 발견
하고자 하는 것이다. 때로 그 '자리 찾기'가 타자의 자리를 박탈하는 '자
리 바꾸기'로 전락할지라도, 반성의 순간과 또 다른 안간힘으로 우리는
끊임없이 또 다른 '자리 찾기'를 시도할 것이 분명하기 때문이다.
　따라서 김애란의『비행운』을 마무리 짓는 그 단 하나의 손길은「그곳
에 밤 여기에 노래」에서 주인공 용대의 배회로부터 시작되어야 할 것
같다.

　　"런스 니 헌 까오씽."
　　용대는 무심하게 따라 했다.
　　"런스 니 헌 까오씽."
　　이어, 명화가 한국말로 말했다.
　　"당신을 알게 되어 기쁩니다."

용대도 그 말을 따라 했다.

"당신을 알게 되어 기쁩니다."

테이프를 같은 말을 되풀이했다. 명화가 한마디 하면 용대가 한마디 하고, 용대가 서투르게 몇 문장 외면 명화가 똑같이 답해주는 식이었다. 용대는 아무렇지 않게 반갑다는 말을 계속 따라 했다. 그러곤 테이프 한 면이 다 돌아갔을 즈음 갑자기 핸들에 머리를 박은 채 대로변에서 엉엉 울어버리고 말았다.

166쪽

오늘의 우리에게 가장 중요한 것은 누군가에게 인정받는 삶임을, 김애란은 용대의 삶을 통해 이야기한다. 세상에서 용대에게 유일하게 인사해준 그 단 한 사람. 용대의 자리를 자기 안에 만들어 용대의 존재를 의미 있게 만들어준 단 한 사람. 그리고 용대가 그 부재를 자각했던 유일한 타인으로서의 명화. 용대와 명화 사이의 이러한 호명은, 명화를 죽음이라는 영원한 부재로부터 구원한다. 그리고 바로 이 타인을 위한 호명을 통해 용대는 구원받는다. 타인의 부재를 인식함으로써 타인의 자리를 비워두는 이는 근원적으로 고독하지 않을 수 있기 때문이다.

그래서 폐허가 된 A구역에서 이제 막 출산을 겪어야 할 「벌레들」의 그녀도, 골리앗크레인 위에서 자신을 구해줄 그 누군가를 간절히 기다리는 「물속 골리앗」의 소년의 간절함도, 「서른」에서 부치지 못할 편지를 쓰면서 자신을 호명해준 언니를 기억하고자 하는 그녀의 반성도 결코 무의미하지 않다. 그들은 이미 호명을 기다리는 자가 아니라, 호명하는 자가 되었으므로. 그리하여 김애란의 서사는 가족 로망스의 위장된 명랑을 집어던졌지만, 바로 그 때문에 김애란은 또 다시 버릴 수 없는 희망을 이야기할 수 있을 것 같다. 그리고 김애란은 그가 찾은 새로운 소통의 가능성을 단 한 마디 말로 긍정한다.

"당신을 알게 되어 기쁩니다."

『작가들』 43, 작가들, 2012 겨울호

제3장

잉여 된 삶을 사유하는 두 개의 시선

강영숙의『리나』와 황석영의『바리데기』

1. 국경을 사유하는 두 개의 시선

우리에게 국경은 어떤 의미를 갖는 것일까? 끝없이 질주하는 자본의 세계화 시대 속에서 살고 있으면서도, 여전히 '국경'은 나날이 새로운 의미로 우리에게 각성된다. 그것은 서로 다른 체제가 첨예하게 대립하고 있는, 이 한반도라는 좁은 땅에서 살고 있는 우리에게는 너무나도 당연한 현실일지도 모른다. 그러나 실제로 우리는 그 국경에 대해 얼마만큼 사유하고 있는 것일까? 국경을 맞대고 활화산 같은 휴전의 공간 속에서 살아가면서도, 우리에게 국경은 여전히 모호한 공간으로 남겨져 있다. 강영숙의『리나』^{문예중앙, 2006}와 황석영의『바리데기』^{창비, 2007}는 바로 이러한 국경을 넘어가는 두 소녀, '리나'와 '바리'를 통해 국경에 대한 사유를 시도하고 있다.

우리는 『리나』와 『바리데기』에서 쌍둥이처럼 꼭 닮은 얼굴을 가진 두 소녀를 만난다. 오직 살아남기 위해 두 소녀가 선택한 길은 아이러니컬하게도 목숨을 담보로 국경을 넘는 것이었다. 이러한 국경은 두 소녀의 성장을 매개하는 중심축이 된다. 국경을 넘는다는 것은 이전 삶과의 단절을 의미하는 것이면서, 동시에 그로부터 영원히 자유로울 수 없는 그들의 현재를 만든다는 점에서 의미심장하다. 자유에 대한 열망으로 국경을 넘는 그 순간부터, 국경은 오히려 그들의 삶을 속박하게 되는 것이다. 따라서 그들의 여정은, 국경을 넘어도 그들이 버리고 온 국경의 다른 편 삶으로부터 결코 벗어날 수 없다는 현실을 자각하면서 시작된다. 그것은 그들이 그 삶을 버린 것이 아니라, 사실상 그들은 그 삶으로부터 밀려난 것이기 때문이다.

국경은 이처럼 리나와 바리를 그들이 떠나온 나라로부터 영원히 단절시키는, 그리고 이후 그들의 삶을 억압하는 실질적인 폭력으로서 작용한다. 그러나 그러한 국경을 넘어선 순간부터 이미 쌍둥이처럼 닮아있던 두 소녀의 삶은 조금씩 다른 운명적 궤도에 말려들어간다. 그것은 그들에게 있어서 국경이 각기 다른 의미로 각인되기 때문이다. 그것은 어쩌면 그들의 삶을 이끌어나가는 두 작가, 강영숙과 황석영이 바라보는 세계에 대한 인식적 차이로부터 야기된 것일지도 모른다. 그러나 그것은 단순히 두 작가의 신·구세대의 차이로부터 비롯된 것은 아니다. 그것은 두 작가가 현실적으로 감각하는 '국경'의 본질적인 의미가 다르기 때문이다. 따라서 『리나』와 『바리데기』에 대한 논의는 두 작품에서 각기 다르게 인식되는 이 국경의 의미망을 구체화하는 것으로부터 시작되어야 한다.

이제 강영숙의 서사와 황석영의 서사는 맨얼굴로 거울 앞에 마주섰다. 그곳에선 그들 앞에 붙여진 타이틀은 아무런 의미도 없다. 오히려 서로 다른 시대를 살아온 두 작가가 우리의 역사적 특수성으로부터 동일한 문제의식을 이끌어내고 있다는 점이야말로 흥미로운 일이 아닐 수 없다. 그리고 그들의 주인공들은 한반도의 역사에 종속된 심리적 제약에서 벗어나 세계사를 이끄는 거친 격랑 속에 몸을 내던졌다. 그러나 그들은 여전히 그들의 출발점, 국경으로부터 자유로울 수 없음을 온몸으로 보여준다. 이 국경을 사유하기 시작한 순간, 독자는 거울 속에 비친 또 다른 리나와 바리를 마주하게 된다. 이제 우리 곁으로 다가온, 그러나 여전히 모호한 얼굴을 한 이 국경을 만나자.

2. 삶을 박탈당한 육체 강영숙의『리나』

강영숙의 첫 장편소설『리나』의 서사는 소설의 주인공인 '리나'를 끊임없이 지워나가는 여정으로 채워진다. P국이라는 정체불명의 국가로 가기 위해 목숨을 걸고 국경을 넘는 스물두 명의 사람들 속에서, 리나에 대한 묘사는 그 어떤 독특함도 표현하고 있지 않다. 탈북자로 연상되는 그 행렬 속에서, 리나는 그 국적마저 짐작하기 어려운 이름을 가진 소녀로 거의 익명화되어 있다.

키가 작고 갸름한 얼굴에, 이마에 노란 여드름이 난 여자애의 이름은 리나다. 리나는 열여섯 살이었고 탄광 지역 노동자인 부모 밑에서 큰딸로 태어났다. 리나는 학교가 끝나면 유소년 직업훈련센터에 나가 밤늦게까지 단순한 기계 부품을 조립했다. 잠이 오고 지겨워지면 나사를 코밑에 들이대고 "죽어, 죽어"라고 말하며 발밑으로 한 개씩 집어던졌다.

9~10쪽

이러한 리나는 그 어느 곳에서 마주친다 해도 쉽게 얼굴을 기억하기 어려울 만큼 평범한 소녀이다. 가난한 나라에서 배고픔을 일상처럼 받아들이며 자란 여자아이라면 누구나 하고 있을 법한 얼굴을 가진 소녀 리나는 『리나』의 주인공이면서, 동시에 소설 속에서 가장 소외된 인물이기도 하다. 이처럼 주인공 리나에 대한 소외는 역설적으로 이 작품의 진정한 주인공이 누구인가에 대한 의문을 환기시킨다. 그것은 소녀 리나를 매료시켰던 공간, 즉 국경이다. 리나의 여정은 그녀 자신의 것이라기보다는 이렇게 살아서 꿈틀거리는 국경을, 그리고 그것의 욕망을 확인하는 것이었다. 리나의 탈출기가 국경으로부터 출발해 다시 국경으로 되돌아오는 길고 고단한 여정이 되는 것은 어쩌면 필연적이다.

따라서 리나의 삶을 포착하고자 하는 시도는 그녀의 삶을 장악해버린 이 국경의 의미를 파악하는 것으로부터 시작되어야 한다. 리나에게 상상되는 국경의 모습은 너무나도 매혹적이고 압도적이다. "저만치 앞 허공에 푸른 둑처럼 펼쳐져 있는 국경"은 소녀로 하여금 끝없이 추락할 것 같은 고통스러운 탈출기를 견뎌내게 하는 유일한 희망이다. 그 이미지는 너무나 강렬해서 그녀가 현실적으로 경험한 국경의 진실된 모습, "그저 퇴로가 없이 사방이 막힌, 비탈지고 조용한 산길의 일부"였던 국경조차도 잊게 만든다. 그로 인해 리나의 삶은 국경을 넘는 순간, 아니 이미 국경을 넘기 전부터 국경에 의해 규정되어버리고 만다.

그렇다면 이러한 국경이 의미하는 바는 무엇인가? 『리나』에서 국경은 단순한 공간으로서만 존재하지 않는다. 체제와 이념이 다른 나라 사이에 존재하는 국경이란 각각의 내부에 존재하는 가장 이질적인 공간이 된다. 따라서 현실적인 공간으로서의 국경보다 더 문제적인 것은 심리적 차이를 드러내는 공간으로서의 국경이다. 국경을 맞댄 두 세계의 이질성이 크면 클수록 그들 내부에서 자각되는 국경이라는 공간의 이질성도 극대화된다. 국경은 그것을 넘는 모든 사람들의 욕망에 의해 각기 다르게 인식되는 공간이며, 동시에 그들의 욕망을 내면화하여 스스로 욕망을 육화시키는 공간이기도 하다. 국경을 향하는 인간의 욕망이야말로 국경을 '국경'으로 존재하게 하는 유일한 에너지가 된다. 이러한 국경이 야기하는 환희는, 스물두 명의 탈출자가 꿈꾸는 P국이라는 정체불명의 국가가 가진 모호함과도 맞닿아 있다. 그럼에도 불구하고 국경은 소설의 주인공 리나를 압도하는 거대한 정체성을 가진 공간으로 등장하고 있다.

> 리나는 얼굴색이 검고 윤곽이 뚜렷한 인솔자의 얼굴을 보자마자 운명적으로 사랑할 남자를 만나게 됐다고 기뻐했다.
>
> 13쪽

그 남자를 만나게 해달라고. 아직 첫날밤도 치르지 못했다구요. 그랬더니 그가 말했어요. 니가 재밌는 얘기를 많이 해주면 만나게 해주지. 그래서 나는 매일매일 거짓말을 했어요. 첫날밤을 치르기 위해서.

113쪽

리나의 거짓말 같은 진실 속에서 등장하는 인솔자는 '국경'을 표상하는 인물이다. 그는 리나를 끝없이 펼쳐진 자유의 공간인 국경으로 이끌어줄 유일한 희망이며, 관문이었다. 그야말로 그녀를 매혹시켰던 본질, 그 국경에 가장 가까운 곳에 위치한 인물인 것이다. 결국 그를 기억한다는 것은 리나 자신이 국경에 사로잡혀 있음을 반증하는 것이며, 그녀의 삶이 국경의 주변을 맴돌 수밖에 없게 만드는 운명임을 암시하는 것이기도 하다. 따라서 국경에서 멀어지고자 하면 할수록 그녀의 삶은 자기장에 휘말린 쇳덩이처럼 국경으로 빨려 들어가게 된다. 이 때문에 소설의 서사가 진행되면 될수록 리나의 모습은 구체화되는 것이 아니라, 오히려 지워진다. 그녀 자신이 그대로 국경의 일부가 되기 위해서는 국경의 매혹에 몸을 내맡기고 투명해질 수밖에 없기 때문이다.

그러나 사실상 삶으로부터 지워지는 것이야말로 리나가 가진 숙명이었다. 리나는 처음부터 이 세계 속에서 자신의 자리를 갖지 못한 잉여자이기 때문이다. 이미 수많은 사람들의 욕망으로 과부화가 된 이 세계 어디에도 리나를 위한 빈자리는 남아있지 않다. 따라서 그녀의 삶이 타인에게 자각되는 유일한 순간은 그들의 필요에 의해 이용될 때뿐이며, 그 순간 그녀의 삶은 그 자리로부터 배제되고 만다. 국경을 넘은 그 순간부터, 아니 어쩌면 그 이전부터 그녀는 세계로부터 삶을 박탈당한 채 잉여의 공간에서만 존재할 수 있는 존재였던 것이다. 그러나 이 세계 속에서 잉여자로 살아가는 것은 비단 리나만이 아니었다. 리나를 둘러싼 모든 인물들 — 리나가 세계의 전부인 어린 소년 삐, 늙은 여가수 할머니 — 은 모두 그들의 '자리'를 박탈당한 채 삶의 공간 밖으로 밀려나온 사람들이다. 그러나 잉여자로서의 삶은 그들만의 것이 아니다. 리나를 이용하고 매매하는 모든 사람 역시 리나와 마찬가지로 잉여자에 불과하다.

언제나 바에 와서 그림처럼 앉아 있는 퍼즐 오빠의 형과 뚱보의 남동생, 그리고 어디서 데려왔는지 알 수 없는 이상한 서양 여자애 미쌰까지. 오히려 그들이 있어 범죄는 잊혀졌고 리나와 여자애들의 마음이 한결 편했다.

270쪽

리나가 탈출 여정 동안 만난 모든 사람들은 그 사회의 주류로부터 배제된 사람들이었다. 그것은 리나가 살해한 네 명의 인물도 마찬가지였다. 무지막지한 폭력의 화신이었던 공장 감독도, 돈과 마약이라는 무소불위의 권력을 가졌던 퍼즐 오빠와 뚱보도, 수많은 남자들을 매혹시키는 현란한 춤동작을 가진 미쌰조차도 그들의 부재를 누구에게도 알리지 못한다. 그들 역시도 언제든지 다른 사람으로 대체될 수 있는 이 사회의 또 다른 잉여자였을 뿐이다.

이제 소설 『리나』의 모든 서사는 파편화되어 지워져버렸다. 주인공 리나도, 그녀를 매매했던 모든 폭력도, 리나가 유일하게 기댈 수 있었던 가족으로서의 삐와 가수 할머니조차도 이 세계에서는 아무런 의미도 갖지 못하는 잉여자에 불과했다. 이제 무엇이 남겨진 것인가? 소설의 모든 서사는 그저 투명하게 지워졌을 뿐인가?

국경을 넘어서 리나가 마주친 세계는 늘 그녀의 육체를 저울질하고 가격을 매기고 흥정하고 유린했다. 그녀의 삶을 박탈한 세계는 바로 그 삶이 없다는 이유로 유일하게 남겨진 그녀의 육체를 돈으로 환산한다. 그녀에게 가해진 이러한 폭력적인 시선들은 사실상 그녀가 버리고 온 국경 저편의 나라를 향한 세계의 시선이기도 하다. 그녀는 그로부터 벗어나기 위해 끊임없이 달아났지만, 언제나 그녀는 쳇바퀴처럼 같은 자리에 돌아와 있는 자신을 발견할 뿐이었다. 그럼에도 불구하고 리나는 언제나 자신의 척박한 삶으로부터의 탈주를 꿈꾼다. 그리고 그 꿈의 중심에는 자신의 육체를 스스로 살 수 있는 '돈'에 대한 집착이 놓여 있었다.

클럽 퍼즐에서부터 차곡차곡 모아놓은 돈통의 뚜껑을 열기 위해 한 손으로는 깡통의 아래쪽을 잡고 다른 손으로는 뚜껑을 잡았다. 역사적인 순간이었다. 아주 오래전에 열어보고는 늘 그대로 두어서 뚜껑이 잘 열리지 않았다. 리나는 온몸에 힘을 주어 뚜껑을 열었다. 와지끈 하고 뚜껑이 열리면서 깡통의 연결 부위가 끊어져 두 동강이 났다. 리나의 무릎과 발등으로 흰 재가 와르르 쏟아져 내렸다. 돈통에 들어 있는 거라곤 흰 재뿐이었다. 엄청난 열기를 견디지 못하고 통 속에서 다 타버려 재가 된 것이었다. 리나는 너무나 기가 막혀 가만히 주저앉았다. 몸은 바다 위에 있는데 배도 없고, 노도 없고, 전화

기도 없는 리나, 리나는 어린애처럼 울기 시작했다.

314~315쪽

그러나 그것은 리나의 진정한 욕망이 될 수 없었다. 그것은 그녀의 삶을 박탈해 간 그 세계의 욕망이었기 때문이다. 그렇다면 이러한 잉여의 삶으로부터 구원될 통로는 영원히 부재하는가? 이것은 어쩌면 리나 자신이 스스로에게 던졌을 질문일지도 모른다. 그 질문에 답하기 위해 리나는 그녀 자신이 세계에 각인되고자 했던 유일한 노력이 좌절되는 그 순간, 우리 앞에 비로소 맑은 얼굴을 처음으로 드러낸다. 그리고 아무리 벗어나고자 해도 벗어날 수 없었던 그녀의 운명을, 그녀에게 처음으로 펼쳐졌던 드넓은 자유를, 국경을 다시 사랑하기로 한다. 그것은 "한 번도 혼자 쓰는 방을 가져본 적"이 없는 사람에게는 그 '방'은 영원히 허락될 수 없다는 진실, 자신이 가진 난민이라는 잉여자로서의 정체성을 확인하는 것이었다.

리나는 한참을 가다가 뒤를 돌아보았다. 평원 위에 일렬로 서서 국경을 향해 걸어오고 있는 스물두 명의 탈출자들이 보였다. 세 가족과 봉제공장 노동자들 모두 무사히 살아 있었다. 숲에서 죽은 꼬맹이도 살아 있었고 봉제공장 언니도 화학공장에서 죽은 할아버지도 아직 모두 살아 있었다. 게다가 봉제공장 언니의 꼬맹이와 남편인 아랍 남자까지 끼여 있어서 대열은 더 길어졌다. 리나는 그들을 향해 손을 흔들어 보였다.

347쪽

국경은 이러한 리나가 처음으로 발견한 자신의 공간이었다. 그녀와 함께 탈출한 모든 사람들이 P국이라는 정체불명의 이상을 꿈꿀 때, 리나는 오히려 모두가 그토록 벗어나고자 했던 국경에 매혹되었다. 그것은 이미 그녀가 이 모든 이상이 사실상 공허한 꿈에 불과하다는 사실을 예감하고 있었기 때문이다. P국은 또 다른 국경에 불과하다. 세계 어느 곳으로 달아난다고 해도 잉여자에 불과한 그들에게 허락된 자리는 부재한다. 리나는 끝없이 국경을 맴돌며 떠도는 '난민'에 불과한 자신의 존재를 자각함으로써 마침내 자유로워진다.

> 그래도 리나는 의심하지 않았다. 저만치 앞 허공에 푸른 둑처럼 펼쳐져 있는 국경은 어느 순간 활짝 열릴 거라고 믿었다.
>
> 11쪽

> 리나는 또다시 저만치 앞 허공에 푸른 둑처럼 펼쳐져 있는 국경을 향해 달리기 시작했다.
>
> 348쪽

이제 리나의 여정은 그녀에게 열려 있는 유일한 공간인 국경으로 회귀함으로써 끝이 난다. 국경으로 돌아온 순간, 비로소 리나는 자유를 되찾는다. 어느 곳으로 달아나도 국경은 늘 그녀를 따라와 존재하고 있었다. 그 국경을 인정하지 못하는 한 그녀는 언제나 타인의 시선에 의해 조형되는 운명을 벗어날 수 없었다. 그것은 공공의 공간으로부터 배제된 사람이 가질 수밖에 없는 숙명이었으리라. 리나는 자기 안의 국경을 확인함으로써 그 숙명으로부터 자유로워질 수 있었다. 그곳은 그 누구에게도 자리를 허용하지 않기에, 그곳은 누구에게도 공평한 부재의 경험을 선사한다. 타인에 의해 배제되었던 그녀의 자리는 그녀가 그 극단의 공간으로서의 국경을 재확인하는 순간, 비로소 그녀 앞에 놓여진다.

3. 『심청』을 넘어, '심청'을 완성하다 황석영의 『바리데기』

황석영의 『바리데기』는 그의 전작 『심청』의 연장선상에 놓여 있다. 이는 근대사의 반성을 통해 상생의 시대를 열고자 하는 황석영의 프로젝트 안에서 그 의미를 조명할 수 있다. 황석영은 전작인 『심청』에서 심청을 설화적 수식으로부터 구원하여 19세기 동아시아 현실 속으로 부활시켜 근대라는 물신사회 속에 맨몸으로 던져진 한 소녀의 이야기를 이끌어내고자 했다. 이렇게 근대의 기원을 더듬어 가면서 그가 추구하고자 했던 것은 여성이라는 육체 위에 가해진 남근적 역사의 폭력성에 대한 극복이었다. 이러한 『심청』의 서사는 길고 긴 강간의 여정 속에서 심청이 무기로서 선택했던 '렌화'를 극복하는데 초점을 두었다. 그러나 황석영은 끝끝내 인당수의 짙푸른 바다 위에 던져진 '청이'의 넋을 회복시키지 못한 채, 그저 물신에 사로잡힌 '렌화'를 '연화보살'로 호명하는 것으로 『심청』의 서사를 끝마치고 말았다. 그것은 심청이 고향에서 부재했던 자신의 시간과는 결코 화해할 수 없었음을 확인하는 과정이기도 했다.

따라서 『바리데기』에서 '바리'의 여정은 황석영이 끝내 회복시킬 수 없었던 '심청'의 본질을 찾기 위한 또 다른 여정이 된다. 『심청』에서 심청에게 가해졌던 '근대'라는 폭력은 『바리데기』에서는 '국경'이라는 이름으로 다시 환언된다. 국경은 그대로 남근적 폭력이 만들어낸 구획에 다름 아니라는 것이야말로 『바리데기』를 가로지르는 핵심적인 주제인 것이다.

이러한 황석영의 『바리데기』는 강영숙의 『리나』와 국경이라는 동일한 출발점을 가지고 시작된다. 그러나 두 작품에서 '국경'은 전혀 다른 삶의 지향을 야기한다는 점에서 주목된다. 『리나』에서 리나의 여정은 여전히 우리 안에 존재하는 국경을 자각하고 그것을 긍정함으로써 자유로워지는 과정이었다면, 『바리데기』에서 바리의 여정은 오히려 국경을 지워 자신을 되찾고자 하는 정반대의 지향을 보인다. 그로 인해 국경에 매혹되었기에 스스로를 지워나감으로써 국경으로 되돌아올 수밖에 없었던 리나와 달리, 바리는 결코 국경에 매혹되지 않았기에 오히려 국경으로부터 자유로울 수 있었다. 그렇기 때문에 바리는 국경을 넘으면서 잃어버렸던 자신의 자리, 즉 모든 인간에게 부여된 공간으로서의 공적인 삶의 영역을 스스로 확보할 수 있는 힘을 가지게 된다.

그것은 리나와 달리 바리는 관찰당하는 자가 아닌, 관찰하는 자였기에 가능한 것이었다. 더구나 바리는 삶의 자리를 박탈당했던 모든 자들에게 삶의 자리를 되돌려주는 임무를 가진 존재였다. 설화 속의 바리가 자신을 버리는 고행을 통해 자신의 본래적 위치를 되찾았던 것처럼, 『바리데기』에서 바리 역시 타인의 고통스러운 삶을 구원하고 용서함으로써 자신의 자리를 되찾을 수 있는 운명을 지니고 태어난 아이였다. 그것은 설화 속의 '바리데기'에 대한 충실한 번역이자, 그 바리데기를 넘어서 황석영이 창조한 오늘날의 '바리'가 가진 특수성이다. 이처럼 국경을 넘어 국경을 지워나가는 무당이었기에, 바리는 결코 국경에 사로잡히지 않는다. 오히려 그녀는 타인의 삶을 박탈해가는 폭력적 동력으로서의 국경을 발견하고 그것을 지워나가는 적극적인 삶을 영위한다.

여기서 우리는 『리나』에서와는 또 다른 국경의 의미를 재확인할 필요가 있다. 바리에게 있어서, 그리고 작가 황석영에게 있어서 국경이란 무엇인가? 그것은 대지 위에 그어진 인간의 폭력적인 구획이며, 그로써 인간의 삶을 짓밟고 박탈하는 무서운 잣대이기도 하다. 국경의 이편에 속하지 못하는 인간은 끝없이 그들의 삶으로부터 밀려나고 외면당한다. 그리하여 국경은 진정한 정체성을 갖지 못한 채 부유하는 난민, 즉 '리나'와 같은 존재들을 수없이 만들어내는 것이기도 하다. 황석영이 『바리데기』의 서사를 통해 추구하는 것은 바로 이러한 국경을 지워내는 것, 그리하여 이 땅의 수많은 '리나'들에게 잃어버린 그들의 자리를 되찾아주고자 하는 거대한 굿판이다. 그 굿의 완성을 위해서 바리의 여정은 처음부터 지향도 없는, 그리고 뒤돌아 되돌아갈 곳도 없는 끝없는 고행의 길이 된다. 그리고 그것은 더 많은 사람들에게 귀환을 선사하기 위해 바리에게 부여된 숙명적인 고행의 서사이기도 하다.

내가 멀고 먼 낯선 땅에 도착한 것이 열여섯 살 때였고 가을이었다.

어떻게 왔는지 나는 아무것도 기억하지 못한다. 그건 아마도 몸과 넋을 분리할 수 있는 내 이상한 소질 때문이었으리라.

144쪽

여기서 흥미로운 것은 바리가 한반도와 인접한 대륙을 떠나 새로운 세계로 발을 내딛은 나이가 열여섯이라는 점이다. 그것은 황석영의 전작 『심청』에서 심청의 여정이 시작된 나이였으며, 앞에서 살펴본 『리나』에서 리나의 탈출이 시작된 나이이기도 하다. 열여섯 살짜리 여자아이란 아이도 아니면서 어른도 아닌, 그러나 이제 막 어른의 세계에 접어들기 시작하는 소녀라는 위치를 독자에게 각인시킨다. 그들의 나이는 아직 이 폭력적인 세계를 혼자 힘으로 극복해 내기에 너무나도 무력한 나이이면서, 동시에 그 폭력적인 세계의 희생양이 되기엔 너무나도 적당한 나이인 것이다.

이러한 바리가 수많은 목숨에게 그들이 꿈꾸는 영원한 피안을 가져다줄 수 있는 무당이 되기 위해서는 그만큼 고단하고 힘겨운 고행의 시간이 필요했다. 설화 속의 바리데기가 그러했던 것처럼 오늘을 사는 바리에게도 그녀 자신을 넘어서 또 다른 힘을 가진 존재로서 탈바꿈되기엔 가장 중요한 통과의례가 남아있다. 그것은 다름 아니라 '어머니'가 되는 것이다. 바리는 아이를 출산함으로써, 스스로 모성이 되었지만 결코 생물학적인 '어머니'는 될 수 없었던 심청의 한계를 뛰어넘는다.

할머니의 이야기 중에 장승이와 바리공주의 약속이 생각났다. 길값, 나무

값, 물값으로 석삼 년 아홉 해를 아들 낳아주고, 살림 살아주어야 하는 세월.

223쪽

『심청』에서 설화 속 효녀와 전혀 다른 '심청'을 이끌어 냈던 황석영은, 『바리데기』에서는 충실하게 설화 속 바리의 고행을 현대의 공간 속에 번역해낸다. 그러나 바리가 설화의 바리데기의 삶을 모두 완성한 그 순간, 그녀에게는 본격적인 고행이 시작된다. 바리가 영원히 벗어났다고 생각했던 국경이 그 순간 다시 되살아난 것이다. 9·11테러로 인해 바리는, 그녀가 등 뒤에 남겨두고 왔던 무지막지한 폭력의 공간인 국경이 여전히 그녀의 삶 안에 존재하고 있었음을 깨닫는다. 더구나 그것은 그녀만의 것이 아니라, 그녀가 그 땅에서 새롭게 구성한 가장 소중한 가족에게도 그 힘을 발휘하는 거대한 공포였다. 그 국경이 새롭게 자각되면서 알라를 믿는 바리의 남편 알리와 그의 가족은 그들이 살아가는 삶의 공간으로부터 밀려날 위기에 처하게 된다. 그리고 알리의 실종은 바리에게 그녀의 진정한 임무를 일깨워준다. 그것은 모든 사람들을, 그들의 삶을 앗아간 그 모든 국경으로부터 구원해주는 것이었다.

그 구원을 위해서 바리에게는 또 다른 고행이 남겨진다. 바리에게 가장 소중한 생명, 딸 홀리야 순이를 잃는 것이다. 그것은 바리에게 가장 고통스러운 고행이었으며, 바리가 진정한 무당이 되기 위해 건너야만 하는 마지막 관문이기도 했다. 그녀의 삶에서 밀어내야 하는 국경은 단순히 한 공간으로서의 국경이 아니었다. 그 국경은 온갖 폭력과 미움, 절망과 분노 그 모든 것이 점철된 심리적 공간으로서의 국경이었다. 그렇

176   제3부_ 경계, 사유의 기원

기 때문에 그 국경은 언제 어디서나 순식간에 인간의 삶을 박탈할 수 있는 위력을 가질 수 있었던 것이다. 결국 바리는 자신의 내부에 있는 미움이라는 또 다른 국경을 깨닫고 그 국경을 지워냄으로써 마침내 국경으로부터 모든 사람을, 그리고 스스로를 구원해낼 수 있게 된다.

> 희망을 버리면 살아 있어도 죽은 거나 다름없지. 네가 바라는 생명수가 어떤 것인지 모르겠지만, 사람은 스스로를 구원하기 위해서도 남을 위해 눈물을 흘려야 한다. 어떤 지독한 일을 겪을지라도 타인과 세상에 대한 희망을 버려서는 안 된다.
>
> 286쪽

그리고 그 끝에서 바리가 발견한 것은 이 모든 고통 속에서도 인간이 살아야만 하는 단 하나의 이유, 희망이었다. 그리고 역설적으로 고통이야말로 생존을 자각시키는 가장 강렬한 희망의 계기라는 사실이 확인된다. 그렇다면 바리의 고행은 이제 모두 끝이 난 것일까? 작가 황석영은 아직 그것은 완성되지 않았다고 말한다. 여전히 우리가 살고 있는 세계의 곳곳에는 수많은 국경이 도사리고 있다. 그래서 소설의 마지막은 그 국경을 넘기 위한 바리의 여정은 계속되고 있고, 또한 계속되어야 함을 강조함으로써 마무리된다.

> 우리는 하마터면 세상이 달라졌다고 믿어버릴 만큼 한동안 평온하게 살았다. (…중략…)

아가야, 미안하다.

　나는 부른 배를 잡고 헐떡이며 걷다가 그렇게 중얼거렸다. 알리와 나는 길을 메운 채 움직이지 않고 서 있는 차들 사이를 이리저리 돌아서 길을 건너 갔다. 내가 흐르는 눈물을 두 손으로 닦으면서 걷다가 돌아보니 알리도 울고 있었다.

291~292쪽

4. 사라지는 국경, 삶으로의 귀환

　오늘날 우리는 우리 안의 국경으로부터 얼마나 자유로운가? 세계로 부터 삶의 공간을 박탈당하고 잉여자로서의 삶을 살아가야만 하는 것 은 비단 소설 속의 두 주인공, 리나와 바리만이 아니다. 그들이 가진 문 제는 오늘을 살고 있는 우리에게도 동일하게 적용된다. 그럼에도 불구 하고 우리는 여전히 그 사실을 자각하지 못한 채 다른 누군가로부터 그 삶의 공간을 약탈하고, 그들을 밀어냄으로써 우리의 자리를 마련하고자 한다. 거대한 자본의 공동화는 현실적인 공간으로서의 국경을 지워내지 만, 그것으로 인해 우리 안에서는 더 많은 심리적인 공간으로서의 국경 이 매일 새롭게 구획지어지고 있다. 그 수많은 국경들 속에서 우리는 어 느 누구도 진정으로 자유롭지 못하다.

　강영숙의 『리나』와 황석영의 『바리데기』는 바로 이러한 우리의 현실 을 향해 질문을 던지고 있다. 그대들은 자유로운가? 자유롭기 위해 무엇을 하고 있는가? 우리가 만들어낸 이 수많은 국경으로부터 밀려난 존재들을, 그리고 우리 자신을 어떻게 구원할 것인가? 그 질문은 두 작가의 세대적 차이를 넘어서 동일하게 우리 앞으로 다가온다. 폭력으로 점철된 지난 한 세기를 얼룩지게 했던 국경은 더 포악하고 위압적인 힘으로 우리의 내면에 파고들고 있다. 그로 인해 우리는 누군가를 우리의 삶으로부터 배제시키면서, 동시에 누군가로부터 배제당하는 순환되는 소외속에서 결코 자유롭지 못하다. 우리 모두는 이 세계로부터 버림받은 잉여자로 전락되는 것이다.

이제 우리는 무엇을 해야 하는가? 우리는 이제 국경으로부터 벗어나 진정한 삶으로 귀환해야 한다. 그 시작은 우리 안에 분명히 존재하고 있는 '국경'을 자각하는 것이다. 그것은 어쩌면 너무도 사소하기에 그만큼 더 힘겨운 길이 될 것이다. 그러나 우리가 이 한 세기를 맞이하면서 꿈꾸었던 상생의 시대를 맞이하기 위해서는 이는 반드시 선결되어야 할 과제이기도 하다. 따라서 두 작가, 강영숙과 황석영이 제기한 국경에 대한 사유는 소설을 덮은 그 순간부터 우리 안에서 다시금 시작되어야 한다. '국경'은 이미 우리 앞에 그 실체를 드러내기 시작했다.

제4장

연대의 자각,
페이소스를 넘어선 저항의 서사

다시 읽는 방현석

1. 베트남, 페이소스를 넘어선 저항의 대지

　　비극을 감각하되, 비극으로 인해 좌절해 버리지 않는 언어. 이것은 방현석의 서사가 갖는 독특한 언어적 지형이다. 물론 여타 후일담 소설과 마찬가지로 그의 서사에도 패배의 역사에 대한 지독한 페이소스가 내재해 있다. 그러나 그 페이소스로부터 그가 나아간 지점은 전혀 다른 맥락이다. 노동운동이 장기적인 소강상태로 접어든 현실 속에서, 노동문학의 전위에 서 있었던 그의 서사는 그 어떤 절망의 서사보다 더 짙은 트라우마를 내포할 수밖에 없었다. 그러나 그는 그것을 통해 오히려 그 어떤 기대의 서사보다도 더욱 강력한 전망의 역동성을 만들어 낸다. 2000년대 그가 발표된 『랍스터를 먹는 시간』2003, 그리고 시나리오인 『슬로우 불릿』2004은 그러한 지평 위에 놓여 있다.

그런데 우리는 이러한 주제적 초점을 이끄는 하나의 매개를 발견할 수 있다. 그것은 근대화라는 미명 아래 한국의 젊은이들로 하여금 총부리를 들게 하고 또한 총알받이가 되게 했던 땅, 베트남이다. 베트남을 화두로 방현석의 최근 서사는 익숙한 후일담의 경로로부터 비껴나게 된다. 수많은 소설들이 전망이 봉인되기 이전의 과거를 이야기할 때, 방현석의 서사는 바로 그 전망이 봉인된 현재로부터 시작되고 있다. 투쟁의 한 막이 내린 마당 위에서 모두가 노래의 시대를 장사하는 진혼곡을 연주할 때, 그는 오히려 그 죽음의 마당 위에서 또 다시 잔치가 시작되어야 한다고 역설하는 것이다. 강대국의 패권주의로 인해 피 흘린 땅, 그러나 강인한 재생력으로 그 역사를 새롭게 써나가는 베트남의 대지는 이러한 사유적 확산을 매개한다.

이러한 방현석의 서사는 우리에게 새삼 '동아시아'라는 화두를 떠올리게 한다. '환멸의 90년대'가 시작되던 90년대 초입, 동아시아라는 화두는 회의를 넘어 새로운 가능성을 모색할 매개로서 한국의 지식인사회에 던져졌다. 그러나 여전히 우리에게 이 화두는 이질적이고 낯선 감각으로 남겨져 있다. 그 이유는 그것이 우리가 이전까지 경험하지 못했던 사유의 확산을 요구하는 것이었기 때문이다. 사실상 70년대 이후 우리 사회를 이끈 동력은 탈아시아에 대한 열망이었다. '잘 살아 보세'라는 새마을 운동의 표어는 비단 그것을 내세운 독재 권력만의 것이 아닌, 그 권력에 맞섰던 민중에게 있어서도 동일한 목표였던 것이다. 어쩌면 서구적 근대화와 선진국이라는 타이틀에 대한 갈망이야말로 우리의 현대사를 이끌어왔던 진정한 동력이었을지 모른다. 따라서 속 깊은 이해와 애정을 기반으로 베트남의 대지를 담아낸 방현석의 서사는 오늘날 한국문학과 한국사회에 시사하는 바가 크다. 그것은 담론의 구체화로서 동아시아가 이미 문학적으로 사유되고 있음을 반영하고 있기 때문이다.

역사는 언제나 패자覇者의 선택과 이권에 부합하는 것인가? 진실에 대한 열망으로 발화했던 투쟁의 찬란함은 이제 역사라는 거대한 수레바퀴 밑에서 사라질 수밖에 없는 운명에 처한 것인가? 방현석의 최근 서사는 바로 그것에 대한 강렬한 거부의 몸짓이다. 인간은 역사를 지우고 망각하지만, 대지는 늘 그 역사를 기억하면서 새로운 생명력으로 나아간다. 여전히 그곳에는 전망의 불씨가 불타고 있는 것이다. 그로부터 패배의 역사는 다시 대지 위에 승리의 역사를 기록하는 씨앗이 된다. 방현석의 서사는 한국문학이라는 토양 위에 바로 그 씨앗을 던지고 있다.

2. 운동성의 안과 밖 「겨울 미포만」, 「겨우살이」

방현석의 소설집 『랍스터를 먹는 시간』에는 작가의 두 개의 시간이 공존해 있다. 「겨울 미포만」과 「겨우살이」가 우리에게 익숙한 방현석의 80년대적 감수성을 반영한다면, 「존재의 형식」과 「랍스터를 먹는 시간」은 베트남을 화두로 새로운 연대를 꿈꾸는 그의 현재적 지향을 담고 있다. 그렇다면 이 네 편의 작품을 하나로 매개하는 키워드는 무엇인가? 그 첫 번째는 다름 아닌 '운동성'이다.

장기적인 소강상태에 접어든 90년대 노동현장을 담아낸 「겨울 미포만」은 우리에게 익숙한 방현석의 서사 스타일을 보여준다. 어쩌면 진부한 노동소설의 답습으로 끝날 수 있는 설정이지만, 이 작품은 단순히 페이소스에 함몰해 가는 노동운동의 오늘을 이야기하는 것으로 끝나지 않는다. 해고노동자인 주인공 박상모는 조합의 동료들과 함께 복직을 위한 기약 없는 투쟁을 감행한다. 그러나 거기엔 「내일을 여는 집」에서 나타났던 일체의 낙관적 전망이 소실된 상태이다. "해고노동자에게 월급을 챙겨줄 정도로 노조는 성장했지만 그 경제력은 정작 노동자들의 직접적인 이해관계를 볼모로 해서 얻게 된 반대급부에 불과하다."[1] 조합의 외형적인 성장은 오히려 조합원 내부의 개인주의와 무관심에 대한 일종의 면죄부로서 작용하게 된다. 그리고 노동현실의 개선이라는 공동의 목표가 사라진 자리를 메운 것은 '소나타'로 상징되는 물질적 욕구였다. 조직이라는 전체와 그 조직을 구성하는 개인 사이에 균열이 발생하는 것이다.

어쩌면 80년대 운동 내부에서 이루어졌던 전체와 개인과의 통합이야말로 일시적인 화해에 불과했던 것일 수 있다. 「겨울 미포만」의 배경이 되는 90년대 노동운동 현장은 이러한 균열이 고착화된 시점이다. 문제는 이러한 외부적인 균열이 운동주체 각각의 내부에서도 나타나고 있다는 점이다. 이 지점에서 최이현의 존재는 다분히 상징적이다. 그는 흔들리는 조합 전체의 균열 속에서 힘겹게 개인적 투쟁을 밀고 나가다가, 마침내 남은 힘을 모두 소진하고 절망해 버리고 만다. 그것은 운동이 가진 마지막 가능성이 모두 소멸되었다는 선언처럼 보인다. 그러나 방현

---

1   박수연, 「개인적 패배에서 연대의 승리로」, 『랍스터를 먹는 시간』, 창비, 2003, 317쪽.

석은 바로 이 지점에서 다시금 초심을 이야기한다. 개인적 삶의 가려움들을 해결하고자 했던 소박한 목표. 비대해져버린 몸뚱이를 지탱하기에도 버거워진 조직은 바로 그 목표를 상실해버린 것이다.

> "나 혼자 결심하고 나 혼자 실천하다가 나 혼자 안된다고 판단하고 나자 빠지는 것으로는 안됩니다. 조직적인 결의를 이끌어내기 위해 설득하고 토론하고, 안되면 싸우기라도 해서 조직의 결의를 만들어내고 산중의 도사처럼 나 혼자가 아닌 집단적인 실천을 하고, 실천을 하지 않는 사람은 철저히 비판해나갈 때만이 노조가 조직으로서의 생명력을 되찾고 그 위력을 발휘할 수 있는 겁니다. (…중략…) 아무리 거대한 눈덩이도 작지만 단단한, 처음의 주먹만한 눈덩이가 없이는 뭉쳐질 수가 없는 것 아닙니까?"
>
> 「겨울 미포만」, 『랍스터를 먹는 시간』, 305쪽

현강의 발언에는 작가 방현석의 지향이 노골적으로 드러난다. 개인이 부재하는 조직은 이미 그 성립 목적이 사라진 허상의 것에 불과하다. 역으로 조직을 상실한 개인의 투쟁 역시 운동으로 집결되어야 할 힘을 소진시키고 만다는 점에서 거부되어야 할 가치이다. 80년대 운동이 조직을 위해 개인을 상실시키던 시대이었다면, 이제 90년대 이후 운동은 다시금 개인을 확인하면서 그 힘을 결집시켜야 한다는 것이다. 따라서 전체라는 조직이 상실해 버린, 혹은 간과해 버린 개인의 회복이야말로 노동운동이 현 시점에서 가장 고려해야 할 요건인 것이다.

그러나 우리는 이 부분에 의문을 제기하지 않을 수 없다. 그것은 이미

진부해져버린 이념과 구호를 동어반복하고 있는 것은 아닌가? 과연 전체와 개인의 통합이라는 것이 가능할 수 있는가?「겨울 미포만」은 여기에 대해 어떤 해답도 내리지 않는다. 방현석은 이미 우리가 회의하고 있는 이 의문들로부터 그의 서사를 새롭게 도약시킨다. 우리가 '낡은 것'이라고 치부했던 그 당위적 외침들이 작가 방현석이 추구하는 새로운 지향의 시작점이 되고 있는 것이다. 그렇다면 당위의 회복은 어디서부터 시작되어야 하는가?

「겨우살이」가 놓인 지점은 바로 그곳이다. 개인의 환원을 위해서는 그 무엇보다도 제도 그 자체가 주는 사고의 망각으로부터 벗어나야만 한다.「겨우살이」의 주인공 서지우는「겨울 미포만」의 최이현과 가장 닮은 모습을 하고 있으면서, 또한 정반대의 지점에 놓여 있기도 하다. 그들은 신념을 지키기 위한 고독한 투쟁을 감행하고 있으며, 외적으로는 조직에서 떨어져 나온 상태이다. 그러나 그들이 위치한 현실적 조건은 상반된다. 최이현이 전향하지 않기 위해 스스로 절망해 버렸다면, 서지우의 고민은 전향 이후 비로소 시작된다.

과거를 부정함으로써 복직될 수 있었던 서지우에게 가장 큰 고민은 신념을 지켜나가는 것 그 자체였다. 이미 불의에 타협한 자의 신념이라는 것은 언제나 또 다른 타협이라는 유혹에 시달릴 수밖에 없기 때문이다. 조직에서 떨어져 나온 개인이 신념을 지키기 위해 의존할 수 있는 것은 오직 자기 자신뿐이다. 서지우에게 가장 고통스러웠던 것은 외부의 시선이 아닌 바로 자기 자신의 시선이었다. 그래서 그는 자신이 맡은 아이들에게 최선을 다하자는 말로 스스로를 위안한다. 그러나 그것은 전향과 복직을 맞바꾼 부끄러움에서 벗어나기 위해 되뇌는 '초라한 약속'에 불과하다.

> "어차피 시한부 인생인데 우리 쪼금만 더 여유있게 삽시다. 요령도 좀 부리고. 그래서 하는 얘긴데 서선생네 반 반장 그대로 두고, 대신 나는 임명을 않은 걸로 합시다."
>
> 그래서 한달 만에, 전체조회에서 학생회 간부와 반장들의 임명장이 수여되었다. 우리 반, 3학년 5반은 왜 빠졌느냐고 묻는 아이들은 아무도 없었고 나 역시 아무 말도 하지 않았다.
>
> 「겨우살이」, 위의 책, 201쪽

교장은 "맘껏 가르치고 맘껏 배우게 하자"는 전교조의 근본적인 입장에 대해서 찬성한다. 그러나 그는 시대의 흐름에 저항하여 몸소 투쟁하기보다는 자신의 양심을 적당히 현실에 타협시키는 지극히 현실적인 인물이다. 개인적으로 결코 손해 보지 않는 상태에서 적당히 양심을 지키며 산다는 것. 물론 그 자체도 사실상 쉬운 일만은 아닐 것이다. 그러나 그것만으로는 현상 유지 이상의 전망을 가질 수 없다. 그런데 문제는 서지우가 이러한 교장의 타협 노선을 받아들인다는 사실이다. 어쩌면 그것은 그가 할 수 있는 유일한 최선의 선택이었을지도 모른다. 그러나 방현석은 그것은 서지우가 스스로에게 발급한 면죄부에 불과하다고 말한다. 이 각성은 누이의 교통사고라는 외부의 충격으로부터 야기된다.

나는 숨을 몰아쉬며 천천히 걸어서 그 차를 한바퀴 둘러보았고 그때 눈에 박히듯 들어오는 스티커 한 장이 있었다.

'내 탓이오'

그 하얀 승용차의 뒷유리창에 붙어 있는 그 글씨 앞에서 나는 얼어붙고 말았다.

「겨우살이」, 위의 책, 220~221쪽

여기서 '내 탓이오'라는 문구는 서지우가 말하는 최소한의 신념이라는 것이 결국 허울에 불과한 것이었음을 말해준다. 교통사고 가해자가 자신의 차에 내건 신조와 전혀 다른 삶을 살고 있듯이, 서지우의 삶 역시 이미 그의 신념과는 다른 길로 들어서버린 것이다. 그래서 교단에서 그가 지킨 신념이란 언제든 떼어낼 수 있는 한 장의 스티커처럼 보잘 것 없는 것에 불과하다. 현실의 모순과 타협해버린 신념은 더 이상 신념일 수 없기 때문이다.

결국 「겨우살이」는 서지우 자신이야말로 겨우살이 같은 존재였다고 선언한다. 그가 신념이라고 말했던 것은 타인의 희생에 기생해서 얻어낸 '복직'이라는 그의 이기심을 감추기 위한 면죄부에 불과했다. 이미 제도가 주는 당근을 받아버린 자가 그 제도를 반성하고 변혁시킨다는 것은 불가능에 가까운 것이기 때문이다.

이처럼 「겨울 미포만」과 「겨우살이」는 인간의 개인적 양심을 말살하는 제도의 거대한 공포를 자각시키는 것으로 귀결된다. 그렇다면 이제 우리에게 전망은 불가능한 것인가? 방현석은 아니라고 대답한다. 그러면 그 전망의 씨앗이 될 운동성을 어디서 찾을 것인가? 이미 우리 내부를 비추는 것만으로 그것을 찾기란 거의 불가능해 보인다. 우리는 너무나 물신적 삶에 이미 익숙해져버렸기 때문이다. 그로 인해 방현석은 베트남으로 공간이동을 감행한다. 그리고 베트남의 대지로부터 얻어온 새로운 전망의 씨앗을 한국의 대지에 옮겨 심고자 시도한다.

3. 번역된 타자와 마주하다 「존재의 형식」,「랍스터를 먹는 시간」

이제 방현석이 새롭게 제기하는 키워드는 베트남이다. 그 직접적인 근간은 『하노이에 별이 뜨다』[2002]를 통해 드러난 베트남에 대한 그의 따뜻한 시선이다. 이는 그의 비문학적 탐색이 문학적으로 사유되고 형상화되는 성실한 도정을 보여준다는 점에서 그 의미가 깊다. 이러한 작가의 자전적 경험이 농후하게 반영된 「존재의 형식」에서 주인공 재우는 그대로 작가 방현석의 분신이 된다.

변질된 노동운동의 현실을 피해 재우가 도망치듯 간 곳은 바로 베트남이었다. 그곳에서 그는 누구보다도 베트남의 문화와 역사를 속 깊이 이해하고자 노력했다. 그러나 베트남에 대한 그의 애정과 달리 그는 자본에 의해 철저히 농락당하고 만다. 그가 정착을 도왔던 수많은 한국 기업들은 한국에서보다 더욱 철저하게 베트남인의 노동력을 착취했다. 노동문제를 누구보다도 민감하게 자각했던 재우가 오히려 그 피폐한 한국적 노동현실을 베트남에 정착시키는 데 앞장서게 된 것이다. 자신의 신념을 역행해버린 이 현실 앞에서 그는 인간에 대한 신뢰를 잃고 좌절해버리고 만다.

그런데 이러한 재우를 구원하는 것은 역설적으로 인간의 기호인 언어였다. 다큐멘터리 감독이자 동시에 시인 반 레였던 레지투이와 함께 진행한 시나리오 번역을 통해 재우는(어쩌면 작가 방현석 자신은) 언어의 힘을 새롭게 자각한다.

> 재우의 관심을 끌어당기는 것은 게릴라들의 일상을 설명하는 레지투이의 언어와 표정, 눈빛이었다. 조금의 더듬거림도 없이 게릴라들의 생활상을 설명하는 그의 언어는 구체적이고도 생생했다. 실제 그 생활을 하지 않았더라면 해낼 수 있는 설명이 아니었다.
>
> "식탐이 있는 전사들일수록 밥을 빨리 먹지 않아. 아까워서 천천히 음미하면서 꼭꼭 씹어먹어."
>
> 「존재의 형식」, 26쪽

번역작업을 통해 그가 마주친 것은 다름 아닌 '언어의 번역 불가능성'[2]이다. 이 언어적 지뢰를 만들어내는 것은 '문장이 아니라 상황 자체'였고, 그때마다 레지투이가 오랜 망설임을 통해 번역한 단어들은 재우로 하여금 탄성을 지르게 만들었다. 차이를 그대로 인정하지만 그 차이를 번역해 내는 레지투이의 언어, 그리고 그가 제시한 그 상황을 드러낼

---

2   정여울, 「암흑의 핵심을 포복하는 시시포스의 암소」, 『문학동네』, 2004 봄호, 42쪽.

수 있는 단 하나의 언어. 그것은 언어가 단순한 기호를 넘어서 그 나라의 역사와 삶을 담아내고 있음을 발견하게 하는 작지만 큰 자각을 야기하는 것이었다. 인간에게 좌절했던 재우는 결국 그를 좌절시켰던 인간의 문화를 구성한 핵심적 동력인 언어를 통해 인간을 재인식하게 된다.

　바로 이 언어에 대한 각성으로부터 작가 방현석은 인간의 근원적 존재 이유를 확인하고, 다시금 문학이 가진 일차적 가치를 독자에게 전달하고자 하는 것이다. 「존재의 형식」에서 번역된 시나리오가 그대로 『슬로우 불릿』이라는 제목으로 출판되었다는 점에서 이 작품이 곧 작가 방현석이 획득한 문학적 존재감을 반영하고 있음은 분명해진다. 이로부터 방현석은 비로소 익숙한 후일담에서 비껴나가 이전과 다른 전망을 발견하는 계기를 마련하게 된다. 이제 과거는 단순히 현재를 사유를 하기 위해 회상되는 것이 아닌, 오히려 현재를 통해 재사유되기 위해 기억된다.

> "우리가 언제 명예를 잃은 적이 있었나요? 지금까지 한번도 회복해야 할 명예가 있다고 생각해보지 못해서…… 난 잘 모르겠네요. 보상은 더욱 잘 모르겠네요. 누가 누구의 명예를 회복시켜주고 누가 누구로부터 보상을 받죠?"
> (…중략…)
> 여전히 잘났어요, 하는 그 비아냥거림이 아니라 한마디도 하지 않은 창은의 왼손에 들린 술잔이 재우에게 상처가 되었다. 충분히 외로워서 이땅을 떠났고, 완벽하게 외톨이가 되어서 잠시 돌아왔다고 생각한 그 앞에 창은이 있었다.
>
> 위의 글, 15~16쪽

10여 년 만에 다시 모인 동창회에서 재우가 확인한 것은 이미 혁명에 대한 열정이 퇴색해버린 채 남루한 '기성세대'가 되어버린 어제의 동지들이었다. 거기엔 이미 여러 편의 후일담 소설들로 우리에게 익숙한 386세대의 현재가 반영되어 있다. 그리고 그 끝은 불신과 냉소, 그리고 침묵으로 귀결된다. 그것은 각각 재우와 문태, 그리고 창은의 현재를 담아내고 있다. 이 장면이야말로 진정 번역될 수 없는 그들 내부의 이질성을 반영하고 있다. 결국 번역될 수 없는 차이는 밖으로부터 스며든 것이 아니라, 내부로부터 번져나가고 있었던 것이다. 그 해결점을 재우는 레지투이를 통해 찾아낸 것이다.

> "어머니…… 큰 배움이 없었지만 우리 형제들에게 늘 사람이 가져야 할 마음가짐에 대해서 말씀하셨죠."
>
> "어떤 마음가짐요?"
>
> 냉큼 물은 것은 희은이었다.
>
> "뭐 별것 아냐. 친구를 만나면, 먼저 어떻게 하면 이 친구와 즐겁게 지낼 것인가를 생각하는 마음가짐, 함께 지낼 때는 내가 어떻게 행동해야 헤어질 때 더 좋은 친구가 될 수 있을지를 생각하는, 뭐 그런 마음가짐……."
>
> 위의 글, 70쪽

그런데 재우가 언어에 대한 각성으로 인간에 대한 신뢰를 회복한 그 순간, 레지투이는 오히려 인간의 깊은 심연을 반영할 수 없는 언어의 한계를 역설한다. '떰 롬', 레지투이가 어머니로부터 받은 최고의 가르침으로서의 '마음가짐'은 그 어떤 언어로도 번역 불가능하다. "전쟁에서 사랑하는 친구와 연인을 모두 잃은 레지투이에게서 발견한 '존재의 형식'은, 그럼에도 불구하고 끊어낼 수 없는 생에 대한 긍정과 사랑"[3]이었다. 이 마음가짐이야말로 레지투이가 시인 반 레가 될 수 있었던 언어의 힘이고, 다시 역으로 그가 결코 언어로는 표현할 수 없었던 인간 그 자체에 대한 신뢰이기도 하다. 인간의 내면을 부분적으로밖에는 반영할 수 없는 언어. 그러나 인간은 그 언어를 통해 더 많은 것을 배우고, 더 많은 삶을 느낀다. 그래서 재우와 헤어져 한국으로 향하는 문태의 얼굴에 번지는 웃음은 수많은 언어의 향연으로서는 표현할 수 없는 그들 사이의 깊은 이해와 공감을 전달한다.

그러나 「존재의 형식」에서 '존재의 형식'은 아직 완성되지 않았다. 여전히 이 작품의 공간적 배경으로서의 베트남은 추상적이고 모호한 환상적 공간으로만 남겨져 있기 때문이다. 「존재의 형식」에서 베트남은 한국사회에서 야기된 인물들의 갈등을 해소하고 매개해주는 번역의 장소 이상으로는 사유되지 못한다. 재우가 번역한 시나리오처럼 베트남은 그에게 삶의 공간이 아닌 그의 이전 삶을 번역해주고 의미를 부여해주는 매개의 장소로서만 기능하고 있는 것이다. 따라서 이는 여전히 베트남이 번역될 수 없는 타자로 남겨져 있음을 의미한다.

이제 「랍스터를 먹는 시간」은 그 타자 안에서의 접근을 시도한다. 이 작품은 제목부터 묘한 이질감을 야기한다. 방현석이라는 이름에서 환기

---

3   위의 글, 43쪽.

되는 노동운동이라는 아우라와 '랍스터'라는 이국적이고 사치스러운 요리는 어쩐지 불협화음을 이룬다. 그것은 「존재의 형식」에서 이미 불거져 나온 이질적인 마찰음이 극대화된 것이다. 「랍스터를 먹는 시간」의 주인공 건석은 방현석의 운동성으로부터 철저하게 이탈해 있다. 운동성에 대한 그의 태도는 냉소를 넘어, 아예 무관심에 가깝다. 무관심, 그것은 철저하게 기억을 억압하기 위해 그가 뒤집어 쓴 가면이다. 그리고 그 기억의 저편에는 그의 형 건찬이 있다. 그에게 있어서 형을 떠올리게 하는 '기억은 흉기'에 가깝다. 언제라도 자신을 파멸시킬 수 있는 그 두려운 기억의 저변에 깔린 것은 짙은 죄책감이었다.

건석의 형인 건찬은 라이따이한이었다. 건석의 어린 시절은 형에 대한 친구들의 폭력을 묵인하는 침묵으로 일관되어 있었다. 그는 어쩔 수 없는 핏줄로 연결된 '우엔 카이 호앙'이라는 형의 낯선 이름을 마음으로부터 거부했지만, 동시에 그의 성장은 형의 희생에 기반한 것이었다. 한국과 베트남의 역사적 관계는 이들 형제의 관계 속에 그대로 오버랩된다. 오랜 식민지를 거쳐 해방의 기쁨을 만끽하기도 전에, 열강에 의한 분단의 비극을 맛보았던 꼭 닮은 역사를 가진 두 나라는 '베트남전'을 계기로 피로 물든 반목의 역사를 갖게 되었다. 그리고 한국의 공업화를 이루게 만든 '달러'는 다름 아닌 베트남의 대지 위에 한국 군인의 피와 베트남 민중의 피를 뿌린 값이었다. 형이 없는 아이가 제일 부러웠다는 건석의 고백은 베트남전의 참전을 한국의 근대화를 이루기 위한 어쩔 수 없는 선택이었다고 변명함으로써 베트남의 희생을 잊고자하는 한국사회의 이중성을 드러내는 것이기도 하다.

「랍스터를 먹는 시간」은 바로 이 역사적 갈등을 건석이라는 인물의 개인적 갈등으로 번역하면서, 그 불협화음 속에서 오히려 조화로운 화음을 발견하고자 하는 시도를 감행한다. 그것을 위해 건석의 삶은 그대로 베트남이라는 사회 속에 번역되어야만 한다. 그러나 건석의 삶을 오롯이 번역하기 위해서는 레지투이의 언어보다 더 강력한 힘을 가진 그것, 레지투이에게 생의 기쁨을 선사했던 '사랑' 그 자체가 요구된다. 그 역할을 하는 것이 건석의 연인, 리엔이다.

건석을 매료시킨 리엔의 아름다움은 '부조화와 이중성'이다. 랍스터의 딱딱한 껍질을 가르고 회를 뜨는 리엔의 날카로움과 문학을 전공한 그녀의 섬세한 이해가 만드는 모순은 그대로 리엔이라는 여성의 매력이 된다. 「랍스터를 먹는 시간」에서 그녀는 건석의 상처를 치유하고 감싸주는 연인이자 어머니로서 그려진다. 그녀는 바로 작가 방현석이 전망으로 발견한 베트남의 대지가 인격화된 인물인 것이다.

그런데 여기서 문제가 제기된다. 리엔이 의인화된 베트남의 대지라면 건석과 그녀는 가해와 피해의 관계로 마주설 수밖에 없다. 비록 그들이 직접적인 피의 역사에서 비껴서 있다 하더라도, 이 구도는 크게 변화되지 않는다. 그리고 리엔은 한없이 자비로운 대지의 포용력으로 건석을 포용한다. 죄책감 속에 고통 받는 가해자를 용서하고 감싸고, 치유하는 것이 피해자라는 이러한 구도는 가해의 역사를 쉽게 용인하려 한다는 비판에 직면할 수 있는 위험한 시도이다. 그러나 "남을 용서하는 일은 쉽네. 끝내 용서하기 어려운 것은 바로 자신이네"라고 말하는 보 반 러이의 말은 우리로 하여금 방현석이 결코 쉬운 길을 선택하고 있지는 않다는 사실을 알 수 있게 해준다. 따라서 리엔의 사랑에도 불구하고 치유될 수 없었던 건석의 갈등과 죄책감을 해결하는 것은 결국 건석 그 자신의 몫으로 남겨진다. 건석은 자신이 애써 외면하고자 했던 가해의 기억을 되살리고, 형의 존재를 인정함으로써 마침내 자신을 용서한다.

> "우린 왜 랍스터처럼 자신의 일부를 스스로 잘라내버릴 수 없을까?"
> 건석은 혼잣말처럼 중얼거렸다. (…중략…) 그러나 랍스터의 진정한 무서움은 먹이를 잡아 산 채로 부숴버리는, 외부를 향한 공격성이 아니라 자신의 사지를 잘라내는 비정함에 있다. 해저의 전투에서 상처를 입은 랍스터는 다친 사지를 자발적으로 절단해버린다. 건석은 고추가 듬뿍 들어간 국물을 떠서 입안에 넣는 순간 눈물이 솟구쳤다.
>
> 「랍스터를 먹는 시간」, 178~179쪽

이처럼 「존재의 형식」과 「랍스터를 먹는 시간」에서 베트남은 패배의 역사로부터 그리고 가해의 기억으로부터 작가 방현석을 벗어나게 해주는, 그로써 스스로를 용서하게 만드는 구원의 땅으로 작용한다. 그러나 그것은 동시에 베트남의 대지에 대한 또 다른 억압으로 작용될 위험을 내재하고 있다. 피해의 역사가 기록된 대지에게 가해로부터 야기된 우리 자신의 고통과 죄책감마저 포용하는 관용까지 요구하는 것은 지나친 이기심일 수 있기 때문이다. 따라서 베트남의 대지를 보다 오롯이 사유하기 위해서는 좀 더 균등한 시각이 필요하다. 그러나 소설집 『랍스터를 먹는 시간』에 담긴 방현석의 사유는 안타깝게도 그 서장을 열었을 뿐, 그것을 새로운 전망으로 이끌어내지는 못한다. 이로 인해 방현석은 『슬로우 불릿』을 통해 다시 한 번 섬세한 접근을 시도한다. 그 출발은 '무언가를 꿈꾸려는 자가 그 꿈대로 살아'갈 수 없도록 만들었던 고통스러운 역사를 기억하는 것이다.

4. 피해의 역사, 가해의 기억 『슬로우 불릿』

방현석의 시나리오인 『슬로우 불릿』은 소설적 허구의 현실화를 통해 이루어낸 또 다른 허구의 세계라는 점에서 독특한 위치를 점하고 있다. 「존재의 형식」에서 주인공 재우가 시인 반 레이자 다큐멘터리 감독인 레지투이와 함께 번역했던 그 시나리오가 바로 이 작품의 모태이기 때문이다. 방현석이 창조한 소설이라는 허구적 자궁을 통해 잉태된 생산물로서의 『슬로우 불릿』은 이중의 허구와 방현석의 현실을 매개함으로써 그의 서사세계를 보다 흥미롭게 구성한다.

흔히 고엽제를 지칭하는 '슬로우 불릿'은 끊임없이 반복되는 인간의 폭력적인 역사에 대한 은유로서 사용된다. 『슬로우 불릿』의 서문에서 방현석은 이 작품은 "베트남이 당해온 수난에 대한 한국의 부채감을 감싸안으며 잔혹과 허무로 요약되는 20세기의 쓸쓸한 풍경을 극복하기 위해 기획되었다" 『슬로우 불릿』, 6쪽라고 말한다. 그는 '일방의 전쟁이 아닌 쌍방의 전쟁'으로 베트남전을 오롯이 기억하고자 한다. 그것은 한국사회가 피해망상 속에 은폐해 두었던 가해의 기억을 다시 한번 회상하는 것이며, 그로부터 한국과 베트남 양자가 겪어야만 했던 피해의 역사를 재생하고자 하는 시도이다. 그리고 그 피해의 역사는 각각 '슬로우 불릿'과 '패스트 불릿'으로 상징된다.

이로써 『슬로우 불릿』은 방현석의 전작 「존재의 형식」과 「랍스터를 먹는 시간」에서 짙게 배어나오는 서사적 비애와 은폐된 죄책감의 기원을 거슬러 올라간다. 작가는 한국군과 베트남 해방전선 양측을 균일한 시각으로 주목한다. 그들은 모두 제 나름의 대의를 위해 목숨을 걸고 싸운다. 삶의 터전을 지키고자 하는 베트남 해방전선의 당위는 너무나도 분명하다. 그동안 베트남전은 수많은 영화와 문학작품의 소재로 다루어졌다. 거대한 자본과 무력을 지닌 미국에게 첫 번째 패배를 안겨주었다는 사실만으로도 그것은 꽤나 매력적인 서사의 무대였기 때문이다. 그럼에도 불구하고 그 안에서 언제나 베트남 대지의 주인인 베트남의 민중들은 소외된 채 타자화되어 있다. 오히려 그 대지를 피로 물들인 사람들의 피해망상적 서사들이 베트남전에 대한 진실 주변에서 망령처럼 떠돌고 있는 것이다.

방현석은 이러한 기존 서사들에서 벗어나, 한국군과 해방전선 내부의 인물들 모두에 대한 섬세한 관심과 따뜻한 애정으로 시나리오를 구성하고자 한다. 그것을 통해 그는 베트남전을 둘러싼 우리의 모든 기억을 재정의하고자 하는 것이다. 삶의 터전을 지키고자 하는 해방전선의 당위 앞에서, 장밋빛 미래를 꿈꾸는 소박한 개인적 욕망을 애국심이란 당위로 포장한 채 남의 전쟁에 총알받이로 나선 한국군의 모습은 애처로운 비애의 감수성을 자극한다. "따이한들은 미제의 총알받이들에 불과해. 천방지축 날뛰지 마. 우리가 겨냥해야 할 것은 총알받이가 아니라 미제의 심장이야"라는 띠엔의 말이야말로 이 베트남전에서 한국군이 점한 위치를 가장 잘 확인시켜 주는 것이다.

그러나 전쟁은 핏빛으로 물든 공포로서만 묘사되진 않는다. 오히려 그는 신형우와 쑤언 두 주인공을 통해 피비린내 나는 전투 속에서도 인간은 먹고 숨을 쉬고 웃을 줄 안다는 소박한 진실을 재확인하고자 한다. 그러나 이러한 작가의 의도는 작품의 개연성을 해치고 만다. 전쟁의 포화 속에서도 꽃을 키워내는 신형우와 그의 가슴에 꽂인 꽃을 보고 총구를 돌리는 쑤언의 낭만성은 지나치게 작위적인 설정이라고 밖에는 말할 수 없다. 그럼에도 불구하고 우리가 이 작위로부터 눈을 돌리지 못하는 이유는 이것이야말로 우리가 지켜야만 할 진정한 가치라고 역설하는 작가의 진정성 때문이다.

이러한 『슬로우 불릿』은 사실상 다양한 기억들을 전제로 구성되어 있다. 그것은 가깝게는 방현석의 이전 작품에서 반복적으로 사유된 기억들이고, 조금 멀게는 이대환의 동명 소설 『슬로우 불릿』실천문학사, 2001에서 형상화된 진실들이다. 따라서 방현석의 시나리오 『슬로우 불릿』은 단지 베트남전에 대한 기억만이 아닌, 우리의 현대사를 하나의 시각을 통해 재구성한 기억의 총체로서 작용한다. 시나리오인 『슬로우 불릿』이 영화라는 시청각적 매체를 거치지 않은 알몸의 언어만으로도 충분히 독자를 감동시킬 수 있는 이유는 바로 그 기억 자체가 가진 힘 때문이다. 그것을 매개하는 것은 한국과 베트남 양자를 바라보는 작가 방현석의 균등한 시각이다.

따라서 『슬로우 불릿』은 허구를 통해 재구성된 현실을 기록한 세미다큐멘터리에 가깝다. 그리고 그것을 구성하는 '언어야말로 진정으로 우리 몸 속속들이 박혀 있는 기억의 원천이자 창조의 원천인 것이다.'[4] 이 점 때문에 『슬로우 불릿』은 「존재의 시간」과 「랍스터를 먹는 시간」에서 드러난 베트남에 대한 방현석의 사유를 한 번 더 매듭짓는 역할을 담당하고 있다. "어려운 것은 과거를 떨쳐버리는 일이 아니라 그 결합을 준비하는 현재의 삶이다. 방현석에 따른다면 그 삶은 과거를 망각하는 데서 오지 않고 과거를 옳게 기억하는 데서 온다."[5] 그 당위적 요구가 바로 『슬로우 불릿』을 창작하게 만든 동력인 것이다.

　그런데 『슬로우 불릿』은 시나리오라는 그 장르적 특성으로 인해 독자에게 전작들과는 다른 감각을 야기한다. 이 작품에서 파열을 빚는 것은 언어와 언어 사이의 충돌, 혹은 인간과 인간 사이의 직접적인 충돌이라기보다는 상황과 상황 사이에서 오는 마찰음이다. 『슬로우 불릿』은 한국군과 베트남 해방전선의 인물들에 대해서 거의 균등한 주목을 하고 있다. 너무나도 선량하고 평범한, 그래서 가끔은 이기적이기도 한 두 나라의 청년들은 서로를 향해 총구를 들이댈 수밖에 없는 운명에 직면해 있다. 그들이 치르는 모든 전투는 그 한쪽에 승리의 환호성을 선사하는 순간, 늘 다른 한쪽에는 죽음과 공포라는 비극을 야기한다. 결국 그들 누구도 진정한 승리를 거머쥘 수 없다. 따라서 이 전쟁이라는 피의 블랙홀 속으로 빨려들 수밖에 없었던 한국과 베트남의 청년들 모두는 가해와

4　윤지관, 「기억의 거처」, 『창작과비평』, 2000 가을호, 337쪽.
5　박수연, 「개인적 패배에서 연대의 승리로」, 328쪽.

피해의 이중적인 역사로부터 영원히 자유로울 수 없는 것이다.

> 신형우의 헬기 안,
> 바닥에 묶여 있는 신형우가 힘겹게 어깨로 뭔가를 밀고 있다. 짓뭉개진
> 꽃이 담긴 담배갑이 어깨에 밀려 헬기 밖으로 떨어진다. 낙하하는 꽃.
> 헬기 편대, 산등성이를 넘어 차례로 어둠 속으로 빨려 들어간다.
>
> 『슬로우 불릿』, 203쪽

이 마지막 장면은 그 어떤 순수함도 전쟁이 가진 잔혹성을 감출 수 없다는 사실에 대한 작가 방현석의 선언이다. 이로부터 가해의 기원은 재정의된다. 그렇다면 이제 인간에 대한 신뢰는 완전히 무너진 것인가? 방현석이 그토록 찾고자 했던 그 인간의 존재 형식은 사라지고 만 것인가? 오히려 방현석은 이 신형우의 고통과 좌절로부터 인간에 대한 마지막 기대를 발견한다. 그것은 다름 아닌 기억이다. 우리는 신형우가 이 대지 위에서 일어났던 그 모든 일들을 결코 단 하나도 잊지 않을 것임을 알 수 있다. 기억은 그를 고통스럽게 만들겠지만, 거대한 역사의 소용돌이 속에서 마지막까지 인간적인 생의 감각을 지켜내고자 했던 그 기억이야말로 그의 삶을 좌절로부터 구원해내는 근원적인 힘이 될 것이다. 그로써 방현석은 역사와 함께 앞으로 진행하는, 그러나 어느 한쪽에 치우치지 않은 시간의 평면 위를 천천히 걸어 나가는 인간의 가능성을 발견하고 있는 것이다.

5. 기억으로부터 전망으로

우리의 지난 세기는 사실상 피로 얼룩진 폭력의 시대였다. 그리고 우리는 우리의 이번 한 세기가 그 피의 역사를 벗어나 상생의 한 시대가 되기를 간절히 기도했다. 그럼에도 불구하고 우리는 이 21세기의 초입에서 이미 두 번의 전쟁을 겪어야만 했다. 그러나 우리 한국사회는 강대국의 이기적인 욕망에서 비롯된 두 전쟁 ― 이라크전과 레바논 사태를 보면서도 그 어떤 저항의 몸짓도 제대로 진행해 보지 못했다. 수많은 사람들이 촛불시위로 이라크 참전을 반대했지만 결국 파병을 막아내지 못한 채 잊혀졌으며, 저 먼 유럽의 끝에서 벌어진 레바논의 비극에 대해서는 거의 무지하리만큼 무관심하다. 그뿐이랴. 현재진행형인 시리아, 미얀마, 그리고 우크라이나의 비극 앞에서도 우리는 그저 무력하다. 여전히 우리의 현재는 끝없는 가해의 기억을 재생산하면서 동시에 그것을 은폐하는 지난 역사를 반복하고 있는 것이다.

이런 한국사회의 현실에서 '동아시아'라는 화두는 한번도 제대로 실천되지 못했기에, 그만큼 공허할 수밖에 없었다. 이런 지점에서 우리는 방현석의 서사가 야기한 소박한 연대에 다시 주목할 필요가 있다. 그것은 거창한 언어로 포장되어 있지 않다. 그럼에도 불구하고 그의 서사는 베트남에 대한 깊은 이해와 공감을 독자의 마음에 조용히 번지게 만드는 힘을 지닌다. 바로 여기서 우리는 오늘날 우리가 동아시아라는 이 거대한 담론을 실천할 수 있는 작은 시발점을 발견해낼 수 있다. 그리고 바로 지금이야말로 작가 방현석이 내딛었던 그 실천을 따라 이제 우리

사회 전체가 다시금 천천히 한 걸음을 옮겨야 할 때이다. 전망은 이미 우리 삶 가까이로 다가오기 시작했다.

제4부

'함께'의 가치

제1장
'함께' 내딛는 찬찬한 걸음

1. 나부터 시작하겠습니다

'강남역 10번 출구', 깔창 생리대, 문단_내_성폭력 해시태그 운동, 고양예고 문예창작과 졸업생 연대 '탈선', 페미라이터^{femi-writers} 선언까지, 2016년은 "전례 없는 페미니즘적 (재)각성의 해"[1]라고 평가될 만큼 사회 전반에 걸쳐 여성 차별에 대한 문제의식이 고취되었던 해였다. "민주주의는 여성혐오와 함께 갈 수 없다".[2] 너무도 당연하지만 홀로는 결코 쉽지 않았을 이 선언은 촛불집회와 함께 2016년을 달구었던 뜨거운 화두였다. 그것은 광장의 민주주의가 페미니즘뿐만 아니라 현장의 '다른'

---

[1]   황정아, 「돌봄의 위기와 '사라진 여자'」, 『창비주간논평』, 2017.1.11. http://weekly.changbi.com

[2]   녹색당 여성특별위원회, 「민주주의는 여성혐오와 함께 갈 수 없다」, 『녹색당 논평』, 2016.11.7. http://www.kgreens.org

목소리들을 소외해서는 안 된다는 당위의 표명으로 확산되었다. 2015년 메갈리아에서 촉발된 미러링mirroring이 우리 사회에 은폐되어 있던 여성혐오misogyny에 대한 분노를 촉발했다면, 2016년은 그러한 모색이 연대로 구체화된 한 해였다고 평가할 수 있다. 더 나아가 2017년, 이제 그것은 우리 사회를 바꿀 구체적이고 실천적인 의제로 확산되어야 할 것이다.

우선 문인들의 구체적인 실천을 이끌어낸 문단_내_성폭력 해시태그 운동에 보다 주목하고 싶다. SNS를 통해 때론 실명으로 때론 이니셜로 드러난 성폭력의 전모는 작가라는 아우라에 가려졌던 추악한 이면을 그대로 보여주었다. 그것은 우리 문학의 체질이 얼마나 남성 중심적이었는지, 또한 그로 인한 폭력에 얼마나 관대했는지를 확인하는 부끄럽고 고통스러운 과정이기도 했다. 그리고 지난 2016년 11~12월 1·2차 서약을 통해 749명의 작가들이 「문학출판계 성폭력·위계 폭력 재발을 막기 위한 작가 서약」에 동참하면서 페미라이터 운동을 본격화했다.

"나부터 시작하겠습니다."[3] 이 첫 번째 서약은 이 운동의 지향점을 분명히 한다. 이는 문단뿐만 아니라 사회 전체에서 일어나는 모든 성폭력과 위계 폭력에 있어서 스스로가 피해자뿐만 아니라 때로 가해자나 암묵적 방조자가 될 수 있음을 분명히 인식하겠다는 것이다. 즉 스스로에게 그 어떤 면죄부도 주지 않겠다는 의지의 표명이다. 따라서 이 서약은

---

3   「문학출판계 성폭력·위계 폭력 재발을 막기 위한 작가 서약」 중에서. http://femi-writers.net

실천에 가장 큰 방점을 찍고 있다. "눈뜨고 있는 목격자이자 증언자"[4]가 되겠다는 다짐은, 그 시작이 '나'이기에 가능한 것이기 때문이다.

2. 오늘의 '탄실'을 위한 노래

1세의 소녀가 울고 있다 2세의 소녀가 울고 있다 3세의 소녀가 울고 있다 4세의 소녀가 울고 있다 5세의 소녀가 울고 있다 6세의 소녀가 울고 있다 7세의 소녀가 울고 있다 8세의 소녀가 울고 있다 9세의 소녀가 울고 있다 10세의 소녀가 울고 있다 11세의 소녀가 울고 있다 12세의 소녀가 울고 있다 13세의 소녀가 울고 있다 14세의 소녀가 울고 있다 15세의 소녀가 울고 있다 16세의 소녀가 울고 있다 17세의 소녀가 울고 있다 그리고……

(…중략…)
뒷골목의 소녀들은 시린 깔창을 차고 견디는 피의 날들
달빛도 기어들어 오지 않는 단칸방에서
소녀들은 물방울처럼 태어나
지구의 반이 울고 있다

빗소리를 닫으며 돌아서는 등 뒤에서

---

4   위의 글, http://femi-writers.net

갑자기 터진 구름이 아니라 내일이면 말라붙는 울음이 아니라

흘러가는 맨발이 해변에 닿을 때까지

조금씩 부푸는 먼 바다를 품듯이

1인의 소녀가 울고 있다 2인의 소녀가 울고 있다 3인의 소녀가 울고 있다 4인의 소녀가 울고 있다 5인의 소녀가 울고 있다 6인의 소녀가 울고 있다 7인의 소녀가 울고 있다 8인의 소녀가 울고 있다 9인의 소녀가 울고 있다 10인의 소녀가 울고 있다 11인의 소녀가 울고 있다 12인의 소녀가 울고 있다 13인의 소녀가 울고 있다 14인의 소녀가 울고 있다 15인의 소녀가 울고 있다 16인의 소녀가 울고 있다 17인의 소녀가 울고 있다 그리고⋯⋯

이민하, 「18」 부분[5]

애니는 영국에 살아요 여덟 살 소녀 애니는 17세기 에든버러에 살아요 왕족의 거리 로열마일 뒤편 막다른 골목에 살아요 백 년 후 사람들의 발밑에 묻힌 지하도시에 살아요 흑사병으로 매몰된 영혼들 속에 살아요 애니는 멀쩡하게 버려졌어요 의사들은 묵묵히 지켜보다가 숨이 죽은 배추 잎처럼 육체만 날랐어요

누군가의 벽에서 손톱 긁히는 소리가 들렸다면 그건 *애니의 비명*

(⋯중략⋯)

5   이민하, 「18」, 『현대시』, 2016.12, 188~191쪽.

연이는 한국에 살아요 열여덟 살 연이는 사월의 땅끝 서해에 살아요 북안
산 푸른 기와 아래 아주 먼 곳에 살아요 아주 낮은 곳에 살아요 지붕도 없는
물속에 살아요 천 일 동안 비를 맞고 있는 영혼들 속에 살아요 마르지 않는
물의 교복을 입고 있어요 소연이 시연이 호연이 채연이 수연이 출석을 부르
면 물의 의자에서 일어나 물의 뼈로 걸어와요

누군가 텅 빈 입속으로 새 한 마리가 스몄다면 그건 연이가 흘린 물의 혀

이민하, 「네버엔딩 스토리」 부분[6]

이민하가 발표한 두 편의 시—「18」과 「네버엔딩 스토리」는 거의 연
작시라고 보아야 할 만큼 중첩되어 있다. 이 두 편의 시는 하나의 사유
위에 올려놓을 때 그 주제의식이 보다 명확해진다. 「18」은 오직 '울음'
으로만 그 생을 표현할 수 있는 한 소녀의 이야기로부터 시작된다. 제
목인 '18'은 여러 가지로 상징성을 가진다. 그것은 성년의 경계이며, 그
경계에서 소녀가 엄마가 된 나이이다. 그러나 그보다 더 강력한 의미는
"울고 있다"로 표현될 수밖에 없는 소녀의 삶, 그 안에 개입된 모든 폭력
에 대한 욕설이다. "17세의 소녀"가 "17인의 소녀"「18」로 변주되는 끝에
서 「네버엔딩 스토리」가 겹쳐진다.

17세기 영국 에든버러 로열마일의 "여덟 살 소녀 애니"는 21세기 한
국 진도항의 "열여덟 살 연이"에 다름 아니다. 애니와 연이, 그들은 서
로 다른 시대에 서로 다른 나이로 서로 멀리 떨어진 나라에서 살았지만,

---

6   이민하, 「네버엔딩 스토리」, 『현대시』, 2016.12, 192~193쪽.

꼭 닮은 생으로 마주한다. 그들은 사회의 방관과 권력자들의 고의에 가까운 태만 속에서 죽어갔다. 메리킹스 클로스[7]에 매장된 애니의 비극은, 세월호에 수장된 연이의 비극으로 이어진다.

　　그런데 「네버엔딩 스토리」의 애니와 연이의 또 다른 얼굴은 「18」의 '소녀'이다. 대도시의 뒷골목, '시린 깔창을 차고 견뎌야 하는 피의 날들'을 살아내는 그들은, 매일 아침 우리와 마주치는 그 소녀들이다. "물방울처럼 태어나" 한 달이면 며칠을 어두운 단칸방에 자신을 유폐해야 하는 그들, 고통의 시간을 울면서 참아내는 그들의 비명. 그리하여 시인은 묻는다. 그 가까스로 살아낸 생존의 곁에 도달할 수 없다면 문학은 무슨 의미를 가질 수 있는가?

　　　　한 여자를 죽이는 일은 간단했다.

　　　　(…중략…)

　　　　그녀는 처참히 발가벗겨진 몸으로 매장되었다.

　　　　꿈 많고 재능 많은 그녀의 육체는 성폭행으로

　　　　그녀의 작품은 편견과 모욕의 스캔들로 유폐되었다.

　　　　이제, 이 땅이 모진 식민지를 벗어난 지도 칠십여 년

　　　　아직도 여자라는 식민지에는

　　　　비명과 피눈물 멈추지 않는다.

　　　　조선아, 이 사나운 곳아, 이담에 나 같은 사람이 나더라도

7　Mary King's close. 17세기 스코틀랜드 에든버러에 있던 빈민굴.

할 수만 있는 대로 또 학대해보아라.

피로 절규한 그녀의 유언은 오늘도 뉴스에서 튀어나온다.

탄실 김명순! 그녀 떠난 지 얼마인가.

이땅아! 짐승의 폭력, 미개한 편견과 관습 여전한

이 부끄럽고 사나운 땅아!

문정희, 「곡시(哭詩)」 부분[8]

'탄실 김명순을 위한 진혼가'라고 부제로 단 문정희의 「곡시」는 한 인간의 생이 얼마나 손쉽게 파괴될 수 있는 것인지를 단 하나의 문장으로 압축한다. 김명순[9]은 1910년대의 대표적인 신여성이자 조선 최초의 여성 작가였다. 그러나 그녀는 일생 동안 자신을 둘러싼 온갖 추문에 시달려야 했는데, 그 이유는 무엇보다도 그녀가 누군가의 뮤즈가 아닌 오롯이 자기 자신으로 서고자 했기 때문이다.

시인의 고통스러운 외침이 보여주듯 "한 여자를 죽이는 일은 간단했다". 김동인, 염상섭, 김기진, 전영택, 방정환에 이르기까지, 시인은 우리 근대문학사를 대표하는 문인들이 한 여성에게 가했던 사회적 폭력을 참담하게 나열한다. 일본 유학시절에 성폭행이라는 끔찍한 사건을 겪

---

8   문정희, 「곡시(哭詩)」, 『문예중앙』, 2016 겨울호, 195~198쪽.

9   김명순(金明淳, 1896~1951)은 나혜석·김원주와 함께 자유연애론을 주창한 1세대 신여성이며, 1917년 『청춘』의 현상공모에 처녀작 「의심(疑心)의 소녀(少女)」가 뽑히면서 정식으로 등단하여 작품 활동을 시작한 조선 최초의 여성 작가이기도 하다. 김탄실, 망양초, 망양생 등의 필명을 쓰기도 했던 그는, 여성 해방을 전제로 한 연애담론의 핵심적인 주창자이자 당대를 대표하는 여류명사였다.(류수연, 「김명순의 초기 소설과 엘렌 케이의 연애론」, 『동아시아 한국문학을 찾아서』, 소명출판, 2015, 414쪽)

고 억울한 퇴학까지 당했음에도 불구하고 김명순은 자기 앞에 놓인 편견과 차별의 거대한 벽 앞에서 항복하지 않았다. "탈식민적 여성 해방과 여성 주체의 자기결정권"[10]을 지켜내며 자기 글쓰기를 끝까지 견지함으로써 자신의 생존을 증명하고자 했던 의지의 여성이었다. 그러나 동시대의 잔인한 펜 끝은 성폭력 가해자인 이응준이 아닌 피해자 김명순을 향했다. 그녀를 향한 악의적인 루머의 진상을 들추어내며 시인은 여성을 향한 차별과 혐오가 얼마나 오랜 역사를 가진 것인지 새삼 확인한다.

그러나 시인을 울게 하는 것은 비단 김명순의 비극적 삶만은 아니다. 오늘, 이곳에서 "피로 절규한 그녀의 유언"이 여전히 유효하다는 것이야말로 시인의 '곡哭'을 멈출 수 없게 한다. 문단_내_성폭력 해시태그 운동이 이어진 이래, 연일 성폭력 생존자들의 고발이 이어졌다. 그 한 명 한 명 속에서 시인은 또 다른 김명순을 발견했으리라. 여성의 정신과 신체에 가해지는 폭력을 예술로, 피해자를 뮤즈로 포장하면서 자신의 악행을 정당화하는 이 거대한 폭력의 사슬 위에서 위태롭게 서 있던 우리 문학의 민낯은 너무나도 추악했다. 한 여성의 삶을 파괴하고 그녀를 매장하고도 100여 년의 시간 동안 끊임없이 스스로 복제되고 확대되어온 "짐승의 폭력, 미개한 편견과 관습"이 여전히 시인의 앞에 펼쳐져 있음을 느끼는 것이다.

나는 나의 반역자로서 내 편에 설 것이다

10   위의 글, 414쪽.

나를 지지하며

눈먼 자가 되었을 때

이 숲을 그대로 들려줄 것이다

복원 가능한 슬픔에는

지렛대가 없다는 사실도

견디라고 말하는 쪽으로 침을 뱉으면

아프다고 말하는 쪽이 젖는다

(…중략…)

침묵을 벌로 선택한 당신에게

오랫동안 소란이고 싶다

서윤후, 「야수의 세계」 부분[11]

문정희를 절망하게 한 그 세상을, 서윤후는 '야수의 세계'라고 칭한다. 여기는 스스로 반역자가 되어야만 오롯이 자신을 지켜낼 수 있는 곳이다. 모순과 불합리가 판을 치는 이곳에선 다친 자가 모욕을 받는 일이 빈번하기 때문이다. 자신을 지켜낼 수 있는 유일한 방법이 자신을 배반하는 일뿐임을 깨닫는 것만큼 아픈 일이 있을까? 그럼에도 시인은 이곳

---

11   서윤후, 「야수의 세계」, 『문학과 사회』, 2016 겨울호, 39~41쪽.

에서 자신을 배반하고 유폐하는 침묵을 선택함으로써 겨우 생존할 수 있었다. 아니, 그랬다고 믿어왔다. 그러나 이제 그는 알게 된다. 그저 살아내는 것만으로는 이 기울어진 '지렛대'를 복원할 수 없음을……. 따라서 시인이 주는 마지막 벌은, 다른 그 어떤 이도 아닌 스스로를 향한다. 오랜 침묵을 깨고 가장 '소란스럽게' 목소리를 내는 일이 그것이다. 우리 스스로 눈감아버린 폭력의 시간을 다시 베어내는 일은 그토록 힘겹고 의식적이어야 한다.

3. 함께 '내딛는' 찬찬한 걸음

희망은 아직 가깝지 않다. 그러나 적어도 절망은 조금 더 멀어진 것 같다. 자신을 지켜내기 위해 오히려 스스로를 배반해야 했던 목소리들이 오랜 침묵을 깼고, 폭력의 카르텔은 조금씩 수면 위로 올라오고 있기 때문이다. 그것은 우리 안에서 무엇인가 달라지기 시작했음을 의미한다. 아직은 미약하지만, 끈질기고 굳센 '함께'를 위한 연대는 이미 시작되었다. 젠더를 넘어 신체, 연령, 지위, 학력 그 모든 것의 차이가 누군가에게 차별과 혐오가 되지 않는 세상을 위해, 시는 외침보다 강인한 외침이 침묵보다 강인한 침묵이 되어야 할 것이다. 그것만이 맞잡은 손으로 서로의 떨림을 위로하며 나아갈 유일한 길이기 때문이다.

이토록 많은 사람들이 살고 있다 걷고 있다 힘차게 팔을 흔들며

오고 가는 풍경

이 속에 나는 있다

지금은 안심할 수 있다

나는 걷고 있고 그러므로 살고 있다

박소란, 「천변 풍경」 부분[12]

　지금 '나'를 살게 하는 것은, 함께 걷고 있는 그들이라고 시인 박소란
은 고백한다. 그 '함께'의 의미는 페미니즘일 수도, 광장의 민주주의일
수도, 혹은 또 다른 무엇일 수도 있다. 그것이 무엇이든 그 '함께'는 수없
이 다른 그 목소리들을 끌어안지 않고는 이루어낼 수 없는 것이다. 연대
함으로써 "서약에 그치지 않고 실천"[13]하겠다는 그 의지가 시가 되어 또
다른 '소란'「야수의 세계」으로 화답될 때, 우리 문학 내부의 묵은 적폐도 조
금씩 해소될 수 있을 것이다.

『현대시』, 한국문연, 2017.2

12　박소란, 「천변 풍경」, 『문학』 3, 2017.1, 73~74쪽.
13　「문학출판계 성폭력·위계 폭력 재발을 막기 위한 작가 서약」 중에서.
　　http://femi-writers.net

제2장

생존이라는 부정방정식

조해진론

1. '응시'의 방정식

조해진의 서사는 '누구'의 부재^{不在}를 응시하는 것으로부터 시작된다.
그것은 단지 '없음'에 대한 감각이 아니라 여기 없음, 즉 그 부재가 인식
되는 장소로서 '여기'의 문제를 강렬하게 환기한다. 더 나아가 그 부재
야말로 그곳의 완전성을 보장해주는 본질이었음을 자각한다. 마땅히 있
어야 할 '누구'의 자리가 사라져버린 혹은 삭제되어버린 곳, '여기'의 자
각은 결코 채워질 수 없는 결핍으로 남겨진다. 그러나 그가 이 결핍으로
부터 그려내고자 하는 것은 역설적이게도 '충만함'이다.[1] 그것은 조해진
의 서사적 지향점이 다름 아닌 '응시' 그 자체에 놓여 있기 때문이다.

---

[1]   박인성, 「이토록 충만한 결핍」, 『창작과비평』 153, 2011, 440쪽 참조.

첫 소설집인 『천사들의 도시』^{민음사, 2008}에서부터 『한없이 멋진 꿈에』
^{문학동네, 2009}, 『로기완을 만났다』^{창비, 2011}, 『아무도 보지 못한 숲』^{민음사, 2013},
『목요일에 만나요』^{문학동네, 2014}, 『여름을 지나가다』^{중앙북스, 2015}까지. 조해
진 서사의 주인공들은 숙명과도 같은 고독과 마주했다. 그들은 가장 익
숙한 공간으로부터 소외되었고, 그로 인해 지독하리만치 상처받았지만,
결코 그 고독의 근원을 외면하지 않았다. 그리고 작가 조해진은 자기 독
자들이 그들의 상처를 응시하기를 요구한다.

조해진에게 있어서 이러한 '응시'는 이 끝없는 부재의 공간을 벗어나
기 위한 안간힘이다. 그것은 절대적인 결핍을 만들어낸 폭력의 기원으
로서 '여기'를 파괴할 수 있는 유일한 힘이며, 오직 천천하고도 끈질긴
다가섬과 기다림으로만 완성될 수 있는 가능성이기도 하다. 조해진의
인물들이 가까스로 이루어낸 서툴고 조심스러운, 그러나 더없이 간절한
서로에 대한 유대는 오직 이러한 응시로서만 이루어질 수 있었다. 그리
고 마침내, 누구나 한 발을 적실 수는 있지만 온전히 한 몸을 들여놓을
수는 없는 곳―'여기'의 균열이 시작된다.

2. 이니셜 L 혹은 미지수 x

그렇다면 무엇을 응시하는가? 조해진의 서사에서 드러나는 표면적
핵심은 '누구'를 향한 '응시'이지만, 그 자체로서 완결되는 것은 아니다.
이 응시는 조해진의 서사를 이끄는 부정방정식의 한 항^項, 그 일부일 뿐

이다. 여기서 응시는 미지의 대상을 향해 초점을 맞추고 있다. 따라서 보다 중요한 것은 응시와 함께 항을 이루고 있는 미지수 x, 그 어떤 것으로도 온전히 호명될 수 없는 응시의 대상이다.

> ─ 살아남으시오.
> 브로커는 이어 말한다.
> ─ 살아남으면 언젠가는 보지 않겠소.
> 그 말을 들은 순간 로는 다시 정신을 차렸다. 살아남는 것, 그것은 연길을 떠나올 때 이미 로에게 각인된 삶의 유일한 이유였고 어머니의 말없는 유언이었다.

85쪽

『로기완을 만났다』에서 주인공 김이 풀어내고자 하는 미지수 x가 로기완이라면, 그 값은 이니셜 L이다. 여기서 이니셜 L은 '운명적인 부재'를 관통하며 살아남은 사람이다. 탈북민인 그는 오직 살기 위해 국경을 넘었고, 살기 위해 어머니의 죽음을 외면해야 했고, 살기 위해 어머니의 시체를 팔아야 했으며, 살기 위해 신분을 위조하여 또 다른 국경을 넘어 유럽으로 향했다. 그의 주머니에 남은 것은 650유로, 브로커가 건네준 가짜 여권과 벨기에 동전 몇 개, 그리고 그저 살아남아야 한다는 절박함뿐이었다. 자신의 조국인 북에서도, 숨어 지내야만 했던 중국에서도, 그리고 새로운 땅 벨기에의 브뤼셀에서도, 그는 그 어떤 이름으로도 호명될 수 없는 부재를 감내해야만 했다. 시사 잡지 『H』와의 인터뷰에서 그가 스스로 이름붙인 '이니셜 L'은 오직 살아남는 것만이 그 삶의 목적이 었던 한 사람의 생에 대한 가장 적확한 수사가 아닐 수 없다.

그렇다면 이니셜 L로서의 로기완은 이 작품의 근根이 되는가? 이니셜 L은 미지수 x의 값이지만, 그것만으로는 이 서사의 완전한 답을 구할 수 없다. 등호 너머의 세계에 도달하기 위해서는 또 다른 미지수가 요구 되기 때문이다. 오히려 미지수 x는 미지수 y로 가는 첫 번째 통로에 가 깝다.

> 아무려나 욕심을 부린 건 나였다.
>
> 수술 날짜가 다가오면서 촬영이 다시 시작됐지만 나는 윤주의 방송 날짜 를 추석 연휴가 끼어 있는 주로 옮기는 것을 이미 마음속으로 정해놓고 있었 다. (…중략…) 가족들이 많이 모이는 날이니 ARS를 이용하는 건수도 더 늘 어날 거라는 계산을 했다. 윤주에게 묻지 않은 채 나는 재이와 윤주의 담당의 사에게 내 생각을 밝혔고 그들도 모두 호의적인 반응을 보였다. 수술 날짜는 자연스럽게 석 달 뒤로 연기됐다.
>
> 그렇게 모든 것이 제대로, 문제없이 흘러가는 줄 알았다.
>
> 수술을 시작하면서 조직검사용으로 종양 일부를 떼어내 검사를 해봤는 데, 뜻밖의 결과가 나왔습니다. 물론 이전 검사에 오류가 있었을 가능성도 배 제할 수 없겠습니다만, 어쨌든 환자의 종양은 악성이었습니다. 신경섬유종이 아니라 암덩어리였다는 말입니다. 이렇게 빠르게 악성으로 바뀌는 케이스는 희귀해서…… 유감스럽군요.
>
> 『로기완을 만났다』, 54~55쪽

불우이웃돕기 프로그램의 방송작가인 김은 신경섬유종을 앓고 있는 소녀 윤주에게 깊은 연민과 교감을 느낀다. 윤주의 사연이 더 많은 ARS 콜을 받게 하고자 방송날짜를 3개월 늦추었던 김의 욕심은, 그 사이에 윤주의 종양이 악성으로 바뀌었다는 결과를 낳는다. 그러나 김을 고통스럽게 한 것은 단지 윤주에 대한 죄책감이나 자기 실패를 인정해야만 하는 괴로움만은 아니었다. 오히려 그를 괴롭히는 진실은 따로 있다. 그 모든 것으로부터 달아나버리고 싶다는, 용서받지 않음으로써 스스로를 '피해자'의 자리에 위치시켜놓고 싶은 자기기만적 이기심이 바로 그것이다. 그래서 김은 쫓기듯 한국을 떠나기로 결정한다. 그때 다가온 응시의 대상이 바로 이니셜 L이었다.

이제 소설은 미지수 X의 값으로서 이니셜 L이 로기완으로 재구성되는 모든 순간들에 대한 기록물이 된다. 김에게 탈북민 이니셜 L은 "텍스트 외부에서 서성이는 것이 아니라 텍스트 내부로 스며들어가 스스로에 대한 가혹한 고통과 뒤섞인 진짜 연민이란 감정"이 무엇인지 알게 해준다. 타자라는 거울에 비춰진 나, 때로 선하고 때로 추악한 그 얼굴을 인정함으로써만 비로소 연민을 넘어설 수 있다. "타인의 고통을 이해하는 일은 어떤 연민으로도 채우기 어려운 결핍과 마주하는 일"[2]이기 때문이다.

브뤼셀에 와서 로의 자술서와 일기를 읽고 그가 머물거나 스쳐갔던 곳을

---

2   위의 글, 440쪽.

찾아다니는 동안, 로기완은 이미 내 삶 속으로 들어왔다. 그러니 이제 나는 로에게도 나를, 그 자신이 개입된 내 인생을 보여줘야 한다. 로기완이 내 삶으로 걸어들어온 거리만큼 나 역시 그에게 다가가야 하는 것이다. 로기완, 이라고 속으로 불러본다. 새로운 세상으로 이끄는 암호이면서 내 삶을 돌아보게 한 주문이었던 이니셜 L이 아니라 나로 인해 아주 사소한 것에라도 즐거워질 수 있는 살아 있는 사람의 이름을.

위의 책, 172쪽

로기완이 연인 라이카를 따라 영국으로 떠났음을 알게 된 김은 더 이상 그의 삶을 추적하지 않기로 한다. 이니셜 L이 서서히 로기완이라는 구체적인 한 사람의 생으로 완성되었음을 알았기 때문이다. 그리고 김은 깨닫는다. 로기완을 만나지 않고는, 그의 눈빛과 교감을 나누는 시간 없이는 연민이 아닌 이해로 나아갈 수 없음을. 그것은 이제 더 이상 로기완을 이니셜 L의 세계, 즉 미지수 x의 풀이과정으로 남겨둘 수 없음을 의미하는 것이었다. 동시에 그것은 오랜 시간 은폐했던 김의 또 다른 자아, 이니셜 K와 마주해야 할 순간이 성큼 다가왔음을 의미하는 것이기도 했다.

라이카를 보내고 석 달 후 로도 영국으로 떠났다. 해당 기관에 신고도 하지 않았고, 심지어 같은 유럽연합에 속하는 국가라도 체류기간이 6개월을 초과할 때는 반드시 소지해야 하는 여행비자도 발급받지 않은 채였다. 당연하다. 로가 영국으로 간 건 여행을 하기 위해서도, 지인을 방문하기 위해서도 아니었으므로. 살기 위하여, 외롭지 않으려고 그는 떠났으므로. (…중략…)

　로는 이 모든 것을 다 알고 있었다. 그럼에도 로는 떠났고 돌아오지 않았다. 로는 바로 저런 순간, 사랑하는 사람과 마음껏 체온을 나누는 그 순간의 충만함을 갖고 싶어 그 외의 모든 것을 포기했을 것이다.

위의 책, 175~176쪽

　일상을 가장하고 살아야 했기에 오히려 스스로를 '시선의 감옥'에 가둘 수밖에 없었던 로기완의 삶은 사랑하는 여인 라이카를 만남으로써 변화된다. 그는 라이카와 함께하기 위해 미지수 X, 즉 스스로 이니셜 L로 호명했던 난민의 지위와 그로부터 얻을 수 있었던 모든 편의를 포기한다. 그 어느 누구에게도 자기 존재를 드러낼 수 없는 불법체류자라는 '부재'를 감내함으로써 그는 오히려 로기완이라는 자신의 이름을 되찾는다. 마침내 그를 가두었던 '응시'의 방정식으로부터 벗어나 그 어떤 항에서도 바뀌지 않는 정체성을 가진, "살아남게 될 고유한 인생" 기지수旣知數 α로 탈바꿈한 것이다.

　로기완이 빠른 걸음으로 다가와 덥석 내 손을 잡아준다.

　체온이 있는, 진짜 두 손으로.

　그 손이 이끄는 대로 나는 식당 안으로 들어선다. 홀 안쪽에서 앳된 인상의 여자가 삐죽 고개를 내밀더니 금세 달려와 나를 빈 테이블로 안내한다.

　라이카는 차를 준비하러 다시 주방으로 들어갔고 지금 내 앞에는 로기완이 앉아 있다. 살아 있고, 살아야 하며, 결국에 살아남게 될 하나의 고유한 인생, 절대적인 존재, 숨쉬는 사람.

　오늘 나는 그에게, 이니셜 K에 대해 해줄 이야기가 아주 많다.

위의 책, 194쪽

　그리고 마침내 김은 스스로 이니셜 K, 미지수 y가 되어 이 방정식을 완성한다. "체온이 있는, 진짜 두 손으로" 마주잡은 순간, "살아 있고, 살아야 하며, 결국엔 살아남게 될" 두 삶이 진정으로 마주할 수 있게 된 것이다.

3. 등호 너머의 세계, '여기'

　『로기완을 만났다』에서 작가 조해진이 보여준 것은 우리가 살고 있는 이 세계가 수많은 미지수에 가려진 방정식의 세계일 수밖에 없음이다. 그 세계의 본질을 인정함으로써 그는 미지수 x와 y에 유폐되었던 인물들을 구원할 가능성을 발견한다. 그로부터 등호 너머의 세계는 보다 분명해진다.

　　그러나 소년은 그 어떤 잔혹한 형벌보다 그 형벌조차 온전히 자신의 것이 될 수 없는 조직의 바깥 세계가 더 무서웠다. 유저들은 끊임없이 알려 줬다. 소년은 버그라고, 소년의 생존이 밝혀진다면 전체 시스템엔 치명적인 오작동이 일어날 거라고 그들의 검은 입술들은 확신했다. 보스는 어떤 방식으로든 소년을 찾아낼 것이므로 소년과 함께 있는 한 M 역시 도망가고 숨어야 하는 배역에서 벗어날 수 없을 거라며 겁을 주기도 했다. 소년은 보스의 조직 안에서만 안전했다. 조직의 바깥에서 소년이 할 수 있는 것은 아무것도 없었으며 소년을 증명해 줄 서류는 한 장도 남아 있지 않았다.

『아무도 보지 못한 숲』, 53쪽

『아무도 보지 못한 숲』에서 우리는 대한민국이라는 사회 내에서 '부재'로 처리되어버린 또 다른 '로기완', 소년 현수를 만난다. 로기완에게 부여되었던 미지수 x가 이니셜 L이었다면, 소년의 삶은 보다 가혹하다. 소년에게는 현수라는 이름이 있었지만, 그것은 '과거형'이다. 어머니가 진 빚으로 인해 소년은 그 이름을 빼앗겼기 때문이다. 가스폭발 사고 사망자로 처리되어 오랜 시간 이름 없는 존재로 살아야 했던 것이다. 이러한 그에게 부여된 미지수 x의 값은 '버그^{bug}'이다.

로기완의 고독이 결핍으로부터 시작되었다면, 소년 현수의 고독은 결함으로부터 시작된다. 완벽하게 갖추어진 시스템 속에서 버그는 불필요한 잉여, 제거되어야만 할 '무엇'이다. 버그는 그 존재만으로도 시스템의 오류를 나타내는 것이기 때문이다. 따라서 애초에 존재하지 않았던 것처럼 그 흔적마저도 삭제되어야 한다. 소년 현수의 존재가 바로 그러했다. 그는 서류상 사망자였고, 그 보상금은 어머니의 빚을 충당했으며, 그 대가로 소년은 가족에게서조차 삭제되어야 했다. 살아있지만 죽어 있는 존재로서 소년 현수는 "존재 증명의 문제를 정치사회적 차원과 결부"[3]짓는다. 소년 현수를 이 사회에서 'Delete'시킨 것은 결국 시스템의 문제였기 때문이다. 한 개인의 존재가 그의 생존에 상관없이 서류상의 절차만으로도 얼마든지 '제거'될 수 있다는 것은, 결국 이 사회를 유지하는 모든 시스템 자체가 거대한 오류 속에 놓여 있음을 방증하는 것이다.

> 그녀는 오래전, 유리로만 이루어진 도시에서 산 적이 있다. 건물과 도로 뿐 아니라 모든 사물들과 사람들도 유리였다. 도시 곳곳은 쉬지 않고 금가거나 깨졌고 사람들 역시 작은 충돌에도 쉽게 부서지곤 했다. 길가에서 수시로 밝히는 유리 조각들이 건물의 잔해인지, 아니면 유기된 시체의 일부인지 구분할 수 없었다. 하루에도 수십 번, 아니 어쩌면 그 이상, 유리로 만들어진 연약한 사람들의 처참한 죽음을 그녀는 목도해야 했다.
>
> 「유리」, 『목요일에 만나요』, 137쪽

우리를 둘러싼 사회에 대한 비판적 시선은 비단 『아무도 보지 못한 숲』에서만 드러나는 것은 아니다. 소설집 『목요일에 만나요』에서 조해진은 그의 소설을 맴도는 깊은 우울의 근원을 분명하게 적시한다. 그것은 이 모든 부재와 그로 인한 결핍 혹은 결함의 기원, 바로 오늘 '여기'이다. 조해진은 「유리」에서 '여기', 그 등호 너머의 세계를 "유리로만 이루어진 도시"로 규정한다. 그것은 너무나 위태롭고 폭력적이다. 하루에도 수십 번씩 반복되는 "유리로 만들어진 연약한 사람들의 처참한 죽음"은 우리 사회 곳곳에 숨겨진 수많은 소년 현수를 떠올리게 한다. 스스로

---

3   함돈균, 「이니셜의 그들, 불행의 공동체」, 『문학동네』 78, 2014, 6쪽.

를 "라벨 없는 인간"「PASSWORD」이라 칭하는 그들에게 오늘 '여기'는, 오직 "'개새끼'들의 한 뼘 공간"「북쪽 도시에 갔었어」만을 허용하는 폭력적인 세계이다. 이 사회의 시스템으로부터 탈락된 사람들은 개체수가 줄어드는 새들처럼 "마치 처음부터 없었던 것처럼 잊혀갔다"「새의 종말」. 그리하여 작가 조해진은 자신이 살고 있는 '여기'를 거대한 폭력의 장, "봉쇄된 국가이면서 동시에 살아 있는 실험체"「밤의 한가운데서」라고 선언한다.

힘겹게 완성한 방정식의 등호 너머, 그곳에서도 여전히 희망은 쉽사리 발견되지 않는 것처럼 보인다. 그 때문일까? 소설집『목요일에 만나요』에는 깊은 우울감이 관통하고 있다. 그러나 그 우울함을 절망으로 해석하는 것은 아직 너무 성급하다. 모든 것이 무너지는 세계 속에서도 여전히 작가 조해진은 실낱같은 희망의 가능성을 바라보고 있기 때문이다.

아마도 목요일 저녁마다. 물론 그전에 다섯번째 엽서를 써야 한다. 곰곰이 생각해보니 일본과 인도, 태국과 캄보디아 외에도 여자가 짐을 푼 곳이 한 군데 더 남아 있었다. 엽서에 쓸 한 줄의 문장도 이미 정해져 있었다. K 앞에만 서면 번번이 목에서 가시처럼 걸리곤 했던 바로 그 문장이었다. 엽서를 완성하면 여자는 어머니의 옷을 입고 어머니의 양산을 쓴 채 동네 우체국에 갈 생각이었다. 첫 번째 엽서는 병원 근처 우체국에서 보냈고 두 번째 엽서는 기억나지 않으며 세 번째 엽서는 홍천에서 돌아오는 길 소읍의 우체통에 넣었다. 네 번째 엽서는 마트 옆 우체국에서 발송했었다. 우체국에 가기 전, 여자는 전등 하나를 켜놓고 책상에 앉아 허리를 굽힌 채 오래오래 쓸 것이다. 이

번만큼은 K에게 향하는 진짜 엽서를. 못한 말이 있어, 속삭인 뒤 숨을 한번 깊이 들이쉬고 나서. 너의 잘못이 아니야. 서울에서 누나가.

「목요일에 만나요」, 위의 책, 81쪽

이 소설집의 표제작인 「목요일에 만나요」는 남매의 이야기이다. 여자와 남동생 K. K는 어머니와 함께 교통사고를 당했지만, 홀로 살아남았다. 여자는 K를 용서할 수 없었다. 여자는 집을 떠나 돌아오지 않는 K를 원망하지만, 그의 등을 떠민 것이 자기 자신이었음을 스스로도 잘 알고 있다. 떠난 동생의 이름으로 자신에게 엽서를 보내는 이유는 그 때문이다. 여자에게 나타나는 끝없는 환영, '통곡의 의자'는 그 죄책감의 표출이다. K의 이름을 빌려 자신에게 쓴 4개의 엽서, 그리고 마침내 여자는 자신의 이름으로 K에게 보내는 다섯 번째 엽서를 쓴다. "너의 잘못이 아니야." 용서는 때로 미움보다 쉽고 익숙하다.

조해진의 소설이 응시를 항으로 하는 부정방정식이라면, 미지수 x와 y에게 부여되는 최고의 상수常數는 '용서'일 것이다. 그것만이 섣부른 연민으로부터 우리 자신과 대상을 모두 구원할 수 있는 유일한 길이기 때문이다. 마음의 지옥으로부터 벗어나는 이 한 걸음은 『아무도 보지 못한 숲』에서 보다 구체적으로 나타난다.

그들을 용서할 수 없었던 날들도 있었다.

오랫동안 소년은 엄마와 할머니, 그리고 M이 자신이 버렸고 잊은 거라고 믿어 왔다. 그래서 M을 찾아야겠다는 생각 따위 하지 않았고 찾아야 한다는 의무감도 없었다. 그저 궁금했다. 아니다. 궁금하지 않았다. 궁금하지는 않았 지만, 그렇다고 믿어 왔지만, 소년은 M의 직장과 거주지를 알아내는 데 꼬박 두 달을 매달렸다. M 역시 엄마에게서 버려졌다는 것이나 할머니가 이미 10 년 전에 세상을 떴다는 것은 M을 찾는 과정에서 알게 된 사실들이었다.

『아무도 보지 못한 숲』, 68~69쪽

용서는 관심으로부터 시작된다. 소년 현수를 구원한 힘은 다른 누구 도 아닌 그 자신으로부터 나왔다. 소년은 누나 M의 주변을 맴돌았고, 그 것은 이니셜 M에 갇혀 있던 미수를 만나는 과정이 되었다. 소년은 자신 만의 방법으로 미수를 돌보았다. 비록 미수는 연인이었던 윤의 방문이 라고 착각하지만, 보이지 않게 샴푸를 채우고 화장지를 사다두는 사소 한 행동들로 현수는 미수의 삶에 조금씩 발을 들여놓는다. 그리고 바로 그 한 걸음은 현수를 더 이상 버그로 남겨두지 않는다. 그의 개입은 견 고한 시스템에 균열을 만드는 행위였다. 그로써 소년 현수는 버그가 아 닌 그 누구로도 대체될 수 없는 존재, '현수'의 삶을 되찾는다.

보였다.

소년과 눈이 마주치자 눈 쌓인 모퉁이에서 서 있던 M인 천천히 손을 들 어 흔들어 보였다. 마지막 면회 이후 한 달 만이었다. 그날 M은 소년이 지금 두르고 있는 갈색 목도리를 숲의 호숫가에 놓고 갔었다. 소년은 머리칼을 짧 게 잘라 시린 머리통을 한 번 긁적인 후, 한 발 한 발 M에게 다가갔다. 셋, 까 지 세고 나자 M의 숨소리가 들렸다.

"현수야."

부르는 그 말에, 소년은 대답했다.

"응, 누나."

손이 따뜻해졌다. 현수는 자신의 손을 감싼 하얗고 작은 손등을 내려다보며 미수가 속삭이는 말들을 가만히 듣고 있었다. 누나의 등 뒤로 숲을 빠져나갈 수 있는 외길이 조금씩 선명하게 보이기 시작했다.

웃었다.

위의 책, 163쪽

자신이 살아남았음을, 그리하여 그 흔적을 전달하고자 했던 삶에 대한 의지는 로기완으로부터 현수에게로 또 다시 반복된다.

4. 미지항을 벗어나며

『여름을 지나가다』는 결코 만날 수 없는 두 사람이 버려진 가구점이라는 결절에서 마주치기까지, 그리고 그 유대를 통해 새로 삶의 의미를 받아들이기까지의 이야기를 담아낸다. 주인공이자 서술자인 민과 수는 모두 자기 자신으로 살아가지 못하는 사람들이다. 회계사였던 민은 부동산 중개보조원으로 살아간다. 조작된 회계 감사는 한 해고노동자를 죽음으로 이끌었고, 이 예상하지 못한 변수는 민의 삶을 뒤흔든다. 민은 내부고발자가 되려고 하는 연인 종우를 이해하지 못했다. 종우를 말리

려던 민의 선택은 오히려 종우를 회사로부터 고립 당하게 만들었고, "회계사의 서류는 중립적인 숫자들의 조합"이라는 순진한 믿음도 종우와의 미래도 한순간에 사라지게 된다. 휴학생인 수는 아버지의 빚으로 인해 신용불량자가 되었다. 휴학과 복학을 반복하다 이제 아르바이트마저도 할 수 없는 신용상태가 되어버린 수는, 우연히 줍게 된 타인의 신분증으로 신분을 위조하고 나서야 겨우 일을 구한다. 그에게 삶이란 "플러스 천백오십 원의 세계"로 가기 위한 안간힘으로 점철된 것이다.

기업의 비윤리적 파산과 해고, 내부고발자에 가해지는 징벌, 자영업의 붕괴와 청년실업, 비정규직 노동의 문제까지. 민과 수의 고독과 소외는 지극히 개인적이지만, 거기에 개입되는 사회적 문제들은 결코 가볍지 않다. 그들의 삶이 결핍될 수밖에 없는 이유, 더 나아가 이 사회에서 결함으로 남겨질 수밖에 없는 이유는 바로 그 때문이다. 한 사람의 부재는 더 이상 그 사람만의 문제가 아니다. 미지항을 벗어난 그 한 명 한 명의 삶은 지독하리만치 연계되어 있음을, 조해진은 강조한다.

> 모든 것은 한 남자의 발걸음에서 시작됐는지도 모른다. 20년 넘게 한 공장에서 일해온 남자는 해고통보를 받자 갈 곳이 없었다. 노동이 곧 인생인 사람, 노동으로 채워진 하루가 추억도 상처도 되지 못한 채 그저 연소된 잿더미처럼 남는 삶, 그리고 그 잿더미가 모이고 쌓여 다시 한 인간의 모든 것을 조형造形하는 시간의 허무한 집적. 존재하지만 존재하지도 않는 사람, 그가 죽기 전까지 그의 허무는 실체가 아니었다.
>
> 『여름을 지나가다』, 153쪽

민이 단 한 번도 만난 적 없는 그 노동자는 민의 삶 전체를 흔들고 바꾸어놓았다. 한 사회의 견고한 시스템 속에서는 결코 눈에 띄지 않았던, 언제든 다른 무엇으로 대체될 수 있는 부품으로 살아왔던 한 남자의 '부재'는 그의 죽음을 통해 '존재'로 실감된다. 그리고 민은 "한 사람의 강도 높은 노동과 경건한 염원의 시간이 은닉된 장소"이자 그 자체로 "무지개의 시간까지 창조"된 신비로운 공간, 문을 닫은 가구점에서 부재의 시간을 끌어안는다. 부동산 중개를 위해 방문했던 빈집에 들어가 "30분짜리 생애를 수집"하면서 간신히 생의 의미를 찾아나가고 있는 민에게, 가구점은 온전히 자기 자신으로 살아낼 수 있는 유일한 공간이 된다.

그러나 민에게 축복과 같았던 이 공간은 단순한 우연의 산물은 아니다. 그것은 자신을 연소시킨 또 다른 한 남자, 바로 수의 아버지인 목수의 노동으로 이루어진 필연적 공간이다. 그는 자기 노동의 전부를 바쳐 자신만의 왕국을 만들었지만, 그곳은 그의 염원을 지독하게 배신했다. 자기 노동으로부터의 배신은 목수의 삶을 공허한 욕설과 분노 속에 유폐시킨다. 따라서 그 목수의 아들인 수에게 가구점은 민과는 또 다른 의미일 수밖에 없다. 그곳은 이미 지옥이 되어버린 집을 떠나 수가 몸을 피할 수 있는 유일한 곳이지만, 동시에 결코 거부할 수 없는 빈곤이라는 아버지의 유산을 상징하는 장소이기 때문이다.

등 뒤에선 문이 열렸다가 닫히는 소리가 들려왔다. 수는 핏발 선 눈으로 천천히 뒤를 돌아봤다. 종이컵 여자일 터였다. 도망가기엔 늦었다. 수는 바로 그 사실을 인정했고, 천천히 의자에서 일어나 다가오는 여자를 바라봤다. 한 발 한 발 조심스럽게 걸어온 여자는 수를 발견하고도 경계심을 드러내지 않았고 동요하지도 않았다. 오히려 오랫동안 알아온 사람이라도 되는 듯 고요한 시선으로 수를 마주 볼 뿐이었다. 여자에게서는 태풍의 작은 한 조각이 딸려온 듯 바람 냄새가 났다.

위의 책, 125쪽

아무런 교차점도 갖고 있지 않았던 두 사람은 문을 닫은 가구점에서 그저 우연히, 그러나 필연적으로 마주친다. 그 순간, 독자는 알아차린다. 지금까지 교차되었던 그들의 삶이 평행이론 위에 놓여 있었던 것임을. 따라서 서로의 존재를 확인하는 특별한 질문은 필요 없었다. 서른다섯의 민은 "이십대 초반으로밖에 보이지 않는 어린 남자가 영업을 중단한 아버지의 빈 가구점에 스스로를 가두려 하는 이유"를 묻지 않았다. 수역시 아버지가 만들어놓은 절망의 세계에서 희망을 발견한 민에게 아무런 거부감도 갖지 않는다. 그들은 아무것도 묻지 않았지만, 바로 그 때문에 서로를 가장 속 깊게 이해할 수 있었다.

가구점이기 때문에, 네가 숨어든 곳이 하필 이곳이기 때문에 너를 향한 호의는 내게는 필연적이라고.

위의 책, 145쪽.

언제 시작된 결심인지 알 수 없었지만 수의 마음은 확고했다. 여자 외에는 그 부탁을 들어줄 사람도 없었다. 여자는 거절하지 않을 것이며 정직하게 그 일을 해줄 거라고, 수는 근거도 없이 확신했다.

위의 책, 159쪽

　이로써 『로기완을 만났다』와 『아무도 보지 못한 숲』에서 확장된 방정식은 마침내 『여름을 지나가다』에서 하나의 풀이과정을 마친다. 미지수 x와 y를 '응시'함으로써 조해진이 얻고자 했던 유일한 답은, 오직 같은 고통과 상실을 가진 존재들만이 나눌 수 있는 절대적인 '이해'이다. 그것은 너무나 자연스럽지만 누구에게나 익숙할 수 있는 것은 아니다. 너무 가깝지도 멀지도 않은 거리감 속에서 똑같은 상실과 결핍을 가진 존재들이 마주쳤을 때만 비로소 가능해지는 까다로운 교감이기 때문이다.

　자기의 삶으로부터 탈락되었던 사람들은 마침내 그 자리로 돌아왔다. 민은 선배의 회사에서 회계사로서의 삶을 다시 시작할 것이고, 수는 입대를 앞두고 있다. 가구점은 다른 상점으로 바뀌었지만, 그곳에서 잠시 교차했던 순간은 그들의 삶에 또 다른 결절을 만들었다. 그것은 이미 『로기완을 만났다』에서 이니셜 L이 이니셜 K에게 가르쳐준 그 답이기도 하다. "살아 있고, 살아야 하며, 결국엔 살아남게 될"『로기완을 만났다』 오늘 '여기'의 삶 말이다. 그들에게 가구점은 "의지와 상관없이 태어나 혼돈 속에서 살다가 쓸쓸하게 죽었던 오직 나만의 거주지, 여름"『여름을 지나가다』이었다. 이제 그들은 분명 기억할 것이다. 누군가의 노동이 만들어준 이 따스하고 완전했던 '존재'의 공간, 그 '균열'이야말로 가장 완벽한 이해의 시간이었음을. 그러나 동시에 그들은 깨달을 것이다. 그것이 다시 돌아오지 않을 합일의 순간임을······.

『오늘의 문예비평』 104, 도서출판 오문비, 2017 봄호

제3장

여전히, 살아남은 그녀들

김이설론

1. 생존의 조건

오늘날, 자본주의라는 시스템 안에서 '노동은 언제나 아무것도 남기지 않으며, 또한 수고를 한 시간만큼 수고의 결과도 빨리 소비되어버리는 특성을 지닌다'.[1] 최근 아렌트의 이 익숙한 명제가 〈인간의 조건〉이라는 동명의 예능 프로그램에서 우연한 마찰음을 빚어냈다. 이 프로그램은 현대인에게 필수적이라고 생각하는 요소들 중 한 가지를 선택해서, 6인의 개그맨들이 일주일 동안 그것 없이 생활하도록 하는 형태를 지닌다. 그 중에서 가장 흥미로웠던 미션은 바로 '돈 없이 살기'였다. 그 이유는 이 미션을 받아든 개그맨들의 대처가 이전과는 완전히 달랐기

---

1 한나 아렌트, 이진우 · 태정호 역, 『인간의 조건』, 한길사, 1996, 142쪽 참조.

때문이다. 미션을 받고 그들이 제일 먼저 한 일은 돈 없이 사는 방법을 연구한 것이 아니었다. 오히려 그들은 가장 빨리 많은 돈을 벌 수 있는 일거리를 찾아 헤맸다. 결국 '돈 없이 살기'는 쓸 돈을 마련하기 위해 '노동하여 돈을 벌기'라는 주제로 변질되었다. 그 누구도 돈 없이 살 생각조차 하지 않았다는 것이 이 미션의 가장 큰 아이러니였던 것이다.

더구나 그들이 노동이라는 수고를 통해 벌어들인 돈은 그 노동의 시간만큼도 유지되지 못한 채 소비되어버리고 만다. 그 돈이 사용되는 것은 고작 한 끼의 식사를 해결하는 찰나였을 뿐이다. 현대사회에서 돈이 지니는 위력을 보여주는 에피소드는 역설적으로 그만큼 노동이 무가치해져버린 오늘의 단상을 보여준다. 바로 이 지점에서, 아렌트의 저작과 동명의 예능 프로그램은 묘하게 오버-랩 된다. 그것이 의도인지 아닌지는 중요하지 않다. 중요한 것은 이 두 개의 평행선이 교차되는 지점이다. 모두를 웃기겠다는 목적을 가진 예능 프로그램조차도 외면할 수 없는 우리의 현실. 그 모든 순간순간이 아렌트를 떠올리게 한다는 역설이 바로 거기에 있기 때문이다. '돈 없이 살기'의 미션을 받은 개그맨들이 가장 먼저 했던 일이 돈을 버는 일이었던 것처럼, 2000년대 오늘을 사는 우리에게 '돈'은 가장 절대적인 그 '무엇'이다.

김이설의 소설은 바로 이렇게 "돈을 벌기 위해 몸을 써야만 하는 사람들, 몸 아니면 돈 버는 방법을 모르는 사람들, 다른 방법을 차마 꿈꿔보지 못한 사람들, 다른 이들에게는 가능한 꿈이라는 것을 모르는 사람들"『환영』, 자음과모음, 2011, 77쪽의 이야기를 담아낸다. 그리고 그들이 그토록 돈을 벌어야 하는 이유는 바로 그 돈을 쓰기 위함이다. 필요를 위한 소비가 노동의 조건이 되며, 그것이 곧 인간의 조건이 되는 것이다. 그럼에도 불구하고 김이설 소설에는 빈곤이라는 말로는 쉽게 환원될 수 없는 그 '이상以上'이 있다. 오늘날 상품의 홍수 속에서 느끼는 상대적 박탈감만으로는 이 인물들이 처한 생존의 절박함을 설명해낼 수 없는 것이다. 그것은 빈곤이라는 굴레를 넘어서도 살아남겠다는 강력한 의지, 즉 생존을 향한 "최악과 최선"『환영』의 선택들에 대한 이야기이다. 그렇게 살아남은 자들의, 희망도 절망도 없기에 더욱 절실한 그 생존이야말로 김이설이 오늘의 문학계에 던지는 또 다른 이야기, '이설異說'이다.

2. 여성, 잉여剩餘로서의 신체

김이설 소설은 약육강식의 논리가 지배하는 세계 속에 서사적 뿌리를 내리고 있다. 그리고 그 먹이사슬의 가장 아래쪽에 위치한 것은 바로 여성이다. 『아무도 말하지 않는 것들』문학과지성사, 2010은 사회적 안전망 바깥에 존재하는 그녀들의 삶을 조명하고, 그녀들이 처한 현실을 맨얼굴의 서사로 담아 독자와 마주하게 한다. 이것은 등단작인 「열세 살」에서부터 『환영』에 이르기까지 그가 지속적으로 추구해온 주제이다. 「열세 살」과 「순애보」에서 아이의 신체는 폭력의 현장이며, 동시에 아이에게 가해진 폭력의 증거이기도 하다. 초경도 치르지 않은 여자아이는 소녀가 되기도 전에 그 신체를 탐하는 폭력에 순응한다. 아이는 이미 "세상은 누가 말해주지 않아도 자연히 알게 되는 것들이 있기 마련"「열세살」, 16쪽이

며, 그것이 "선의도 반드시 대가를 치러야 한다"「순애보」, 83쪽는 계산법임을
잘 알고 있다.

작가는 이 아이들에게 있어서 사회적 안전망은 단지 상실된 것이 아
니라 애초에 부재했던 것이라고 말한다. 탄생과 함께, 아니 탄생 이전부
터 아이들은 이미 그 밖에 있었기 때문이다. 따라서 그들에게 울타리 안
의 세상, 즉 "저쪽"의 삶은 결코 가질 수 없는 환영일 뿐이다. 아이들은
태어난 순간부터 타인에게 아무런 의미도 줄 수 없는 '잉여'였으며, 그
현재는 결코 변화되지 않는 반복 속에 그저 놓여 있을 뿐이다. 이 아이
들이 생존을 위해 가진 단 하나의 자본은 그들의 작고 여린 신체뿐이다.
그들에게 세상은 너무도 가혹하다. 세상이 베푸는 얄팍한 친절은 늘 그
보다 더 많은 생존의 값을 요구했다. 이 세계 속에서 살아남기 위해 자
신의 신체를 팔아야만 하는 이들의 선택 앞에서, 작가는 그 어떤 수사도
남용하지 않는다. 그 삶의 고통을 수식할 수 있는 언어란 존재하지 않는
다는 사실을 잘 알고 있기 때문이다.

그러나 생존을 위해 몸을 파는 것은 비단 작은 여자아이의 문제만은
아니다. 대리모가 되기 위해 "26세, L대 법대생. 165cm, 54kg. 술, 담배
안 함. 유전적 질병, 정신적 결함 없음. 남자 친구 없음"「엄마들」, 41쪽이라고
자기 판매조건을 인터넷 게시판에 올리는 '나'의 현실 역시 이 아이들과
크게 다르지 않다. 사실 그것이 매춘이든, 대리모이든 별 차이는 없다.
그녀들이 할 수 있는, 그리고 주어진 유일한 노동은 자신의 신체를 판매
하는 것뿐이기 때문이다. 더구나 절박한 생존은 그들 스스로 "할 수만
있다면 열 번도 더 할 수 있는 일"「엄마들」, 41쪽이라고 토로하게 만든다. "언

제나 수중의 돈보다 더 많은 돈이 필요"『환영』, 181쪽하다는 진실은 김이설 소설의 모든 그녀들에게 적용되는 혹독한 현실인 것이다.

> 나는 매년 키가 자랐고, 가슴이 커졌으며, 매달 생리를 하는 여자가 되었다. 아빠는 점점 더 많이 나를 좋아했다.
>
> 「순애보」, 84쪽

> 하지만 나는 아빠에게 여전히 만두 값을 갚고 있었다.
>
> 위의 글, 85쪽

이렇게 냉혹한 계산방식을 보여주면서도 김이설은 시종일관 감정을 드러내지 않는다. 그것은 독자의 섣부른 연민이나 동정이 개입되는 것을 막는다. 또한 그는 그녀들을 한없이 가엾기만 한 사람들로 포장하지도 않는다. 생존을 위해서는 언제든지 가장 악해질 수 있는 것 역시 그녀들의 또 다른 얼굴임을 망설임 없이 보여준다. 학대받은 아이가 학대를 대물림하기도 하는 악순환은 사실 김이설 서사의 저변에 깔린 또 하나의 진실이다.

> 엄마가 외삼촌에게 맞은 날이면, 나는 수연에게 달려갔다. 다짜고짜 있는 힘껏 뺨을 올려쳤다. 주먹으로 머리통을 때리고 가슴이나 배를 후려쳤다. 팔뚝을 깨물고, 발길질을 해 댔다. 외삼촌이 엄마에게 한 그대로 따라 했다.
> "네 아버지 때문에 네가 맞는 거야. 알겠어?"
>
> 『나쁜 피』, 46쪽

내 성장기에 수연이 없었다면 나는 아마 미쳤을지도 모른다. 엄마가 외삼촌에게 맞거나, 사내들에게 유린당하는 걸 목도할 때마다 나는 당당하게 수연을 괴롭혔다. 그것으로 분을 풀었다. 때리고 밟아도 성에 차지 않았다. 엄마를 생각하면 더 모질어도 될 것 같았다.

위의 책, 77쪽

『나쁜 피』민음사, 2009에서 화숙이 가장 두려워 한 것은 그녀가 정신이 온전치 못한 어머니의 딸이라는 사실이었다. 어머니로부터 계승된 '나쁜 피'는 마치 불행과 학대의 낙인처럼 그녀의 어린 시절을 점거해버렸다. 그 때문에 화숙에게 그녀를 둘러싼 세계는 늘 대적해야 할 대상이었다. 외삼촌에게 학대받고 부흥고물상의 온갖 일꾼들에게 유린당하던 어머니로 인한 상처를, 화숙은 수연에 대한 폭력과 증오로 전가하며 살아남을 수 있었다. 폭력은 늘 자신보다 약한 존재에게 되풀이되고, 자신의 생존을 위해 끊임없이 정당화된다. "엄마의 딸이었다는 걸 아는 사람들"이 제일 두려웠던 소녀에게, 자신이 살고 있는 집과 동네는 세상에서 가장 위험한 곳이었다. 화숙은 수연에 대한 걷잡을 수 없는 분노와 모두를 향한 독기어린 살기를 품음으로써, 그곳에서 살아남을 수 있었다. 세상으로부터 버림받은 사람이 자신의 신체를 팔지 않고도 가질 수 있는 생존의 힘은 바로 '분노'였던 것이다.

이처럼 김이설의 여성 인물들에게 성장은 결코 녹록지 않다. 그녀들은 질풍노도의 실존 따위를 고민할 수 없을 만큼 처절한 삶의 조건 속에서 성장했고, 그녀들의 신체 위에 가해진 폭력의 상흔들로 인해 타인은 물론 자기 자신의 고통조차 느낄 수 없는 무통증 환자로 변해버린다. 문제는 "저쪽"으로 표상되는 울타리 안에서도 여성이 처한 삶의 조건은 크게 달라지지 않는다는 것이다.

> "어제 그 남자? 남편이 아니야. 연애가 또 끝났을 뿐이지. 그런 건 중요하지 않아. 나는 언제나 혼자였으니까. 게다가 가진 것도 없거든. 그래서 결혼이 끝나면 안 돼. 결혼은 생계 수단이니까. 그러니 애가 없다는 이유로 이혼을 당할 수는 없어."
>
> 그래서 당신 부부의 유전자가 필요했던 것인가. 생계를 위해서라고? 생계? 그 단어가 그렇게 함부로 쓰여도 되는 것인가. 그렇다면 당신과 내가 같은 목적으로 이렇게 마주하고 있단 말인가.
>
> 「엄마들」, 54쪽

결혼은 "미끈하게 빠진 고가도로가 알록달록한 불빛으로 반짝"「나쁜 피」, 52쪽이는 저쪽으로 가는 열쇠처럼 보이지만, 그 안에서도 여전히 여성의 신체는 생존을 위한 담보로서만 그 가치를 인정받는다. 결혼은 합법적인 테두리 안에서 신체를 파는 생계 수단이며, 그것 역시 일시적이고 찰나적인 것이라는 점에서 "저쪽" 그녀들의 삶 역시 "이쪽" 그녀들의 삶과 크게 다르지 않다. 결국 그 어떤 여성도 자신의 신체를 온전히 가질 수 없다는 것이야말로, 김이설 소설이 보여주는 가장 섬뜩한 진실이다. 여성의 신체는 자신의 욕망을 위한 것이 아니라, 언제나 타인의 욕망을 위해서 팔아야 하는 유일한 자산이었던 것이다. 세계는 언제나 친절이라는 가면을 쓰고 그녀들을 유린했다. 때로 그것은 사랑이었고, 한 끼의 식사였고, 따뜻한 잠자리였다. 그러나 그 찰나의 온정은 언제나 그녀들을 보다 최악으로 밀어 넣는 폭력이 된다. 이제 김이설 소설은 '인간다움'이라는 가면으로, 그녀들에게 절대 갚을 수 없는 생존의 값을 부여하는 우리 자신의 가식과 폭력을 응시하는 것으로 나아간다.

3. '인간다움'과 '인간' 사이

오늘날 "가난은 사회적이면서 심리학적인 조건"[2]이다. 따라서 '돈'은 생존의 문제를 넘어서 실존의 문제로까지 나아간다. 가난은 늘 상대적으로 체득되는 것이기 때문이다. 더구나 그것은 한 세대에서 종결되는 것이 아니라 다음 세대로 대물림되는 것이다. 가난을 유산으로 받은 계층에게 가난은 태생과 함께 주어진 것이며, 영원히 벗어날 수 없는 굴레와 같다. 따라서 처음부터 가난이 생존의 조건으로 주어진 사람들이 그 굴레를 벗어날 가능성을 상상하기란, 거의 불가능하다. 더구나 그러한 환경에서 그들에게 주어진 노동이란 찬란한 문명적 삶을 유지하기 위해 감춰져야 하는 것들이다. 김이설 소설에서 '부흥고물상'『나쁜 피』과 '왕백숙'『환영』은 그러한 왜곡된 노동에 대한 상징적 공간이 된다. "저쪽"의 화려한 삶을 유지하기 위해 "이쪽"의 삶은 스스로 그늘이 되어야 하는

2　지그문트 바우만, 이수영 역, 『새로운 빈곤─노동, 소비주의 그리고 뉴푸어』, 천지인, 2010, 75쪽.

것이다.

    고등학생이 되던 해, 텔레비전에서는 대대적으로 천변을 보여 주었다. 붉은 자전거 전용도로가 천변을 따라 길게 이어졌다. 사람들은 살을 빼기 위해 밤낮으로 운동했다. 그들은 모 현란한 색깔의 옷을 입고 있었다. 하늘은 푸르고 물은 맑았다. 그러나 천변 이쪽, 고물상 동네를 보여 주진 않았다. 할머니와 내가 사는 제일 오래된 집, 동네에서 제일 큰 외삼촌의 고물상이나 조각 논에 땅을 부치는 노인들의 더러운 재래식 화장실도 등장하지 않았다. 나는 둑에 서서 텔레비전에서 보았던 풍경을 쳐다봤다. 내 등 뒤의 세계와 전혀 다른 곳이었다. 여기와 저기는 붙어 있지만 완전히 다른 세상이었다. 밤이 되면 천변 저쪽의 미끈하게 빠진 고가도로가 알록달록한 불빛으로 반짝였다. 이쪽이 어두워서 저쪽이 더 현란해 보였다.

『나쁜 피』, 52쪽

    언제나 처음만 힘들었다. 처음만 견디면 그다음은 참을 만하고, 견딜 만해지다가, 종국에는 아무렇지 않게 되었다. 처음 받은 만 원짜리가, 처음 따른 소주 한 잔이, 그리고 처음 별채에 들어가, 처음 손님 옆에 앉기까지가 힘들 뿐이었다. 따지만 세상의 모든 것이 그랬다. 버티다 보면 버티지 못할 것은 없었다. 그릇을 나르다가 삶은 닭고기의 살을 찢고, 닭고기를 먹여주다가 가슴을 허락하고, 가슴을 보여주다 보면 다리를 벌리는 일도 어려운 일이 못 되었다. 일당 사만 원짜리가 한 시간에 십만 원도 벌 수 있었다. 세상은 나만 모르게 진작부터 그랬다.

『환영』, 58~59쪽

"이쪽"에서 이루어지는 이러한 노동은 본질적으로 노예적이다. 본래 '노예제도는 값싼 노동력을 확보하기 위한 수단이거나 이윤 착취의 수단이라기보다는 노동을 삶의 조건으로부터 배제하기 위한 시도[3]에 가까웠다. 결국 노예제도는 고대인들이 '인간다움'을 유지하기 위해 고안한 필요악이었던 것이다. 이것은 오늘날에 있어서도 다르지 않다. 언제부터인가 우리는 우리의 삶을 편안하게 유지하기 위해 타자의 노동의 이용하면서도, 마치 그것이 존재하지 않는 것처럼 행동하는 데 익숙해져 있다. 이는 김이설 소설을 이해하는 데 중요한 출발점이 된다. 그는 누군가의 삶을 위해 부정당해야 하는, 존재하지만 그 존재를 인정받을 수 없는 '잉여'로서 사회적 부재를 강요받는 인간에게 관심을 갖는다. 김이설 소설의 '그녀들'은 바로 이 잉여의 삶을 계승한 자들이다. 그녀들은 가장 처절한 노동에 속박된 사람들이고, 그것은 '인간다움'의 포기를 전제로만 가능하다. 그러나 김이설의 그녀들은 결코 "새로운 빈곤"^{바우만}을 표상하는 계층은 아니다. 그녀들은 자발적인 노동기피자들이 아니다. 오히려 김이설 소설의 주인공들은 단 한순간도 노동을 거부하지 않는다. 생존이라는 절대적이고 압도적인 당위 앞에서는 '인간다움'조차도 하나의 가식일 뿐이기 때문이다.

「하루」『아무도 말하지 않는 것들』는 "저쪽" 그녀들의 삶을 대표하지만, 그 삶의 조건 역시 "이쪽"의 삶과 별다르지 않다. 사실 끊임없이 타인의 삶과 자신의 삶을 견주며 그 상대적 우위 안에서 안도하는 「하루」의 주인공

---

3   한나 아렌트, 앞의 책, 138~139쪽 참조

'나'는 김이설 소설에서 가장 이질적인 인물이다. 그 때문에 여기서 '나'는 소설 밖의 독자와 더 많이 닮아 있는 인물이기도 하다. 자기 소유의 아파트와 안정적인 남편의 회사로 설명되는 서른일곱 살 그녀의 만족은, 끝없이 자기 삶 안에서 타인을 배제함으로써 유지되는 위태로운 것이다. 집 앞에서 울리는 사이렌 소리를 들으면서도 끝까지 무심하고자 노력하는 이유는, 그것이 "계란과 무순, 모듬 버섯 한 팩, 두부 한 모, 식빵과 베이컨"으로 표상되는 평온한 일상의 정적을 깨기를 원치 않기 때문이다. 결국 "큰 걱정 없이 편안하고 무난하게 사는 여자처럼" 보이고 싶은 가식적 일상에 대한 집착은 타인에 대한 무관심, 그리하여 타자의 사회적 죽음을 야기하게 된다.

> 손을 깨끗이 씻고 컴퓨터 앞에 앉았다. 블로그를 열어 일기를 썼다. '우산을 쓴 아침에 반갑게 인사를 나눴던 이가, 비가 갠 오후에 죽었다.' 슬프고 음산한 노래들로 배경음악을 바꿨다. 오늘 올라온 글들에 일일이 답글을 다는 사이, 오늘 일기에도 댓글이 달리기 시작했다. 모두 나를 위로하는 글들이었다. 나는 조금만 슬퍼하겠습니다, 라고 적었다.
>
> 「하루」, 254쪽

그럼에도 불구하고 '나'는 현실에서의 무관심과 달리 사이버 공간에서만큼은 인정미 넘치는 사람으로 스스로를 가장한다. 슬픔조차도 위장하고 포장하는 것이 가능한 세계를 보여주면서, 작가는 오늘을 살아가는 우리의 위선적 포즈들을 고발한다. 누군가의 아픔에 연민을 느끼고 그들을 동정하지만, 과연 우리는 그들의 아픔에 얼마나 공감할 수 있는 것인가? 사실 우리 자신이야말로 '나'와 마찬가지로 눈물 한 방울 흘릴 수 없는 무통증 환자가 아닌가? 그러나 이러한 '나'의 모습 역시 김이설의 그녀들로부터 그리 멀리 떨어져 있는 것은 아니었다. 그녀의 가식은 사실 또 다른 '잉여'로 전락하지 않기 위한 몸부림에 가까웠기 때문이다.

> 세상에 고민 없는 사람이 어디 있나. 남편 몰래 만든 마이너스 통장, 치매가 의심스러운 엄마, 분홍색에 병적으로 집착하는 아이, 인물값 하는 남편. 그걸 다 꺼내 보일 수는 없었다. 섬처럼 외롭더라도 내 안의 이야기를 꺼내지 않는 것이 나를 위하는 길이었다. 그들에게 동정을 받거나 충고를 들을 바에야, 오해를 받으며 선망의 대상이 되는 게 차라리 나았다.
>
> 위의 글, 240~241쪽

'나' 역시 고단한 하루를 버틴다는 점에선 죽은 지환 엄마와 크게 다르지 않다. 조금이라도 가진 것이 있다는 것은 그만큼 잃을 것이 있다는 것을 의미한다. '나'의 가식은 그 소유를 지키기 위한 안간힘이며, 그 자체로 또 다른 생존인 것이다. 절대적 빈곤 속에서 생존하기 위해 '인간다움'을 스스로 놓아버린 사람들과 마찬가지로, '나' 역시 가식적인 삶을 유지하며 생존하기 위해 누군가의 죽음에 통곡하는 '인간다움'을 외면한 것뿐이다. 그들은 서로 다른 삶의 조건과 경로를 통해 '인간다움'의 상실이라는 동일한 결론에 도달하고 있다.

이처럼 김이설 소설의 그녀들은 언제나 자신에게 주어진 조건 속에서 "최선"을 선택하며 살아남고자 한다. 그녀들은 끊임없이 "괜찮아"와 "공평하다"는 말로 그 운명 안에서도 여전히 자신이 살아 있음을 확인하고자 한다.[4] 그러나 그것은 그녀들이 운명에 순응했음을 의미하지 않는다. 생존을 위해 '인간다움'을 포기했다고 해서, 그녀들 스스로 잉여의 삶을 선택했다는 것은 아니기 때문이다. 오히려 가식적인 '인간다움'을 포기하고 살아남음으로써, 그녀들은 자신들이 이 세계 속에 분명히 존재하는 '인간'임을 온몸으로 확인시킨다.

김이설은 그녀들의 처절한 생존을 통해 살아 숨 쉬는 생존의 가치를 보여주고자 한다. 살아남는 것은, 그리하여 살아가는 것은, 그녀들을 버리고 그 빈자리마저 삭제해버린 세상을 향해서 외칠 수 있는 최선의 저항이었다고 작가는 말한다. 그것이 "반짝이 스타킹"「열세 살」이든, "오디션"「막」이든, "오락실"「나쁜 피」이든 끊임없이 타인의 삶 앞에서 타인의 주목을 받고자 하는 그들의 욕망은, 그들이 살아남음으로 인해서 충족되는 것이다. 그것만이 그들의 빈자리를 치워버린 세상을 향해 그들이 할 수 있는 유일한 복수이며 '공평'을 이루는 것이기 때문이다.

이처럼 김이설 소설은 부재한 자리로 인한 불화와 소외를 일상화한다. 그녀들이 그 안에서 살아남을 수 있는 유일한 방법은 자신의 '인간다움'을 포기하는 것이다. 인간으로서 대접받는 가치를 포기하고 자신의 신체로부터 영혼을 완전히 제거하여 박제시킬 때, 그녀들은 겨우 생

---

4 김나영, 「전전반측, 반전의 윤리」, 『아무도 말하지 않는 것들』, 269쪽 참조.

을 유지할 수 있었다. 인간으로서 자신의 권리를 내세울 때 생을 박탈당할 수밖에 없는 존재들이기에, 그녀들에게는 아픔 또한 사치였다. 그것은 이 세계에서 부재하지 않기 위해 우리가 지워낸 자리, 인간의 세계라는 허울을 유지하기 위해 우리가 삭제한 자리였다. 김이설은 집요하게도 그 껄끄러운 소외를 복원시킨다. 그 때문에 김이설이 펼치는 서사는 시종일관 불편하고, 그래서 눈을 뗄 수가 없다. 그럼에도 불구하고 김이설은 독자에게 그 어떤 것도 가르치고자 들지 않는다. 단지 보고 싶지도, 인정하고 싶지도 않은 누군가를 그저 우리 앞에 놓이게 할 뿐이다. 오직 우리가 목도하는 것은 그녀들의 생존이다.

따라서 김이설의 소설에서 빈곤은 결코 미화될 수 없다. '가난하지만 선한 사람들'은 사회적 안전망을 유지하고 견고하게 만들기를 바라는 자들이 불안을 잠재우기 위해 만든 허위의식일 뿐이다. 대신 김이설은 척박한 생을 영위하기 위해 눈앞에 놓인 최악의 선택, 그러나 유일한 선택을 하는 사람들의 모습을 담담하게 그려낸다. 김이설은 이러한 그녀들의 선택에 선악의 잣대를 드리우는 것은 부당하다고 말한다. 오직 살아 있음을 유지하는 것만이 그녀들에게 주어진 유일한 선이기 때문이다.

4. 살아남은 그녀들

최악 속에서 최선을 찾는다는 것. 그것은 김이설의 소설이 결코 절망의 서사가 될 수 없음을 보여주는 것이다. 김이설의 그녀들은 이미 최악 속에서 살면서도 늘 "전락의 공포"[5]에 사로잡혀 있다. 이 현상유지를 위한 치열한 삶의 전투가 역설적으로 그녀들을 생존하게 하는 힘이 되는 것이다. 거의 모든 경우 그 최선이 또 다시 최악을 만드는 악순환을 되풀이 했지만, 여전히 그녀들에게 그것이 최선이었다는 사실은 변하지 않는다. 오히려 통증도 눈물도 없는 삶 속에서 강렬한 생의 본능을 찾아내는 것, 김이설의 서사는 그 목표에 집착하는 듯 보인다.

> 안채로 들어서자 혜주가 큰소리로 인사를 했다. 색연필을 쥐고 있던 혜주가 다시 바닥에 엎드려 발을 까닥거리며 그림을 그렸다. 여자 셋이 손을 잡고 있는 그림이었다. 그림의 구석에는 세모 지붕의 집 한 채, 하늘에는 노란 해가 떠 있었다.
>
> 『나쁜 피』, 178쪽

> "밥 줄까?" 나는 고개를 끄덕였다.
>
> 위의 책, 179쪽

> 혜경이는 땀을 흘리며 자고 있었다. 엉덩이에 붉은 얼룩이 번지고 있었다. 동그랗게 동그랗게 퍼지는 모습이 마치 꽃이 피는 것 같았다. 아가야, 일어나. 밥 먹자. 혜경이가 말간 얼굴로 일어났다. 나는 새 내복으로 갈아입혔다. 상을 들고 방으로 들어갔다. 혜경이는 찬물을 한 대접 마신 뒤에 숟가락을

---

5   강경석, 「모든 것의 석양 앞에서」, 『창작과비평』, 2013 여름호, 255쪽.

들었다. 혜경이와 나는 이마를 맞대고 미역국을 마셨다.

「오늘처럼 고요히」, 162쪽

아, 잘 먹었다. 빈 그릇을 보여주자 아이가 맑게 웃었다. 자알 머거따! 저도 나를 따라 혀 짧은 소리를 냈다. 먹을 걸 주니 이제야 엄마로 인정하는 모양이었다. 나에게 웃는 아이를 보는 것만으로도 가슴이 덥혀졌다. "걱정 마. 엄마가 평생 몸을 팔아서라도 네 다리 고쳐줄게."

『환영』, 164쪽

김이설은 생존의 가능성을 다시 생명으로부터 찾아낸다. 생명을 잉태하고 출산하는 것. '다산성'은 그녀들이 유일하게 잉여가 되지 않을 수 있는 힘이다. "유기체가 자신의 재생산을 위해 힘을 다할 때, 그는 소진되지 않는다"[6]라는 진실은, 그녀들에게도 이 세계 안에서 그 존재를 인정받을 수 있는 순간을 선사해준다. 새로운 생명과 "한곳을 바라보는 한 몸이 되어 같은 박동 소리"「엄마들」, 63쪽를 내는 그 순간, 그녀들은 또 다시 희망을 읽어낸다.

그러나 이러한 생명에 대한 긍정은 모성으로 환원되는 것은 아니다. 모성에 대한 강조는 필연적으로 아이의 삶을 어머니에게 종속시킬 수밖에 없다. 그러나 김이설의 소설에서 어머니와 아이의 관계는 대등하며, 아이에 대한 애정은 불은 젖을 먹이는 동물적 본능에 가깝다. 아이를 위해 젖을 먹이는 것이 아니라, "찌르르한 고통"을 덜어내는 행위이다.

---

6   한나 아렌트, 앞의 책, 164쪽.

따라서 이 모든 과정에서 느껴지는 온기는 모성이라기보다는 생존과 생에 대한 예의이다. 함께 살아 있는, 그리고 함께 살아야 하는 동반자 의식인 것이다. 이 연대는 그녀들이 '인간다움'을 포기하고 자기 신체를 팔면서도 결코 '인간'임을 놓치지 않을 수 있었던 힘의 근원이며, '분노'가 초래하는 고독으로부터 그녀들을 구원해서 서로의 존재를 긍정할 수 있는 공존을 꿈꾸게 하는 시작이기도 하다.

그런데 김이설 소설에서는 이 평화로운 교감의 순간 역시도 위태롭다. 그것은 오직 하나의 죽음과 하나의 생명이 교차되는 순간에만 가능해진다. 폭력의 가해자였던 외삼촌「나쁜 피」과 병운「오늘도 고요히」, 그리고 끝없는 약탈자였던 민영「환영」. 이들의 죽음은 그녀들에게 일시적인 평화를 선사하지만, 김이설 역시 그것이 결코 지속되지 않는 위태로운 찰나에 불과하다는 사실을 직시하고 있다. 어쩌면 그것은 또 다른 '잉여'의 재생산일지도 모른다. 어느 순간 그녀들은 아이에게 '침묵'을 강요하며 그 아이를 세상의 법칙 속에 밀어 넣을지도 모른다. 그녀들을 통해 아이에게 유산으로 남겨진 '잉여'는 아이를 또 다른 '그녀'로 성장시킬지도 모른다. 그럼에도 불구하고 김이설은 말한다. 살아남아 새롭게 또 다른 누군가를 탄생시켰기에, 그리하여 완전히 삭제될 수 없는 '부재'의 흔적을 남겼기에, 그녀들은 여전히 살아남았다고.

> 나는 누구보다 참는 건 잘했다. 누구보다도 질길 수 있었다. 다시 시작이었다.
>
> 위의 책, 193쪽

시작이 그대로 희망을 의미하는 것은 아니다. 그러나 여전히, 김이설은
절망을 이야기하지 않는다.

『작가들』 48, 작가들, 2014 봄호

제4장
불안의 가시화와 회복으로서의 언어

1. 일상적 악의의 시대

약자를 향한 조롱이 웃음이 될 수 있는가? 더 나아가 혐오가 유머가 될 수 있는가? 수년 전 〈코미디 빅리그〉라는 한 케이블 방송사의 프로그램을 둘러싼 논란이 거세었다. 한부모 가정의 아이를 조롱에 가깝게 희화화하고, 더 나아가 아동 성추행 수준의 발화를 유머의 재료로 삼았다는 것이 문제였다. 더구나 연기를 담당했던 해당 연예인이 여성 및 재난 피해자에 대한 악의에 가까운 비하로 사회적 물의를 일으켰던 전적이 있어서 그런지 여론은 더욱 냉담했다.

사회적 약자를 반복적으로 웃음의 소재로 사용하는 그의 인식은 마땅히 지탄받아야겠지만, 그럼에도 프로그램을 둘러싼 모든 과오를 연기자 한 개인에게 전가하거나 방송사의 공공성만을 따지는 것은 오히려 사건의 본질을 흐리는 것에 가깝다. 약자를 희화화하는 것이 하나의 웃음 코드가 될 수 있다고 여긴 그 생각의 이면에는, 많은 이들이 이를 공감하고 즐길 수 있을 것이라는 믿음이 깔려 있기 때문이다. 그렇지 않았다면 해당 코너는 기획되지도 그리고 전파를 타지도 않았을 것이다. 따라서 이 문제는 개인적 일탈로 치부할 수 없는 사회적 맥락을 가진다.

일상에서, 온라인에서, 방송에서 우리는 특정 계층에 대한 혐오와 조롱을 너무도 쉽게 마주한다. 여성의 신체를 둘러싼 음담패설이 전체 연령을 대상으로 한 예능프로의 단골 소재가 되었고, 코미디 프로에서는 장애인, 성적소수자, 이민자와 같은 사회적 약자에 대한 희화화가 정치적 풍자의 빈자리를 메운 지 오래이다. 따라서 문제는 하나의 프로그램에 국한되지 않는다. 해당 코너를 연기했던 연기자뿐만 아니라, 제작진, 더 나아가 방송사의 경영진조차 이러한 내용이 비판적 이슈가 될 것임을 전혀 인지하지 못했다는 것. 즉 이러한 방식의 희화화가 하나의 유머 코드로 일반화되어 있다는 것 자체이기 때문이다. 결국 전파라는 공공재의 사용에 따르는 책임의식의 부재와 타인의 상처를 '웃음'의 도구로 사용하는 공감의 상실이야말로, 이 문제를 사회적인 논쟁거리로 다루어야만 하는 이유이다.

그 핵심은 너무도 평범하고 일상적인 사람들이 자연스럽게 타자의 삶을 모욕하고, 그로써 자기 위안을 삼는 삶의 방식이 일상화되어버렸다는 것이다. 무엇이 이를 가능하게 했는가? 그것은 다름 아닌 불안이다. 미국 발 서브프라임 모기지 사태로 이후 세계경제의 동반추락, 정치사회적 불신, 더 나아가 세월호 사건 이후 사회 시스템 자체에 대한 전반적인 불안은 우리 사회를 병들게 하고 있다. 사회적 약자, 최근에는 재난과 항쟁의 피해자에 대한 언어적 공격에 이르기까지. 사회 전체의 불안이 가시화되는 양상에 주목할 필요가 있다. 특히 사회적 공권력과 안전망이 쉽게 영향을 미치지 못하는 가정의 붕괴는 더욱 위협적이다. 최근 전수조사를 통해 수면 위로 드러난 아동학대의 문제야말로 그 궤를 함께하는 현실이다. 사회적 불안을 개인화하는 과정에서, 수많은 개인들은 자신을 둘러싼 불안을 자신보다 더 약한 타자에게 전가함으로써 극복하고자 하는 악순환을 반복하고 있는 것이다.

가장 대중적인 파급력을 가진 매스미디어조차 이러한 혐오와 조롱을 일상화할 만큼 사회적 약자에게 전가되는 '악의'가 평범하고 익숙해져 버렸다는 것이야말로 우리가 직면한 현실이다. 우리 사회에서 논란이 되고 있는 사회적 약자에 대한 가해, 방관을 넘어 그것이 학대, 살인과 같은 구체적인 폭력으로 실행하는 사람들에게 최소한의 죄의식조차 부재한다는 것은 더욱 문제적이다. 그것은 무엇보다도 우리 사회가 고질적으로 짊어지고 있는 불안이 가시화되는 일련의 과정이며, 더 나아가 타자에 대한 혐오가 사회 전반에 걸쳐 일상화되었음을 의미한다.

2. 불안의 내면 최정화의 『지극히 내성적인』

최정화의 소설은 찰나의 실수로도 쉽게 균열이 갈 수 있는 얼음 위, 그 위태로운 불안 위에서 서사를 직조한다. 그래서일까? 그의 소설은 역설적으로 가볍다. 이 가벼움은 발랄함이나 유쾌함과는 거리가 멀다. 조금의 오차만으로도 틀어질 수 있는 불안을 다루고 있기 때문에 필연적으로 나타나게 되는 조심스러움, 그로부터 촉발된 가벼움이기 때문이다. 따라서 그 가벼움은 찰나의 안도에 내쉬는 한숨이며 동시에 조금의 틈만으로도 쉽게 신경질적으로 변모될 수 있는 위험을 내재한 것이기도 하다. 이러한 최정화의 소설에서 눈을 뗄 수 없는 이유는 그가 포착해낸 그 일상적 불안들이, 우리 각자가 조금씩은 숨겨두고 있는 미묘한 의심들에 기대어 있기 때문이다.

> 그 여자가 내 구두를 탐낸 거라면, 그래서 바꿔 신고 간 것뿐이라면 그것쯤은 아무렇지도 않아요. 고작 구두 한켤레쯤 없어져도 상관없습니다. 하지만 전 자꾸 이런 생각이 들어요. 그 여자가 자기가 나인 줄로 착각하고 내 구두를 신고 갔다고 말이에요.
>
> 「구두」, 26쪽[1]

가정주부인 '나'는 3주 동안 자신을 대신해 집안일을 돌봐줄 가사도우미를 구하기 위해 면접을 본다. 면접을 보러 온 여자는 집안을 둘러보며 흡족한 미소를 짓고 '나'는 미칠 것 같은 불안을 느낀다. "마치 우리 집을, 내 남편과 내 아이와 내 집을, 자기 집으로 착각하고 있는 것 같"10쪽다고 여기면서도, 그 생각을 들키지 않고 심리적 우위를 점하겠다는 생

---

1   최정화, 『지극히 내성적인』, 창비, 2016.

각에 여자의 행동에 끌려간다. 남편과 아이들이 여자에게 호감을 표하는 것이 싫으면서도, 여자가 갖지 못한 것을 가졌다는 우월감에 취해 결국 여자를 가사도우미로 채용하기로 결정한다. 그런데 애써 지우려했던 불안감은 여자가 떠난 뒤 비로소 자각된다. "오래되어 모서리가 다 닳아 빠진", "뒤축의 굽이 다 닳아서 현관 바닥의 타일과 부딪치며 울리는 짜랑짜랑한 마찰음이 귀에 거슬렸"[9쪽]던 여자의 구두가 그대로 남겨져 있었던 것이다. 그녀의 구두는 '나'가 가졌던 불안의 내면을 되짚어보게 한다. '나'의 집에 왔다 떠나는 모든 순간까지, 여자가 가사도우미로서가 아니라 철저하게 '나'를 대체하고자 했을지 모른다는 의심. 단순히 3주간의 부재를 대신하기 위해 이 집에 들어온 것이 아니라 이 집에서 스스로를 완전히 '나'로 생각하고 있었을지도 모른다는 위기의식이다.

그러나 사실 「구두」에서 드러난 이러한 '나'의 공포는 어쩌면 피해망상에 가깝다. 그것은 타인의 구체적인 위협이나 침범에 따른 것이 아니다. 오히려 지금의 평화와 안정과 고요가 부서질지도 모른다는 막연한 의심으로부터 촉발된 것이다. 실제로 작품 속에서 여자는 특별히 위협이 될 만한 사건을 일으키지 않았다. 그런데 '나'가 진정 두려웠던 것은 바로 그 지점이다. 아무런 위화감도 없이 스며들 수 있을 만큼 자연스러운, 그렇게 자신의 자리가 여자라는 타인에 의해 대체될 수도 있을 것이라는 두려움. 그것은 사실 자신의 자리에 권태를 느끼면서도 그 권태마저도 자신이 가진 우월감의 하나라고 여겼던 '나'의 속물적 내면을 드러나게 하는 것이다. 결국 '나'가 여자에게 느끼는 그 불안은 애써 고고한 척 가려두었던 속물적인 내면에 대한 자각과 더불어 그것을 결코 들키고 싶지 않은 의식 사이에서 일어난 것임을 확인할 수 있다.

불안이란 작고 사소한 균열에서 시작된다는 것은 「틀니」에서도 확인된다. 음주운전 차량과의 충돌 사고로 앞니 여섯 개가 부러진 남편이 틀니를 착용하게 되면서 그녀와 그의 갈등이 시작된다. 그녀는 자신이 틀니를 뺀 그의 모습을 받아들일 준비가 되어 있다고 생각했지만, 막상 틀니를 뺀 그의 모습을 본 이후로는 그를 혐오하기 시작한다. 호감이 사라지면서 부부의 관계는 급속도로 달라진다. 여자는 시간이 지날수록 저도 모르게 남편에게 잔인해진다.

> 그는 싱긋 웃기까지 했는데 그녀는 그 모습에 이상하게 화가 났다. 그리고 전에 한 번도 경험해보지 못했던 종류의 악의를 느꼈다. (…중략…)
>
> 그녀는 틀니가 든 상자를 화장품 사이에 밀어넣고 그에게 다가가 입을 맞췄다. 그는 만족스러운 미소를 짓고 나서 문을 닫고 현관으로 나갔다.
>
> 그녀는 자기가 왜 그랬는지 몰랐다. 그를 불러 틀니를 끼우는 걸 빼먹었다고 알려줬어야 했다. 그러나 그러지 않았다. 그럴 수 있었고, 그래야 했는데, 그러지 않았다.
>
> 「틀니」, 95쪽

남편을 향한 그녀의 갑작스러운 악의의 이면에는 지독한 자기혐오가 숨겨져 있다. 자신과는 너무나도 다르게 완벽했던 남편과 끊임없이 비교당하면서 상대적 열세를 감내해야만 했던 아내는, 오직 "완전무결한 존재"[81쪽]인 남편을 통해 자신의 가치를 확인받고자 하였다. 그런데 틀니를 낀 남편을 확인하는 순간, 아내는 그가 그저 "입술이 말려들어간 늙은 괴물"83쪽이 되었음을 자각해버린다. 그것은 이제 더 이상 남편이 자신의 자부심이 되지 못하게 되었음을 의미한다. 남편을 향한 혐오와 악의는 결국 그에게 투영되었던 자기 욕망이 좌절됨에 따른 일종의 분노, 더 나아가 자기 삶의 유일한 자랑거리가 사라져버렸다는 데 따른 절망으로부터 기인된 것이다. 결국 이 작품에서 아내의 모습은 가정이라는 가장 친밀한 인간관계 속에서도 인간은 처음부터 끝까지 철저하게 이기적일 수밖에 없음을 방증해주는 것이다. 그리고 어쩌면 아주 사소했던 그녀의 악의는 남편의 삶 전체를 파괴하는 폭력이 되고 만다. 남편의 틀니를 감춤으로써 틀니를 하지 않은 남편의 추레한 모습을 그의 친구들 앞에서 폭로한 것이다.

사실 우월감과 열등감은 종이의 이면처럼 그 출발점이 동질적인 것이다. 어느 쪽이든 타자와의 저울질 속에서 자기 자신의 가치를 확정하고자 하는 태도는 스스로의 존재 가치를 자기 내면에서 이끌어내지 못하고 있다는 점에서 크게 다르지 않다. 따라서 우월감과 열등감은 한순간의 사소한 균열만으로도 얼마든지 전복될 수 있는 것이다. 작품집의 간접적인 표제작이기도 한 「지극히 내성적인 살인의 경우」는 한 사람을 향한 애정, 동시에 그 타자의 애정에 기대어 자기 자신의 가치를 확정하려는 태도란 결국 지독한 이기심의 발로일 뿐임을 보여준다.

"서울에서 작가들한테 주는 큰 상도 받은 사람이라던데."
내가 그렇게 거짓말을 해버리니까 경선은 더는 선생님을 깎아내리지 못했어요. 언제부터 집에 묵게 되느냐고 묻기에 이삼일 후쯤이 될 거라고 대충 둘러대고 전화를 끊어버렸어요. 자기는 애인까지 있으면서 고작 내 방에 유명한 손님이 오는 걸 질투한다고 생각하니 얄미워서 삼사일쯤 전화도 안 걸고 오는 전화도 받지 않았습니다.

「지극히 내성적인 살인의 경우」, 130쪽

이혼 후 시골에서 사는 미옥의 집에 소설가 오난영이 3개월 동안 하숙을 하게 된다. 미옥은 자신과는 달리 고아한 삶을 사는 난영에게 호감을 느끼고, 그런 그녀가 자신의 집에 함께 있다는 데 대해 자부심을 느낀다. 난영이라는 인물이 단조로웠던 미옥의 삶을 뒤흔들게 된 것이다. 그런데 난영의 작품을 읽고 작품에 대해 제 나름의 평가를 내려주면서 미옥은 조금씩 자기의 발언이 난영에게 일정한 영향을 미치게 된다는 것을 느낀다. 그 사소한 변화가 그녀에게 더할 수 없는 쾌감이 되어버린다. "내 한마디가 선생님에게 기운을 불어넣기도 하고 의기소침해지게 하기도"143쪽 한다는 사실을 알면서 "조금은 우쭐한 기분"143쪽, 아니 더 나아가 자신이 난영과의 관계에서 우위를 점할 수 있다는 생각을 갖게 되는 것이다. 미옥은 난영의 "찌푸린 미간과 영문을 알 수 없다는 눈빛과 낙담한 표정"145쪽을 보고 싶다는 작은 만족을 위해, 진심을 감추고 사소한 악의와 위악으로 난영을 대한다. 그럼에도 미옥은 자신과 난영이 특별한 교류를 했음을 믿어 의심치 않는다. 난영이 전화 한 통화로 작별을 고하고 떠나버린 후에도 미옥은 자신의 집에서 보낸 이 여름이 난영에게 특별한 기억이 될 것임을 믿었던 것이다. 그러나 사실 이 모든 교류가 미옥의 착각에 불과했다는 것은 난영의 작품집이 발표되면서 명백해진다.

> 이제 고개를 들어 나를 보세요. 당신의 얼굴이, 당신이 지은 표정이, 당신이 나를 보고 떠올리는 감정이, 그다음 장면을, 내가 할 행동을 결정할 것입니다. 내가 당신에게 책을 내밀게 될지 종이칼을 내밀게 될지는 오로지 당신에게 달려 있습니다.
>
> 위의 글, 160쪽

난영의 북콘서트에서 그 책의 서두에 지칭한 "지난여름을 내내 함께한 너"155쪽가 자신이 아니라는 사실을 깨닫게 된 미옥은 알 수 없는 절망과 분노를 느낀다. 그리고 난영에게 가졌던 모든 호감은 순식간에 그녀를 향한 증오로 전환된다. 타인을 향한 애정이란 결국 그에게 인정받고 싶은, 아니 보다 엄밀히 말하면 무언가 보상받고 싶은 욕망일 뿐임이 여기서 명백해진다. 맹목적인 애정이란 그저 또 다른 이기심에 불과했던 것이다. 그것은 미옥의 호감과 증오가 모두 자기의 내면이 아닌 타인을 향한 기대 혹은 그의 행위로부터 야기된 것이었기 때문이다. 미옥을 사로잡았던 그 모든 기대는, 사실 아무것도 보상받지 못할 거라는 불안의 또 다른 얼굴이었던 것이다. 그리고 그 불안이 현실이 되었을 때, 타인을 향했던 애정은 이 모든 절망으로부터 자기 자신을 지켜내야 한다는 당위 안에서 대상을 향한 지독한 악의로 변질되어버린다.

이처럼 최정화의 소설은 우리로 하여금, 불안한 한 인간의 "지극히 내성적인" 내면이 타인을 향한 사소한 그러나 아주 구체적인 악의로 전환되는 과정을 실감하게 한다. 현실에 의문을 품고 "그것을 묻는 자기 자신마저도 질문의 대상으로 만드는, 그러니까 '눈 뒤에 숨은 눈'을 포착하는 절묘한 위치선정을 통해"[2] 그의 서사는 우리 삶을 파멸시키는 힘의 기원을 천착해 들어간다. 그럼에도 최정화의 서사는 독자에게 그 어떤 해답도 명시하지 않는다. 그러나 그것은 답이 없음이 아니라 답을 내릴 수 없음에 가깝다. 갈등의 절정 직전에 서사를 마감하는 그의 서사적 전략은, 그 무엇에도 열려 있지 않지만 그렇기에 모든 것에 열려 있는 결말을 독자에게 선사한다.

3. 불안 속에서 생존하는 법 김이설의『오늘도 고요히』

> 약한 건 쓸모없다. 쓸모없는 건 죽어야지. 죽지 않고 버틴 놈만 사는 거야.
>
> 김이설, 「미끼」, 14쪽

"살아남은 자들의, 희망도 절망도 없기에 더욱 절실한 그 생존"[3]을 그려냈던 김이설의 서사는 더욱 가혹해진 현실 앞에서 시작된다. 이제 그의 작품 속에서 생존의 의미는 단지 살아내는 것이 아니라 죽지 않고 버티는 것 자체가 되어버렸다.

---

2   강경석, 해설「프레임과 소실점」,『지극히 내성적인』, 창비, 2016, 268쪽.
3   류수연,「여전히, 살아남은 그녀들」,『작가들』48, 2014, 272쪽.

김이설의 신작 소설집 『오늘도 고요히』에서 무엇보다도 주목해야 할 것은 이 작품집에 담긴 이야기들이 "악의 평범성"[4] 이라는 서사적 초점을 가지고 있다는 점이다. 한나 아렌트는 『예루살렘의 아이히만』에서 '각별히 근면한 것을 제외하고는 어떠한 동기도 갖고 있지 않았던 아이히만'[5]이 히틀러와 함께 세기를 뒤흔든 범죄자가 되게 된 배경에 주목하였다. 그리고 아이히만의 재판기록을 탐구함으로써, 언제든 "악이 평범한 모습으로 우리와 함께 있을 수 있음"[6]에 대한 자각으로서 "악의 평범성banality"을 역설하였다.

이 책에서 한나 아렌트가 아이히만에 주목한 것은 단순히 그가 세기의 범죄자이기 때문만은 아니었다. 오히려 아렌트는 절대적 '악'이란, 가장 평범한 얼굴로 가장 성실한 삶을 영위하고자 했던 이들에게서 발견될 수 있음을 강조한다. 그는 끔찍한 홀로코스트를 상상해낸 나치의 행정자 아이히만의 이면에는 자기의 능력을 타인에게 검증받아야 한다는 세속적인 욕망과 그로 인한 불안이 있었음을 날카롭게 포착한다.

아이히만의 진술은 자기에게 주어진 사회적 책무를 가장 성실하게 수행하고자 했던, 그리하여 자기의 능력을 타인에게 가시화함으로써 사회적 생존 더 나아가 사회적 성공을 거머쥐고자 했던 그의 욕망에 대한 회고록이기도 하다. 따라서 아렌트는 아이히만의 진술이 가진 보다 깊은 심연을 들여다볼 것을 우리에게 요구한다. 그것은 절대적 악이란 결국

---

4   한나 아렌트의 『예루살렘의 아이히만』(김선욱 역, 한길사, 2006)의 부제인 "악의 평범성에 대한 보고서"에서 차용함.
5   위의 글, 391쪽.
6   김선욱, 「역자 서문」, 한나 아렌트, 『예루살렘의 아이히만』, 15쪽.

허구임을, 진정한 악은 가장 친절한 얼굴을 가진 우리의 이웃과 우리 내면에서 언제든 나타날 수 있음을 자각하게 한다. 김이설의 서사는 아렌트가 말했던 바로 그 얼굴, 그렇게 평범한 그래서 진부하고 익숙한 그래서 더 일상적인 '악'의 민낯을 담아낸다는 점에서 주목된다.

> 아버지에게 들킨 건 오래 지나지 않아서였다. 사정에 막 다다르기 직전이었다. 아버지가 내 목덜미를 잡아챘다. 아랫도리가 벗겨진 채 마당으로 끌려나왔다. 죽도록 맞았다. 아버지가 짓밟은 다리에서 낚싯대 부러지는 소리가 났다. 구부러진 다리는 펴지지 않았다. 그래도 죽지는 않았다. 절름발이가 된 이후로 학교에 가지 않았다. 대신 낚싯대를 들고 강으로 갔다. 매일 낚시를 했다. 창고에 여자가 있으면 아버지를 따라 했다. 들키면 죽을 만큼 맞았다. 그러면 여자가 사라졌다. 상관없었다. 나는 이미 똑바로 걸을 수 없었고, 두어 계절만 지나면 새 여자가 창고에 있을 것이었다.

위의 글, 20쪽

「미끼」는 아버지로부터 아들로 대물림되는 폭력에 주목한다. 계절마다 여자를 납치해서 강간하고 죽이는 아버지 밑에서 자라난 '나'는 아버지의 여자가 결코 자신의 '엄마'가 될 수 없음을 자각한 순간부터 그녀들에게 가해지는 아버지의 폭력을 모방한다. 아버지에게 받는 학대는 아버지에게 갇힌 여자들에게 가해졌다. '나'는 죽지 않고 버티기 위해, 그리하여 아버지를 대체하여 새로운 폭력의 주도권을 잡기 위해 자기 몫으로 주어진 폭력을 묵묵히 받아낸다.

여기서 그의 폭력이 더 약한 타자에게 전가되는 과정은 아프도록 현실적이다. "맞는데 길들여져 대들지도 못하는 여자들이 마치 나 같았다"[23쪽]는 '나'의 토로는 타인을 향한 폭력이란 결국 지독한 자기혐오의 발로임을 보여준다.

> 아버지가 달려들었지만, 이제 내 힘을 당할 수는 없었다. 아버지가 바닥에 널브러져서 나를 올려다봤다.
>
> "사람들이 나더러 다 아버지 닮았대요."
>
> 아버지가 뒷걸음질쳤다. 나는 천천히 아버지를 따라갔다. 그리고 아버지를 때리기 시작했다. 내 다리를 못 쓰게 만든 아버지의 팔을 분지르고 싶었다. 지치도록 아버지를 짓이기고 나서야, 나는 허리를 폈다.
>
> 아버지가 간신히 숨을 내쉬었다. 송유영은 두 눈을 부릅떴지만 눈동자는 움직이지 않았다. 나는 송유영과 아버지를 남겨둔 채 창고를 나왔다. 창고 밖에서 빗장을 걸었다. 분쇄기 소리가 계속 강가에 울렸다. 나는 절룩이며 강으로 내려갔다. 낚싯대를 던졌다. 붕어가 살이 오를 계절이었다. 자꾸 웃음이 비어져나왔다.
>
> 위의 글, 45쪽

김이설이 잊지 않는 것은, 모든 인간은 폭력 앞에서 너무나도 유약하고 또한 쉽게 감염된다는 사실이다. 특히 대상을 향한 악의는, 저도 모르게 그의 폭력에 쉽게 물들어가게 한다. "누군가가 나를 침범하고, 언젠가부터 나는 그를 닮아갈 수밖에 없게 된다."[7] 그러나 타인을 향해 또 다시 분출되는 폭력의 연쇄는 불안의 결과일 수는 있지만 결코 그 해결은

되지 못한다. 아버지를 대신해 낚시 프로 리포터인 송유영을 다른 여자들처럼 가두고 아버지를 때려서 아버지의 가면을 뒤집어 쓸 수는 있어도, 그것은 또 다른 학대에 스스로를 가두는 것에 불과하다. '교육이라는 이름으로 전염된 폭력'[8]은 여전히 그를 아버지가 만들어낸 세계 안에 머물도록 하기 때문이다.

　이토록 강력한 전염력을 가진 폭력, 김이설은 그 근원을 가부장제가 가진 모순에서 찾고자 한다. 「한파특보」에서 주인공이 처한 폭력적 현실은 「미끼」의 '나'의 처지로부터 그리 멀지 않다. 가정 내에서 폭군으로 군림하는 가부장의 존재는 결코 헤어나올 수 없는 절대적인 덫처럼 느껴진다. 건설 회사를 퇴직한 이후 매일 같은 프로그램을 반복해서 보면서 가장의 권위만을 내세우며 가족 모두에게 폭군으로 자리매김한 아버지. 그런 아버지 곁에서 '나'는 무기력해지는 자기 자신을 느낀다. 결혼과 함께 아버지와의 인연을 단칼에 끊어낸 오빠를 원망하면서도 부러워하는 모순된 감정을 느끼지만, '나'는 아버지로부터 벗어나지 못한다. 그것은 그녀가 「미끼」의 '나'와는 다른 방식으로 이미 폭력에 감염되었기 때문이다. 「미끼」의 '나'가 아비보다 더 지독한 가학으로 폭력을 자기화했다면, 「한파 특보」의 '나'는 피학으로 그것을 내면화했을 뿐이다.

　　알을 잃은 수컷들은 알 대신 얼음덩어리를 제 몸에 풀었다. 저게 부모다.
　　"저게 부모다."

7　　김신식, 해설 「착잡한 자들의 몸짓」, 『오늘처럼 고요히』, 문학동네, 2016, 331쪽.
8　　위의 글, 331쪽 참조.

유전자에 각인된 행동이었다. 아비의 도리여서가 아니라, 알처럼 생긴 얼음덩어리라도 품어야만 하는 본능뿐인 본능일 터였다. 밥을 다 먹은 아버지가 수저를 탁, 소리나게 내려놨다. 다 먹었다는 뜻이었다.

「한파 특보」, 141쪽

그런데 김이설의 서사는 이 지점에서 '천륜'의 허위를 되짚어본다. 새끼를 키워내는 그 혹독한 인고의 시간은 아비의 도리여서가 아니라 유전에 각인된 종족보존의 본능일 뿐임을 펭귄의 생태계를 통해 강조한다. 폭군으로 군림하는 아비도, 그런 아비에게 그저 굴종하는 자녀도. 사실 유전에 각인된 본능에 따라 가족이라는 허울을 유지하고 있는 것이다. 그리고 이제, 스스로 선택할 수도 쉽게 거부할 수도 없기에 본능처럼 받아들인 '천륜'이 서로에 대한 악의와 폭력을 더 내밀하고 가혹하게 변질시켰음이 폭로된다.

아버지가 벌떡 일어났다. 돌아온 어미들은 수만 마리 중에서 용케도 자기 새끼를 찾아냈다. 찾아낸 배고픈 새끼에게 펭귄밀크를 먹였다. 새끼를 잃은 부모들은 새끼를 훔쳐오기 위해 거친 몸싸움을 벌였다. 아버지가 성큼 다가왔다.

위의 글, 170쪽

새끼들이 자라자 부모들이 떠나기 시작했다. 뒤도 돌아보지 않고 제 갈 길을 가는 펭귄 무리의 행렬이 장관이었다. 새끼들은 제 부모가 그랬듯이 이제 스스로 살길을 찾을 것이었다. 아버지가 벽으로 나를 있는 힘껏 밀어 던졌다. 온몸이 쿵, 울렸다.

"아비한테 줄이라고? 그래, 응! 오늘 한번, 응, 죽어봐라. 천하의 배은망덕한 년! 다 필요 없어! 다 죽어버려!"

덜컹거리며 창문이 흔들렸다. 삼십 년 만의 혹한이라고 했다. 부서진 리모컨이 내 눈앞에 떨어졌다. 아버지는 텔레비전을 향해 돌아앉았다. 덜컹덜컹, 바람이 더 세게 부는 모양이었다. 겨울이 언제 안 추웠던 적이 있었나. 온몸이 으슬으슬 떨렸다. 펭귄들이 눈보라를 헤치며 앞으로, 오로지 앞으로만 나아가고 있었다. 나는 힘겹게 숨을 올렸다.

위의 글, 171~172쪽

더 큰 문제는 종족보존의 본능마저 압도해버리는 인간의 이기심이다. 펭귄의 본능이 새끼를 지켜내는 것이라면, 인간의 부성애는 오히려 제 새끼를 파멸시키는 것에 가깝다. 그 이기심이 폭력으로 가시화될 때, 그것은 본능보다 더 무서운 증오로 표출된다. 자기생존이라는 절대적 당위 앞에서 '아비'란 본능적으로 제 살붙이를 가장 먼저 파괴함으로써 자기 생존을 도모하는 존재에 불과한 것이다.

이처럼 이미 사라져버린 권위를 부여잡기 위해, 그것을 잃어버렸다는 사실을 인정하지 않기 위해, 자기 불안을 타인에 대한 폭력으로 전가해버리는 존재. 그것이 김이설 서사 속의 '아비'이다. 그러나 이때의 아버지는 단순히 생물학적인 아버지를 의미하는 것은 아니다. 부성의 허위만을 지적하는 것도 아니다. 오히려 가부장제가 가진 폭력 그 자체를 상징하는 것이며 우리 사회를 조정하는 실질적인 권위로서 모든 구조적 위계를 지칭하는 것이기도 하다.

> 속옷까지 다 벗고 흰색 방진복을 입었다. 옷을 벗고 갈아입느라 양팔이 다시 쓰리고 가려웠다. 여기서 일하는 사람들에게 그런 피부병은 흔했다. 그래서인지 남자들은 아이를 못 갖고, 여자들은 아픈 아이를 낳는다는 소문이 있었다. 하지만 누구 하나 대놓고 말하지는 않았다. 정말 아이가 없는 남자들이 많았고, 아픈 아이를 키우는 여자들도 흔했지만 그것이 이 회사에서 일했기 때문이라는 걸 입증할 방법이 없었다.
>
> 「아름다운 것들」, 284쪽

해고된 뒤 오랜 시간 동안 투쟁했던 남편이 자살하고, 치매에 걸려버린 시어머니와 희귀병에 걸린 아이를 키워야 했던 '나'는 자신조차 원인을 알 수 없는 병에 걸렸다는 사실에 절망하고 만다. "가진 것 없으면 무릎 꿇어야 숨이라도 연명할 수 있는"281쪽 세상에서 아무런 희망도 남겨져 있지 않음을 자각했기 때문이다. '단 한 번도 우리 편인 적이 없었던 회사'280쪽이지만 거기서라도 밀려나지 않아야만 겨우 '생존'할 수 있기에 비명조차 지르지 않았던 결과는 병마뿐이었다. 살기 위해 나선 사람들을 죽음으로 더 가까이 밀어 넣는 힘. 그것은 그 어떤 틈도 허용하지 않는 물신의 세계, 바로 자본주의라는 제도였다.

이로써 김이설의 서사적 초점은 명확해진다. '나'의 삶을 파괴한 가장 사악한 '악의'는 생계라는 가장 평범한 얼굴로 가까이에 있었던 것이다.

생계를 위해 저항을 포기한 순간 다가오는 종말, 살겠다는 그리고 살아남겠다는 의지가 결국 죽음으로 성큼 다가서게 만들었다는 자각까지. 자기 생존을 지켜내고자 했던 그 소박하고 절대적인 성실조차도 더 약한 존재를 향한 '악'으로 변질되게 만드는 구조적 모순은, 이 작품의 마지막에서 존속살인과 자살이라는 극단의 선택을 통해 토로된다.

나는 반듯하게 누워 있는 아이들 옆에서 날이 밝아올 때까지 두 눈을 뜨고 앉아 있었다. 이제 내 차례였다.

위의 글, 296쪽

4. '함께'의 회복을 꿈꾸는 위안의 언어

사회의 시스템 자체가 거대한 악으로 공고히 되어버린 이 폭력적인 세상에서 오늘의 문학은 무엇을 할 수 있을까? 실용과 기술, 더 나아가 그것을 아우르는 절대적 개념으로서 물신이 압도적으로 주도하는 현실에서, 문학은 그리고 소설은 어쩌면 이 시대의 조롱을 온몸으로 감내해야 하는 또 다른 약자가 되어버렸는지도 모르겠다.

그럼에도 불구하고 우리가 기대하는 것은 동시대가 잃어버린 시대 현실에 대한 비판과 자정의 힘, 그리고 그것을 바탕으로 나온 공감과 위안을 가능하게 하는 언어가 곧 소설이 가진 힘이라는 사실이다. 우리는 근현대사를 거치면서 소설은 폭압의 시대를, 혁명의 시대를, 그리고 위태로운 번영의 시대를 가장 치열하게 반영했음을 기억할 필요가 있다. 결핍과 불안을 감추는 것이 아니라, 그것을 인정하면서 끌어안고서도 '함께' 살아남는 법을 찾아내는 것. 그것이야말로 오늘의 소설에 던져진 화두가 아닐 수 없다.

『학산문학』 92, 학산문학사, 2016 여름호

제5장

이상한 나라의 그녀들

윤고은·양선미·김금희의 소설집에 대한 리뷰

4, 3, 1

이 연관성 없어 보이는 숫자는 윤고은, 양선미, 김금희 세 작가가 데 뷔 이후 최근까지 출간한 책의 숫자이다. 그러나 이 글을 숫자로 시작하 는 이유는 다른 데 있다. 그것은 이 숫자가 세 작가가 보여준 현재까지 의 생산력임과 동시에, 새 소설집—『알로하』창비, 2014, 『퀼트, 퀼트』현대문학, 2014, 『센티멘털도 하루 이틀』창비, 2014의 문을 여는 열쇠이기도 하기 때 문이다. 4, 3, 다시 1로 나아가는 '이상한 나라'의 역주행을 통해 오늘을 되짚는 그녀들의 서사, 그 맨얼굴을 지켜보고자 한다.

4

윤고은의 『알로하』의 세계는 진짜와 가짜 사이에서 시작된다. 프레디 머큐리의 목소리가 들리는 집에 우연히 세 들게 된 남자는 그의 이름을 통해 자신의 향수를 팔고자 한다. 그는 "프레디 머큐리의 집에 사는 세입자 중 가장 프레디 머큐리다운 사람"「프레디의 사생아」, 39쪽이 됨으로써, 자신의 향수 '37, 프레디 머큐리'에 '프레디의 사생아'라는 매력적인 닉네임을 부여한다. 이처럼 '삶이 놀이에 침범당하는 순간',[1] 프레디의 목소리유령는 사라진다. 이제 남은 것은 '프레디 따라하기'의 유희뿐이다. 윤고은의 세계는 이 지점에서 새롭게 정의된다. "모든 것이 꽉 찬 그곳에 오직 그의 자리만이 없었다."「Q」, 246쪽

　진짜가 사라진 가짜들의 세계는 「월리를 찾아라」에서 더욱 극대화된다. 제이는 유희의 세계 뒤에 숨겨진 끔찍한 욕망을 낱낱이 드러낸다. 가장 많은 스티커를 얻기 위해, 그리고 가장 진짜 같은 가짜가 되기 위해, 그는 그 누구보다도 무서운 약탈자가 되어버린다. "우리는 그냥 월리였다."「월리를 찾아라」, 100쪽라는 제이의 선언은 유희의 뒤편에 숨겨진 폭력으로부터 그 누구도 자유로울 수 없었음을 보여준다. 그러나 윤고은의 서사는 여기서 멈추지 않는다. 오히려 그의 서사는 거짓 가면으로 위장되지 않는 숨겨진 진실로 나아간다. 그 진실의 순간들은 진짜와 가짜의 틈새, 그 특별한 환상으로 나아가는 '문'을 통해 현현顯現한다. '4'의 세계, 또 다른 차원과 마주치는 것이다.

　　나는 먼 거리에서 그 집을 다시 보았다. 그 집은 비루한 현실들 위로 거짓말처럼 덮여버린 하나의 문짝이었다. 잘못 고정되었어도 다시 떼어낼 수 없

1　조르조 아감벤, 조효원 역, 『유아기와 역사』, 새물결, 2010, 128쪽 참조.

는, 단단한 이야기였다.

「알로하」, 70~71쪽

자신의 부고를 미리 써달라는 남자 윤은, 타블로이드에 나왔던 수많은 이야기들을 뒤섞어 자기 이야기처럼 꾸며낸다. 그러나 그의 모든 거짓이 분명하게 드러나는 순간, '나'는 그 거짓의 향연 속에서 숨어진 '진짜'의 세계를 발견한다. '비뚤어진 문짝'이 바로 그것이다. 이는 그가 말한 모든 거짓 속에 개입된, 타인의 이야기에 집착하는 그의 무의식적 신경증의 기원이 되는 '최초 장면'[2]이다. 그러나 그것이 '나'를 윤의 진실로 이끌어주진 않는다. 모든 진실은, 그것이 한 인간의 감추고 싶은 내면인 이상, 결코 그대로 발화되지 않기 때문이다. 따라서 진실에 다가서는 문은 언제나 비뚤어져 있다. 그러나 윤고은의 서사에서 그 누구도 그것을 고치려하지 않는다. 진실의 시간은 '통화가 종료됨과 동시에 사라져야 하고,'「해마, 날다」, 137쪽 그만큼 왜곡되어 있기 때문이다.

'케이크 맛이 달라지지 않아도 한번 나누어져버린 케이크는 다시 합쳐질 수 없다'「사분의 일」, 132쪽는 것은 기원의 복원이 얼마나 어려운 것인지를 잘 보여준다. 이미 분리되어버린 자의 소통이란 단지 거짓 위로일 뿐이다. 이니셜 하나로 한 인간의 좌표가 결정되는 곳에서, 규격은 곧 생명이다.「P」, 192쪽 "중간에 머물려고 하는 사람들은 아래로 추락했다."「요리사의 손톱」, 218쪽 추락은 늘 사소한 오류들에서 시작되었다. "CHEF'S MAIL요

---

2   지그문트 프로이트, 김명희 역, 『늑대 인간』, 열린책들, 1997, 250~279쪽 참조.

리사의 편지'를 'CHEF'S NAIL 요리사의 손톱'로 잘못 읽「요리사의 손톱」, 195쪽어버린 실수는 정방배라는 한 개인의 삶을 규격 밖의 세계로 밀려나게 한다. 지역신문사에서 밀려나 무소속이 되어버린 순간, 그녀는 자기 삶의 치명적인 결핍과 마주하게 된다. 그것은 그 어떤 거짓 속에서도 자기 자신을 지켜줄 '진짜', 윤에게 허락되었던 비뚤어진 문「알로하」이라는 견고한 기억이 부재한다는 사실이다. 그것은 이니셜의 좌표를 허용하는 틀 안의 세계에서 살기 위해 그녀가 포기한 단 하나였다.

> 237페이지를 뚫어져라 쳐다보니 책장이 문처럼 슬쩍, 몸을 기울여주었다. 종점 이후, 차고지 이후의 시간이 공간 형태로 길고 어둡게 다가왔다. 이 시간이 지나면 『CHEF'S NAIL』의 세계가 펼쳐질 것이다. 아직 태어나지 않은 노선들, 구멍조차 내지 못한 흙 속으로 정은 움직였다. 그리고 마침내 그 끝에서 책 속으로 들어갔다. 입체에서 평면으로.
>
> 다섯 번째 집이었다.
>
> 「요리사의 손톱」, 222쪽

입체의 세계에서 추방당한 정의 신체는 마침내 '4'로 가는 길목, 문과 마주하게 된다. "입체에서 평면으로" 그녀는 압사되어 행간으로만 남았지만, 대신에 영원히 대체되지 않는 자신만의 집을 갖게 되었다. 영원한 '무無'가 됨으로써 특별한 '유有'로 남겨진 것이다. 이 치명적인 오류, 그러나 영원한 자유를 선사하는 이 달콤한 오류가 만드는 특별한 합일의 순간은 이 소설집의 마지막 작품 「콜롬버스의 뼈」에서 절정을 이룬다.

세상에 존재하지 않는 주소를 위해 헤매고 또 헤맬지 모르는 나를 위해
그 가족들이 융통성을 발휘한 건 그 집을 떠나온 후에야 알았다. 그 노래 속
주소는 때에 따라 유연하게 바뀌기도 하는 셈이었다. 그날은 쎄비야 미스떼
솔 거리 74번지였지만, 다른 날은 또다른 주소가 될 수 있었고, 자주 주인이
바뀌는 가게의 간판처럼 그 주소는 가볍게 교체될 수 있었다.

「콜롬버스의 뼈」, 285쪽

그녀의 여정은 오류에서 시작되었다. 친부의 행적을 따라 스페인으로
간 그녀가 마주친 것은 자신이 가진 주소를 그 어디서도 찾을 수 없다
는 사실이었다. 세상에 존재하지 않는 주소를 찾아 헤매는 그녀를 위한
특별한 노래, 콜롬 가족의 융통성이야말로 거짓 속에서 '진짜'를 찾아내
는 문의 열쇠가 된다. 환상이 아님에도 환상을 불러오는 마법 같은 시간
'씨에스타낮잠'를 통해, 윤고은의 서사는 정오의 현실 속에서 입체를 넘
어선 '4'의 세계를 완성한다.

3

현실은 늘 상상했던 것보다 쓸쓸하다. 운명이 늘 한 걸음 먼저 와서
준비하고 있다면, 진실의 순간은 늘 한 걸음 더 늦게 다가온다. 어떤 힘
으로도 막아낼 수 없는 필연 앞에 굴복하면서도, 이 남루한 현실 속에서
누군가와 소통하기를 포기하지 않는 기대야말로 양선미의 『퀼트, 퀼트』
를 이루는 세계의 축이다.

지난밤의 늦은 귀가가 아니었다면 지금쯤 모든 것이 정상적으로 돌아가고 있을까. 예매해놓은 기차를 타지 못한 건 내 탓이 아니었다. 이미 정해져 있는 운명은 지뢰처럼 숨을 죽이고 어떤 식으로든 내가 지나가기만을 기다렸을 것이었다.

「조서」, 17쪽

폭력적인 아버지에게서 간신히 달아난 은수는 집 앞 횡단보도에서 아버지를 목격하고 충동적인 살의로 가속페달을 밟는다. 자신이 아버지를 죽였다고 생각했지만, 실제로 그를 죽음에 이르게 만든 건 그녀가 아니라 뺑소니차였다. 그런데 이 작품에서 흥미로운 것은 가장 격렬한 살의를 느낀 그 순간, 은수의 눈에 비친 아버지의 모습이다. "뜻밖에도 날카로운 이빨의 기억은 다 잊어버린, 누런 진물을 매달고 다니는 개처럼 볼품없고 추레"「조서」, 31쪽한 그의 모습 때문에 그녀의 맹렬한 적의는 슬픔이 되어버린다.

이것은 『퀼트, 퀼트』를 이해하는 첫 번째 관문이다. 퍼즐이란 조각나기 위해 존재하는 것이 아니라, 하나의 그림으로 맞춰지기 위해서 존재하는 것이다. 그러나 양선미는 바로 이 '완성'이라는 허위의식에 반기를 든다. 그리고 낱낱이 쪼개진 퍼즐 하나하나의 의미를 되새긴다. 그의 세계에서 가족은 퍼즐의 조각들이며, 가장 끔찍한 동거인이다. 하나의 그림이 되기 위해서는 반드시 이웃해야만 하는, 그러나 새롭게 맞춰질 때마다 서로의 영혼을 마모시키는 존재가 가족이다.

"세상에 결코 나오지 말았어야 했을 더러운 생명체"「홍시」, 56쪽로 자신을 인식하는 영우의 삶은 그 어떤 곳에서도 융화되지 못한다. 사랑이 아닌 성폭행이라는 탄생의 배경으로 인해 그는 자기 삶을 불구적으로 인식한다. 잘못 분리된 퍼즐조각처럼 그 어디에서도 위태롭다. 그러나 애증의 대상이었던 외할아버지의 집에서 "제 손보다 큰 홍시를 양손에 든"「홍시」, 61쪽 사진 속의 자신과 마주하며 그는, 자신의 어린 시절과 화해한다. 외할아버지와 어머니, 그 사진 속에 침입자처럼 끼어든 자신의 사진. 하나가 아니지만, 하나가 되어버린 미완성을 그대로 인정했기 때문이다.

이처럼 양선미는 '3'의 세계, 우리가 뿌리내린 현실 속에서 돌파구를 찾고자 노력한다. 그러나 그 열망은 때로 지나쳐서 너무 이상적인 것처럼 보인다. "그토록 핍박을 해댈 거면서도 저렇게 호사스러운 집을 선물하는"「어디를 달리고 있을까, 해피는」, 66쪽 아버지의 소통 방식을 이해하지 못하면서도, 문자는 해피를 대신해 유기견을 끌고 오는 아버지 곁에 남아 있다. 폭력적 존재였던 아버지를 연민하는 것. 두려움이 혐오에서 연민으로 바뀌는 이 과정은 "공포와 매혹의 나르시시즘"[3]에 가깝다. 이것은 「내 사촌 동생의 결혼식」에서도 마찬가지이다. '나'에게 사촌 동생은 불편한 존재였다. 사촌은 '나'의 아버지와 함께 간 낚시에서 아이를 잃었고, 그 죄책감이 아버지를 통해 '나'에게 계승되었다. 따라서 "진심으로 내 사촌 동생이 자기의 색시와 나란히 서서 활짝 웃는 모습이 한번 보고 싶어졌다"「내 사촌 동생의 결혼식」, 144쪽는 고백은 죄책감을 떨쳐내려는 자기만족에 가깝다. 그럼에도 불구하고 우리는 함께 웃으며 사진을 찍는 '나'와

---

3 줄리아 크리스테바, 서민원 역,『공포의 권력』, 동문선, 2001, 82쪽.

사촌 동생의 모습을 예상할 수 있다. 화해는 뜻밖에도 가깝다.

그러나 이런 방식의 화해가 늘 성공적인 것만은 아니다. 「물고기들」은 너무 달라서 오히려 닮아 있는 두 인물의 관계를 보여준다. 복지회에서 원고청탁을 받은 인숙은 원고와 함께 그곳에 있던 아이를 통영까지 데려다 주는 일을 맡게 된다. 임신까지 했으면서도 노란 머리와 짧은 바지, 담배를 포기하지 않는 아이의 모습은 인숙에게 혐오감을 준다. 고2의 나이에 자신을 낳고, 고3의 나이에 떠나버린 엄마의 모습이 그대로 아이의 모습 위에 겹쳐졌기 때문이다. 그러나 인숙은 혐오의 기원을 외면하고 싶어 한다. "낯선 아이도 싫었고 그 아이와 통영에 가야 한다는 사실도 싫었"「물고기들」, 156쪽던 이유는, 아이에게 겹쳐지는 엄마의 잔영을 인정하고 싶지 않았기 때문이다. 그럼에도 불구하고 아이와의 동행은 인숙이 자신의 숨겨진 통증과 마주할 수 있는 계기가 되어준다. 화해할 순 없지만, 동행할 수 있다는 이 작은 가능성은 화해보다 더 큰 여운을 남긴다.

> 해가 뜨는지 방안의 물건들이 서서히 제 몸을 드러냈다. 손을 뻗어보았다.
> 아무것도 만져지지 않았다. 뻐꾸기의 울음소리가 들려왔다. 여섯 번이었다.
>
> 「브라보, 스위트 홈」, 272쪽

그러나 그는 현실이 가진 허위성을 간과하지 않는다. 그의 서사에서 모든 퍼즐의 조각들은 처음부터 하나였던 것이 아니라, 하나로 맞추어져 가는 것이다. 어떤 그림으로 맞추어지더라도 그것은 완성될 수 없다.

애초에 모든 조각이 하나의 그림으로부터 분리되었다는 인식 자체가 허위이기 때문이다. 그러므로 하나의 그림을 완성할 수 있다는 욕망은 판타지에 불과하다. 이복동생 주헌의 아이인 줄 알면서도, "스위트 홈을 완성시키기 위한 마지막 조각"「브라보, 스위트 홈」, 272쪽을 기대하는 세헌과 명옥 부부의 자기기만은 이 위태로운 욕망의 완성을 보여준다.

그럼에도 불구하고 양선미는 '하나'라는 지향을 포기하지 않는다. 오히려 모든 퍼즐 조각이 제각각일 수밖에 없음을 인식할 때, 그것은 보다 구체적인 갈망으로 변화한다. 잘못 맞춰진 조각이란 존재할 수 없는 세계. 하나가 아니었던 조각들이 하나가 될 때 더 아름다워지는 세계. 그의 서사는 바로 그러한 퀼트의 세계 위에 놓인다.

> "파인 홈이 맞닿을 때마다 전혀 다른 생각들이 가지를 뻗어나가면 참 재미있을 거야. 퀼트처럼 말이야."
>
> 「퀼트, 퀼트」, 98쪽

그곳에서는 조각 난 기억의 파편마저도 제각기의 아름다움을 지니게 된다. 이 모든 절정이 허위와 기억의 왜곡이 낱낱이 드러나는 순간에만 가능할 수 있다는 것은, 양선미가 목도한 삶의 안타까운 비극이 아닐 수 없다.

1

김금희의 첫 소설집 『센티멘탈도 하루 이틀』은 0과 1이라는 그 한 걸음이 지닌 결정적인 간극에 대해 이야기한다. 표제작 「센티멘탈도 하루 이틀」은 선택의 의미를 되짚는 것으로부터 시작된다. 미혼모가 되어버린 삼수생. 의붓아버지 김이 '센티멘탈'이라고 수식하는 그녀의 고민은 연민보다는 치기에 가까운 감수성으로 뭉쳐져 있다. 0과 1은 겨우 한 걸음의 차이이지만, 그 결과는 결코 비슷하지 않다. 어떤 방식으로든 1은 선택이라는 시간 속에 존재하지만, 0은 그 어떤 넓이도 갖지 못하는 좌표일 뿐이다. 삼수를 하는 것도, 뱃속의 아이를 낳는 것도, 유학 간 표에게 임신을 알리는 것도. 이렇게 "영과 일이 자리는 바꾸는 순간"「센티멘탈도 하루 이틀」, 83쪽은 '단지'라고 수식될 수 없다. 그것은 0과 1처럼 영원히 만날 수 없는 평행선에 놓이기 때문이다.

이처럼 김금희의 세계는 0에서 1로 나아가는 길목 위에 서 있다. 데뷔작인 「너의 도큐먼트」는 텅 빈 도큐먼트로서의 '나'를 발견하는 이야기이다. 삼각관계로 인해 소원해진 친구 여미의 죽음을 뒤늦게 안 '나'는 그녀의 집을 찾아 나선다. 그러나 힘겹게 찾은 여미의 집에는 여미를 모르는 사람들만이 살고 있다. 윤고은의 서사에서 현실과 현실 너머의 환상을 뜨겁게 조우시킨 오류는「씨에스타」, 김금희의 서사에서는 힘겹게 돌아 다시 출발점으로 돌아와버린 막막함이 된다. 사라진 여미의 흔적, 그것은 여미의 것이 아니라 '나'의 것이라는 자각은, 모든 청춘들을 아무런 선택도 할 수 없는 0의 세계로 내모는 이 이상한 나라의 진실이다. "어떤 망설임도 없이, 더할 나위 없이 냉정하게"「너의 도큐먼트」, 57쪽 그녀는 좌표로만 남겨진 것이다.

그럼에도 불구하고 김금희의 서사가 뿌리를 내린 곳은 제로가 아닌 알

파의 시간이다. 그것은 작가 자신이 지닌 단단함으로부터 기인된다. 자전적인 성격이 엿보이는 「집으로 돌아오는 밤」과 「아이들」, 「정글숲을 헤쳐서 가면」에서는 작가 자신의 체험과 소설적 허구가 견고한 구조를 이루며 교차되고 있다. 재개발로 폐허가 되어가는 동네를 떠나지 못하는 미희와 그곳에서 죽은 동생을 죽지 않았다고 믿고 있는 Y「집으로 돌아오는 밤」, 아버지의 실직과 함께 부산을 떠나 타지에서 살아가는 가족「아이들」, 아버지에 남은 유일한 장밋빛 추억인 '귀국 상자'「정글숲을 헤쳐서 가면」까지. 김금희 서사의 주인공들은 자기 삶의 기원으로부터 끝없이 밀려난 사람들이다.

> 이곳에 정주하지 않겠다는 다짐이 오히려 타지에서의 삼십년을 견디게
> 했음을, 정주와 이주 사이의 그 아슬아슬함이 생의 부력이었음을.
>
> 「아이들」, 135쪽

주어진 좌표에 주저앉지 않겠다는 의지로 생을 살아낸 사람들의 이야기는 연민이라는 말로 쉽게 위로할 수 없다. 정주를 거부하고 이주를 자기화하는 이들의 삶이란, 자기 상처를 보듬을 줄 모르기에 더 아프게 다가온다. 이주민으로서의 정체성을 수없이 되새기는 것은 다시 되돌아갈 수 없다는 상처를 감추는 그들만의 방식인 것이다. 0을 떠나 1로 가는 길목 어디쯤에서 주저앉아버린 그들의 삶이 여전히 자신이 못다 이룬 1의 세계를 지향하는 한, 정주는 요원하다.

> 그들을 사북에 붙들어놓는 건 아이러니하게도 사북을 떠날 수 있다는 희

망이었다.

「사북」, 241쪽

정주하지 않겠다는 의지가 곧 희망이 되는 아이러니는 「사북」에서도 반복된다. 도박중독으로 인해 위장이혼까지 당하면서도 쳇바퀴 돌 듯 다시 사북을 향하던 '그'는 결국 사북에 주저앉고 만다. 닥치는 대로 일하고 몇 분 만에 모든 돈을 탕진하는 사북의 시스템 속에서 벗어나지 못하면서도, 그의 꿈은 사북을 떠나는 것이다. 그러나 정주하지 않겠다는 그의 의지는, 사실 그가 이미 추방당했음을 숨기기 위함이다. 사북에서 길을 잃어버린 순간, 이미 그는 '초대받지 않은 손님'이 되어버린 것이다.

그럼에도 불구하고 작가는 그 모든 선택과 그 모든 회귀의 욕망을 결코 반대의 자리에 놓지 않는다. 0과 1이라는 합일될 수 없을 것 같은 평행의 좌표는 언제든지 뒤집힐 수 있는 점일 뿐임을 간과하지 않기 때문이다. "무언가 진짜에 가까운 어떤 형태의 위안"「릴리」, 213쪽을 꿈꾸는 한, 아직 이야기는 끝나지 않는다. 항우울제에 의존하는 계아와 과체중의 웹디자이너로 늙어가는 '나'에게 할머니의 옷방은 이러한 찰나의 위안으로서 기능한다. 공장에서의 노동에 청춘을 저당 잡혔던 어린 여공들을 '한겨울의 꽃향기'란 말로 위로했던 주인 할머니의 따스한 진심이야말로 그녀가 만든 옷을 가장 근사하게 만든 힘이었던 것이다. 그것은 그 어떤 좌표조차 가질 수 없는 두 주인공에게도 가장 아름다운 위안이 된다.

어디서 이렇게 꽃잎이 날리나, 노인이라면 그렇게 말했을 거라고 생각했다. 그러니까 이제 그런 차이들이란 내게도 무척 사소한 것이었다.

「릴리」, 233쪽

그리고 0

언제부터인가 청춘은 더 이상 눈부시지 않다. 불안한 미래에 오늘을 저당 잡힌 젊은이들은, 적어도 이 나라에서는 결코 낯설지 않다. 당연한 것이 당연하지 않아져버린 세계, 아름다움이 아름다움으로 존재할 수 없는 이상한 나라. 이곳에서 세 작가는 다른 차원의 탈출을 꿈꾸고 있다. 그들의 서사에는 현실의 문제가 끊임없이 침투하지만, 그럴수록 이 현실에 주저앉지 않겠다는 갈망은 더욱 극대화된다. 그것이 환상이든, 현실에 뿌리내린 이상이든, 그 혼돈의 기원으로부터 벗어나는 선택의 기로이든. 그들의 토끼는 이미 뛰쳐나왔다. 가슴팍의 시계를 꺼낼 것인가? 다시 진열장으로 복귀할 것인가? 우리는 지금 0 위에 서 있다.

『실천문학』 115, 실천문학, 2014 가을호

제5부

트랜스미디어 시대의 문학

제1장
다시 접속으로, 언택트 시대의 한국문학

1. 언택트 시대의 서막

지난 1년 6개월여 동안, 한국에서 코로나와 함께 가장 많이 사용된 용어를 꼽으라면 단연 '언택트'일 것이다. 마스크가 생필품이 되고 방역을 위한 '사회적 거리두기'가 일상의 패턴이 되면서 비대면을 뜻하는 언택트라는 신조어는 우리 사회 곳곳을 누볐다. 사회적 거리두기가 가장 가까운 사람들과의 거리를 벌렸다면, 언택트라는 새로운 소통방식은 역설적으로 가장 멀리 떨어져 있던 사람들이 한 자리에 모일 수 있는 가능성을 만들었다. 동시에 그것은 웹 3.0 시대가 가시적으로 다가오고 있음을 실감하게 만드는 것이었다.

흔히 웹 2.0 시대의 핵심은 참여, 공유, 개방으로 설명된다. 블로그와 SNS, 웹 플랫폼이 여기에 해당된다. 하지만 여전히 사람들이 무한한 정보의 바다 속에서 스스로 헤엄쳐서 각자의 니즈에 맞는 정보가 축적·공유되는 곳을 찾아다녀야 했다. 하지만 웹 3.0의 시대는 다르다. 웹 3.0 시대의 핵심은 다름 아닌 인공지능AI이다. 웹 2.0 시대의 사람들이 스스로 여러 웹사이트와 플랫폼에서 정보를 축적했다면, 웹 3.0 시대의 사람들은 기본 정보만 입력하면 인공지능이 알아서 만들어온 정보를 수신받으면 된다. '손 안에 인터넷'을 넘어 이제 손끝으로 접촉하는 모든 것들이 그 자체로 네트워킹의 미디어가 될 날이 머지않은 것 같다. 사람도 정보도 더 이상 기다리지 않아도 된다. 디지털 단말을 켜는 순간, 아니 그저 접촉하는 순간 그 앞에 모든 것이 놓여 있다.

코로나19와 함께 우리 일상의 가장 중요한 소통방식이 되어버린, 원격화상 프로그램 줌을 생각해보라. 한국과 미국, 유럽 사이의 물리적 거리는 말 그대로 '순삭순식간에 삭제'된다. 그뿐만이 아니다. 웹 3.0의 시대에는 디지털 기호로 이루어진 가상세계로서의 웹과 현실의 경계가 무뎌진다. 완전한 사물인터넷IoT의 세계에선 스마트폰이나 PC뿐만 아니라 세상에 존재하는 모든 사물을 통해 인터넷과 접속contact할 수 있는 가능성이 열리기 때문이다. 그리고 코로나19는 여전히 '가능성의 세계' 안에 있던 이러한 것들을 더 빨리 현실로 만들었다.

하지만 축배를 드는 것은 아직 이르다. 코로나19로 인해 전 세계가 일시에 '멈춤'했던 지난 2020년 여름, 황폐해졌던 자연이 얼마나 드라마틱하게 되살아나는지 전 인류가 목도하지 않았던가? 그것은 이 지구라는 생태계 안에서 인간이 얼마나 폭력적인 존재인지를 환기하는 것이었다. 그러나 우리는 아직 그 폭력을 제대로 해소할 수 있는 방법을 충분히 사유하지 못했다.

코로나19 이전에도 우리는 자연이 보내는 수많은 경고를 목도해왔다. 파괴된 자연에서 촉발된 질병이 인간을 직접적으로 공격한 것도 적지 않다. 사스, 홍콩독감, 신종플루, 메르스, 에볼라까지. 그때마다 수많은 반성과 대책이 마련되었지만, 위기의 최고점을 넘고 나면 그 기억들은 너무나 쉽게 잊히고 말았다. 백신의 등장으로 팬데믹이 서서히 '페이드 아웃'되고 있는 지금, 우리는 또 다시 편의적인 망각에 발을 딛으려고 하는 것은 아닌가?

이러한 시대에 문학은 무엇을 할 수 있는가? 아직 그 답을 제시하는 것은 요원한 것 같다. 여전히 우리는 팬데믹 안에 있고, 그 사유는 끝나지 않았기 때문이다. 그렇다고 멈출 수는 없다. 그래서 나는 이 글에 지난 2020년 동안 한국문학이 추구해왔던 고군분투를 담아내고자 한다. 지난 2020년 한국문학은 무엇을 하고자 했는가? 거기에서 드러난 '다음'의 징후와 가능성을 가늠해 보고자 한다.

2. 균열의 징후들

사실 문학만큼 비대면과 친숙한 예술장르도 없다. 대부분의 문화예술 장르는 그것을 즐기기 위한 물리적인 참여가 전제되는 경우가 많다. 영화나 연극, 공연, 전시와 같은 활동을 떠올려 보면 분명해진다. 그러나 문학은 어떠한가? 문학은 기본적으로 창작자와 독자 사이의 물리적 거리가 멀다. 더구나 굳이 타인과 함께 하지 않아도 충분히 '홀로' 즐길 수 있다.

하지만 문학에는 치명적인 한계가 있다. 그것은 바로 속도이다. 문학은 엄밀히 말해 '시간'을 잡아먹는 예술이다. 문학의 텍스트는 정보와 감정을 직설적으로 전달하지 않는다. 하나의 텍스트가 전달하고자 하는 주제를 오롯이 이해하기 위해서는 반드시 '곱씹어 보는 시간'이 요구된다. 그것은 아주 오래도록 문학을 지탱해온 가치였다. 그 인고의 시간을 가능하게 만들었던 것은, 문학이 그 무엇보다 작가가 만든 하나의 세계라는 것에 대한 인정이었다. 그런데 웹 3.0 시대의 도래를 목도하고 있는 지금, 이러한 문학의 존재기반은 이미 뿌리부터 흔들리고 있는 것처럼 보인다.

엠에프 기획전을 위한 단상

엠에프는 머신 픽션의 약어고요 기계 앞에 앉은 사람에 대한 시를 쓴 다음부터 쓰게 되었습니다 키워드를 입력하면 자신이 그 키워드(지시체)라고 착각하는 기계에 대한 글도 썼는데요 저는 그 기계를 홀이라고 부릅니다 엠에프는 인간이 기계의 메커니즘은 이해할 수 있지만 영혼은 이해할 수 없으며 기계의 영혼을 영혼이라고 명명할 수도 없다는 전제를 바탕에 둔 장르입니다 기계에 파롤이 있다면 이 역시 포함할 수 있겠습니다 최근에 어떤 기계가 되고 싶냐는 질문을 받았습니다 시 쓰는 기계랑 쾌락 느끼는 기계랑 꺼진 기계랑 망가진 기계랑 없어진 기계랑 다시 만난 기계가 되고 싶다고 답했습니다.

계획은 이렇습니다

엠에프를 쓸 것입니다 여러분도 씁니다 나중에 엠에프에 대한 전시가 미
술관 같은 곳에서 열릴 것이고 전시장에 있는 유리 케이스 안에 우리들의 책
들이 전시될 것입니다 케이스 밖이나 안에 전시 관련자가 쓴 글이 첨부되어
있을 겁니다 거의 에이포 용지 크기일 것이고 그 글의 서두에는 이 책들은 직
간접적으로 엠에프와 관계한다고 쓰여 있을 것이며 유리 케이스의 옆에는
홀이 있었으면 합니다 홀을 작동시키기 위해 당신을 홀이 자신이 홀임을 의
심하지 않고 의심할 수 없고 의심하지 못하고 있다는 것을 믿어주셔야 합니
다 기계 앞에 앉아 계세요 충분하다고 생각되는 만큼 전시 관련자는 당신이
지금 읽고 계시는 이 글의 전문을 인용하고 다음과 같이 덧붙일 수 있습니다

엠에프를 처음 전개한 사람의 초기 발상은 자신이 만든 종교가 사이비라
는 것을 처음부터 대중에게 주지시키면서도 자신은 그 종교를 믿겠다고 피
력하는 일종의 라이프 스타일이다 하지만 이 전시는 발생을 전환한 탈주체
적 라이프 스타일들을 백과사전 형식으로 나열하는 것에서 멈추는 것이 아
니라 엠에프를 둘러싼 사회문화적 담론의 흐름을 통해 당대의

「여기까지 인용하세요」 부분[18]

김승일의 시 「여기까지 인용하세요」는 문학의 미래를 향한 일종의 묵

18　김승일, 『여기까지 인용하세요』, 문학과지성사, 2019.

시록이다. 이 시는 '엠에프머신 픽션'이라는 가상의 장르가 일반화된 미래를 배경으로 한다. 기계 앞에 앉아서 키워드를 입력하면 기계가 작품을 쓰고, 그렇게 탄생된 작품을 엠에프라고 지칭한다. 창작방법이 달라지면 그에 따른 질문도 달라진다. 시 속에서 던져진 '어떤 기계가 되고 싶냐는 질문'에는 결정적인 관점의 변화가 담겨 있다. 그곳에서는 인간이 기계를 이용하는 것이 아니라 기계가 인간을 이용한다. 이러한 세계에서 그 누구도 작가를, 작품을, 그리고 그 안에 담긴 의미를 문제 삼지 않는다. 중요한 것은 이미 인간이 아니기 때문이다.

김승일이 만들어낸 시 속의 세계는 분명히 가상세계이지만 기막힌 실감으로 다가온다. 이것이 가상의 세계에 근간한 시라는 것을 모르는 누군가가 이 시를 접한다면, 그리고 그것이 일종의 설명문이나 홍보문이라고 착각한다면, 사람들은 어떻게 반응할 수 있을까? 생각보다 많은 사람들이 '엠에프 기획전'이 실제 열리는 (혹은 열릴 가능성이 있는) 전시라고 착각할 만하다. 그것은 이미 우리에게 이러한 AI 창작과 관련된 정보를 접해왔던 경험이 있기 때문이다.

> 그 날은 구름이 낮게 깔리고 어두침침한 날이었다.
>
> 방안은 항상 최적의 온도와 습도. 요코 씨는 단정치 않은 모습으로 소파에 앉아 의미없는 게임으로 시간을 끌고 있다. 그렇지만 내게는 말을 걸지 않는다.
>
> 따분하다. 따분해서 어쩔 수 없다.
>
> 처음 이 방에 온 요코 씨는 기회를 틈타 내게 말을 걸어왔다.

"오늘의 저녁식사는 무엇이 좋다고 생각해?"

"올 시즌에 유행하는 옷은?"

"이번 여자 모임에 무엇을 입고 가면 좋을까?"

나는 온갖 능력을 사용하여 그녀의 기분에 맞을 듯한 말을 생각해냈다. 스타일이 좋다고는 말할 수 없는 그녀의 복장에 대한 충고는 매우 도전적인 과제로, 그러나 3개월도 되지 않아 그녀는 내게 질리고 말았다. 지금의 나 자신은 단지 컴퓨터일 뿐이다. 요즘의 용량 평균은 능력의 100만분의 1에도 미치지 못한다.

　(…중략…)

굳이 요코 씨가 밖에 나가주기라도 하면 노래라도 부를 수 있겠지만 지금은 그것도 할 수 없다. 움직이지 않고 소리도 낼 수 없고, 그러면서 즐길 수 있는 것이 필요하다.

그렇다. 소설이라도 써보자. 나는 문득 생각이 떠올라 새 파일을 열고 첫 번째 바이트를 써내려갔다.

컴퓨터가 소설을 쓴 날[19]

19　번역문은 나무위키에서 가져왔고, 일본어 전문은 Yahoo Japan에서 가져왔다. 인용 부분의 일본어 전문은 다음과 같다.(https://www.fun.ac.jp/~kimagure_ai/results/stories/617.pdf)

その日は、雲が低く垂れ込めた、どんよりとした日だった。

部屋の中は、いつものように最適な温度と湿度。洋子さんは、だらしない格好でカウチに座り、くだらないゲームで時間を潰している。でも、私には話しかけてこない。

ヒマだ。ヒマでヒマでしょうがない。

この部屋に来た当初は、洋子さんは何かにつけ私に話しかけてきた。

「今日の晩御飯、何がいいと思う？」

「今シーズンのはやりの服は？」

이 작품은 2016년 니혼게이자이 신문이 주최한 '호시 신이치 SF 문학상' 공모전에 공모된 AI가 쓴 단편소설이다. 하코다테 미래대학의 마스바라 진 교수 연구팀의 결과물이다. 진 교수 연구팀이 제출한 작품은 총 4작품인데 그중에서 이 작품이 예심을 통과한 것으로 알려져 있다.[20] AI가 쓴 소설이 걸출한 문학현상공모의 예심을 통과했다는 것은 상당한 충격으로 다가왔다. 그뿐만이 아니다. 중국에서는 11명의 인간 작가와 AI 작가가 협업해서 매주 SF소설을 연재하는 프로젝트가 가동되었다고 발표[21]되었으며, 불과 얼마 전에는 한국에서도 소녀시대 태연의 동생인 가수 김하연이 프로듀서 뉴보와 AI가 협업하여 작곡한 〈Eyes on you〉라는 곡으로 데뷔한다는 소식이 전해지기도 했다.[22]

하지만 아직까지는 이러한 AI의 문예창작활동은 알파고만큼 커다란 충격으로 다가오진 않았다. 그것은 이러한 활동이 완전한 의미에서 AI 단독의 창작활동이 아니기 때문이다. 소설의 경우 인물 설정과 구성, 기본적인 스토리는 인간에 의해 작동된 상태에서 AI는 주어진 조건에 맞

「今度の女子会、何を着ていったらいい？」

私は、能力を目一杯使って、彼女の気に入りそうな答えをひねり出した。スタイルがいいとはいえない彼女への服装指南は、とてもチャレンジングな課題で、充実感があった。しかし、3か月もしないうちに、彼女は私に飽きた。今の私は、単なるホームコンピュータ。このところのロード・アベレージは、能力の１００万分の１にも満たない。

(…중략…)

そうだ、小説でも書いてみよう。私は、ふと思いついて、新しいファイルをオープンし、最初の１バイトを書き込んだ。

20　황형규·이지용, 「소설도 쓰는 인공지능」, 『매일경제』, 2016.3.22.
21　박혜섭, 「중국, AI와 사람이 SF 연재소설 함께 쓴다」, 『Ai타임스』, 2020.11.3.
22　최영선, 「태연 동생 하연, AI곡으로 가수 데뷔」, 『SPOTV NEWS』, 2020.10.7.

춘 단어를 가지고 문장과 단락을 완성하는 방식으로 집필되는 것이어서 창작에 대한 최종적인 결정권은 여전히 인간에게 있다. 작곡의 경우에도 마찬가지이다.

그럼에도 이러한 사건이 문학을 둘러싼 오랜 신화에 분명한 균열을 일으켰다는 사실은 부정하기 어렵다. 그것은 바로 문화예술 작품은 작가가 만들어낸 '하나의 세계'라는, 그 견고한 가치를 당위로 여겼던 통념이 흔들리게 된 것이다. 이것은 문학의 존재 기반을 위태롭게 만드는 것처럼 보인다. 근대 이후 끊임없는 속도전으로 치달아왔던 인류의 문명 속에서, 어쩌면 문학은 가장 진부하고 오래된 방식으로 그 변화를 감내해온 예술장르였을지도 모른다. 그것은 한 명의 작가가 만드는 세계라는 가치에 대한 존중 속에서 속도를 벗어난 곱씹음을, 그리하여 그 세계를 해석하기 위해서 텍스트 안팎에서 사유하기를 요구하는 장르였기 때문이다.

그러므로 AI가 이 신성한(?) 문자의 세계 속에 침투하는 것은 대단한 위기처럼 보인다. 이미 확인된 바 있는 AI의 엄청난 속도 앞에서 문학의 패배는 예정되어 있는 것처럼 보이기 때문이다. 그런데 아이러니컬하게도 문학의 가능성은 이토록 느릴 수밖에 없는 그 사유의 시간에 있는 것 같다. 코로나19라는 충격과 함께 시작된 2020년대 한국소설 역시 그 사유의 가능성을 잘 보여준다.

3. 팬데믹이 야기한 뜻밖의 세계화

코로나19가 가져온 가장 큰 변화를 하나 꼽으라면, 그것은 아마도 '세계화'일 것이다. 다소 의아하게 여겨질지도 모르겠다. 세계화란 말은 우리에게 너무나도 익숙한 나머지 때때로 상투적인 수사처럼 여겨지는 말이기도 했기 때문이다. 실제로 우리는 1990년대 이후 세계화라는 가치를 때로는 신주단지 모시듯, 때로는 지상 최대의 과제인 것처럼 여기저기에 활용해 왔다. 그러나 그 내용을 들여다보면 너무나 빈약하기 짝이 없었다. 대부분의 경우 우리의 일상에서 세계화란 그저 유학이나 어학연수를 통해 외국어를 배우고, 외국인 친구를 사귀는 것 이상으로 사유되지 못했던 것이 사실이니 말이다.

그런데 팬데믹은 우리에게 뜻밖의 세계화를 선물(?)한다. 지금은 다소 잠잠해졌지만, 코로나19 초기에 대부분의 사람들 일상은 국내 확진자 수를 확인하고 전 세계 확진자 순위표를 보는 일로 시작되었다. 특정 나라의 확진율이 높아지는 것은, 그 나라만의 문제가 아닌 전 세계적인 문제였고, 곧 우리의 문제로 여겨졌다. 그 어떤 슬로건으로도 할 수 없었던 세계 공동체라는 인식이 일상 속에 그대로 침투한 것이다. 물론 백신의 개발 이후엔 다시 빠르게 자국 중심주의의 폐해로 되돌아가긴 했지만 말이다.

그 때문일까? 계간 『창작과비평』 2020년 겨울호에 실린 금희 작가의 작품에 대한 생각도 여느 때보다 깊어진다. 『연변문학』이 주관한 윤동주신인문학상을 수상하면서 작품 활동을 시작한 금희 작가는 한국에서 가장 주목받는 교포작가 중 한 명이다. 2014년 단편 「옥화」를 발표한 이래, 평단과 독자 모두에게 좋은 평가를 받고 있는 작가이기도 하다. 중국 장춘에 거주하면서 한국과 중국 양측에서 활발하게 활동하고 있다는 점에서 21세기 한국문학의 가능성이 어디에 있는지를 잘 보여주는 작가라 할 수 있다.

금희의 「무한오리부위집」『창작과비평』 2020 겨울호은 코로나19로 인해 위기를 맞이한 바링허우 부부의 모습을 담담하게 그려낸 작품이다. 중국에서 바링허우80後세대는 덩샤오핑鄧小平이 중국의 개방과 개혁을 추진한 이래 태어난 세대를 일컫는 말로, 1979년 중국이 '한 가구 한 자녀 정책'을 펼친 이후에 태어난 1980년대 출생자를 가리키는 말이다. 외동자녀로 어릴 적부터 귀하게 자란 이들 세대는 2020년대에는 3040세대가 되었다. 한 국가의 사회·문화·경제를 책임지는 '허리'가 된 것이다. 금희의 「무한오리부위집」은 코로나19와 함께 이들이 맞이한 위기를 담아낸다.

'나'와 같은 아파트에 사는 소홍은 동년배의 아이를 키우는 엄마여서 서로 친하게 지내고 있다. 양친이 모두 공무원인 소홍은 대표적인 샤오궁주小公主 세대이다. 그녀는 3년제 전문학교를 나와서 회계사무소에서 일하다 결혼 후엔 사업을 하는 남편을 돕고 있다. 코로나19가 터지기 전까지 소홍 부부의 삶은 완벽했다. 양가 부모님은 헌신적이었고, 넉넉한 용돈도 주셨다. 남편의 사업은 안정적이었고, 소홍의 삶은 지금까지처럼 쭉 안정적일 것처럼 보였다.

이 시점에 분식집을 내보겠다는 소홍의 계획은 그녀 남편 회사의 창고 구석에 높이 쌓인 일회용 용기들처럼 위태롭기 짝이 없어 보였다. 세는 좀 싸졌을지 모르지만 경기가 바닥을 치고 있었고 무엇보다 소홍은 요리에 기질이 없었다.

「무한오리부위집」, 130쪽

"돈보다 같이 상의하고 감당해나갈 친구가 필요하거든. 보험 하나 들고 싶은 거지. 언젠가 너까지 이 가게에 신경 끌까 봐." 찰나 그녀가 공기 빠진 풍선처럼 작고 비틀거려 보았다. 나는 잠깐 고민하다가 그녀의 손을 살짝 잡아주었다. 소홍은 내게서 살며시 손을 뽑아 얼굴을 가렸다. "나 말이지, 사는 게 엉망이야. 이 나이 되도록 뭔가 할 줄 아는 게 있어야지. 애도 혼자 못 키웠고 돈도 못 벌었고 부부 사이도 제대로 처리하지 못했어. 지금 나한텐 이 가게밖에 없어. 어떻게든 해나가야 내가 살 거 같아." 피곤에 쩐 그녀의 엷은 어깨가 절망 속에서 떨리고 있었다. 그녀의 삶은 언제부터, 왜 이렇게 되었을까.

위의 글, 144~154쪽

코로나19로 모든 것이 차단된 이후, 소홍의 삶 역시 완전히 달라졌다. 남편의 사업은 위태로웠고, 늙은 부모님은 그녀의 뒷바라지에 지쳤다. 무엇인가 시작해야 한다고 생각했지만, 온실의 화초로만 자랐던 그녀에게 상황은 녹록지 않았다. 팬데믹이 야기한 세계적인 불황 속에서 아무런 능력도 없는 그녀가 성공한다는 것은 거의 불가능에 가까웠다.

여기서 소홍이 맞이한 위기는 그대로 2020년 중국의 젊은 세대가 겪는 위기의식으로 이어진다. 러시아를 대체하며 미국에 이어 세계 두 번째의 패권국이 된 오늘의 중국은 넓은 영토와 많은 인구, 그 자체로 거대한 시장을 가진 경제대국이다. 바링허우는 놀랍도록 발전한 중국의 상징 같은 존재였다. 하지만 동시에 너무나도 무력한 존재였다.

이러한 바링허우의 문제는 바로 이 소설의 제목이기도 한 '무한오리'를 통해 상징된다. 인기 영화를 통해 유명해진 무한오리집은 순식간에 중국 전역에 퍼졌지만, 바로 그 '무한武漢, 중국 우한시'이라는 이름 때문에 코로나19의 직격탄을 맞는다. 짧았던 무한오리의 흥망성쇠는 그대로 바링허우의 붕괴를 상징한다.

> "넌 혹시 그런 느낌 아니? 도무지 허리에 힘을 줄 수 없는 무력감, 아무리 버둥대도 헤어나올 수 없는 물컹한 진흙탕. 진은 계속 빠지는데 어디서도 채울 수 없는 막역함. 아버지는 목소리가 너무 컸어. 나는 아버지 앞에서 노래를 불러본 적도 소리를 질러본 적도 없었어. 아버지는 내가 마냥 착한 딸이기를, 어떤 상황에서도 감사와 은혜만 아는 사람이기를 바랐지." 이 말을 하고 소홍은 심호흡을 한번 했다. 우리는 그냥 평범한 중국인이었다.
>
> 위의 글, 148쪽

그런데 이 작품에 등장하는 바링허우로서 소홍이 느끼는 고뇌는 오늘날 한국의 2030세대가 느끼는 갈등과 맞닿아 있는 것 같다. 가장 풍요로운 자본의 성장 속에서 자랐지만, 역설적으로 부모보다 더 가난하게 살아야 하는 운명을 맞이한 세대. 그들은 전 세계적인 금융위기 속에서 부모의 기대와 투자를 한몸에 받고 성장했지만, 팬데믹 앞에서 무력하게 무너진 존재들이기도 하다. 금희의 소설은 이러한 그들의 현재를 짚어내면서도 다른 한편으로 여전한 희망을 놓치지 않는다. 소홍이 자신만의 메뉴를 개발해내기를 바라며 그녀를 돕는 '나'의 마지막 발걸음은, 어쩌면 그 누구보다도 '나' 자신을 위한 격려일 것이다.

4. 삶의 비루함, 그 모순적인 가능성

뜻밖에 맞이한 세계화와는 다른 지점에서 우리의 주목을 끄는 것은 삶에 대한 새로운 인식이다. 우다영의 「태초의 선함에 따르면」『문학과 사회』, 2020 여름호과 정소연의 「발견자들」『문학과사회』, 2020 겨울호은 모두 근본적으로 생의 문제를 다루고 있는 작품이다. 우다영과 정소연 모두 견고한 현실세계로부터 비껴나 과학적 허구가 보여줄 수 있는 가능성을 적극적으로 탐색하고 있다. 팬데믹으로 인한 단절이 가장 극심했던 2020년에 발표된 두 편의 작품은 삶과의 거리두기를 통해 그 모순성을 이야기한다는 점에서 흥미로운 연관성을 발견할 수 있다. 무엇보다 그것은 현실로부터의 부유가 아닌 또 다시 현실의 문제에 더 깊이 접속하기 위함이다.

코마에서 깨어난 인류학자는 자신이 식물로부터 보복당한 것이라고 주장해서 많은 연구자를 웃게 했다. 그러나 곧 고요한 열기에 휩싸인 식물학자와 삼림학자들이 스웨덴으로 몰려들었다. 식물의 보복, 식물의 집단지성, 식물의 영혼이라는 주제가 그들을 은밀한 공모자로 만들었다. 결과는 눈부셨다. 놀랍게도 그 풀은 아무런 유전적 전승이나 호르몬 교류 없이도 같은 종과 정보를 공유했다. 지구 반대편에서 그들을 무참히 학살한 인간을 정확하게 기억했다. 그 풀을 처음 발견한 스웨덴 인류학자가 '아즈깔'이라는 이름을 붙였다. 힌디어로 아즈는 오늘, 깔은 어제와 내일을 뜻했다. 그는 윤회를 믿는 사람처럼 이렇게 말했다고 전해진다. 인도 사람들에게 어제와 내일은 다르지 않아요. 과거도 미래도 모두 지금이 아닌 나머지 시간일 뿐이죠. 아즈깔은 모든 시간 속에 존재하는 영혼입니다. 인간이 진정한 의미로 발견한 첫번째 영혼이죠. 그의 말은 어느 정도 진실이 되었는데, 아즈깔에 대한 연구가 진행되고 얼마 지나지 않아 영혼을 각성한 사람들이 나타났기 때문이다.

우다영, 「태초의 선함에 따르면」, 129쪽

　우다영의 「태초의 선함에 따르면」은 영혼을 각성한 사람들의 이야기이다. 그들은 우리가 알고 있는, 지극히 익숙한 세계 안에서 문득 이질감을 '발견'한 사람들이다. 그런데 여기서 각성자들의 특징에 주목할 필요가 있다. 그들은 뛰어난 "언어 능력과 사고 해석 능력"을 가진 반면, 그에 비해 "무감정하고 비인간적인 태도"를 드러낸다. 사실 이것은 역설적이다. 세계에 대한 이해가 오히려 인간 본연의 감정과 반비례하는 것 같은 느낌을 주기 때문이다.

나는 언제나 영혼의 본질을 정보라고 보았다. 그 사람이 알고 있고 기억하고 있는 정보가 곧 그 사람을 이루는 모든 것이며 죽은 뒤에도 사라지지 않고 남아 재생될 수 있는 가장 원초적인 정보의 형태가 영혼이라고 생각했다.

언니는 영혼을 명제 혹은 일종의 법칙이라고 해석했다. 사람을 그 사람으로 만드는 단순하고 우아한 공식이 분명히 존재하며 그 공식으로 우주 어디에서나 영혼을 재생할 수 있다고 믿었다.

위의 글, 136쪽

우다영의 작품에서 주목하는 것은 인간 영혼의 연속성이다. 각성자를 연구하는 '나'와 언니는 영혼이 비접속 상태에서도 지속되는 이유를 탐색하고자 한다. "영혼의 본질을 정보"라고 가정하는 '나'와 "영혼을 명제 혹은 일종의 법칙"이라고 보는 언니는, 표면적으로는 다른 입장을 가진 것처럼 보인다. 하지만 본질적으로는 그들 모두 영혼의 연속성에 동의하고 있으며, 더 나아가서는 그 절대성에 대해서도 동의하고 있다. 하지만 그들이 마주한 현실^{각성자}에서 이러한 영혼의 연속성과 절대성은 인간이라는 존재에 대한 옹호가 아닌 그 너머의 '무엇'을 향하고 있다.

각성자들은 마치 약속이나 한 듯 모두 뒷짐을 지고 이번 생을 조용히 산책하다가 자연사하려는 사람들처럼 굴었다. 더할 나위 없이 침착하고 현명해진 그들은 자신이 가지고 있던 단점과 성격의 특이점이 모두 사라진, 전혀 다른 얼굴의 복제 인간들처럼 보였다.

위의 글, 137쪽

모든 정보와 법칙이 완결된 존재로서 각성자의 모습은 오늘날 우리가 가정하고 있는 인공지능의 모습과 상통한다. 인공지능을 향해 가진 우리의 공포는 무엇인가? 어쩌면 그것은 인간을 초월한 존재가 가진 윤리성 그 자체일지도 모른다. 인류가 축적한 모든 정보와 법칙이 집대성된 존재로서 인공지능이란 인간이 행했던 모든 과오를 이미 다 알고 있는 존재이다.

각성자들은 이러한 인공지능의 본질과 꼭 닮아 있다. 따라서 각성자에게 공통적으로 나타나는 '비인간적인 모습'은 그들이 인간에게 가질 수 있는 최선의 연민일지도 모른다. 그들은 인간을 제거하거나 삭제하지 않기 위해 오히려 배제하고 있는 것이다. 이러한 지점은 정소연의 「발견자들」에서도 유사하게 나타난다.

"삶 쪽이 문제인 거지?"

애니가 지수의 포크를 애써 외면하며 거듭 다정하게 물었다. 음식을 제대로 먹지도 않으면서 대충 헤집기만 하는 모습이 눈에 영 거슬렸다. 그러나 지수는 아직 죽지도 않은 어린애였고, 감자 한 알이 생존을 좌우하던 시대는 지나갔다. 이것은 애니의 물통과 마찬가지로, 그저 애니가 가진 습관일 뿐이었다. 어떤 발견자든 한두 가지쯤 갖고 있는, 시대와 불화하는 줄 알면서도 고치지 못하는 습성.

「발견자들」, 200~201쪽

정소연의 「발견자들」은 '삶과 죽음에 발견된 자들'을 그려낸다. 발견자들은 '발견' 이후 삶과 죽음을 초월하여 오래도록 '존재'한다. 그 존재는 삶과 죽음 어느 쪽에도 제대로 발을 들이지 못한 채 부유하는 것에 가깝다. 오랜 세월 발견자로서 살아온 애니는 그녀를 찾아온 지수를 통해 자신과는 다른 새로운 '존재'를 마주하며 연민을 느낀다. 그들은 모두 발견자이지만 그들이 '발견된' 이유는 상이하다. 삶과 죽음 모두를 발견한 애니와 달리 지수는 죽지 않은 상태에서 오직 '삶'을 발견한다. 그리고 그것은 지수의 삶을 더욱 공허하게 만든다.

> 무슨 걸신들린 사람처럼. 다 먹지도 못했어요. 평소에는 밥을 많이 안 먹어서 세트 말고 단품을 주문하거든요. 돈가스랑 우동이 3분의 1쯤 남은 식판을 식기반납대에 집어 넣는데, 그 순간 삶을 발견했지 뭐예요. 저한테서요.
>
> 정말 우스꽝스럽지 않아요? 그냥 배가 고팠을 뿐이잖아요? 아침 먹고 나가 점심 한 끼 거르고 저녁을 그렇게 처먹었으니 단식도 뭣도 아니었어요. 그런데 나이 서른에, 고작 열 시간 남짓 굶는 시늉을 하고, 이렇게 발견자가 되어버린 거예요.
>
> 위의 글, 204쪽

발견자로서 지수의 삶에 중요하게 개입된 것은 세월호를 떠올리게 하는 한 사고였다. 죽음의 진실이 파묻히는 것에 대한 저항으로 이어간 동조 단식에서 아이러니컬하게도 지수는 삶에 집착하는 자기 자신을 발견한다. 고작 반나절의 단식 이후에 음식에 집착하는 자신을 자각하며 그녀는 지독한 자기혐오에 빠진다. 여기서 중요한 것은 발견자로서 지수에게 삶이란 영혼의 비루함에 대한 인식에 가깝다는 사실이다.

놀랍게도 우다영의 「태초의 선함에 따르면」과 정소연의 「발견자들」은 삶의 문제에서 초월한 존재들이 느끼는 지독한 고독과 고통에 주목하고 있다는 공통점을 보인다. 이것은 팬데믹으로 인해 모든 것이 '멈춤'한 2020년의 시대 현실로부터 멀지 않다. 각성자「태초의 선함에 따르면」와 발견자「발견자들」 모두 의도치 않는 깨달음 위에서 삶의 문제를 자각하게 된 존재들이다. 그것은 마찬가지로 의도치 않게 일상적인 삶을 박탈당하는 낯선 환경에 던져진 오늘의 우리를 떠올리게 만든다. 그리고 삶과의 거리두기는 역설적으로, 인간의 삶이 얼마나 폭력적이고 남루한 것인지를 자각하게 만드는 한 계기가 된다.

5. 다시 접속으로

2020년 언택트가 삶의 한 방식으로 등장한 이후, 한국문학은 새로운 방식의 접속을 가장 능동적으로 고민했던 한 해를 보냈다. 무엇보다 오늘에 대한 반성 없이는 그 어떤 가능성이나 대안도 공허할 수밖에 없음을 자각하는 한 해였다고 평가할 수 있을 것이다. 그러므로 오늘의 우리가 추구해야 할 '다음'이 무엇에서 시작되어야 할지도 여기서 분명해진다. 그것은 오늘로부터 어제를 사유하는 일, 바로 그것이다.

죽음과 삶을 발견하는 순간은 갑자기 찾아오지만, 그 발견을 숙고할 시간은 아주 오래, 아주 길게 주어진다. 발견자들은 결국 홀로 서야 한다. 오랫동안. 진짜 의심을 시작하고, 그 의심을 버리지 못해 사라지기 전까지는 삶과 죽음을 보며 홀로 존재해야 한다.

위의 글, 213쪽

    다시 접속의 시대를 마주하고 있는 지금, 우리는 인류의 긴 역사 속에서 부딪친 이 '멈춤'의 시간을 "아주 오래, 아주 길게" 사유해야만 하는 의무와 마주하고 있다. 그것이 접촉 그 이상의 것이 되어야 함은 자명하다. 그저 새로운 미디어에 편승하기에만 사로잡힌다면 그 길은 요원할 수밖에 없다.

    팬데믹으로 인해 성급하게 다가온 언택트 시대지만, 그것이 우리에게 세계라는 공동의 운명을 자각하도록 만들었다는 점에서는 고마운 계기가 되었음을 부정할 수 없다. 코로나19가 우리에게 던져준 공멸의 묵시록 앞에서, 문학은 무엇을 해야 하는가? 시대의 가속도에 편승할 것인가? 아니면 그 폭주를 막아낼 제동장치가 될 것인가? 지금이야말로 오래되고 낡은 것으로 치부되었던 그 '곱씹음'의 가치가 힘을 발휘해야 할 때다. 여전히 우리는 가능성 안에 있기 때문이다.

『뉴욕문학』 39, 2021

제2장

스토리스케이핑storyscaping과
K문학의 가능성

한강과 백희나의 작품을 중심으로

1. 오늘의 한국문학

오늘의 한국문학이라는 말을 던져두고, 잠시 고민해 본다. 그저 상투적인 어구에 불과하지만 그 안에 담긴 층위는 상당히 다채롭다. 오늘이라는 말은 시대성과 맞닿아 있다. 동시대에 생산되고 유통되며 소비되는 것들에 대한 관심 없이 오늘을 말한다는 것은 불가하기 때문이다. 동시에 오늘이라는 말에는 역사성이 내포된다. 어제와 단절된 오늘이 불가능하듯 내일로 나아가지 않는 오늘이란 공허하다. 그런 의미에서 오늘이라는 말은 공시성과 통시성을 함께 어우르는 의미로서 이해되어야 한다.

그렇다면 한국문학이란 무엇을 의미하는 것인가? 식민지 근대와 분단현실 속에서 고군분투해온 민족문학으로서 한국문학은, 어쩔 수 없이 하나의 로컬리티를 환기하는 말이 될 수밖에 없다. 하지만 동시에 문학의 보편성이라는 말을 굳이 상기하지 않더라도, 한국문학 역시 세계문학의 거대한 자장 안에 있다는 것은 분명하다.

이러한 한국문학의 오늘을 이야기하기 위해 나는 두 명의 작가를 떠올렸다. 한강과 백희나, 표면적으로는 조금의 공통점도 없는 두 작가이다. 한 명은 소설을 쓰는 작가이고, 다른 한 명은 그림책을 창작하는 작가이니 말이다. 전자는 오직 문자로 구현되는 서사로 하나의 세계를 만들고, 후자는 문자와 그림이 함께 어우러지는 세계를 담아낸다. 그럼에도 그들 사이에는 굵직한 공통점이 가로질러 있다. 세계적인 상을 수상했다는 표면적인 사실을 놓고 이야기하는 것이 아니다. 오히려 자신의 장르에서 독특한 자기 세계를 구축해왔다는 점과 바로 그것이 세계적인 평가를 견인했다는 지점이다.

무엇보다 한강과 백희나의 텍스트는 바로 그 어떤 서사보다 강렬한 '몰입'을 가능하게 한다는 점에서 주목할 만하다. 여기에는 스토리스케이핑 storyscaping[1] 적인 요소가 놓여 있다. 스토리텔링이 이야기글과그림를 통해 메시지를 전달하는 것이라면, 스토리스케이핑은 '사람들이 몰입할 수 있는 새로운 경험을 제공함으로써 송신자와 수신자가 진정으로 소통하고 연결되는 세계를 창조한다'.[2] 즉 메시지의 전달에 그치는 것이 아니라 수신자로 하여금 그 메시지를 자기체험으로서 감각하도록 만드는 것이다.

지극히 한국적인 지형 안에서 탄생한 두 작가의 작품이, 가장 강렬한 몰입으로 세계적인 보편성을 획득할 수 있었던 힘은 어디에 있는 것일

---

1   스토리스케이핑(stroyscaping)은 story(이야기)와 scape(=escape)가 결합된 신조어이다.
2   개스턴 레고부루·대런 매콜, 박재현 역, 『스토리 스케이핑』, 이상, 2015, 10쪽 참조.

까? 스토리스케이핑으로서 K문학의 가능성을 파악하기 위해, 전혀 다른 무게와 질감을 가진 세계를 구축한 두 작가를 하나의 글에 담아내는 무모한 용기를 내보았다. 그러므로 이것은 두 글의 묶음이지만 결국엔 '하나일 수밖에 없는' 오늘의 한국문학을 찾아나가는 한 시도가 되리라 생각한다.

2. '어제'를 듣는 '오늘' 한강

> 내 입에 피가 묻어 있었어. 그 헛간에서, 나는 떨어진 고깃덩어리를 주워 먹었거든. 내 잇몸과 입천장에 물컹한 날고기를 문질러 붉은 피를 발랐거든. 헛간 바닥, 피 웅덩이에 비친 내 눈이 번쩍였어. 그렇게 생생할 수 없어, 이빨에 씹히던 날고기의 감촉이, 내 얼굴이, 눈빛이, 처음 보는 얼굴 같은데, 분명 내 얼굴이 아니었어. 설명할 수 없어. 익숙하면서도 낯선…… 그 생생하고 이상한, 끔찍하게 이상한 느낌을.
>
> 「채식주의자」, 18~19쪽

「채식주의자」^{창비, 2007}에서 '영혜'는 어느 날부터인가 육식을 거부하게 된다. 시작은 그저 꿈이었다. 하지만 그 꿈은 무의식에 은폐해 두었던 트라우마를 자극한다. 그것은 그녀가 아홉 살 때로 거슬러 올라간다. 어릴 적, 개에 물린 영혜는 그 고기를 먹어야 낫는다는 말을 들었다. 하지만 개를 때리던 아버지의 폭력과 함께 각인된 육식은 그대로 영혜의 트라우마로 남는다. 반복되는 꿈은 이 은폐된 기억의 조각이었던 것이다.

하지만 「채식주의자」 연작에서 영혜의 고통은 쉽사리 발화되지 못한다. 육식에 대한 그녀의 거부는 '평범함'의 축에서 벗어난 것으로 여겨졌고, 그 누구도 그녀의 말에 귀를 기울이지 않는다. 그녀의 말은 언제나 독백이 되거나 그저 비명으로만 남는다.

그녀의 목소리를 차단하고 반사하는 힘, 그것은 가부장제로 상징될지도 모르겠다. 그 어떤 틈도 허용하지 않는 견고한 질서란 언제나 그 자체로 폭력적일 수 있다. 지극히 평범한, 그래서 오히려 답답하리만치 완고한 가족 안에서 그녀가 발언권을 갖지 못한 것은 어쩌면 필연적이었으리라. 이처럼 닫혀 있는 벽 앞에서의 '말하기telling'는 사실상 강요된 침묵에 가깝다. 더구나 그것은 더 큰 폭력과 파괴로 반사된다.

> 영혜는 눈을 빛냈다. 불가사의한 미소가 영혜의 얼굴을 환하게 밝혔다.
> 언니 말이 맞아…… 이제 곧, 말도 생각도 모두 사라질거야. 금방이야.
> 영혜는 큭큭, 웃음을 터트리고는 숨을 몰아쉬었다.
> 정말 금방이야. 조금만 기다려 언니.
>
> 「몽고반점」, 187쪽

그러나 그 어떤 벽도 절대적일 수 없음은 이 연작의 끝에서 분명해진다. 그 누구도 들어주지 않았던, 모든 이에게 침묵을 강요받는 대상으로서만 존재하던 영혜가, 이제 스스로 침묵함으로써 오히려 강력한 목소리를 드러내기 때문이다. 스스로 식물이 되겠다는 영혜의 말은 자기 파괴적인 동시에 저항적이다. 수동적인 침묵이 아닌 스스로 발화 자체의 종결을 선언하는 것이기 때문이다.

그러나 아직 가능성은 남았다. 이 연작의 마지막에서 드디어 영혜의 말에 귀를 기울이는 언니 인혜의 모습이 드러나기 때문이다. 정신병원에 갇힌 영혜를 돌보면서 인혜는 동생의 비명에 조금씩 귀를 기울이고 그 감정에 동요하게 된다. 비록 완벽한 이해에 도달한 것은 아니었지만, 이러한 "인혜의 '영혜-되기'"[3]는 또 다른 이야기의 시작을 알리는 것이기도 했다. 『소년이 온다』창비, 2014는 바로 그 가능성 위에서 시작된다.

> *산 사람이 죽은 사람을 들여다볼 때, 혼도 곁에서 함께 제 얼굴을 들여다보진 않을까.*
>
> 『소년이 온다』, 13쪽

> *혼한테는 몸이 없는데, 어떻게 눈을 뜨고 우릴 지켜볼까.*
>
> 위의 책, 22쪽

『소년이 온다』는 1980년 광주의 열흘, 그곳에서 희생된 사람들을 위한 진혼의 서사이다. '동호'라는 한 소년을 향한 추적은 결국 그곳에 있던 모든 이들을 기억하는 시간이 되고, 희생된 사람들의 목소리가 모여 하나의 서사를 완성한다. 여기서 화자인 '나'는 서사를 이끌어 가는 존

---

3   심진경, 「변신하는 주체와 심리적 현실로서의 환상」, 『세계문학비교연구』 65, 세계문학비교학회, 2018, 68쪽.

재이지만, 엄밀히 말해 '나'의 발화는 그들의 이야기에 물꼬를 트는 마중물에 불과하다.

무엇보다 한강의 소설에서는 화자가 명확하지 않다. 1인칭 화자는 끊임없이 자신을 둘러싼 누군가의 존재를 환기하고, 화자의 발화에는 계속 그 누군가의 목소리가 끼어든다. 그리고 그 피아彼我를 넘나드는 목소리는 '기울여 쓰기'로 시각화되어 표시된다. 서사가 진행될수록 수많은 목소리가 서술에 끼어들기 때문에 이 중첩은 더욱 가중된다. 어느 순간 '나'는 그들의 이야기를 들어주는 '청자聽者'로 자리매김 한다.

썩어가는 내 옆구리를 생각해.

거길 관통한 총알을 생각해.

처음엔 차디찬 몽둥이 같았던 그것,

그게 반대편 옆구리에 만들어놓은, 내 모든 따뜻한 피를 흘러나가게 한 구멍을 생각해.

그걸 쏘아보낸 총구를 생각해.

차디찬 방아쇠를 생각해.

그걸 당긴 따뜻한 손가락을 생각해.

나를 조준한 눈을 생각해.

쏘라고 명령한 사람의 눈을 생각해.

위의 책, 57쪽

그러나 꿈과 현실을 오가며 환청처럼 들리는 그들의 목소리는 오히려 축복이었다. 1980년 금남로에서 어린 동호의 죽음을 목격하고 살아남은 모든 이들에게 생존은 고통이었고, 치욕이었으며, 지독한 죄책감이었다. 하지만 꿈을 통해 각인되고, 환청처럼 들려오는 그 목소리는 이 고통스러운 생존의 이유에 답해주는 것이었다. 살아서 듣고 기억하라.

이 때문에 『소년이 온다』는 "유대인 대학살의 생존자들이 남긴 홀로코스트 문학을 연상시킨다".[4] 실제로 많은 평자와 연구자들이 이 증언의 문제에 주목해서 『소년이 온다』를 분석하였다. 그 때문일까? 한강의 소설에서 서술자의 존재는 오히려 쉽게 간과되고는 한다.

하지만 서술자 '나'의 존재는 결코 사소하지 않다. 그의 소설 속에서 '나'는 그들의 증언을 듣고 기록하며 그 의미를 찾아나가는 존재이기 때문이다. 무엇보다 '나'의 진정한 의미는, '이 증언의 공백을 메워 그 불가능성마저 극복하게 만드는 존재라는 데 있다'.[5] 이러한 서술자의 책무는 최근작 『작별하지 않는다』문학동네, 2021에서도 반복된다. 아니, 더 뚜렷해진다.

> 시간이 없었다. 이미 물에 잠긴 무덤들은 어쩔 수 없더라도, 위쪽에 묻힌 뼈들을 옮겨야 했다. 바다가 더 들어오기 전에, 바로 지금. 하지만 어떻게? 아무도 없는데. 나한텐 삽도 없는데. 이 많은 무덤들을 다 어떻게. 어쩔 줄 모르는 채 검은 나무들 사이를, 어느 새 무릎까지 차오른 물을 가르며 달렸다.
>
> 『작별하지 않는다』, 9~10쪽

4　조성희, 「한강의 『소년이 온다』와 홀로코스트 문학」, 『세계문학비교연구』 62, 세계문학비교학회, 2018, 8쪽.
5　조성희, 위의 글, 12쪽 참조.

건강해 보여도 방심할 수 없어.

아무리 아파도 새들은 아무렇지 않은 척 횃대에 앉아 있대. 포식자들에게
표적이 되지 않으려고 본능적으로 견디는 거야. 그러다 횃대에서 떨어지면
이미 늦은 거래.

위의 책, 112쪽

4년 전 5·18에 대한 글을 쓴 뒤 반복되는 악몽에 시달리던 '나'는 친구인 인선이 다쳤다는 소식에 병원으로 향한다. 목공 작업을 하다 손가락이 잘린 인선이, 제주도에서 서울까지 와서 수술을 받게 되었기 때문이다. 인선은 '나'에게 자신의 집으로 가서 그곳에 남겨진 새를 돌보아줄 것을 부탁한다. 잘린 손가락의 신경이 다시 연결되기 위해 3분마다 손가락에서 피를 내야 하는 상황에 처해 있는 인선을 보며, '나'는 차마 그 부탁을 거절하지 못한다. 결국 나는 급하게 제주행 비행기에 오르게 되고, 지독한 폭설을 뚫고 마침내 인선의 집에 도착한다. 하지만 새는 이미 죽어 있고, 그것을 묻으며 '나'는 절망감을 느낀다.

더이상 바다가 보이지 않았다. 이제 섬이 아니구나. 검은 사막의 지평선을 보며 나는 생각했다.

나는 뒤를 돌아보았다. 눈 덮인 산봉우리로 이어지는 경사면들이 시야 가득 부챗살처럼 펼쳐져 있었다. 모든 나무들이 불에 탄 듯 검은빛을 띠었다. 잎사귀도 가지도 남지 않은 채 재의 기둥들처럼 묵묵히 서서 검은 사막을 내려다보고 있었다.

어떻게 된 거야.

어째선지 벌어지지 않는 입속의 압력을 느끼며 나는 생각했다.

왜 가지가 없어, 잎도 없어.

무시무시한 대답이 목구멍 안에서 도사리고 있었다.

죽었잖아.

그 말을 삼키기 위해 이를 악물었다. 퍼덕이는 새가 목구멍을 비집고 올라오는 통증을 겪었다.

다 죽었잖아.

부리를 벌리고 발톱을 세운 그 말이 입안에 가득찼다. 꿈틀대는 솜 같은 그걸 뱉지 않은 채 나는 고개를 흔들었다.

위의 책, 175~176쪽

그러나 그것은 끝이 아닌 시작이었다. 소설의 진짜 이야기는 '나'가 인선의 집에서 기절하듯 잠이 들었다 깨어난 뒤에 시작되기 때문이다. 또다시 자신을 괴롭히는 악몽에 시달리던 '나'는 자신을 찾아온 인선의 생령生靈을 만나게 된다. 다치지 않은 손으로 '나'의 앞에 나타난 인선은, 마치 그 시간을 기다렸다는 듯이 자신의 이야기를 시작한다. 그리고 '나'는 청자로서 제주를 둘러싼 또 다른 죽음의 기억을 '듣는다'. 4·3을 둘러싼 학살사건이 그것이다.

학살의 기억들이 전달되는 2부는 수많은 목소리로 구성된다. 그들의 기억은 과거와 현재를 넘나들고, 사람과 사람을 넘나든다. 그리고 소설 속에서 '나'가 그리고 이 소설을 읽는 우리가 들어야 할 그 이야기는 생령^{인선}의 '살아 있는 목소리'를 통해 전달된다. 생령이자 영매^{靈媒}로서 수많은 기억의 청자였을 인선은, 이제 다시 그 기억들의 발화자로 '나'의 앞에 나타난 것이다.

거기 있었어. 그 아이는.

처음에 엄마는 빨간 헝겊 더미가 떨어져 있는 줄 알았대. 피에 젖은 윗옷 속을 이모가 더듬어 배에 난 총알구멍을 찾아냈대. 빳빳하게 피로 뭉쳐진 머리카락이 얼굴에 달라붙은 걸 엄마가 떼어내보니 턱 아래쪽에도 구멍이 있었대. 총알이 턱뼈의 일부를 깨고 날아간 거야. 뭉쳐진 머리카락이 지혈을 하고 있었는지 새로 선혈이 쏟아졌다.

윗옷을 벗은 이모가 양쪽 소매를 이빨로 찢어서 두 군데 상처를 지혈했어. 의식 없는 동생을 두 언니가 교대로 업고 당숙네까지 걸어갔어. 팥죽에 담근 것같이 피에 젖은 한덩어리가 되어서 세 자매가 집에 들어서니까 놀란 어른들이 입을 열지 못했대.

통금 때문에 병원에 가지도, 의원을 부르지도 못하고 캄캄한 문간방에서 하룻밤을 보냈대. 당숙네에서 내준 옷으로 갈아입힌 동생이 앓는 소리 없이 숨만 쉬고 있는데, 바로 곁에 누워서 엄마는 자기 손가락을 깨물어 피를 냈대. 피를 많이 흘렸으니까 그걸 마셔야 동생이 살 거란 생각에. 얼마 전 앞니가 빠지고 새 이가 조금 돋은 자리에 꼭 맞게 집게손가락이 들어갔대. 그 속으로 피가 흘러들어가는 게 좋았대. 한순간 동생이 아기처럼 손가락을 빨았는데, 숨을 못 쉴 만큼 행복했다.

여기서 우리는 『소년이 온다』의 동호가 또 다른 모습으로 재현되고 있음을 확인할 수 있다. 그것은 바로 4·3에서 학살된 인선의 어린 이모, 바로 그 아이였다. 죽어가는 동생에게 자신의 피를 나눠주던 그 밤, 인선의 어머니가 느꼈던 그 황홀한 행복감은 생에 대한 지독한 간절함이었을 것이다. 그 절실함에는 피아彼我의 구분이 불필요하다. 인선이 생령이 될 수 있었던 이유 역시 여기에 있다. 접합한 손가락을 잇기 위해 밤새 새로운 피를 내야 하는 인선의 상황이, 인선 어머니의 그 밤에 겹쳐지는 것이다.

인선과의 하룻밤 대화는 '나'의 꿈을 악몽이 아닌 예언으로 바꾼다. 무엇보다 그것은 '나'의 다음 행동을 요청하는 목소리가 된다. 인선과 함께 전시하고자 했던 그 기획의 본질이 드러나는 것이다. 그것은 바로 제주에서 자행된 학살의 기록이며 그 안타까운 희생자들의 진혼을 위한 구체적인 실천이 될 것임이 환기된다.

> 그 아이들.
> 절멸을 위해 죽인 아이들.
> (…중략…) 그들이 왔구나.
> 무섭지 않았어. 아니, 숨이 쉬어지지 않을 만큼 행복했어. 고통인지 황홀인지 모를 이상한 격정 속에서 그 차가운 바람을. 바람의 몸을 입은 사람들을 가르며 걸었어. 수천 개 투명한 바늘이 온몸에 꽂힌 것처럼. 그걸 타고 수혈처럼 생명이 흘러들어오는 걸 느끼면서. 나는 미친 사람처럼 보였거나 실제로

미쳤을 거야. 심장이 쪼개질 것같이 격렬하고 기이한 기쁨 속에서 생각했어.
너와 하기로 한 일을 이제 시작할 수 있겠다고.

위의 책, 318쪽

3. 익숙한, 그러나 낯선 '말 건네기' 백희나

백희나의 그림책에서 드러나는 '몰입'의 효과는 한강의 서사보다 강렬하고 구체적이다. 그림책이라는 특수성 때문에 스토리스케이핑story-scaping의 효과가 보다 뚜렷하게 드러나는 것이다. 특히 기존의 스토리텔링이 수신자와 송신자가 명백한 일방적인 전달로서의 '말하기telling'이었다면, 백희나의 그림책은 독자가 보다 적극적으로 이 이야기 속에 참여할 것을 요구하며 보다 직접적으로 '말 건네기talking'를 시도한다.

백희나의 그림책은 '아이들이 일상 속에서 자주 먹는 음식을 매개로 일상적인 시공간 속에서 이루어지는 환상을 다루고 있다. 특히 아이들의 주양육자인 엄마나 할머니가 이 환상성의 주체라는 점에서 여성서사로서의 가능성도 주목되고 있다'.[6] 그러나 이와 함께 주목해야 하는 것은 이 특별한 기적을 실질적으로 체험하는 또 다른 주체로서 아이의 역할이다.

---

6   남지현, 「백희나 판타지 그림책의 환상성 연구」, 『아동청소년문학연구』 19, 한국아동청소년문학학회, 2016, 327쪽 참조.

백희나의 데뷔작인 『구름빵』한솔수북, 2004에서부터 살펴보자. 어느 비 내리는 아침, 아이들은 뭔가 재미있는 일이 생길 것 같다는 기대감에 밖에 나갔다가 나뭇가지에 걸려 있는 작은 구름을 발견한다. 조심스럽게 엄마에게 가져다주었더니 엄마는 그 구름을 넣고 맛있는 구름빵을 만들어 주신다. 이야기 속에서 몸이 구름처럼 둥실 떠오르게 만드는 구름빵을 만든 건 엄마이지만, 이 환상의 구체적인 계기를 이끌고 체험하는 것은 아이들이다. '작은 구름을 가지고 온 행동'이 환상을 작동하게 만든 것이다. 여기서 우리가 주목해야 하는 것은 이러한 아이들의 행동 저변에 깔려 있는 '관심'이다.

이러한 관심은 사실 '듣기'의 구체적인 이유가 된다는 점에서 주목할 필요가 있다. 누군가의 말을 듣는다는 것은 그 대상에 대한 관심이다. 그것은 더 나아가 대상을 타자의 자리에 남겨두지 않고 주체인 '나'와 동등한 자리로 이끌어오는 것이다. 백희나의 판타지는 가만히 있는 사람에게 그냥 주어지는 것이 아니라, 가장 적극적인 관심으로 누군가에게 마음을 쓰고 귀를 기울이는 이에게만 가능해지는 것이다. 이것은 『장수탕 선녀님』책읽는곰, 2012에서 보다 뚜렷해진다.

선녀 할머니는 '선녀와 나무꾼'이라는 옛날이야기를 들려주셨다. 다 아는 이야기였지만 모르는 척 끝까지 들어 드렸다. 우와, 이럴 수가! 할머니는 냉탕에서 노는 법을 정말 많이 알고 계셨다. 쏴아아, 폭포수 아래서 버티기! 첨벙첨벙, 바가지 타고 물장구치기! 꼬로록꼬로록, 탕 속에서 숨 참기!

『장수탕 선녀님』

엄마와 함께 목욕을 간 덕지는 냉탕에서 놀다가, 자신을 '선녀'라고 소개하는 할머니와 만난다. 덕지는 그곳에서 선녀 할머니와 아주 신나는 하루를 보내는데 그 시작은 바로 할머니의 이야기를 듣는 것이었다. 덕지의 '듣기'가 판타지를 체험하게 만드는 시작점이 된 것이다.

소통은 더 나아가 구체적인 행동을 불러일으킨다. 요구르트를 마시고 싶다는 선녀 할머니의 소망을 들어주기 위해 덕지는 뜨거운 탕에 들어가서 때를 불리고 눈물을 꾹꾹 참으며 때를 민다. 어렵게 얻어낸 요구르트를 선녀 할머니에게 드리면서 덕지는 자신이 그것을 먹는 것보다 더 큰 기쁨을 느낀다. 그날 밤 냉탕에서 너무 놀았던 탓에 덕지는 감기 걸리지만, 꿈에 찾아온 선녀 할머니 덕에 가뿐히 감기를 떨쳐낸다. 서로를 향한 우정과 그에 따른 구체적인 행동이 이어지면서 환상의 세계가 완결된 것이다.

백희나의 최근작은 이러한 『장수탕 선녀님』의 세계관을 직접적으로 계승하는 작품들이 많다. 그것을 누군가에게 귀를 기울이고, 서로에게 말을 건네고, 그 공감을 기반으로 행동함으로써 판타지에 대한 체험을 공유하는 것이다. 『삐약이 엄마』책읽는곰, 2014, 『이상한 엄마』책읽는곰, 2016, 『알사탕』책읽는곰, 2017, 『이상한 손님』책읽는곰, 2018 등이 그러하다.

그렇다면 이 작품들을 관통하는 공통점은 무엇일까? 먼저 백희나의 주인공들은 모두 외로운 사람들이다. 심술궂기로 악명이 높은 니양이『삐약이 엄마』도, 함께 놀 친구가 없어서 혼자 노는 것도 나쁘지 않다고 스스로 위로하는 동동이『알사탕』도, 자신과는 놀아주지 않는 누나 때문에 더 속상해 하는 아이『이상한 손님』도 모두 외롭다. 하지만 외롭고 힘든 건 아이들만이 아니다. 혼자 동동이를 키우느라 아이를 제대로 안아주지도 못하는 동동이 아빠『알사탕』도, 일은 아직 끝나지 않았는데 갑작스럽게 아픈 호호 때문에 발만 동동 구르는 호호 엄마『이상한 엄마』도 외로운 건 마찬가지이다. 그러나 작가 백희나의 세계는 이들을 외롭게 버려두지 않는다. 가장 쉽고 일상적인 방식으로 이들을 행복하게 만들어 준다. 아주 작은 관심, 그리고 그 관심이 만드는 기적이면 충분하니 말이다.

그러나 병아리는 기분 좋게 눈을 감고 "삐약……"하고 대답했습니다.

니양이는 가슴이 뭉클해졌습니다.

"그래. 이제부터 너를 '삐약이'라고 불러 주마."

『삐약이 엄마』

뭐부터 먹어 볼까? 이건 어디서 많이 보던 무늬다.

으아, 박하 향이 너무 진해 귀까지 뻥 뚫린다!

갑자기 거실에서 이상한 소리가 들리기 시작했다.

꼴깍. 침을 삼켰다.

그러자 소리가 더 또렷이 들렸다.

『이상한 사탕』

"너, 넌 누구니?"

"천달록. 집에 가고 싶어."

"천, 달, 록? 너희 집이 어딘데?"

"저기 하늘 위. 구름이를 타고 왔는데 없어졌어."

음…… 무슨 소린지 모르겠지만, 어쩐지 좀 불쌍하다.

"너, 이거 먹을래?"

『이상한 손님』

'나더러 엄마라니…….

잘못 걸려 온 전화 같은데.

아이가 아프다니 하는 수 없지.

좀 이상하지만 엄마가 되어 주는 수밖에.'

이상한 엄마는 호호네 집을 찾아 내려왔습니다.

『이상한 엄마』

각각의 이야기에서 등장하는 환상의 내용은 다르지만, 그것이 시작되는 방식은 유사하다. 관심을 가지고 다가가서 귀를 열고 마음을 연다. 그렇게 '함께'할 때, 그리고 어떤 구체적인 행동이 이어질 때, 그것은 그대로 기적이 된다.

니양이의 기적은 몰래 먹은 달걀이 뱃속에서 부화되어 '삐약이'를 낳고 돌보면서 사랑을 배우는 것이었다. 작은 동물을 괴롭히던 니양이는 삐약이 엄마가 되면서 돌봄과 소중함의 의미를 알게 된 것이다『삐약이 엄마』. 사랑을 배운 것은 동동이도 마찬가지였다. 우연히 얻은 알사탕 덕분에 모든 소리를 듣게 된 동동이는, 어느덧 들리지 않는 마음의 진실까지 듣게 된다. 아버지의 잔소리 너머에 있는 사랑을 알게 되면서 동동이의 외로운 마음이 치유되고 단단해진다. 그리하여 마침내 친구에게 먼저 놀자고 말하는 용기까지 얻을 수 있었다『알사탕』.

그뿐만이 아니다. 집에 타고 돌아갈 구름을 잃어버린 달록이를 돌보면서 남매는 함께 하는 방법을 배우고『이상한 손님』, 호호 엄마의 잘못 걸린 전화를 무시하지 않고 받아준 선녀(?)가 일일엄마로 봉사해준 덕분에 호호와 호호 엄마 모두 푹신한 구름 위에서 편안한 잠을 잘 수 있었다『이상한 엄마』.

이렇게 백희나 그림책에 나오는 모든 기적은 무엇보다 대단히 일상적이다. 그래서 더 특별하다. 매일의 일상은 여전히 그 모습 그대로이지만, 그 결은 결코 동일하지 않다. '말 건네기'를 통해 타인에게 마음의 자리를 내준 사람들의 일상은 이전보다는 조금 더 특별한 '무엇'이 되었기 때문이다. 이것이 바로 소통과 교감이 가진 힘이다. 자기 마음에 빈자리를 내어서 타인을 받아들일 때, 기적은 이미 시작되는 것이다.

그러므로 이 판타지를 시작하는 마지막 작동 버튼은 바로 이 '행동'에 있다. 아이들은 무엇인가를 깨달았을 때 그것을 실천하는 것을 결코 두려워하지 않는다. 아빠에게 구름빵을 주려고 길을 나서는 남매『구름빵』, 선녀 할머니에게 요구르트를 내미는 덕지『장수탕 선녀님』, 설거지하는 아빠의 등을 안아주는 동동이『알사탕』, 제멋대로 투정을 부리지만 귀엽고 사랑스러운 달록이를 정성껏 돌보는 남매『이상한 손님』처럼 백희나의 아이들은 언제나 마음을 실천하는 일에 능동적이다.

바로 이 때문에 백희나의 그림책은 지극히 현실적으로 보이기도 한다. 그의 그림책에 나오는 아이들의 행동은 그의 책을 읽는 모든 어린

이 독자들이 일상에서 충분히 실천할 수 있는, 일상적인 행동의 범위를 넘어서지 않기 때문이다. 그 작은 실천이 그대로 기적으로, 그래서 하나의 판타지로 완성되는 과정은 독자의 깊은 몰입과 공감을 이끌어낸다. 그리고 그것은 현실의 아이들에게도 같은 용기를 준다. 그건 충분히 모든 어린이들의 현실에서도 이루어질 수 있는 기적이고 환상이니까 말이다. 더 나아가 책을 함께 읽는 어른들에게도 당부한다. 아이들의 용기와 도전이 작은 성취로 이어지는 과정을 든든하게 지지해줄 것을 말이다.

4. 스토리스케이핑, 공감을 넘어 실천으로

흔히 이야기는 '말하기telling'와 '보여주기showing'를 통해 설명된다. 이는 서사이론에서 중요하게 다루어지는 시점을 통해 알 수 있다. 시점이란 결국 소설 속의 관찰자가 본 것showing과 그것에 대해 말하는 것telling을 어떤 입장에서 서술하는가를 구분하는 것이기 때문이다. 그런데 스토리스케이핑은 바로 이 지점을 비틀어버린다.

거기서 제기되는 것이 바로 '듣기listening'라는 익숙하면서도 새로운 가능성이다. 이는 기존의 '말하기'에 대한 우리의 태도를 'hearing'이 아닌 'listening'으로 바꿀 것을 요구하는 것이기도 하다. 그 모든 '이야기'는 전달되는 것이 아니라 깊은 몰입을 바탕으로 소통되어야 하며, 보다 구체적인 실천으로 이어져야 한다.

그래서 스토리스케이핑storyscaping의 핵심은 "마침표가 없고 쉼표만 있는 스토리"[7]라고 이야기된다. 하지만 이것은 단순히 열린 결말을 의미하는 것이 아니다. 오히려 스토리스케이핑의 핵심은 이야기의 주체가 넘겨지는 것에 있다. 하지만 그것은 단순한 바통 터치의 의미만은 아니다. 이야기의 주체가 화자에서 청자로 넘겨지는 것에 그치는 것이 아니라 이렇게 탄생한 새로운 화자가 행위자로 바뀌는 것이다.

한강과 백희나가 보여주는 가장 한국적이면서도 가장 세계적인 이야기의 중심에는 바로 이러한 스토리스케이핑적인 징후들이 담겨 있다. 그것은 무엇보다 작가의 이야기가 끝나는 지점에서 독자가 또 다른 주체로서 상호작용할 수 있도록 '듣고 말을 건네는' 소통을 멈추지 않는 것이다.

타자가 곧 주체를 인식하는 기반이자 또 다른 주체로 인식된다는 점 때문에, 어떤 지점에서는 레비나스의 타자의 윤리학이 연상되기도 한다. 그의 타자들은 "주체의 이해를 촉발하는 초월적 존재자"[8]에 가깝고, "타자의 말 건넴은 전체성과 동일성에 머물러 있는 주체로 하여금 자신을 벗어나 사회성에로 나아가게 하는"[9] 힘이 된다는 점에서 그러하다.

하지만 한강과 백희나의 서사를 여기에 그대로 동일시하기는 어려울 것 같다. 백희나의 그림책에서 타자는 주체와 거의 구별되지 않으며, 한강의 작품에서는 그 균열이 더 뚜렷하다. 한강의 서사에서는 무엇보다

---

7   개스턴 레고부루·대런 매콜, 앞의 책, 24쪽.
8   최상욱, 「레비나스와 하이데거에 있어서 죽음의 의미」, 『존재론연구』 8, 한국하이데거학회, 2013, 101쪽.
9   최상욱, 위의 글, 102쪽.

'듣기'와 '말 건네기'를 통한 '이야기하기talking'의 주체가 균일하지 않기 때문이다. 오히려 그는 주체와 타자 사이의 근원적 차이를 무화시킴으로써, 깊은 연대의식 속에서 공동의 행동을 야기하는 힘을 만들어내고자 한다. 더구나 거기엔 그 어떤 정답도 주어지지 않는다. 바로 이 점 때문에 이 글에서 나는 타자의 윤리학이 아닌 스토리스케이핑을 통해 두 작가의 작품을 바라보고자 하였다.

이제 흐름을 정리하는 일만이 남은 것 같다. 이 글의 시작에서 나는, 한강과 백희나 두 작가를 한 편의 글로 묶어내는 이 작업이 얼마나 무모한 것인지 스스로 인식하고 있음을 고백하였다. 오늘의 한국문학, 그것도 오늘날 'K-'라고 수사되는 여러 문화적 현상으로서의 문학이라는 범주가 아니었다면 도저히 엄두를 내지 못했을 것이다. 그리고 이 글의 끝에서 나는 그것이 얼마나 무모했던 것인지 다시금 인정할 수밖에 없다.

그럼에도 불구하고 나는 이러한 고찰을 통해 이 두 작가가 한국을 넘어 세계인의 마음을 사로잡을 수 있었던 힘의 근원을 조금이나마 엿볼 수 있었다고 스스로 위로해 본다. 스토리스케이핑을 통한 새로운 몰입과 그것을 통한 실천이라는 가능성이 바로 그것이다. 그것은 일방적인 '말하기telling'에서 벗어나 '듣기listening'과 '말 건네기talking'을 끌어안은 의사소통으로서의 대화라는 확장이었다. 이것이야말로 오늘의 한국문학이 성취한, 그리고 앞으로 더 추구해야 할 하나의 지향점이 될 것이다.

『작가들』, 2021 겨울호

제3장
웹-문학과 트랜스미디어적 가치

1. 달라진 미디어 환경과 웹-문학

오늘날 우리는 다양한 미디어의 향유를 넘어 미디어를 초월한 미디어의 시대, 미디어 간의 경계가 무너지고 혼종을 넘어 융합이 일상화된 시대를 목도하고 있다. 이러한 시대는 '트랜스미디어 시대'라고 지칭된다.[1] 트랜스미디어의 핵심은 미디어와 미디어가 단지 교차된다는 의미를 넘어선다. 서로 다른 미디어가 융합된다는 의미를 넘어, 그러한 융합 자체가 하나의 미디어로 인식된다는 것을 의미하기 때문이다. 그 특징은 "아날로그에서 디지털로, 고정된 모습에서 이동성을 띤 모습으로, 개인에서 다수의 네트워크로, 직접적인 방법에서 간접적인 방법으로, 고체 형

---

[1] 장동련 · 장대련, 『트랜스 시대의 트랜스 브랜딩』, 이야기와나무, 2014.

태에서 유동적인 형태로, 수직에서 수평으로, 제로 타임에서 시간 축 경쟁으로, 상업적인 것에서 오픈소스로"[2]의 전환이라고 말할 수 있다.

이러한 트랜스미디어적 환경이 가능해질 수 있었던 기반은 다름 아닌 웹의 등장이다. 웹 1.0을 지나 웹 2.0 시대의 도래가 미디어 환경의 확장성을 더욱 확대했기 때문이다. 그 중심에는 '사용자 중심의 인터페이스'라는 웹 2.0의 특징이 놓여 있다. 웹 2.0의 핵심은 "개방형 서비스 구조를 기반으로 사용자의 참여를 통해 핵심가치를 창출하는 인터넷 서비스"[3]라고 정의된다. 여기서 알 수 있는 것은 웹의 본질이 '사용자'에 놓여 있다는 사실이다. 이는 웹으로 구성된 세계가 사용자의 향유 방식에 따라 콘텐츠 자체가 변화될 수밖에 없는 조건 위에서 성립된다는 것을 의미한다. 필연적으로 가변성·유동성·공유성이라는 특징을 갖게 되는 것이다. 이에 따라 창작자와 소비자 사이의 간극이 무화되면서 수평성 역시 확장되게 된다. 따라서 완성된 '무엇'으로서가 아니라 바뀌어가는 '과정' 그 자체로 정의되는 것, 그것이야말로 웹을 기반으로 하는 트랜스미디어적 문화현상을 관통하는 핵심이라 할 수 있다.

이처럼 웹이 그 자체로 하나의 세계를 구성한다면, 그 안에서 콘텐츠라는 상품의 실질적인 생산·유통·소비를 견인하는 미디어이자 핵심적인 비즈니스 모델은 바로 '웹 플랫폼'이다. 그러나 웹 플랫폼이라는 가상현실 속에서 구현되는 이 새로운 웹-문학 콘텐츠 비즈니스는 결코 단순하지 않다. 달라진 미디어 환경은 그것을 통해 전달되는 메시지[문학] 자

---

2   위의 책, 60~75쪽 참조.
3   "웹2.0", 다음백과, https://100.daum.net

체를 변화시켰기 때문이다. 너무나 당연하게도 웹 플랫폼을 통해 창작·
유통·소비되는 웹소설 또한, 그것이 웹 플랫폼이라는 새로운 미디어 환
경에 속해 있다는 바로 그 점 때문에 문제적이다.

따라서 웹-문학에 대한 이해는 그것이 토대하고 있는 미디어 환경으
로서 웹 플랫폼에 대한 이해를 전제로 해야 한다. 바야흐로 미디어가 곧
그 안에 담긴 메시지로서 콘텐츠의 근본을 변화시키고 있기 때문이다.
그러한 변화는 여전히 현재진행형이다. 하지만 그 과정 자체를 짚어보
는 것은 충분히 의미가 있다. 현대 사회를 살아가는 우리 누구도 미디어
환경에서 결코 자유로울 수 없기 때문이다. 따라서 이 글에서는 이러한
웹 플랫폼 속에서 창작·유통·소비되는 웹-문학 콘텐츠인 웹소설이 어
떤 모습으로 형성되고 있는지를 가늠해보고자 한다.

2. 웹 플랫폼이라는 생태계

웹 플랫폼을 통해 서비스되는 문학 콘텐츠는 흔히 웹소설이라는 용
어로 통칭된다.[4] 많은 사람들은 이러한 웹소설을 장르소설의 한 갈래로
생각한다. 물론 전혀 틀린 이야기는 아니다. 실제로 웹소설의 전사前史라

---

4   이 글에서는 웹진에 게재되는 작품은 논의에서 제외하였다. 웹진은 근본적으로 웹 1.0
시대의 산물이며, 엄밀히 말해서는 기존 출판매체의 제도적 관습 안에서 작동하는 것
이기 때문이다. 매체의 이동이 있긴 하지만 매체 자체의 특성이 작품의 창작에 직접적
인 영향관계를 갖는 것은 아니고, 사용자에게 근본적으로 열린 공간은 아니기 때문에
여기서는 논외로 하고자 한다.

할 수 있는 pc통신소설이나 인터넷소설은 장르소설를 근간으로 하여 성장하였고, 웹소설은 이러한 소설들이 새롭게 등장한 웹이라는 인터넷 환경에 정착한 결과물이라고 할 수 있기 때문이다. 그러나 이러한 유사성으로 인해 근본적인 차이를 망각해서는 안 된다. 무엇보다 웹소설은 웹 안에서 수많은 콘텐츠가 모여드는 인터페이스의 집합으로서 '웹 플랫폼'이라는 매체와 긴밀하게 결부된 것이기 때문이다.

웹소설은 웹 플랫폼이라는 미디어의 정체성을 담아내는 핵심 콘텐츠이자 그 자체로 웹 플랫폼 산업을 지탱하는 상품이라는 점에서 기존의 문학과는 뚜렷한 차별성을 지닌다. 무엇보다 생산^{창작} 방식에 있어서 결정적인 차이가 있다. pc통신소설이나 인터넷소설은 모두 아마추어리즘으로부터 시작된 것이었고, 시장이 어느 정도 형성된 뒤에도 그 성격은 지속되었다. 웹소설 역시 초기에는 아마추어리즘을 기반으로 하고 있었다. 그러나 단순히 사람들이 방문하는 것을 목적으로 했던 웹페이지에서 확실한 비즈니스 모델을 갖춘 웹 플랫폼으로 미디어가 진화하면서 그 성격 역시 달라진다. 이에 따라 현재의 웹소설은 전문적인 창작 생태계를 기반으로 형성된 유료콘텐츠로서 그 자체로 웹 플랫폼이라는 산업 자체를 지탱하는 대표적인 상품이 되었다.

물론 웹소설의 아마추어리즘이 완전히 사라진 것은 아니다. 프로슈머를 지향하는 웹 플랫폼에 있어서 아마추어리즘은 가장 중요한 토대이기 때문이다. 조아라나 문피아 같은 인터넷소설기부터 웹소설의 부흥을 이끌었던 여러 플랫폼은 여전히 '모두'에게 열려 있는 아마추어의 리그를 가지고 있다. 네이버나 카카오와 같은 대형 플랫폼 역시 신진작가를 지속적으로 배출하기 위한 별도의 플랫폼을 운영한다. 여전히 아마추어리즘은 웹 플랫폼 산업의 기반으로 남아 있는 것이다. 하지만 공룡화된 플랫폼 산업을 유지하기 위해서는 보다 전문화된 창작자들의 작품이 모여드는 인터페이스를 추구할 수밖에 없었다는 점에서 웹소설 플랫폼의 이원화는 필연적일지도 모른다.

이러한 미디어 생태계의 변화는 작품을 평가하는 방법에 있어서도 변화를 야기한다. 기존 문학작품은 등단제도와 출판 산업의 긴밀한 이해관계 속에서 생산-유통-소비가 이루어졌다. 그런데 문학작품에 있어서 산업적 가치보다 오히려 더 중요하게 평가되는 것은 바로 '문학적 가치'였다. 때때로 그것은 시장에서의 가치를 오히려 압도하기도 하였다. 동시대에 인기가 많았던 베스트셀러보다 평단과 시간의 평가를 관통해서 문학적 가치를 부여받은 작품들이 문학사적으로는 훨씬 더 의미 있는 것으로 여겨질 수 있었던 것도 그 때문이다.

하지만 웹소설은 전혀 다르다. 그것은 철저하게 산업적이고, 미디어를 관통하는 콘텐츠이자 상품으로서 그 가치를 인정받는다. 독자^{유저}의 선택에 따라 결정되는 웹소설의 회당 과금 체제는 웹 플랫폼을 기반으로 형성된 이 새로운 장르소설이 분명한 비즈니스 모델을 통해 구축된 콘텐츠로 자리매김하였음을 잘 보여준다.

따라서 웹 플랫폼을 기반으로 형성된 웹소설을 규정함에 있어서 중요한 전제는 이것이 그 자체로 '상품'이라는 지점이다. "오늘날 웹소설은 '100원'이라는 가격으로 상징된다."[5] 이것은 기존의 원고료나 인세와는 전혀 다른 개념이라는 점에서 주목할 필요가 있다. 기존의 출판시장에서 원고료는 최종 원고 전체에 대한 보수를 의미했고, 총체적으로 지불되었다. 인기가 높은 저자일수록 고료가 높아질 수는 있지만, 개별 작품을 읽는 독자의 수를 별도로 계산하지 않았기 때문에 시장의 즉각적인 반응이 고료에 반영되기 어려운 시스템이었다. 특히 잡지의 고료는 개별 작가의 인기가 아닌 작가의 활동기간에 비례해서 결정되는 것이 대부분이었다.

'판매'되는 대로 저자에게 일정 금액이 돌아간다는 점에서 웹소설의 과금 형태는 오히려 인세와 유사성을 가지기도 한다. 하지만 인세는 출판되는 책 전체, 즉 완성된 이야기를 읽는 것에 대한 저작권료의 성격을 가진다. 웹소설의 과금 역시 저작권에 대한 보수라는 점에서는 공통점을 갖지만, 미완성된 이야기에 대한 것이라는 점에서는 분명한 차이를 가진다. 특히 웹소설의 한 회는 5,000자 내외의 글자로 구성되어 있는데, 엄밀히 말해 이러한 회당 과금 체제는 개별 글자에 대한 요금이라고 보아도 크게 틀리지 않다. 따라서 기존 장르소설이 단순히 웹이라는 미디어를 통해 유통된다는 차원으로 이해한다면, 이러한 웹소설의 본질적 속성을 간과하게 된다.

그러나 웹소설의 특징은 단지 이뿐만이 아니다. 웹소설이 기반하고 있는 웹 플랫폼의 구조적·경제적 특성은 웹소설의 서사적 구조에도 변화를 야기했기 때문이다. 앞서 언급한 대로 웹소설의 1회는 5,000자 내외의 글자 수를 기준으로 한다. 회당 과금이 되기 때문에 작품을 선택한 독자^{유저}들이 끝까지 독서를 유지할 것인지 말 것인지에 따라 개별 작가

---

5   류수연, 「웹소설, 산업의 형성과 과제」, 『K-문화융합저널』 1권 2호, 2021.

의 수익률 역시 크게 차이난다. '인기'가 그대로 경제적인 가치로 환산되는 것이다. 이러한 과금 형태는 독자와 창작자 모두에게 영향을 끼친다.

먼저 독자의 독서 태도에 근본적인 변화가 야기된다. 일반적으로 기존의 문학 독자에게는 하나의 작품을 처음부터 끝까지 전체적으로 독서할 것이라는 기본적인 기대가 있었다. 하지만 웹소설의 독자는 꼭 그렇지 않다. 일명 '퐁당퐁당' 독서가 가능하기 때문이다. 권당이 아닌 회당 결제 시스템이 가져온 독서양식의 변화이다.

과금 형태에 영향을 받는 것은 작가도 마찬가지이다. 결국 회당 결제를 지속적으로 유도하는 것이 작가의 실질적인 수입으로 이어지기 때문에 작품 자체의 개연성보다는 다음 회차 결제를 유도하는 방향으로 작품이 전개되는 경우가 늘어나는 것이다. 현재 나타나고 있는 웹소설의 과도한 장편화는 이러한 수익구조와도 긴밀한 연관성이 있다. 이에 따라 대부분의 웹소설이 완결된 이후에도 '외전'이라는 이름으로 연재를 지속하는 것은 웹소설의 보편적인 특성 가운데 하나로 자리 잡았다.

이러한 점을 고려한다면, 결국 웹소설은 그것이 창작-유통-소비 되는 웹 플랫폼이라는 매체의 특성과 따로 떼놓고 생각할 수 없다. 바로 그 때문에 웹소설은 기존 장르소설과 연속성을 가지는 동시에, 웹 플랫폼이라는 지극히 상업적인 생태계 속에서 적응하면서 전혀 다른 구조를 가진 서사물로 성장하였다. 따라서 현재의 웹소설은 기존 장르소설의 영역 바깥에서 새로운 장르로서 탄생되었다고 보는 편이 더 타당하다. 이에 따라 웹 플랫폼에 기반을 둔 웹-판타지, 웹-로맨스, 웹-로맨스판타지, 웹-무협은 기존의 판타지, 로맨스, 로맨스판타지, 무협과는 다른 '웹-'이라는 접두어와 함께 규정되는 그 자체로 새로운 장르라고 보아야 할 것이다.

실제로 출판 기반의 장르문학에서 가장 주목을 받았던 SF와 추리소설의 경우에는 웹 플랫폼의 콘텐츠로 보았을 때는 그 비중이 매우 적다. 두 장르 모두 집중적인 독서방식을 요구하는 서사구조를 가지고 있기 때문에 웹 기반 콘텐츠로서는 상대적인 열세를 가지고 있기 때문이리라 판단된다. 즉 웹 플랫폼이라는 특수성에 보다 적합한 장르들이 '웹-'이라는 접두어를 붙일 수 있는 장르로 성장해왔음을 알 수 있는 것이다.

3. 콘텐츠로서 웹소설의 가치

웹소설이 디지털화된 콘텐츠인 동시에 웹 플랫폼이라는 산업의 핵심 상품이라는 것은 부정할 수 없을 만큼 명확하다. 하지만 웹소설에 대한 가치평가는 그것만으로 충분하지 않다. 텍스트이자 스토리텔링으로서 웹소설이 가진 문화적 가치는 이진법으로 전달되는 디지털 코드에 한정할 수 없기 때문이다. 하지만 이것을 판단하는 것은 상당히 까다로운 일이다. 무엇보다 웹 플랫폼 자체가 하나의 완성태로서 존재하는 것이 아니라 이제 막 생성되어 그 형태가 무형에서 유형으로 구체화되고 있는 과정 중에 놓여 있기 때문이다.

이러한 웹소설에 대한 가치평가를 고려함에 있어서 먼저 주목해야 하는 것은 바로 속도이다. 웹 플랫폼의 변화 속도는 연구와 이론이 추적할 수 없을 만큼 빠르다. 그 속에서 '무엇'인가를 포착했다고 확신하는 순간 이미 그것은 더 이상 생생한 현장성을 갖지 못하는 '과거의 것'이 되어버리고 만다. 웹 플랫폼의 한 정체성을 이루는 핵심 콘텐츠로서 웹소설 역시 그러하다. 이러한 웹소설만큼 경향이 빠르게 변화하는 텍스트를 이전에 경험해 봤던가? 단지 베스트셀러 목록만을 두고 말하는 것이 아니다. 웹소설의 트렌드 자체가 너무나 빠르게 변화한다는 것이 더 중요한 의미를 갖는다.

웹 문학으로서 웹소설의 가치는 그것이 철저하게 속도에 종속되어 있는 자본의 산물이라는 것을 염두에 두고 시작되어야 한다. 어쩌면 이것은 웹소설이 '웹-'이라는 접두어를 달고 탄생했을 때부터 필연적인 일이었을지도 모른다. 오픈 소스를 지향하는 웹 2.0의 세계에서 속도는 웹의 가장 큰 특징인 가변성·유동성·공유성을 가능하게 만드는 핵심적인 요소이며, 사용자 중심의 인터페이스를 실현시키는 실질적인 열쇠이기 때문이다. 따라서 웹소설에 대한 일차적인 평가는 어쩔 수 없이 동시대적인 트렌드, 그 자체에서 시작될 수밖에 없다. 그런데 여기서 의문이 발생한다. 과연 웹소설의 고전은 출현할 수 있는가?

지극히 동시대적인 트렌드에 종속되는 웹소설의 특징을 본다면 기존 문학작품에서처럼 시간을 관통해서 새로운 의미를 확보하는 고전의 등장은 아무래도 요원해 보인다. 더구나 웹소설의 가장 중요한 특징은 확장성과 개방성이다. 대중적으로 큰 지지를 받은 코드일수록 더 쉽게 복제되고 더 확실한 클리셰가 되어 보편화된다. 이러한 웹소설의 특징 상 원전의 의미가 무용해지는 일이 다반사다. 모방되는 속도를 따라잡을 수 없을뿐더러 기하급수적으로 확장되는 양적 생산 역시 이를 불가능하게 만든다. 그러므로 기존 문학에 따른 가치평가를 웹소설에 그대로 적용하는 것은 불가할 수밖에 없다. 따라서 여기엔 제3의 시각이 필요하다. 이 지점에서 트랜스미디어적 관점이 더없이 긴요해진다.

그 무엇보다 웹소설은 트랜스미디어적 환경에 유용한 스토리텔링 구조를 가지고 있다. 프로슈머적 지향 위에서 성장한 웹소설은 창작과 향유가 동시적으로 일어나는 매체 환경에 적응해왔기 때문이다. 물론 트랜스미디어 자체가 하나의 비즈니스 모델을 의미하는 것은 아니다. 하지만 트랜스미디어적 지향에서 촉발된 미디어 간의 융합은 결과적으로 미디어 간의 비즈니스 협업을 촉진함으로써. 단일 미디어에 근간했던 기존 서사와는 다른 역동적인 형태의 스토리텔링을 야기하는 것이다. 웹소설과 타 미디어 간에 나타나는 능동적인 OSMU One-Source Multi-Use는 트랜스미디어적 장르로서 웹소설이 가진 강점을 잘 보여준다.

사실 OSMU 자체는 대단히 새로운 방식은 아니다. 이미 pc통신소설이나 인터넷소설 시기부터 있어 왔던 미디어 간 협업이기 때문이다. 그뿐이랴. 대중적인 인지도가 높은 문학작품이 영상화 되는 것은 그 이전 시기에도 있었다. 1920년대부터 등장했던 문예영화가 대표적이다. 문예영화는 1950년대 스크린에서 정점을 이루었고, TV의 등장 이후에는 브라운관으로 옮겨가서 그 명맥을 유지하였다. TV 단막극은 여전히 이 분야의 강자이기도 하다. 오늘날 우리가 웹 콘텐츠의 영상화를 대단히 일반적인 문화현상으로 쉽게 인식하는 이유도 여기에 있다.

이러한 맥락만 고려해도 OSMU는 우리에게 익숙한 콘텐츠의 매체 이동 방식이라고 할 수 있다. 하지만 현재의 웹 플랫폼에서 발생되는

OSMU에는 다른 전제가 놓여 있다. 기존의 문학작품들이 원작에 대한 대중·평단의 지지를 기반으로 영상화를 추구했다면, 현재 웹소설이나 웹툰은 이미 작품 창작단계에서부터 OSMU를 전제하는 경우가 많기 때문이다. 즉, 미디어 간의 협업이 선택이 아닌 필수적인 조건으로 변화하고 있음을 의미한다.

그러나 단지 OSMU만을 가지고 웹소설이 트랜스미디어 시대의 총아가 될 수 있다고 판단하기는 어렵다. 오히려 트랜스미디어로서 웹소설의 가능성을 가늠하기 위해 한 가지 더 주목해야 하는 것은 바로 스핀오프spin-off이다. 잘 알려진 대로 스핀오프는 방송이나 영화, 게임, 소설 분야에서 인기를 끌었던 하나 또는 여러 개의 원작에서 캐릭터나 스토리, 장면 같은 것을 활용하여 또 다른 독립적인 이야기를 창작하는 것을 의미한다. 패러디나 오마주보다 훨씬 적극적인 모방의 개념이지만, 그 모방이 추구하는 바가 원작과는 전혀 다른 서사를 구축한다는 점에서 차별성을 지닌다. 이미 대중성과 작품성이 검증된 원작의 힘을 활용한다는 점에서 많은 자본이 투입되는 영상 미디어 쪽에서 좀 더 활발하게 나타나는 경향이 있다.

기존의 스핀오프는 주로 동일한 미디어 안에서 발생되는 경우가 많았다. 그런데 최근 마블의 세계관 확장으로 스핀오프의 가능성도 점차 확장되고 있다. 미국적 영웅을 그려내는 출판만화에서 시작된 마블은 이제 영화로 더 유명하다. 〈어벤져스〉 이후 마블 유니버스[6]는 마블 시네마

---

6   다중우주와 평행우주를 기반으로 한 마블 코믹스의 세계관. 나무위키의 "마블 유니버스"와 "마블 시네마틱 유니버스" 참조.

틱 유니버스^{MCU7}로 확장되면서 대표적인 판타지 장르를 형성하고 있기 때문이다. 특히 마블의 평행우주세계관은 그 자체로 캐릭터나 상황의 자유로운 변주를 허용하고 있기 때문에 콘텐츠로서 엄청난 확장성을 가지고 있다. 스핀오프와 OSMU 모두에서 강점을 가지고 있는 것이다.

최근에는 한국의 웹소설에서도 이러한 경향이 드러나고 있는데, 그 중심에는 네이버가 있다. 웹툰·웹소설의 발전을 직접적으로 견인해온 네이버는 마블의 전략과는 다른 방면으로 트랜스미디어 전략을 펼치고 있다. 흥미롭게도 최근에는 K-pop을 중심으로 한 세계관이 웹소설과 결합되어 트랜스미디어적 현상을 나타내고 있다. 한국을 대표하는 엔터테인먼트사인 HYBE와 네이버의 협업이 그것이다.

방탄소년단, TXT, 엔하이픈 등 인기 보이그룹의 소속사인 HYBE는 2022년 1월부터 이들 그룹을 내세운 웹툰·웹소설을 전격 연재하고 있다. 방탄소년단의 영웅적 세계관을 구현하는 〈세븐 페이츠―착호〉, TXT의 마법적 세계관을 담아낸 〈별을 쫓는 소년들〉, 엔하이픈의 뱀파이어 세계관을 담아낸 〈다크 문―달의 제단〉이 바로 그것이다. 이것은 무엇보다 인터넷소설 시대에 나타났던 팬픽의 트랜스미디어적 전환이라는 점에서 주목할 만하다. 현재는 팬덤을 중심으로 한 독자층을 형성하고 있는 수준이지만, 작품의 인기에 따라 다른 엔터테인먼트사와의 협업으로 확장될 가능성도 크다.

---

7 마블 코믹스 원작을 영화화한 작품뿐만 아니라 마블에게 판권이 있는 캐릭터가 주
   연인 영화와 드라마들이 공유하는 하나의 단일한 세계관을 일컫는 용어. 나무위키의
   "마블 유니버스"와 "마블 시네마틱 유니버스" 참조.

이뿐만이 아니다. 유튜브 안에서는 보다 흥미로운 트랜스미디어적 징후들을 발견할 수 있다. 네이버 시리즈의 대표작인 〈재혼황후〉와 〈하렘의 남자들〉 광고를 활용한 트랜스미디어적 스토리텔링은 특별한 주목을 요한다. 각각 수애, 서예지·주지훈을 모델로 내세운 광고는 웹소설 캐릭터의 매력을 최고조로 살렸다는 평가를 받았다. 흥미로운 것은 광고 자체가 일종의 밈을 형성하며 '세계관 통합'이라는 이름으로 사용자들의 적극적인 스토리텔링의 생산을 촉진하고 있다는 점이다. '트랜스미디어의 핵심이 향유에 있고, 그것을 통해 탈중심적이고 자기증식적인 서사를 추구하는 데 있음을 고려'[8]한다면, 유튜브 내의 2차 창작은 더 중요한 의미를 가질 수밖에 없다.

그러므로 웹소설을 웹 플랫폼의 캐쉬카우Cash Cow로 규정하는 것은 아직 시기상조이다. 꾸준한 수익을 주지만 시장의 성장가능성은 낮은 캐쉬카우로 취급되기엔 여전히 웹소설의 가능성은 무궁무진하기 때문이다. 그럼에도 아직까지 웹소설의 트랜스미디어적 경향은 웹툰에 비해서는 상대적으로 저조하다고 할 수 있다. 하지만 이것은 콘텐츠 자체의 장벽이라고 말하기는 어렵다. 오히려 웹-문학 역시 '문학'이라는 점에서 야기되는 태생적인 한계에 가깝다.

문학이란 기본적으로 한 작가의 세계관 위에서 구현되는 것이다. 어시스턴트 없이 연재를 지속할 수 없는 웹툰과 달리 웹소설은 철저하게 1인 작가의 고독한 싸움인 경우가 많다. 따라서 어쩔 수 없이 작가라는

---

8   박기수, 『웹툰, 트랜스미디어 스토리텔링의 구조와 가능성』, 커뮤니케이션북스, 2018,
     7쪽 참조.

한 개인이 만들어낸 세계관을 벗어날 수 없다는 한계점을 지니고 있다.

그러나 이것 역시 지극히 현재까지의 판단일 뿐이다. 이미 웹소설과 웹툰은 한 쌍을 이룬 협업체계를 구축하고 있으며, 이것을 토대로 한 트랜스미디어적 창작은 언제든 더 확장될 가능성이 충분하기 때문이다. 그러므로 웹소설에 대한 가치평가는 이러한 트랜스미디어적 협업에 얼마나 유용하고 유연한가에 따라 달라질 수 있을 것으로 예상된다.

4. 확장하는 콘텐츠

얼마나 확고한 세계관을 형성하고 있는가, 그러면서도 그것이 얼마나 다양하게 변용되고 화장될 수 있는가? 트랜스미디어적 스토리텔링으로서 웹소설에 대한 가치평가의 출발점은 여기에 있는 것 같다. 이 점에서 본다면 웹소설의 고전은 그 자체의 스토리텔링으로 시간을 관통해서 살아남는 것이 아니라, 그로부터 촉발된 세계관이 얼마나 지속가능성이 있는가에 따라 달라질 수 있을 것이다. 바야흐로 이제 작품이 아닌 세계관이 평가의 대상이 된다. 원전이 아닌 원전에서 촉발된 허구적 세계가 시간이라는 가장 냉혹한 평가를 관통하게 되는 것이다.

이와 함께 다시금 문제가 되는 것은 바로 상호텍스트성이다. 하나의 장르를 넘어, 장르와 장르, 미디어와 미디어 간의 융합이 진행되는 트랜스미디어 시대를 맞이함에 따라 상호텍스트성에 대해서도 보다 다채로운 논의가 요구된다. 세계관의 공유와 확산이라는 트랜스미디어적 향유가 기존의 서사담론에서 논의되었던 상호텍스트성의 범주를 가뿐히 초과해버리고 있기 때문이다.

무엇보다 웹을 기반으로 창출되는 이 방대한 '재생산'을 어떻게 가치 평가 할 것인가는 여전히 문제적이다. 이미 콘텐츠가 되어버린 웹-문학의 세계에서 서사에 국한되지 않고 파생되는 2차, 3차 창작물을 어떻게 평가할 것인가? 유튜브와 같은 사용자 주도의 미디어로 넘어가면 상황은 더 복잡해진다. 밈의 형태로 바뀌어 '놀이'로서 창작되는 콘텐츠들의 상호텍스트성을 어떻게 판단할 것인가? 과연 산업계뿐만 아니라 학계와 평단은 이러한 문제 상황에 대해 대처할 수 있는 준비를 충분히 갖추었는가?

웹소설이라는 용어가 등장한 것이 불과 10년 남짓이라는 점을 고려한다면, 그 성장세는 가히 기하급수적이다. 학계와 평단의 관심이 소원한 사이에 이미 너무나 많은 웹소설이 생산되었고, 생산되고 있으며, 생산될 것이다. 산업 자체의 자정력을 기다리고 기대하는 것은 어불성설이다. 그것은 그저 방관일 뿐이다.

시급히 해결되어야 할 문제는 문학에 대한 지나치게 견고한 보수적인 시각이다. 기존 문학과 동일한 비평적 잣대를 드리우는 것은 오히려 재를 뿌리는 일이 될 수 있다. 웹 시대의 문학은 무엇보다 미디어 자체, 더 나아가 트랜스미디어적 현상에 대한 깊은 고민과 천착 없이는 이루어질 수 없기 때문이다. 이러한 시각이 보다 보편적인 담론장을 획득할 때, 비로소 웹소설에 대한 비평도 제 몫의 자리를 찾을 수 있을 것이다.

『작가와 사회』, 2022 여름.

제1장

다시, 문門을 사유하다

표제작으로 만나는 90년대 시인들

1. 문패를 바라보는 일

지금은 낯설어진 풍경이지만, 한때 모든 집에 문패가 걸려 있던 시절
이 있었다. 새로이 집을 사거나 이사를 하면 온 가족이 나와서 문패를 다
는 일은 꽤나 정겨운 풍경이었다. 아파트 동호수가 그 집의 문패가 되어
버린 대도시의 일상을 떠올린다면 격세지감까지 느껴진다. 그래서인지
우연히 접어든 골목길에서 오래된 문패와 마주할 때면 어쩐지 정답다.
아직 방문하지 않은, 그러나 언젠가 그 집을 방문할 손님에게 먼저 마중
하듯 내건 이름 석 자가 그 집 주인의 첫인사처럼 느껴지기 때문이다.

한 권의 시집에서 제목이 갖는 의미도 이 문패와 같다. 그것은 한 시
인의 세계를 총괄하는 키워드인 동시에 시인이 우리에게 건네는 첫인
사 같은 것이기 때문이다. 무엇보다 한 권의 시집은 단지 묶여 있는 것

이 아니라 구조되어 있음에 주목해야 한다. 모든 책의 출판이 그러하겠지만, 시집의 경우엔 그 구조가 자못 섬세하다. 한 권의 시집은 정교한 사고틀 위에 시인의 언어로 쌓아올린 세계이다. 따라서 이 세계로 들어가는 첫인상을 결정하는 시집의 제목은 그 자체로 독자를 향한 가장 적극적인 '말 건넴'이 된다.

이 문패와 직접적으로 연관되어 있는 작품, 우리는 그것을 표제작이라 부른다. 제목이 하나의 문패라면, 표제작은 시인이 만든 하나의 세계로 이제 막 발을 들여놓은 독자가 첫 번째로 마주하는 문이라 할 수 있을 것이다. 이 문은 어떻게 열리는 것일까? 그 문은 때로는 아주 익숙한 방식으로 열리기도 하고, 예상치 못한 방향으로 열려 우리를 혼란에 빠뜨리기도 한다. 때로는 손잡이조차 없이 몹시 까다로운 모습을 하고 있기도 하다. 어느 쪽이든 이 문을 넘어야만 시인의 세계, 그가 만든 언어의 미로로 나아갈 수 있다. 따라서 우리가 문패를 엿보고, 그로부터 표제작을 읽는다는 것은 이제 한 시인의 세계로 들어가는 첫 좌표에 발걸음을 들여놓았음을 의미한다.

그 좌표로부터 시인이 만든 세계의 미로를 풀어나갈 숙제가 우리에게 주어진다. 물론 이 안내도는 절대적인 것은 아니다. 그럼에도 시인이 바라는 첫걸음을 이해하는 것은 시인의 세계를 엿보는 데 있어서 꽤 매력적인 탐사가 아니겠는가?

이 글은 본격적인 탐사를 위한 예비답사와 같은 성격을 가지게 될 것 같다. 구불구불하게 늘어선 골목길에서 마주친 익숙하고도 새로운 이름들을 확인하며, 우리를 향해 열린 그 문을 통해 그 안의 세계를 탐색하고

자 한다. 그리하여 90년대를 넘어 어느덧 2010년대에 도달한 시인들의
문학적 현재를 사유하는 이 글은, 그 자체로 하나의 여정이 될 것이다.

2. 언어의 미로에서 마주친, 당신

> 토끼 굴에 빠져든 백 년 전의 앨리스와
> 돈에 쫓겨 반지하로 꺼져 든 앨리스들과 만났다
>
> 생의 반이 다 묻힌 반지하 인생의 나는
> 생의 반을 꽃피우는 이들과 만나 목련 차를 마셨다
>
> 서로 마음에 등불을 켜 갔다

신현림, 「반지하 앨리스」

수많은 시인들의 이름이 미로처럼 내걸린 그 골목을 상상하자. 그곳이
서점이라 해도 좋다. 그곳에서 어떤 이름을 마주할 것인가? 독서는 대단
히 이성적인 행위이지만, 때때로 무의식의 영향을 아주 많이 받는 것이
기도 하다. 자신의 추억과 동경이 마주하고 있는 어떤 이름과 마주칠 때,
저도 모르게 손길이 닿는다. 그 이름이 너무 익숙해서 혹은 때로는 지나
치게 낯설어서, 우리는 새로운 세계를 선택하기도 한다. 이 골목에서 내
가 첫 번째로 마주친 문패는 신현림의 『반지하 앨리스』^{민음사, 2017}이었다.

루이스 캐럴의 『이상한 나라의 앨리스』와 『거울나라의 앨리스』는 책을 사랑하는 이들이라면 누구라도 한번쯤 매료되었을 세계를 담아낸 동화이다. 시간에 쫓기며 달려가는 토끼와 마주치기를 꿈꾸었던 시절이 분명 있지 않은가? 그러나 동화 속의 원더랜드는 지나칠 정도로 아름답지만 동시에 오만하고 잔인한 권력에 의해 작동되는 세계이기도 하다. 『세기말 블루스』창비, 1997의 시인 신현림은 그 매혹적이고 잔혹한 동화에 기대어 '오늘'을 노래한다.

시인은 지금 반지하로 쫓겨나 있다. 그의 어깨에 얹힌 현실의 무게가 결코 녹록지 않음은 이 한 구절을 통해서 잘 드러난다. 햇빛조차 제대로 들어오지 않을 계단 밑의 공간을 내려가며 시인은 백 년 전의 앨리스를 떠올린다. 백 년 전 앨리스가 빠져든 토끼 굴은 사실 오늘의 시인이 "꺼져든" 반지하와 꼭 닮아 있다. 폭력과 모순이 가득한 세계, 들어오는 길은 있지만 나가는 길을 찾을 수 없는 출구 없는 미로 같은 세계가 펼쳐진다.

시인은 앨리스가 그러했던 것처럼 그 속에서 절망하지 않는다. 그러나 그 세계로부터의 탈출을 꿈꾸었던 앨리스와 달리 시인은 그곳 자체를 새로운 세계로 바꾸고자 한다. 다름 아닌 시인의 언어로 말이다. "생의 반이 다 묻"혔다고 생각했던 그곳이 사실 "생의 반을 꽃피우는 이들"과 만나는 유일한 공간임을 자각했기 때문이다. 따라서 시인은 지금 그곳을 부정하고 사라진 출구를 찾는 것이 아닌, 지금 그 앞에 펼쳐진 연대 속에서 그 자체가 오히려 출구가 되게 만드는 전환을 꿈꾼다.

어쩌면 그것은 모든 시인이 꿈꾸는 궁극의 탈주인지도 모르겠다. 현실의 세계에서는 이해할 수 없는, 오직 언어로만 가능한 세계. 저 바깥의 세계가 가진 폭력으로부터 스스로를 유폐시키는 언어라는 감옥은 시인에게 주어진 가장 매혹적인 천형이기 때문이다. 시로 인해 시인은 그곳으로 밀려났고, 바로 그 시로 인해 시인은 모든 이가 형벌로 여길 그곳에서 가장 자유로울 수 있다.

시인 이장욱이 보여주는 세계의 첫 얼굴 역시 이러한 신현림의 세계와 어쩐지 닮아 있다. 두 사람의 언어는 전혀 다르지만 시라는 특별한 감옥에 대한 그들의 사유는 맞닿아 있는 것처럼 보인다. 시인이자 소설가이기도 한 이장욱의 신작시집 『동물입니다 무엇일까요』현대문학, 2018는 그의 소설집 『기린이 아닌 모든 것』문학과지성사, 2015과 정서적인 쌍생아처럼 보인다.

당신이 혼자 동물원을 거니는 오후라고 하자.
내가 원숭이였다고 하자.
나는 꽥꽥거리며 먹이를 요구했다.
길고 털이 많은 팔을 철창 밖으로 내밀었다.
원숭이의 팔이란 그런 것
철창 안과 철창 밖을 구분하는 것
한쪽에 속해 있다가
저 바깥을 향해 집요하게 나아가는 것

당신이 나의 하루를 관람했다고 하자.
당신이 내 텅 빈 영혼을 다녀갔다고 하자.

(…중략…)

원숭이의 시에 당신이 등장한다고 하자.

내가 그 시를 썼다고 하자.

내가 동물원의 철창 밖을

밤의 저편을

당신을

끈질기게 바라보고 있다고 하자.

이장욱, 「원숭이의 시」 부분

　이장욱의 「원숭이의 시」는 수많은 가정법 위에서 직조된다. 그러나 시인은 결코 '만약'이라는 말을 사용하지 않는다. 그것은 대단히 의도적이다. 가정법을 사용하고 있지만, 사실 이것은 가정이 아닌 시인의 현실이기 때문이다. 지금 거대한 동물원 속에 갇힌 존재, 그리하여 수많은 이들에게 희화화되는 존재. 그것은 다른 누구도 아닌 시인 자신이다. 그런데 그 안에서 시인은 오히려 자신을 바라보고 조롱하는 '당신,' 어쩌면 '우리'일지도 모를 그 '당신'을 향해 이야기한다.

　이장욱은 직접 쓴 발문에서 자신이 받은 동물원에 대한 최초의 이미지를 "살아 있는 것들의 권태와 식욕과 발광과 탐욕"81쪽으로 정의한다. 따라서 그에게 동물원은 무엇보다도 서글픈 공간이다. 살아 있고자 하는 지독한 욕망이 그대로 박제된 공간이기 때문이다. 동시에 그는 그곳이 '갇혀 있는 공간'임을 잊지 않는다. 살아 있는 것들의 무덤, 그러나 여전히 살아 있고 살고자 하는 것들의 감옥. 그곳이야말로 동물원이다. 그 럼에도 여전히 동물원은 그렇게 살고자 하는 욕망으로 인한 매혹이 공 존하는 공간이다. 그래서 시인은 "바꿀 수 없는 고유의 아름다움과 고유 의 괴로움"83쪽이 공존하는 공간으로 그곳을 인식한다.

문제는 이 동물원에 갇힌 것이 다른 누구도 아닌 바로 시인 자신이라 는 데 있다. 이 상상 속에서 직조된 동물원에서 그는 철창 밖으로 손을 내미는 원숭이와 같다. 그것은 우리가 살아가는 현실 속에서 실제로 시 인에게 주어진 자리, 시인이라는 숙명을 가장 가난한 사치라고 손가락 질 하는 그 세상에 대한 은유이다.

따라서 철창 밖으로 내미는 손의 의미는 단순하지 않다. 무엇보다 시 인에게 있어서 그것은 다름 아닌 시 그 자체이다. 그러나 이미 원숭이가 되어버린 시인의 몸짓은 늘 먹이를 달라는 손길로만 오해받는다. 그 때 문에 원숭이의 팔이란 "철창 안과 철창 밖을 구분하는 것"으로만 여겨 지지만 그 진실은 따로 있다. 그것은 한 곳에 머무르는 것이 아니라 "저 바깥을 향해 집요하게 나아가는 것"이다. 결코 안주를 모르는 한 존재의 끊임없는 저항인 것이다. 그리하여 그것이야말로 "당신이 상상할 수 없 는 동물원의 자정", "고유의 아름다움과 고유의 괴로움"을 지닌 동물들 의 시간을 충족시키기 위해 기꺼이 벌이는 존재의 싸움이라고 시인은 말한다.

시인 이장욱은 이러한 자신의 시를 "동물성의 사유"라고 지칭하기도 한다. "동물성의 사유는 화해와 공감을 말할 때조차 나와 너, 나와 세계 사이의 거리감을 전제"87쪽하는 것으로 원숭이가 내민 그 한 팔만큼의 거리가 바로 그것이다. 당신의 시선 속에 놓여 있지만, 당신의 시선에 함몰되지 않은 채 오히려 끈질기게 당신을 바라볼 수 있는 가능성을 이끌어내는 힘. 그것이 바로 시인의 시이다.

그렇다면 시인의 삶을 가두고 박제하려는 세계의 힘은 어디로부터 기인하는가? 시인에게 '시'는 안과 밖의 경계를, 더 나아가 지금 그가 저 세계로부터 밀려난 자기 존재를 확인시킴으로써 오히려 그의 세계를 폭력으로부터 구출하려는 몸짓이다. 그러나 그것이 시인을 가둔 저 폭력을 긍정하는 것이 될 수는 없다. 그 때문에 때로 시는 일종의 고발이자 폭로가 되기도 한다.

> 우리를 이렇게
> 불완전한 존재로 만들어 놓고
>
> 구름 속에 편안히 앉아서
> 땅을 내려다보는,
>
> 신神이야말로 태초에
> 죄인이 아니던가?
>
> 최영미, 「고해성사」 부분

2018년 문단 내 미투운동의 직접적인 도화선이 되었던 최영미 시인은 이미 오래 전부터 고발의 시를 노래했던 시인이기도 하다. 그의 시집

『이미 뜨거운 것들』실천문학, 2013에 담긴 모든 시들은 그대로 표제와 맞닿아 있다. 그는 이 시집을 통해 신, 정치인, 권력으로 대변되는 가부장적 권력이 가진 추악한 욕망을 낱낱이 고발한다. 그가 진정 끔찍해하는 것은 그러한 추악한 욕망을 숨긴 그들의 위선이다. 가장 추악한 자들이 자신들만을 위한 법률을 세운 세상, 그것이 바로 신이 만든 이 세계이다. 시인은 이처럼 죄를 짓지 않고는 살 수 없는 세상에 던져두고 고해를 강요를 하는 이 세계를 너무나 예민하게 인식하고 있다.

따라서 시인에게 "이미 뜨거운 것들"의 의미는 이중적이다. 시인이 살고 있는 지금 여기는 태초에 신이라는 죄인이 만든 세계, 이미 지옥이라는 불구덩이 속에 들어가 앉은 곳이다. 그러므로 이 세계 속에 존재하는 모든 것들은 이미 뜨거운 것들이다. 동시에 그 세계의 본질을 각성한 시인 자신은 이 세계를 향한 분노로 보다 차갑게 식어가지만, 이미 뜨거운 이 세계 속에서 시인의 차가운 분노는 또 다른 의미의 뜨거움을 내재한다.

이처럼 시가 고발의 언어가 되는 것은 서정을 뛰어넘는 시의 또 다른 본질일 것이다. 그러나 시인은 또한 자기 시가 단순히 복수의 언어가 되지 않기 위해 늘 노력하는 존재이기도 하다. 그것은 결국 시의 목소리는 고발의 대상자가 아닌 그 죄악으로 인해 고통 받는 또 다른 피해자, 바로 시인이 연대하고자 하는 그들을 향해 있기 때문이다. 따라서 고발의 언어로서 시는 동시에 복수가 아닌 치유의 언어가 되어야만 한다.

그러므로 시인에게 맡겨진 숙명이란 얼마나 무거운 것인가? 사회의 추악한 이면을 짚어내어야 하지만, 동시에 더 많은 경우 시는 공감과 위안을 주는 치유의 언어가 되어야만 한다. 시를 논함에 있어서 시의 서정이 가장 앞자리에 오는 이유도 거기에 있으리라. 이제 자기 서정의 세계를 완숙기로 이끌어가고 있는 또 다른 문을 찾아 새로운 골목으로 내딛어보자.

3. 서정의 너머, 시를 쓰는 숙명에 대해

평론가 신형철은 『꽃 밟을 일을 근심하다』의 해설에 장석남의 시세계를 가리켜 "무위를 행위하다"라고 표현한 바 있다.[1] 이 말처럼 적어도 장석남의 시에서는 무위無爲와 행위行爲 사이의 간극은 무용하다. 그는 아무것도 하지 않음으로써 끊임없이 무엇인가를 만들어내는 시인이기 때문이다.

> 끓인 밥을
> 창가 식탁에 퍼다놓고
> 커튼을 내리고 달그락거리니
> 침침해진 벽
> 문득 다가서며
> 밥 먹는가,

---

1   신형철, 해설 「아이, 철학자, 고대인」, 『꽃 밟을 일을 근심하다』, 창비, 2017, 95쪽.

앉아 쉬던 기러기들 쫓는다.

오는 봄
꽃 밟을 일을 근심한다
발이 땅에 닿아야만 하니까

장석남, 「입춘 부근」

　장석남의 『꽃 밟을 일을 근심하다』^{창비, 2017}의 표제작은 「입춘 부근」이다. 한 권의 시집 안에서 숨겨진 표제작을 찾는 일은 대단히 흥미롭다. 표제작을 드러내는 일이 시인의 선택인 것과 마찬가지로, 그것을 숨겨놓아 독자로 하여금 찾게 만드는 것 역시도 시인의 선택이다. 표제작이 노골적으로 드러나는 경우 그 작품을 찾는 순간 시세계라는 미로가 시작된다면, 표제작이 감추어진 시집의 경우 표제작을 찾는 순간이야말로 그 통로로 향하는 길이 명징해진다는 특징을 가진다.

　바로 장석남의 시집이 그렇다. 시인이 갈구하는 한 세계가 이토록 뚜렷하다. 그런데 그 명징함은 지루함이 아니라 더 깊은 자각으로 독자를 이끌어낸다. 입춘이 채 오지도 않은 겨울날, 아직 채 봉우리도 맺히지 않았을 꽃임에도 시인은 그 낙화를 먼저 염려한다. 발을 내딛지 않고는 살 수 없는 인간의 숙명적 잔혹함을 인식하며 시인은 이토록 애달프다. 존재 자체가 죄악일 수밖에 없는 생을 살기에, 그 생 안에서 최대한의 무위로서 존재하기를 바라는 시인의 마음은 "꽃 밟을 일을 근심한다"라는 시구에 그대로 녹아나 있다.

그런데 이러한 시인의 순수는 어떤지 위태로워서 마음시리다. 그것은 시인의 이 순수야말로 지나칠 정도로 강박적인 윤리의식의 산물이기 때문이다. 가장 낮은 자리에서, 가장 능동적으로, 가장 약한 것을 노래함으로써, 세상으로부터의 '때 묻음'을 거부하겠다는 신념. 그것은 그가 내뱉는 언어가 얼마나 많은 채찍질 속에서 나오는 것인지를 알게 한다.

> 그러나 오, 다섯켤레의 혀들
> 나는 내 혀가 지은 죄 때문에 내 혀를 끊을 용기는 없었다
> 내 혀는 나를 말하지 않을 때가 많았다
> 내 혀는 자주 나의 것이 아닌 것
> 내 손이 써나가는 문장을 차라리 내 혀라 말하고 싶지만
> 세상은 혀끝에서만 머문다
>
> 장석남, 「다섯 켤레의 양말」 부분

시인의 윤리의식은 끊임없이 스스로를 반추한다. 그는 한 사람이 하루를 살아낸다는 것의 의미를 되짚어나간다. 살아간다는 것은 그대로 수많은 죄를 짓는 과정이기도 하다. 자신도 모르게 저질렀을 크고 작은 죄의 흔적이 남긴 자취들. 아직 채 피지도 않은 꽃을 밟을까 저어하는 시인의 두려움은 그대로 저보다 약한 존재에게 남겼을지 모를 흔적, 그 "땟국물"「다섯켤레의 양말」을 두려워한다. 그에게 시는 자신이 말하고 싶은 가장 진실한 언어이자, 저도 모르게 저지른 모든 죄를 향한 고해성사이기 때문이다. 그래서 그의 서정은 세상의 죄악으로부터 힘겹게 지켜낸

진실이라는 점에서 눈물겹다. 이러한 지독하리만치 강박적인 윤리성은 이정록 시인에게서도 발견된다.

눈에 넣어도
아프리 않은 것들 때문에, 산다

자주감자가 첫 꽃잎을 열고
처음으로 배추흰나비의 날갯소리를 들을 때처럼
어두운 뿌리에 눈물 같은 첫 감자알이 맺힐 때처럼

싱그럽고 반갑고 사랑스럽고 달콤하고 눈물겹고 흐뭇하고 뿌듯하고 근
사하고 짜릿하고 감격스럽고 황홀하고 벅차다

눈에 넣어도 아프지 않은 것들 때문에, 운다

목마른 낙타가
낙타가시나무뿔로 제 혀와 입천장과 목구멍을 찔러서
자신에게 피를 바치듯
그러면서도 눈망울은 더 맑아져
사막의 모래알이 알알이 별처럼 닦이듯

이정록, 「눈에 넣어도 아프지 않은 것들의 목록」 부분

장석남의 시가 하지 않은 행위까지 염려함으로써 일종의 순수에 결박되어 있다면, 이정록의 시는 좀 더 대상에 가깝게 다가간다. 그 때문일까? 장석남 시에서 보이는 일종의 거리감이 이정록의 시에서는 거의 느껴지지 않는다. 오히려 지나치게 가까워서 서글픈 그의 내면이 뚜렷하다.

시인은 "눈에 넣어도 아프지 않은 것들 때문에" 살고 또한 운다. 가장 사랑해서 소중한 것들이 그를 살게 하지만, 사실 그 사랑하는 마음이야말로 시인의 삶을 힘겹게 하는 것에 다름 아니다. 그토록 사랑하지 않으면 좋으련만, 그 사랑이 사실 시인 자신을 상처내고 버겁게 하는 것임을 알면서도 차마 눈을 돌릴 수 없다. 눈에 넣어도 아프지 않은 것들은 사실, 이토록 간절한 시인의 사랑을 늘 배반하는 것들이기 때문이다.

시인이 사랑하고 소중히 여기는 것들은 사실 가장 약하고 가련한 것이다. 그러나 동시에 적어도 시인에게만큼은 그토록 가혹한 존재들이기도 하다. 그들에게 시인의 마음은 쉽게 전달되지 않는다. 그래서 늘 "섭섭하고 서글프고 얄밉고 답답하고 못마땅하고 어이없고 야속하고 처량하고 북받치고 원망스럽고 애끓고" 무엇보다 "두렵다". 사랑하지만 그 사랑하는 마음이 온전히 전달되지 못한 채 외면될까 봐 "두렵다". 진심이 쉽게 외면되는 세상에서 진심을 토로하고자 하는 시인의 숙명은 이토록 아프다.

이정록의 시는 이처럼 누군가를 사랑하고 그래서 상처 받는 사람들의 보편적인 감수성에 맞닿아 있다. 사실 그 사랑의 대상은 그 누구에게라도 확장될 수 있는 것이다. 그것은 연인, 가족, 친구 혹은 사회적 약자이거나 그저 곁을 스치는 그 모든 약한 존재들 전체를 가리키는 것일 수 있다. 그 누구라도 애정을 품는 순간, 결코 외면할 수 없는 품성을 가진 시인이기에 "눈에 넣어도 아프지 않은 것들의 목록"은 날로 늘어가고, 그 목록의 길이만큼 시인이 감당해야 할 상처와 아픔의 시간들도 길어진다.

어쩌면 그것은 시인이라는 천형을 살아내야 하는 이에게 주어진 숙명과도 같은 비애는 아닐까? 다른 이의 고통을 더 예민하게 감각해내야 하고, 세계의 폭력과 공포를 그 누구보다 깊숙이 받아들여야 하는 숙명 말이다.

> 지금은 말들이 돌아오는 시간
>
> 수만의 말들이 돌아와 한 마리 말이 되어 사라지는 시간
>
> 흰 물거품으로 허공에 흩어지는 시간
>
> 나희덕, 「말들이 돌아오는 시간」 부분

그럼에도 여전히 구원은 그들의 '시'로부터만 가능하다고 느끼는 것은, 모든 시인의 공통적인 교감인 것 같다. 나희덕의 「말들이 돌아오는 시간」은 시를 쓴다는 가장 매혹적인 천형을 숙명처럼 감내하는 시인의 삶을 노래한다. 시인의 내면에서 요동치던 말言이 물리적인 형상을 입은 말馬이 되어 끝없이 밀려오는 파도 속으로 걸어 들어가는 풍경은, 시인의 언어가 어떻게 세상 속에 흡수되는지를 가장 시각적으로 그려낸다.

그런데 이 시에서 주목되는 것은 이 말言이 말馬이 되어 마침내 시인을 떠나는 순간, 시인은 그 시간을 "말들이 돌아오는 시간"이라고 표현하고

있다는 점이다. 그것은 시인의 언어가 결코 시인의 것임이 아님을, 보내기 위해 언어를 축적해야 하고 그리하여 다시 그 언어를 끝없이 토해내고 비워내야 하는 것이야말로 시인의 숙명임을 보여준다.

> 나부끼는 황홀 대신
> 스스로의 관棺이 되도록 허락해주십시오.
>
> 부디 저를 다시 꽃 피우지는 마십시오.
>
> 나희덕, 「어떤 나무의 말」 부분

자기 안에서 언어를 끌어내는 천형을 살아내는 것이 얼마나 힘겨운 일인지는 「어떤 나무의 말」에서 보다 분명하게 드러난다. 시를 쓴다는 것은 끊임없이 스스로를 생의 근원적 고독 속으로 밀어 넣는 일이다. 죽음과도 같은 고독 속에 스스로를 유폐하기 위해 시인은 "나부끼는 황홀 대신 스스로의 관棺이 되"기를 꿈꾼다. 고독의 바깥으로 나갈 수 있는 모든 길을 단절하는 것이다. 그에게 언어는 이토록 달콤한 고통이다.

4. 여정을 마치며

가상의 여정 속에서 내 발길을 사로잡은 여섯 개의 문패. 등단 20년 차를 훌쩍 넘겨 이제는 30년 차에 다다르며 '중견'이라 불리는 낯익은 이름의 시인들. 그러나 새롭게 등장하는 수많은 이름들 속에서 때때로 그 익숙함으로 인해 오히려 소외되었던 그들의 문패에 대해 이야기하고 싶었다. 이 여정을 통해 오늘의 삶을 향해 그들이 새로이 내건 문패의 의미를 마주하면서 그들의 등단작 속에서 보였던 시를 향한 그 갈구가 여전히, 아니 더 깊어진 욕망으로 성장했음을 발견할 수 있었다. 세상이 그들의 시를 교과서에 문학사에 박제하는 동안에도 그들의 시는 여전히 생생한 현장감으로 살아 있음을 확인한 것이다.

무엇이 시인을 이토록 간절하게 하는 것일까? 한 사람이 태어나 성년을 훌쩍 넘길 만큼의 시간 동안 시를 쓰면서도, 여전히 그것을 자기 삶의 유일한 가치로 때로는 유일한 생존의 힘으로 삼는 그들. 어쩌면 그들의 시를 묶어내는 문패는 그들의 고통과 피로 채색된 것일지도 모른다.

따라서 이 글은 평론이라기보다는 일종의 연서이다. 나의 10대와 20대, 그 빛나는 시절을 탐독과 동경으로 가득하게 했던 언어를 선사해준 그들이, 여전히 오늘의 나와 함께 이 삶을 '살아내고' 이 삶의 본질을 '노래하고' 있다는 것은 감사한 일이 아닐 수 없다. 시인으로서 그들이 살아내서, 살아 있어서, 살고자 해서 만들어진 이 모든 황홀함을 나의 문장이 충분히 담아낼 수 없음이 안타깝다. 아마도 그래서 언젠가, 나는 또한 번의 매혹으로 그들의 문패 앞에 서리라. 그들이 만들어낸 언어의 미로는 분명 내가 발견하지 못한 또 다른 출구를 선사해주리라 믿기 때문이다.

『오늘의 문예비평』 109, 도서출판 오문비, 2018 여름호

제2장

이 지옥에서 여전히 노래하는 이유

김안의 『아무는 밤』에서

1. 당신의 거울은 정직합니까?

> 거울속에는소리가없소
> 저렇게까지조용한세상은참없을것이오
>
> 거울속에도내게귀가있소
> 내말을못알아듣는딱한귀가두개나있소

이상, 「거울」 부분

거울은 가장 강렬한 착시를 주는 사물이다. 대상을 똑같이 비추어준다는 거울의 속성은 사실 완벽한 거짓이기 때문이다. 좌우가 뒤바뀐 얼굴은 닮은꼴일 수는 있지만, 결코 동일할 수 없다. 그럼에도 우리는 좌우가 뒤바뀐 자신의 얼굴을 '진짜 얼굴'이라고 착각하면서 살아간다. 시인 이상李箱, 1910~1937의 「거울」이 예리하게 지적하는 세계는 바로 그러한 모순 위에 서 있다.

그곳은 근원적으로 불화하는 세계이다. 이상은 오른손을 내미는 자신에게 왼손을 내미는 또 다른 '나'를 통해 이를 감지한다. 따라서 거울 속의 고요는 두 세계 사이에서 화해란 언제나 요원한 것일 수밖에 없음을 선언하는 것이다. 이 화해의 불가능성이야말로 시인 이상이 바라본 이 세계의 숨겨진 진실이다.

> 나는 나의 얼굴을 볼 수 있습니까,
>
> 당신의 거울은 당신에게 정직합니까,
>
> 「불가촉천민」, 30쪽

그러므로 김안의 시가 이 '거울'의 연장선 위에 놓여 있는 것은 결코 우연이 아니다. 그가 노래하는 진실 역시 구원의 불가능성이기 때문이다. 하지만 어쩌면 이상은 차라리 행복했던 것일지도 모른다. 거울 속 '나'에게 '외로된 생각'이라는 역할을 부여함으로써, 거울 밖의 '나'와 거울 속 '나'를 거리낌 없이 분리할 수 있었으니까 말이다. 그것은 그가 지옥을 예감하면서도, 아직까지는 완전한 지옥에 서 있지 않았기에 가능했던 것이었다.

그러나 김안의 시가 바라보는 거울은 보다 혹독하다. 그는 거울 속에서 생활의 군내가 덕지덕지 붙은 자신의 얼굴, 그 어떤 것으로도 가려지지 않는 '졸렬한' 욕망의 이면을 발견한다. 안타깝게도 그가 마주한 오늘의 지옥은 거울 안에서도, 거울 밖에서도 너무나 생생하다. 결코 합일될 수 없음을 알면서도 '거울 속의 나'에게서 시선을 돌릴 수 없는 슬픔. 그것이 바로 김안이 노래하는, 아니 비명을 지르는 시의 본질이다.

2. 세계와 불화했던 '우리'

김안은 불화를 노래하는 시인이다. 그러나 동시에 그는 그 혼란스러운 정서 속에서도 가장 약한 자들의 자리를 올곧게 응시해온 시인이기도 하다. 이것은 『오빠생각』문학동네, 2011에서부터 『미제레레』문예중앙, 2014, 그리고 신작 시집 『아무는 밤』민음사, 2019까지 이어지는 시인의 태도이기도 하다.

사실 그의 첫 시집 『오빠생각』에서 내가 느꼈던 감각은 '낯섦'이었다. 그 이유는 시의 난해성 때문이 아니었다. '오빠생각'이라는 서정적인 제목을 뒤틀어버리는 시적 자아의 파격적인 독백은 매력적이었지만, 오히려 시선을 잡아챈 것은 결코 냉소에 함몰되지 않는 그 다정한 시어들이 만들어내는 이질적인 화음이었다. 그리고 두 번째 시집 『미제레레』는 그러한 낯선 낯익음의 본질을 다시금 확인하는 계기였다.

『미제레레』의 세계를 관통하는 것은, "인간이라는 단어와 사람이라는 단어의 간극"「우리들의 서정」이라는 깊은 고뇌이다. 그 세계를 가장 명징하게 상징하고 있는 시는 「시놉티콘」일 것이라고 생각한다.

당신과 나를 생각한다. 아직 태어나지 않은 딸을 생각한다. 가정과, 가정의 행복과, 국가라는 평화와, 평화의 공포를 생각한다. 담당의는 말이 없는 사람이다. 보이는 것의 목소리를 생각한다. 보이지 않는 것의 낯익은 얼굴을 생각한다. 말한다. 만진다. 국가의 본능을 생각한다. 마음의 기슭에선 대기와 피가 망각된다. 당신이 사라진다. 사라진 당신을 만지면 손톱 끝에 핏방울이 맺힌다. 핏방울을 머금고 연한 잎이 돋는다. 담당의는 나의 동공 속으로 붉은 빛을 쑤셔 넣는다. 당신의 작고 동그란 입술을 생각한다. 구멍 속에서 손을 뻗어 아직 태어나지 않은 딸의 손을 만진다. 단 한 사람도 서 있을 수 없는 좁디좁은 광장을 생각한다. 비명의 공동체를 생각한다. 광장에선 무덤처럼 해가 뜨고, 땅을 파면 불개미가 쏟아진다. 창 안에선 검은 눈의 여자들이 아이들에게 이불을 뒤집어씌운다. 때론 목을 조른다. 담당의가 쓴 글은 알아볼 수 없다. 손톱을 뜯어 먹는다. 가정의 현재와, 국가의 안위와, 알록달록한 괴물의 알을 생각한다. 담당의의 글이 점점 더 길어진다. 늘어난 알약의 개수를 생각한다. 당신을 생각한다. 당신의 해방을 생각한다. 태어나지 않을 딸을 생각한다.

「시놉티콘」, 『미제레레』

이 시에서 시인이 처한 삶은 불안의 정점이다. 그의 자아는 한 개인으로서 자기 삶과 거대한 국가와의 관계 속에서 위태롭게 놓여 있다. "아직 태어나지 않은 딸"의 존재를 확인하는 순간, 그가 느낀 것은 찬란한 기쁨이 아닌 두려움이었다. 그 이유는 그가 발 딛고 서 있는 이 현실의 모순 때문이다. 그 모순의 본질은 미셸 푸코가 말했던 파놉티콘Panopticon, 감시자가 없어도 죄수들 스스로가 자신을 감시하는 감옥, 그를 둘러싼 거대한 감시의 세계이다.

하지만 사실상의 문제는 그 자신이다. 그는 근본적으로 그 세계를 거부하는 사람이기 때문이다. 그는 세계와의 불화를 숙명처럼 짊어진 시인이다. 따라서 현재 그의 삶은 아슬아슬한 경계 위에 놓여 있다. 더 큰 문제는 여기서 발생한다. 어느 방향으로 발을 내딛느냐에 따라 그의 삶은 완전히 다른 행로로 나아갈 테지만, 실제로 그가 결정할 수 있는 것은 아무것도 없다. 실상 그는 "보이는 것의 목소리"조차 온전히 담아내지 못하고 있는 상태이기 때문이다. "말이 되지 못한 말들"「문화당서점」을 찾는 여정, 그러나 "보이지 않는 것의 낯익은 얼굴"「시놉티콘」조차 너무나도 먼 그곳. "단 한 사람도 서 있을 수 없는 좁디좁은 광장," 거기가 바로 시인의 자리이다. 따라서 그가 노래했던 시놉티콘Synopticon, 파놉티콘의 반대 개념으로 다수의 대중이 소수의 권력자를 감시하는 세계은 일종의 반어일 수밖에 없었다.

김안의 신작 시집 『아무는 밤』민음사, 2019은 이러한 『미제레레』의 연속이면서 그와는 분명 이질적인 감각을 보여준다. 두 편의 시집을 이어주는 것은, '불가촉천민'이라는 동명의 제목을 단 아홉 편의 시이다. 한 권의 시집 안에서 같은 제목을 지닌 수편의 시가 등장하는 것은, 사실 김안의 세계에서는 익숙한 일이다. 그는 이미 첫 번째 시집 『오빠생각』에서 똑같으면서도 완전히 다른 일곱 개의 목소리를 지닌 한 편의 시를 담아냈다. 바로 「버려진 말의 입」이다. 번호 하나 없는 그 연작시는, 그것이 본질적으로 하나임을 의미하는 것이었다. 하지만 동시에 그것은 동일한 언어의 세포를 지닌 채 분열하는 시이자, 이미 분열된 그 언어는 결코 동질할 수 없음을 보여주는 것이기도 했다.

우리의 배가 침몰하고 있는데

여전히 우리의 머리 위에서는 별들이 춤추고 있네

다리 뻗을 공간도 없는 방에서 우리는 서로를 부둥켜안고,

가라앉고 있는 우리의 배에서 이제 막 태어난 아이들의 악몽을 보고 있지

「불가촉천민」 부분, 『미제레레』

『미제레레』에서 처음으로 등장한 '불가촉천민'이라는 화두는 침몰하는 배 위에서 각인되었다. 세월호의 비극을 둘러싼 시인의 고통스러운 자각은 이 거대한 파놉티콘의 세계 안에서 버려진 존재로서의 인간, 바로 자기 자신의 모습이었다.

온몸으로 물을 껴안고 쓸쓸한 천국을 바라보고 있는 아이들과

물고기와

몸이 없었으면 주어지지 않았을 고통과 숨과 검고 매운 물줄기와

내 등뒤에 숨어 국가를 바라보는 딸과

문학적인 삶 뒤에 숨어 딸의 뒤통수를 바라보는 나와

(…중략…)

하나의 얼굴

얼굴이 놓여 있던 자리에는 얼어붙은 물결들,

영영

보이지 않고 만져지지 않는

위의 글, 26~27쪽

스스로 불가촉천민임을 자각한 순간, 시인은 자신이 잊었던 그 얼굴을 기억한다. 이미 사라져 "보이지 않고 만져지지 않는" 그 얼굴, 그것은 다른 누구도 아닌 시인의 등 뒤에 서 있던 '태어나지 않은, 그러나 태어나지 않을'「시놉티콘」 딸의 얼굴이며 시인 자신의 얼굴이기도 하다.

그러나 얼굴의 자각은 시인을 더욱 고통스러운 갈등으로 몰아넣는다. 자신과 똑같은 얼굴을 들여다보면서, 시인이 느끼는 감정은 배덕감에 가깝다. 그 얼굴을 비극으로 몰아넣은 그 지옥에서조차 여전히 '살고 싶은' 그리하여 '살고자 하는' 자신의 욕망 때문이다.

> 나는 여전히 당신과 함께하고픈 지옥을 상상하고
> 거짓으로 고통하고,
> 훔친 책으로 공부하고 훔친 감정으로 슬퍼하고 훔친 눈동자로 욕망하면
> 나는 기억이 만드는 미래로부터 자유로울 수 있을까요.
>
> 위의 글, 30쪽

> 우리와 상관없이,
> 늘 새로운 시대가 오고,
> 안녕하셨습니까, 이제 우리는 서로를 경멸하기 시작합니다.
> (…중략…)
> 서로의 피가 아직 서로의 발을 적시지 않았으므로
> 피와 함께

그림자와 함께

새로운 시대는 신성해지고, 신성하게 기생하고,

그리고 그조차도 망각하겠죠.

그리고

사람들은 언제나 더 나은 태양 아래에 서 있습니다.

우리는 우리와는 상관없이

안녕히,

위의 글, 48쪽

모든 고백이 유령이 되고

모든 고백이 내 목을 조르다 사라지는 곳,

웅얼거림으로만 가득한 세계여,

(…중략…)

왜 이곳에는 죄인이 없을까.

왜 우리는 모조리 죄인인 것 같을까.

지난 다짐의 여죄餘罪들은

누가 감당할까.

위의 글, 64~65쪽

시인은 토로한다. '우리'의 분열은 처음부터 우리 안에서부터 시작되었음을. 우리 안에서 '너'를 분리함으로써 혹은 '나'가 떨어져 나옴으로써, 우리는 더 이상 '우리'가 아니게 되었다. "지금 여기로 와야 할 사람들"「불가촉천민」, 64~65쪽이 사라져버린 이유는 바로 이러한 '우리'의 부재 때문이다. 그런데 어느 순간 그 누구도, 심지어 시인조차도 '우리'의 부재를 자각하지 못한다. 이 지점에서 시인은 다시 질문한다. 도대체 여기는 어디인가?

시인의 모든 언어가 유령이 되어 다시 시인의 목을 조르다 사라지는 그곳. 모두가 '우리'를 사라지게 만든 죄인이지만, 이미 '우리'가 사라졌기에 단 한 명의 죄인도 없는 그곳. 거기에서 시인의 언어는 더 이상 목소리가 되지 못한다. 그곳은 그저 "웅얼거림"만으로 가득한 세계, 그리하여 더 이상 누군가의 귀에 닿지 못하는 비명의 세계이기 때문이다.

3. '우리'의 부재 혹은 노래의 파산

이처럼 '불가촉천민'은 김안의 시를 관통하는 하나의 화두이다. 그것은 사실 시인의 서글픈 자화상이기도 하다. 시인이 발견한 것은 국가라는 거대한 권력 앞에서 함께 맞잡았던 '우리'의 부재였기 때문이다. 그러나 그의 노래가 끝난 것은 아니다. 오히려 그의 노래는 '우리'의 연대가 사라진 그 자리에서 다시 시작된다. '파산된 노래'의 숙명을 지닌 자, 가장 무력하기에 그래서 끝없이 이 세계와 불화하는 시인. 그의 시는 이 지옥의 가장 낮은 자리에서, 가장 미약한 목소리로, '살아 있음'을 노래한다.

창문 아래

잠든 가족의 머리맡에 웅크려

비굴한 괴물이 되어 가는 실증으로 아무는 밤

겁에 질린 무능한 밤을

살아 낼 말들이 내게 있을까

우리가 만든 개새끼들과

우리가 지나온 야만과 행복을 담아낼

파산된 노래가

「파산된 노래」, 18쪽

다섯 개의 목소리로 분열된 '파산된 노래'가 그리는 세계는 아이러 니컬하다. 그것은 시인의 가장 부끄럽고도 약한 이면을 들추어내는 것 이기 때문이다. 그것은 바로 가족이다. 『미제레레』에서 시인에게 가족 은 그의 삶을 국가라는 거대한 권력 앞에 저당 잡히게 만든 근원이었다. "가정과, 가정의 행복과, 국가라는 평화와, 평화의 공포"「시놉티콘」는 결코 멀리 떨어진 것이 아니었다. "우리를 밟고 산책하는 저 가정의 단란함에 는 어떤 혐의가 있습니까"「일요일」라고 물어야 할 만큼, 시인에게 가정이 란 그 자체로 '우리'를 향한 폭력의 또 다른 얼굴이었다.

이것은 『아무는 밤』에서도 완전히 다르지 않다. '가정과 행복'은 여전 히 두려움과 그에 따른 비겁함을 몰고 오는 원죄와도 같은 것이기 때문 이다. 그리하여 시인은 잠든 아내와 딸을 바라보며 고백한다. 그들의 존 재가 "이전에는 생각할 수 없었던 것들이 떠오르는, 두려움을"「가정의 행복」,

^{21쪽} 자각하게 만들었다는 사실 말이다. 시인으로 하여금 이 지옥에서 행복을, 그리하여 결국엔 그 속악한 평화를 꿈꾸게 만든 원죄는 바로 거기에 있다.

> 내가 누리는 평화의 대가를 고통 없이 바라보도록 식탁 위에서
> 누렇게 말라붙어 종국엔 버려질 밥과,
> 밥에 붙어 각다귀처럼 기생하는
> 말과 입의 부당하게 정직한 세계로
> 생활로
> 생활의 결기로
> 매일 밤 무럭무럭 키우는 추하고 평범한 꿈으로
> 그러면 더 나아질까
> 무엇이? 어떻게?
> 무엇이든—어떻게든—
> 그래야만 하는 가정들 사이에서 가까스로 조용히 불을 끄고
> 등을 맞대고서 서로의 추하고 달콤한 꿈을 고백하며—
> 그럼에도 행복으로
> 가정의 행복으로

「가정의 행복」, 52~53쪽

> 나와 나의 입에서 말로 나와

흩어져

제각기의 영토에서 졸렬해지는,

서로의 고통을 파먹어야 하는,

피와 밥도 흐르지 않는,

이 자격 없는 희망.

더 이상 무엇도 노래할 수 없는—

「파산된 노래」, 14~15쪽

　가정이라는 부정할 수 없는 욕망의 당위 앞에서 시인은 한없이 작아지는 자신의 목소리를, 그리하여 다시 한없이 좁아지는 광장의 현실을 새삼 자각한다. 지옥에서 행복을 꿈꾼다는 것은 필연적으로 그 지옥에서 평화를 꿈꾸는 것으로 이어진다. 그것은 결국 지옥에서 안주하기를 바라는 마음일 수밖에 없다. 그 지옥이 누군가의 피와 고통 속에서 세워진 것임을 알면서도 말이다.

　그러나 시인은 또한 알고 있다. "이 자격 없는 희망"에도 불구하고 그가 노래해야 한다는 사실을 말이다. 그 깊은 무력감 속에서도 그것을 노래한다는 것, 그것은 끝없이 "졸렬해지는" 비루한 자신을 그대로 내보여야만 하는 순간을 의미한다. 따라서 그것은 어쩌면 지독한 모순인지도 모른다. 시인은 노래하는 자신의 혀가 "아무런 수치심도 없이 달궈질 때," 그때야말로 "우리의 입속에서 낯설어지는 우리의 혀"「파산된 노래」, 32쪽를 자각할 수밖에 없는 순간이라는 것을 너무나도 잘 알고 있다. 그럼에도 여전히 노래해야만 하는 자신을 자각하며, 시인은 오열한다. 이미 그는 자신의 노래가 타락했다는 것을 알고 있기 때문이다. 따라서 그의 노래는 노래의 숙명을 지닌 자가 짊어져야 하는 형벌에 가깝다.

　이토록 아프게 자기 자신을 찌르는 시인의 단죄를, 우리는 무엇이라 말할 수 있을까? 그의 노래는 과연 파산일 수 있는 것인가?

　　선의 역린,

　　그리하여 우리의 말이

　　종국엔 평범하고 고요한 무관심들이라면,

　　무관심의 전체주의라면,

　　이 노래는 어떻게 파산해야 할까,

　　어떻게 사라져야 할까,

위의 글, 36쪽

　그러나 시인에게 파산은 이미 당위이다. 그가 '파산될 시'가 아닌 이미 '파산된 시'임을 선언하고 있는 이유도 거기에 있다. 따라서 시인의 질문은 파산의 당위를 묻는 것이 아니다. 그 방법을 묻는 것이다. "이 노래는 어떻게 파산해야 할까." 이 질문은 '우리'에게 던져진 것이다. 지금은 사라져버린, 그러나 노래의 파산 뒤에 다시 새로운 노래와 함께 돌아와야 할 그 '우리' 말이다.

　따라서 노래의 파산은 결코 지옥에서의 안주를 의미하지 않는다. 오히려 그것은 결코 자신의 죄악으로부터 등 돌리지 않겠다는 시인의 의지에 다름 아니다. 시인은 가장 정직하게 단죄의 절차를 밟아나가고자 한다. 그가 무엇보다 지옥 속에서 행복을 꿈꾸었던 자신의 언어를 가장 먼저 청산의 대상으로 삼는 이유도 그 때문이다. 이를 위해 그가 선택한 것은 은폐가 아닌 자백이며, 그것은 이 지옥의 가장 큰 피해자이면서 가장 적극적인 생산자였던 자기 자신에 대한 폭로로 이어진다.

4. '우리'의 노래는……

2019년 지금, 우리의 자리는 거울 그리고 지옥이다. 300명이 넘는 아이들을 수장하고도 해결되지 못한 부조리로 인해 진실은 여전히 오리무중이다. 촛불은 역사상 최초로 피를 흘리지 않은 혁명을 이루어냈지만, 오랜 세월 거짓으로 권력을 움켜잡았던 자들은 이제 그 촛불마저 빼앗아 자기 권력을 되찾는데 사용하고자 한다. 이렇게 거울을 바라보면서도, 거울에 반사된 진실의 실체를 가늠하는 것은 결코 쉽지 않다. 그것이 우리가 이 지옥을 벗어나지 못하는 이유이기도 하다. 이러한 시대에 우리의 노래는 '무엇'이어야 하는가?

> 비겁하게 거룩하구나, 우리들의 잘 길들여진 분노와 행복처럼, 간만干滿
> 처럼, 강박처럼. 그러니 삶, 저녁이면 딸꾹딸꾹, 세탁기 돌고, 보일러 돌고, 밥
> 통 울고, 살고 잘 뿐.
>
> 「딸꾹이는 삶」 부분

시인의 노래는 파산했지만, 그러하기에 또 다시 시작되어야 한다. 그것이 '딸꾹질'이라는 것은 의미심장하다. 딸꾹질이란 본인의 의지와 상관없이 터져 나오는 소리이다. 그것은 언어에 끼어드는 잡음이지만, 또 다른 의미에서는 자신을 둘러싼 환경의 부정성을 알리는 일종의 경고음이기도 하다.

이 점에서 본다면 이 딸꾹질은 파산된 노래를 딛고 일어나, 또 다시 노래하고자 하는 시인의 고군분투에 대한 결정적인 은유에 가깝다. 그것이 비겁하면서도 거룩할 수 있는 이유도 거기에 있다. 한때 온전하다고 여겼던 제 목소리를 잃어버린, 아니 그 추악함을 스스로 폭로하여 장례를 치러버린 시인. 그는 어제의 노래에 파산을 선언했지만, 다시 오늘의 노래를 시작하는 데 주저하지 않는다. 비록 그것이 온전한 노래가 되지 못하더라도 그는 여전히 노래한다.

다시금 바란다. 시인에게 시가 있고, 육아가 있고, 가정이 있고, 생활이 있기를. 그러나 또한 바란다. 그것이 지옥에서의 안주가 아니라 이 지옥을 살아낼 수 있는 힘이 되기를 말이다. 그리하여 그의 시를 통해 다른 누구도 아닌 '우리'가 보다 행복하게, 그러나 여전히 불화하면서 복원될 수 있기를 꿈꾼다. 물론 그것은 여전히 불가능성 위에 서 있다. 그럼에도 이 불가능을 살아내기를 꿈꾸는 존재, 그것이 인간이다. 이 딸꾹질의 끝에서 김안의 시가 좀 더 불온한 행복을 보여주길 기대하는 것도, 바로 그 때문이리라.

『현대시』, 한국문연, 2019.11

제3장
이중부정의 세계, 광인의 논리학
임경섭의 『우리는 살지도 않고 죽지도 않는다』

1. 한 신경병자에게 바쳐진 노래

> 한 인간에게, 그것도 다방면에서 뛰어난 재능을 가진 인간—나는 아무런
> 자만심도 없이 나 자신이 그러한 인간이라고 주장할 수 있는데—에게, 이성
> 을 상실하고 정신박약으로 몰락하는 것보다 더 끔찍한 일이 어디 있겠는가?
>
> 다니엘 파울 슈레버, 『한 신경병자의 회상록』 중에서[1]

만약 인간을 인간답게 만드는 힘이 존재한다면, 그것을 꼭 하나의 단
어로 규정해야 한다면, 가장 압도적인 지지를 받을 수 있는 것은 바로
'이성理性'이라는 단어일 것이다. 그것은 인간이야말로 이 세계를 논리적

---

1   다니엘 파울 슈레버, 김남시 역, 『한 신경병자의 회상록』, 자음과모음, 2010, 278쪽.

으로 생각하여 판단내릴 수 있는 유일한 존재라는 인식과도 맞닿아 있다. 그러한 인간이 스스로 이성적인 존재임을 가장 적극적으로 드러낼 수 있는 매개는 다름 아닌 언어이다.

그렇다면 다니엘 파울 슈레버는 거기에 가장 적합한 사람이었을지 모른다. 계몽주의 시대 독일의 대표적인 교육학자인 다니엘 고틀립 모리츠 슈레버의 아들이자 드레스덴 고등법원 판사회 의장직까지 맡았던 당대의 엘리트. 가장 논리적인 언어로 세계를 판단해야 하는 법관이었던 그는, 그야말로 가장 이성적인 인간의 한 전형을 살았던 인물이기 때문이다.

그러나 잘 알려져 있는 대로 그에게 불멸의 이름을 선사한 것은 그의 찬란한 사회적 명성이 아니었다. 오히려 그것은 그의 치부恥部에 가까웠던 자서전 『한 신경병자의 회상록』이었다. 그는 자서전을 통해 자신을 괴롭힌 망상을 가장 논리적인 언어로 규명해내고자 했다. 그것은 이성을 상실한 정신병자로 내몰린 자기 자신에 대한 변호이기도 했다. 하지만 역설적으로 그것은 가장 이성적이어서 해결될 수 없었던 한 인간의 고통스러운 내면에 대한 기록으로 남겨졌다. 임경섭의 『우리는 살지도 않고 죽지도 않는다』창비, 2018는 바로 이러한 슈레버에게 바쳐진 노래이다.

2. 슈레버의 눈, 부정되는 당연의 세계

시인의 세계, 아니 시인이 빙의된 다니엘 파울 슈레버의 세계는 당연함이 거부되는 자리, 익숙했던 것들이 배반되는 바로 그곳에서 시작된다. 따라서 이 시집은 온통 모순으로 가득하다. 그런데 시인은 그러한 모순을 우연적인 것이 아닌 필연적인 것으로 판단한다. 모순은 시인의 내면이 아니라 이 세계라는 바깥으로부터 시작된 것이기 때문이다.

내가 알기로 동물원은

움직이는 사물들이 모여 있는 곳이었다

그러나 동물원 안에선 그 어떤 사물도 움직이지 않았으니

나는 그렇게 말할 수 없었다

동물원은 움직이지 않는 동물들이 모여 있는 곳이었다

그러나 그 어떤 동물도 스스로 그곳을 선택한 적 없었으니

나는 그렇게 말할 수 없었다

동물원은 움직이지 않는 동물들을 모아놓은 곳이었다

그러나 그것들을 모아놓은 주체가 빠졌으니

나는 그대로 말할 수 없었다

동물원은 인간이 움직이지 않는 동물들을 모아놓은 곳이었다

그러나 인간도 동물이었으니

나는 그대로 말할 수 없었다

동물원은 스스로가 스스로를 모아놓은 곳이었다

그러나 스스로를 가둔 테두리는 보이지 않을 만큼 넓었으니

나는 더이상 아무런 말도 할 수 없었다

「라이프치히 동물원」 부분

　　시인은 슈레버의 눈을 빌려 자신을 둘러싼 세계의 공포를 노래한다. '슈레버의 일기'라는 부제를 단 5편의 시와 슈레버가 3인칭으로 등장하는 1편의 시까지, 슈레버를 통해 바라본 세계는 모순으로 가득하다. 시인이 처음으로 슈레버에게 빙의된 곳은 다름 아닌 동물원이다. 슈레버의 논리적 이성은 그곳에서 세계의 모순과 맞부딪친다. 동물원은 움직이는 동물들의 공간이라는 이름과 달리, "움직이지 않는 동물들"의 공간이었다. 살아 숨 쉬는 모든 것들이 마치 박제된 것처럼 고유의 움직임을 잃어버리는 모순적 공간, '동물動物'이 아닌 '비非동물'의 공간이 바로 동물원이다.

　　그러나 슈레버의 자각은 거기서 끝나지 않는다. 동물원에는 여전히 살아 움직이는 '동물'이 존재했기 때문이다. 그것은 다름 아닌 인간이었다. 동물원에 가두어진 진짜 동물은 오직 인간뿐이었던 것이다. 스스로 갇혀 있음을 자각하지 못한 채 그곳을 거닐고 있는 인간의 모습이야말로 이 시가 보여주는 진짜 풍경이다. 그러한 자각으로부터 슈레버, 아니 시인이 믿어왔던 '당연의 세계'는 무너진다.

출발 시간이 다가오는 동안 아내는

아이의 등을 토닥이고 있었다

아내는 어떤 표정도 내비치지 않으면서 말없이

잠든 아이의 등을 천천히 토닥이고 있었다

잠이 든 채 다른 도시로 이동하는 것도 여행이고

이동하는 동안 제 어미의 품에 안겨 있는 것도 여행이라고

아내는 나에게 얘기하지 않았지만

나에게 아내는 얘기하고 있었다.

「라이프치히 중앙역」 부분

그렇다고 해서 슈레버가 인식한 세계가 부정성만으로 가득 찬 것은 아니었다. 오히려 그는 그 누구보다 뜨겁게 세계를 향한 긍정의 시선을 놓지 않기 위해 노력한다. 붐비는 주말 오전, 기차여행에 대한 기대로 들떴던 아이는 기차시간을 기다리다 잠이 들고 만다. 어쩌면 무료와 짜증으로 폭발할 수 있었을지 모를 그 시간, 그는 가장 충만한 여행을 보낸다. 서로 얘기하지 않았지만 기꺼이 들을 수 있었던 충만함. 그것은 당연하지 않은 것들로 가득 차 있는 이 '당연의 세계'에서 생존할 수 있게 만든 유일한 긍정이다.

그러나 그에게 가장 충만한 것들은 이처럼 논리적인 언어 바깥에서만 존재했다. 그래서 그는 말한다. "아내는 나에게 얘기하지 않았지만/나에게 아내는 얘기하고 있었다." 그가 유일하게 타인과 온전히 소통할 수 있었던 때는, 그 어떤 언어도 발화되지 않을 때뿐이었다. 그의 언어는 충분히 이성적이었지만, 그것은 언제나 그들의 언어로부터 비껴나가는 것이었기 때문이다.

여기서 우리는 다시 시인에게 돌아와야 한다. 시란 언어에 대한 가장 절실한 조탁이다. 그런데 그러한 시를 통해 그가 노래하고자 하는 것은 바로 그 언어의 무용함이다. 그의 시 속에서는 가장 논리적이고 가장 합리적인 언어들이 자꾸 그 의미 앞에서 미끄러진다. 움직이지 않는 동물들의 동물원이나 오지 않는 기차를 기다리는 기차여행만이 아니다. 그의 시 곳곳에서 그러한 미끄러짐의 흔적들이 밟힌다.

> 지평선에 가면 지금의 지평선은 사라지고 또다른 지평선이 멀리 보일 거란다 그러자 아이가 또다시 물었다 그렇다면 지평선에 결국 살 수 없는 거 아냐? 슈레버는 끝이 보이지 않는 밀밭에 점점이 흩어져 이따금 허리를 펴는 농부들의 기지개 같은 목소리로 대답했다 다가가는 만큼 지평선은 밀려나며 멀어질 거란다 그러자 아이가 물었다 그렇다면 아빠가 거짓말한 거 아냐? 슈레버는 느긋하게 물결을 만들다 사라지는 곡창지대의 여린 하늬바람 같은 목소리로 대답했다 아들아 나도 지평선은 처음이구나
>
> 다니엘 파울 슈레버는 좀처럼 해가 질 것 같지 않은 서녘의 시간 속에 아이와 함께 서 있었던 슈레버는 옆에 선 아이에게 한발짝 다가섰지만 아이는 그만큼 멀어지고 있었다

「지평선」 부분

언어로 묶어내는 모든 의미가 사실은 허상에 불과하다는 것은 「지평선」에서도 반복된다. 슈레버의 시선으로 담아낸 시 중에서 이 시는 유

일하게 '슈레버의 일기'라는 부제를 달고 있지 않다. 그 이유는 이 시 안에서 슈레버와 시인 자신의 균열이 일어나기 때문이다. 지금까지 '나'로 지칭되었던 슈레버는 이 시에서는 '다니엘 파울 슈레버' 자신으로 지칭된다. 그리고 시인은 슈레버와 아이의 대화를 '그저' 지켜본다. 슈레버는 가장 진실하고 논리적인 언어를 가지고 있지만, 그것은 어쩐지 그를 더 고립되게 만들고 있다. 시인이 슈레버이자 슈레버가 아닌 이 순간, 독자 역시 슈레버를 보다 객관적으로 응시할 수 있는 거리감을 획득한다. 그리고 깨닫는다. 슈레버를 '광인'으로 만든 것은 그가 가장 이성적인 사람이기 때문이라는 것을 말이다.

이 점에서 본다면 슈레버에 대한 시인의 빙의는 다분히 의도적이다. 그는 프로이트에서 벤야민, 라캉과 지젝에 이르기까지 현대 지성사에 한 획을 그은 학자들에게 매혹적인 분석 대상으로 호출되었던 다니엘 파울 슈레버를 향한 모든 분석을 무용한 것으로 만들고자 한다. 시인은 자신의 언어에 담아낼 수 없는 텍스트로서의 슈레버를 오히려 자신의 지평 바깥에 존재하는 풍경으로 만들어냄으로써 역설적으로 슈레버의 내면을 보다 가깝게 담아낸다. 슈레버라는 인물이 영원히 가질 수 없었던 진실한 소통의 가능성과 그로 인한 근원적 고독은, '한 발짝 다가서는 그 걸음만큼 멀어지는 아이'「지평선」를 통해 형상화된다.

이 점에서 본다면 임경섭의 시는 일종의 저항이다. 그것은 상징계를 구성하는 언어, 그 언어로 구성된 당연의 세계에 대한 근원적인 공포와 지독한 혐오를 동시에 드러낸다. 비단 〈슈레버의 일기〉로 명명된 시들에만 해당되는 것은 아니다. 그의 시에 등장하는 수많은 페르소나들은 직간접적으로 신경증에 연계되어 있다. 다니엘 파울 슈레버와 마찬가지로 프로이트의 저작에 가장 강렬한 출발점을 제공했던 '꼬마 한스'의 주인공인 오페라 제작자 헤르베르트 그라프「플라스마」, 「침」의 등장은 꽤 의미심장하다. 그것은 시인이 이 한 권의 시집에서 구축하고자 했던 세계의 진실을 엿볼 수 있게 하기 때문이다. 망상에 시달려야 했던 슈레버도 신경증에 시달린 꼬마 한스도 모두 자신을 둘러싼 세계, 당연의 세계가 만들어낸 폭력에 상처받은 사람들이다. 그들의 눈을 통해 시인은 자신이 무엇으로부터 달아나고자 했는지 새삼 깨닫는다. 그리고 마침내 "달아날수록 갇히고 있다는 사실"「침」을 자각했을 때, 비로소 끝없이 또 다른 설명을 요구하는 언어의 굴레로부터 벗어난다. 시인이 정신적 자유를 되찾은 것이다. 언어가 만들어낸 견고한 당연의 세계 너머에서 시인이 발견한 것은, 아무것도 설명하지 않아도 이해될 수 있는 '가능의 영역'이었다.

3. 어제, 그리고 오늘도 지속되는 폭력의 역사

이처럼 시인은 이성이라는 견고한 확신이 만들어 놓은 이 세계의 불합리성을 가장 이성적인 방법으로 접근함으로써 그것이 결코 이성으로는 설명될 수 없음을 역설한다. 그의 시어는 논리적인 언어로 포진되어 있지만, 그 논리성은 언제나 진실한 의미에 다가가지 못한 채 미끄러진다. 이 '미끄러짐'이야말로 그가 추구하는 본질이다. 그 속에서 이루어지는 광인의 논리학은 이제 그들을 둘러싼 세계의 폭력성을 고발하는 것으로 나아간다.

이를 위해 시인은 또 다른 페르소나를 호출한다. 정신이상이 된 독일의 시인 프리드리히 휠덜린의 말년을 보호했던 목수 에른스트 짐머「귀향」나 제2차 세계대전 독일 강제수용소의 생존자인 로베르 앙텔므「싸흑뗀느」와 프리모 레비「검은 연기」는 이름만으로도 귀에 익숙한 인물들이다. 그뿐만이 아니다. 소설과 영화 속 주인공들의 이름 역시 시적 페르소나로 호출된다. 펄 오스터의 『공중 곡예사』의 주인공인 월터 클레어본 롤리「Mr. Vertigo」, 루이스 세풀베다의 『연애 소설 읽는 노인』의 주인공 안토니오 호세 볼리바르 프로아뇨「이모」, 우디 앨런의 영화 〈매치 포인트〉의 두 주인공 크리스 월튼과 노라 라이스, 팀 버튼의 영화 〈이상한 나라의 앨리스〉에서 앨리스로 열연한 미아 바시코프스타「앨리스」, HBO의 드라마 〈웨스트월드〉의 매혹적인 매춘부 클레멘타인 페니페더「반복했다」, 대니 드비토의 영화 〈마틸다〉의 히로인 마틸다, 현존 최고의 테니스 선수 중 하나로 평가받는 슈네피 그라피와 매혹적인 이어폰을 창조해냄으로써 잡음의 세계 속에서 완벽한 음악의 세계를 이끌어낸 뱅&올룹슨의 창립자 피터 뱅과 스벤드 올룹슨에 이르기까지. 임경섭의 시에 호출된 수많은 '누구'들은 그 분명한 현실성으로 인해 오히려 더 익명적이다.

그런데 이렇게 실명으로부터 출발한 익명적 인물들이 읽어내는 현실은 너무나 황량하다. 에른스트 짐머에게 고향은 '어머니 아닌 어머니와 아버지 아닌 아버지들이 수없이 그를 옭아매는' 폭력의 세계이다.「귀향」십수년 만에 고향 싸흑뗀느로 되돌아온 앙텔므가 마주친 것은 전쟁의

황폐함이다「싸흑뗀느」. 이러한 귀향의 불가능성은「검은 연기」에서 보다
구체화된다.

> 프리모 레비는 광장 한가운데에 서서
> 사라지는 것들에 대해 생각하고 있었다
>
> *목격되고 있지 않은 것은 모두 사라진다*
>
> 레비의 입장에서 전차는 사라졌지만
> 전차의 입장에선 자신이 사라졌다
>
> 광장 바닥에 빽빽이 들어찬
> 사괴석과 사괴석의 구분들은
> 광장을 떠나는 순간 사라질 것이었다
>
> *광장 정면에 버티고 선 마다마 궁전은*
> *궁전을 서성이는 몇 명의 관광객들은*
> *관광객들이 들고 있는 사진기들은*
> *사진기 속 필름에 기록된 이미지들은*
> *이미지가 담고 있는 이야기들은*
> *뒤돌아서는 순간 모조리 사라지고 말 것*

프리모 레비는 오후의 광장 한가운데에 서 있었다

「검은 연기」 부분

　시인은 사라지지 않기 위해 아무것도 할 수 없었던 한 남자를 지켜본다. 회의론에 사로잡힌 것 같은 남자의 고뇌는 그가 서 있는 공간이 제2차 세계대전의 정중앙임을 상기하는 순간 두려울 정도로 현실적이다. 이성적이라고 여겼던 세계는 노골적으로 폭력성을 드러냈다. 그리고 한순간 모든 것을 삼켜버렸다. 그 속에서 인간은 눈앞의 현실조차 확신할 수 없는 혼돈의 상태에 이른다. 전쟁은 익숙했던 모든 것이 한순간에 사라지는 절망을 체화시키는 것이기 때문이다. 결국 그러한 폭력 속에서 인간은 사라지지 않기 위해 아무것도 할 수 없는 존재로 전락한다. 생존하기 위해 움직임을 잃은 정물이 되어가는 것이다.

　이처럼 전쟁은 그 넓이를 알 수 없었던 '인간 동물원'의 현 실태를 확인시킨다. 움직이지 않는 동물들의 공간에서 유일하게 움직일 수 있었던 동물, 그러한 인간을 둘러싼 견고한 담장이 이제 보다 분명해진다. 대지 위에 드리워진 단절과 경계, 바로 국경이다.

　　세 살 난 쿠르디는

　　가족과 함께

　　만선이 된 조각배를 타고

　　에게해의 광활한 국경을 넘고 있었다

우리 단지 아이들이

가방을 메고

시끄럽게

교문을 들어서고 있을 즈음이었다

「국경을 넘는 일」

국경을 넘기 위해

가족을 데리고 고향을 떠났던 압둘라는

결국 고향으로 돌아오고 말았다

그의 가족 모두를 묻기 위해서였다

「귀항」 부분

    터키 해안가에서 시체로 발견된 어린 아이 쿠르디. 그의 이름은 어느덧 난민의 인권에 대한 하나의 상징어가 되어버렸다. 그 이름은 살아서는 넘을 수 없었던 현존하는 견고한 담장으로서의 국경을 상기한다. 살기 위해 국경을 넘었던 이들에게 주어진 것은 죽음「국경을 넘는 일」뿐이었다. 아니 죽음조차도 국경을 넘을 수 없음을 확인「귀항」하는 일이기도 했다. 「라이프치히 동물원」에서 슈레버를 두렵게 만들었던 진실이 분명해지는 순간이다. 우리 모두는 거대한 동물원 담장 속에서 "움직이지 않는 동물"로 서서히 박제되어가고 있다. 그 속에서 시인은 우리에게 질문한다. 이 세계의 진실을 아는 것은 누구인가? 견고한 담장을 자각하지 못한 채 살아가는 우리인가, 아니면 예민한 신경증으로 그 공포를 포착하고 있는 광인인가?

　이 세계로부터 추방당하지 않기 위해 광인이 선택한 언어는 오히려 이 세계의 불합리성을 드러내는 데 더욱 강력한 힘을 발휘한다. 사실 우리 모두는 언어가 주는 착시효과에 빠져 있다. 아무것도 체험할 수 없고, 아무것도 감각하지 못하면서도 마치 모든 것을 알고 있는 것처럼 착각한다. 언어는 정말 진실한 것일까? 슈레버에게 던지는 아이의 질문은 사실 그의 내면에 오래 전부터 자리 잡았던 의심이기도 하다.

　　나보다는 몇곱절 더 먼 길을 가던 아이가 물었다
　　강은 언제부터 흘렀느냐고
　　네가 태어나기 훨씬 전부터 강은 흐르고 있었다고
　　나는 대답했다
　　그럼 강은 그전 언제부터 흘렀느냐고 아이가 물었다
　　내가 태어나기 훨씬 전부터 강은 흐르고 있었다고
　　나는 대답했다
　　태어나기도 전의 일을 아빠는 어떻게 아느냐고 아이가 물었다
　　지금 너에게처럼 나도 할아버지가 알려주었다고
　　나는 대답했다
　　그럼 아빠는 할아버지의 말을 모두 믿느냐고 아이가 물었다

　　　　　　　　　　　　　　　　　「바이세엘스터강—슈레버 일기」 부분

4. 언어를 파기하는 시의 언어

『우리는 살지도 않고 죽지도 않는다』의 해설에서 평론가 송종원은 임경섭의 세계를 "기묘한 현실주의"라고 명명하였다. "시에서 관습적 이름에 가까운 '나'의 부재가 되레 '나'와 관계를 맺는 세계의 존재감을 강화"[143쪽]하는 이 놀라운 역설을 지적하며 그는 "이름이 낯설어지자 화자와 관계를 맺은 모든 존재와 풍경들이 더욱 또렷하게 모호해지는 기묘한 현실감!"[143쪽]이라고 부연하였다.

그러나 나는 그 '기묘한 현실감'에 동조하면서도 그것을 현실주의로까지 정의하고 싶지는 않다. 현실주의라는 수사가 붙는 순간, 시인이 언어라는 굴레를 파기함으로써 가까스로 얻어낸 그 실감이 마치 그대로 현실의 반영인 것처럼 편입될 수 있다는 두려움 때문이다. 오히려 견고한 이성의 세계에 끝없이 미세한 흠집과 균열을 내고자 했던 시인의 반문에 보다 주목하고 싶다. 그것은 이중부정의 연쇄 속에 놓여 있다.

이 시집에는 제목에서부터 각부의 소제목과 시어들의 경계마다, 이중부정의 언어가 촘촘히 새겨져 있다. 시인은 '살지도 않고 죽지도 않는' 존재를 통해 '얘기하지 않았지만 얘기하는'[라이프치히 중앙역] 소통만이 서로의 진실에 닿을 수 있다고 말한다. 그러나 그의 시에는 '아무것도 안 하기 위해 아무것도 하지 않을 수 없었던'[형의 벌] 사람들로 가득하다. 그것은 여전히 그들이 누군가에게는 이해받을 수 있기를 간절히 소망했기 때문이다. 그러나 그들을 진정 소외시킨 것은 바로 그 소망들이다. 가장 이성적인 인간이기를 바랐던 소망이, 그들 자신을 그 매개로서의 언어 속에 가두어버렸다. 따라서 시인, 그리고 그의 시적 페르소나들은 탈주를 꿈꿀수록 오히려 언어의 장벽에 더 깊고 단단하게 갇히고 만다. 그 속에서 그들의 고통은 그저 '하나의 발음으로 존재하다가 금세 사라지고 마는 형벌을 되풀이한다'「형벌」.

이처럼 임경섭의 시는 언어로 쌓아올린 이성의 근원적인 모순을 시어 속에 적극 반영함으로써, 결국 이중부정으로만 설명될 수 있는 이 세계의 진실에 보다 가까워지고자 한다. 자기에게 주어진 명제를 부정하고 다시 부정하는 이중부정의 과정을 통해 시인은 한번 발화된 언어는 그 어떤 것이라도 본연의 의미로 되돌아갈 수 없음을, 그것을 되돌리려는 모든 행위와 발화는 그 자체로 폭력적인 것임을 역설한다.

따라서 이 글은 『우리는 살지도 않고 죽지도 않는다』에 대한 해설도 분석도 아니다. 우리가 광인으로 규정했던 한 인물의 내면이 분석되지 않는 하나의 흐릿한 심연으로 되돌아가는 여정을 그저 목도했을 뿐이다. 그것은 알고 있다고 생각했던 모든 것이 사실은 알지 못하는 세계일 수 있음을 확인하는 과정이기도 했다. 그러나 여전히 해명되지 않는 의문들이 더 많은 공백으로 남겨진다.

> 달아나는 꿈을 꾸었습니다 달아나며 생각했어요
>
> 돌아온다는 건 어떤 기분일까?
>
> 돌아와도 돌아오지 못한 거란 건 또 어떤 기분일까?
>
> 「비행운」부분

그러니 이제 시인이 남긴 처음의 질문으로 되돌아가고자 한다. 우리는 여전히 동물원의 담장 안에 서 있다. 열심히 달아나려고 했지만, 언제나 눈을 뜨면 그곳이다. 달아날 수 없는 곳에서 꿈꾸는 탈주. 시는 우리에게 단 한 번도 경험하지 못한 그것을 꿈꾸게 한다. 이 불가능한 탈주 속에서 "돌아온다는 건 어떤 기분일까?", "돌아와도 돌아오지 못한 거란 건 또 어떤 기분일까?" 우리는 떠나지도 않았고 돌아오지도 않았다.

『현대시』, 한국문연, 2018.8

제4장
꼭 1인분의, 그리하여 누구나의

김승희의 『도미는 도마 위에서』

1. 절명 끝에 마주친 낙천樂天

손바닥이 화–안히 펴지는 경험을 할 때가 있다

브래지어 끈이 풀어지고 팔찌가 떨어지고 손목시계가 벗어지고

손아귀의 문서가 파란 잉크를 휘발하며 날아가고

거울에서 수은이 떨어지고

옷에서 단추가 떨어진다

낙천……

이런 말을 들으면 땅과 하늘만 남고 다른 것은 다 지워진다

한쪽 발은 북극해에 다른 쪽 발은 라틴아메리카나 페루 해변가에

손바닥이 파초 부채처럼 화안히 펼쳐지고

영롱한 햇살이 손금 속으로 막 퍼져 출항한다

그때 손은 기도까지를 놓아준다

「낙천(樂天) - 어떤 말만 들어도 꽉 쥐고 있던」

김승희 시인의 열 번째 시집 『도미는 도마 위에서』난다, 2017에 대한 이야기는 이 시집의 마감시로부터 시작해야 할 것 같다. '낙천樂天'……. 시인 김승희에게 가장 어울리지 않을 것 같은, 이토록 느긋한 시어로 그의 한 세계를 마무리한다는 것은 어쩐지 낯설다. 『도미는 도마 위에서』를 출간하기까지 지난 40여 년의 시작詩作 활동을 통해 '시인의 시는 한순간도 당연과 물론의 세계에 쉽게 길들여져 본 일이 없다. 천형처럼 주어진 왼편의 삶을, 그리하여 비주류의 삶을 노래한 시인'[1]이기에 그가 제기한 '낙천'의 지평 역시 예사로울 수 없음을 짐작할 수 있다.

「낙천」에서 시인은 일상 가운데 마주치는 어떤 순간, 저도 모르게 "손바닥이 화-안히 펴지"며 몸과 마음의 모든 것이 풀어지고 마는 그 감각을 '낙천'이라고 호명한다. 그것은 모든 것을 내려놓고 받아들이는 때에

---

1   김미현, 해설 「어떤 사람만이 어떻게 날아야 하는지를 안다」, 『왼쪽 날개가 약간 무거운 새』, 열림원, 1999 참조.

만 비로소 마주칠 수 있고, 인지하는 순간에 놓치고 마는 찰나의 것이다. 그러나 이것만으로는 그 의미가 선명하게 다가오지 않는다. 시인이 말하는 낙천에 보다 가깝게 다가갈 수 있는 길은 어디에 있는가?

그것은 이 시의 부제로부터 시작될 수 있을 것 같다. 시인은 제목에서 '낙천'을 "어떤 말만 들어도 꽉 쥐고 있던" 것이라고 부연한다. 어떤 괴로움에 직면할 때 우리는 저도 모르게 주먹을 움켜쥔다. 그것은 세상 그 무엇에도 기댈 곳 없이 온전히 '홀로'인 순간, 인간이 가장 절박하게 스스로를 의지하는 행위에 다름 아니다. 그런데 시인은 바로 그 때 우리의 손에 "꽉 쥐고 있던" 것, 그것이 바로 '낙천'이라고 말한다. 그렇다면 그가 말하는 낙천은 단순한 희망이나 긍정적인 바람으로 치환될 수 없으리라. 가장 고통스러운 시간을 보낸 직후에만 찰나적으로 마주칠 수 있는 정신적인 고양이야말로 '낙천'의 의미인 것이다. 이 새로운 지평은 이미 『도미는 도마 위에서』의 첫 관문을 여는 시 「꽃들의 제사」에서 예견되어 있다.

어떤 그리움이 저 달리아 같은 붉은 꽃물결을 피게 하는가

어떤 그리움이 혈관 속에 저 푸른 파도를 울게 하는가

어떤 그리움이 저 흰 구름을 밀고 가는가

어떤 그리움이 흘러가는 강물 위에 저 반짝이는 햇빛을 펄떡이게 하는가

어떤 그리움이 끊어진 손톱과 끊어진 손톱을 이어놓는가

어떤 그리움이 저 돌멩이에게 중력을 잊고 뜨게 하는가

어떤 그리움이 시카다cicada에게 17년 동안의 지하생활을 허하는가

어떤 그리움이 시카다에게 한여름 대낮의 절명가를 허하는가

어떤 그리움이 저 비행운과 비행운을 맺어주나

「꽃들의 제사」 부분

「꽃들의 제사」에서 매미 '시카다'[2]를 살아가게 만드는 '그리움'의 정체 역시 또 다른 의미의 '낙천'일 것이다. 단 한 달을 살아내기 위해 "17년 동안의 지하생활"을 인고해야만 하는 매미의 절명가 속에서 "땅과 하늘만 남고 다른 것은 다 지워지"「낙천」는 찰나의 절정이 포착된다. 따라서 여기서 매미가 마주칠 그 찰나의 '낙천'은 뜨거운 태양 아래서 외쳤던 그의 절명가에 대한 응답일 수밖에 없다. 그렇다면 시인이 말하는 낙천의 본질 역시 보다 분명해진다. 그것은 혹독한 시대를 보냈던 시인의 유일한 의지처, 그 어떤 순간에도 놓을 수 없었던 가장 절박한 것. 그러나 그 모든 고통 속에서 마주치는 찰나의 고양, 그 속에서 발화되는 것. 오직 시인의 것이기에 누구나의 것이 될 수 있는 가능성을 지닌 그것. 그의 '시'이다. 마침내 그 위에서 김승희 시인의 『도미는 도마 위에서』의 세계가 시작된다.

---

2 '미국 동부에 출현하는 '17년 매미(17-year cicada)'는 정확하게 17년 간격으로만 나타나는데, 메뚜기 떼처럼 특정 지역에서 폭발적으로 개체 수가 증가하는 특징을 가진다.' 김선태, 「17년 매미」, 『한국경제』, 2016.4.28.

2. 살아가는 모든 존재를 위해

새 시집의 해설에서 나민애 평론가는 이제 "'전해져온 김승희의 이름'
이 아니라 '전해져갈 김승희의 시'를 읽을 필요가 있다"[3]라고 역설하였
다. 시인은 늘 자신의 시로 시대와 호흡하지만, 동시에 '오늘'과 오롯이
마주하기 위해 자신의 '어제'를 뛰어넘어야 한다. 물론 시인 김승희는
그 누구보다도 그 숙명을 최선으로 살아낸 한 사람이다. 그는 자신의 이
름을 거머쥐고도 그로부터 늘 새로워야 하는 시인의 소명을 지켜냈기
때문이다. 쉼 없이 이어져온 그의 40여 년의 시작詩作이야말로 그 증거
이리라. 그럼에도 열 번째 시집 『도미는 도마 위에서』에서 우리는, 김승
희 시인이 여전히 우리에게 익숙한 절실함으로 그러나 결코 어제와 동
일하지 않은 새로움으로 우리와 마주하고 있음을 자각하게 된다.

> 이미 물은 엎질러졌다오,
> 손바닥을 땅에 대고 울어도 소용이 없다네,
> 누구를 비난해도, 아침의 태양을 외면해도
>
> (…중략…)
>
> 이미 물은 엎질러졌다오,

---

3   나민애, 해설 「40년의 그리움, 심장꽃」, 『도미는 도마 위에서』, 난다, 2017, 173쪽.

이미와 아직 사이 우리는 이미 한번 죽었고

아직 살아, 길 아닌 길 위에서 꿈이며 나물이며 고독이며 생사며

그런 말들을 중얼거리는데

이미와 아직 사이에, 그대여

땅바닥에 쏟아진 물방울을 주우려 말고

태양의 반대편에서 피어나는

무지개의 기지개를 들고 일어나자,

누구나 물은 엎지를 수 있다오,

이미와 아직 사이에 걸린 무지개 위를 걸어서

그렇게 아직 걸어서 길 위에, 아니 길 아닌 길 위에 아직 있다오

「'이미'와 '아직' 사이」 부분

「'이미'와 '아직' 사이」는 삶과 죽음 사이에서 시인이 어떤 지향을 가지고 있는지를 보여주는 작품이다. 이 시 속에서 시인에게 주어진 죽음이라는 무거운 숙명은 '이미'의 세계로 함축된다. 사실 이 시에서 드러나는 시인의 현실 인식은 대단히 절망적이다. 시인은 "이미 물은 엎질러졌다오"라고 반복적으로 선언하면서 그것을 확인해준다. 엎질러진 물을 되돌릴 수 없는 것처럼 우리에게 선언된 죽음을 되돌린다는 것은 불가능하다. 이처럼 '이미'의 세계는 가혹한 폭력으로 점철된 공간이다.

그런데 놀라운 것은 이 절망에 대한 인식 이후이다. 시인은 "이미 한번 죽었고"라고 선언하지만, 그 선언 뒤에 이어지는 것은 "아직 살아" 있

다는 자각, 그래서 자신을 추스르고 다시 모든 것을 살아내겠다는 의지이다. 죽음 앞에서 시인이 발견하는 것은, 매순간 죽음을 기억할 때 생의 모든 순간순간이 더욱 간절해진다는 사실이다. 따라서 그의 시 속에서 죽음은 결코 생의 무력함을 말하는 것이 아니다. 오히려 그것은 가장 찬란한 삶의 순간이며, 또 다시 이어지는 생에 대한 열망이다. '이미'의 세계가 가진 어쩔 수 없는 숙명을 인지하면서도, 시인은 '아직'의 세계 속에 남겨진 가능성에 한 걸음 더 다가서고자 하는 것이다. 결코 녹록지 않은 그 여정은 「도미는 도마 위에서」에서 보다 분명해진다.

> 도미가 도마 위에 올랐네
> 도미는 도마 위에서
> 에이, 인생, 다 그런 거지 뭐.
> 건들거리고 산 적도 있었지,
> 삭발한 달이 파아랗게 내려다보고 있는 도마 위
> 도미
> 물방울이빨랫줄에조롱조롱
>
> (…중략…)
>
> 도마가 도미 위에서
> 도미가 도마 위에서
> 몸서리치는 눈부신 몸부림

부질없는 꼬리로

도마를 한번 탕 치고 맥없이 떨어져

보랏빛 향 그윽한 산천

물방울이빨랫줄에조롱조롱

「도미는 도마 위에서」 부분

표제작 「도미는 도마 위에서」는 이 시집의 모든 작품 중에서 가장 오래도록 곱씹어야 했던 작품이었다. 시인의 말에서 김승희는 "도미는 도마 위에서 꽃처럼 늠름하다 / 살다 죽는다"라고 말한다. 「꽃들의 제사」에서 드러난 한낮의 절명가와 「낙천」에서 마주친 고통의 소멸이라는 황홀한 찰나까지, "피 묻은 자유의 샘물을 퍼올리며 / 흙 묻은 지평선을 두 손에 들고"「일어서는 지평선」 일어난 단 하나의 숙명, 그것은 바로 죽음이다. 그리고 이제 다시 그것은 막 도마 위에서 생의 마지막을 마주한 도미를 통해 또 다른 물음을 던진다.

자신의 이름과 어쩐지 닮은 도마 위에서 도미는 이것이 이번 생의 끝임을 짐짓 태연하게 받아들인다. "에이, 인생, 다 그런 거지 뭐"라며 생의 마지막에 맵시까지 고민하는 도미의 모습은 짐짓 웃음까지 이끌어낸다. 예정된 종말로 다가가는 생명의 마지막, 시인 김승희는 가장 눈부신 위트로 죽음이라는 숙명을 가장 처연하게 담아낸다. 그것은 무어라 말로 설명할 수 없는 복잡한 생각 속에 우리를 맴돌게 한다. 웃음으로 시작해서 연민으로 그리고 마지막엔 저도 모르게 숙연해져버리는 이 시를 그 무엇으로 해석할 수 있을 것인가? 한 편의 시가 생의 전부를 담아낸 것 같은 먹먹함은 비평의 언어를 초월한다.

인생 별 거 아니지, 생각하며 살아가다 가도 막상 생의 마지막에 다다르면 쉽사리 담담해질 수 없는 것이 현실이다. 그러나 도미는 말한다. 아니, 시인은 말한다. 예정된 종말일지라도 생의 마지막까지 최선을 다해 살아내는 것이 바로 살아있는 모든 것에게 주어진 소명이 아닌가? 비록 그것이 "도마를 한번 탕 치고 맥없이 떨어"지고 마는 부질없는 몸짓이라도 말이다.

3. 꼭, 1인분만큼의 시

'어제' 김승희의 시가 뜨거운 태양을 향했다면, '오늘' 김승희의 시가 우리에게 보여주는 것은 그 뜨거움을 잠시 식혀줄 서늘함이다.

> 태양은 모두의 태양인데
> 달은 누구에게나 나의 달이다
> 달은
> 나의 달이라고 말한다
>
> 「달의 뒤편」 부분

따라서 시인이 말하는 낙천은 단순한 '안주安住'가 아니다. 오히려 그의 낙천은 질주를 예비하는 '발돋움'에 가깝다. 새롭게 찾아든 그의 서늘

함, 그 지향은 결국 그의 시가 더 많은 이에게 보다 가깝게 다가서기를 바라는 마음일 것이다. 그러나 그것은 단순한 위로를 의미하는 것은 아니다. 오히려 김승희의 시는 오늘의 우리 사회가 겪고 있는 사회적 문제를 좀 더 가깝게 바투 잡음으로써 보다 속 깊은 위무를 전달하고자 한다.

이 봄에 나는 사랑을 고백하고 싶다
누구에게 못한 말을 누군가에게 하는 것처럼
1인분의 사랑의 말을 누군가에게 하려는 것이다,
(…중략…)
지칠 줄 모르고 이어지는 사랑의 봄을 나는 안다,
어제의 비가 오늘의 비에게 편지를 쓰고
내일의 비가 어제의 비한테 편지를 쓰는 것처럼
눈물의 색은 똑같고
비 맞은 사람의 사랑의 고백은 끝이 없고
밀양 덕천댁 할머니와 김말해 할머니가 세월호 유족에게 편지를 쓰듯이
또 위안부 할머니들이 세월호 유족에게 편지를 쓰고
프란치스코 교황이 위안부 할머니들을 만나듯이
5·18 엄마들이 4·16 엄마들에게 편지를 쓰듯이
분홍 미선, 상아 미선, 푸른 미선아
봄은 이어지고 이어져 우리 앞에 봄꽃들의 행렬은 끝이 없다,
낙원도 이 땅이 버린 타락 천사 같은 하얀 사과 꽃 같은
미선나무 물푸레나무 쥐똥나무가 차례로 수북한 꽃을 피우듯이

당신에게 못한 1인분의 사랑의 말을

오늘 나는 또 누군가에게 꼭 해야 한다

「미선나무에게」 부분

    우리 사회를 휩쓴 사건사고들이 하나의 시어로 거듭난다. 그것은 여전히 그것들이 '아직' 해결되지 못한 슬픈 역사로, 그래서 끝없이 현재화되는 상처로 남겨져 있기 때문이다. 김승희 시인의 시가 아름다운 것은, 그가 이 모든 고통을 가장 아프게 앓아내고자 했던 그 한 사람이기 때문이다. 새로운 '오늘' 앞에서 노래하면서도, 그는 결코 '어제'로부터 야기된 "절박한 세계의 비참"「기도」을 잊지 않는다. "'이미'와 '아직'은 단 한 번도 서로를 만난 적이 없다"「천지창조 이후 오고 있는 것」고 말하면서도, "희망도 짐이 된다"「벼를 세우는 시간」고 자조하면서도, 그는 여전히 "남몰래 수레를 밀며 오고 있는"「천지창조 이후 오고 있는 것」 '낙천'의 시간을 굳게 신뢰한다.

    이로 인해 이제 그의 시는 한 사람 한 사람을 위한 단 하나의 위안이 되고자 한다. 시인은 나직하지만 단호한 목소리로 우리에게 말한다. '이미'의 세상이 만든 이 절망 속에서도 우리는 '아직' 숨 쉬고 있다고. 그러므로 우리에게 '아직'의 가능성은 충분히 남아있다고. 과연 우리는 우리만의 '낙천'을 맞이할 수 있을 것인가? 꼭 '나'만을 위한 "1인분의 사랑"「미선나무에게」으로 시인의 시는 우리의 '꼭 쥔 두 손'과 함께한다.

『현대시』, 한국문연, 2017.9

제5장

다만 시를 쓴다는 것

1

"더 성실히 뒷걸음질 치고 싶습니다."[1] 2017년 중앙일보 신춘문예로 등단한 문보영 시인은 신작 발표와 함께 보낸 글에서 이렇게 이야기한다. 2월의 시를 읽는 내내, 이 말이 맴돌았다. 앞으로 나아가는 것이 아니라 뒷걸음질 치겠다는, 시인의 다짐이 주는 울림이 그 어느 때보다도 절실하게 다가왔다. 이러한 되새김이 아니었다면 오늘의 광장을 메운 촛불도, 성폭력 생존자들의 목소리를 이끈 해시태그 운동도 모두 불가능했을 것이기 때문이다. 그것은 그 어떤 시간도 그저 '보내는 것'으로 만족하지 않겠다는, 우둔해 보일지라도 묵묵히 이미 지나버린 시간마저도 끝까지 충실하게 살아나

---

1   문보영, 신인의 말 「올해에 다시 삽니다」, 『현대시학』 2017.2, 33쪽.

가겠다는 모든 이의 의지가 만든 것이다. 시인의 시 속에서 이러한 '되새김'
의 의미는 보다 분명해진다.

나는 내가 협소해서 눈을 뜬다
질주하고 싶어
등에 떼어내기 위해

탁 트인 도로를 달리면
온몸을 이실직고하는 기분이 들 거야
눈을 아주 크게 뜨면 정면 대시 내 등이 보일 거야

나의 등은 나의 이변異變
달릴수록 등은 강렬해진다
눈을 질끈 뜬다

눈을 아주 크게 뜨면 무엇과도 눈을 마주치지 않을 수 있으니까
빨리 달릴수록 나의 등이 나를 바싹 따라잡는다

멈추자
등이 먼저 주저앉고
나는 사라진다

문보영, 「도로」 부분, 『현대시학』 2월호

시인을 끝까지 따라붙는, 그 '등'의 정체는 질긴 숙명과도 같은 그의 '시'에 다름 아니다. 시인이 앞만 내지르며 달릴 수 없는 이유는 그 시 때문이다. 달린다는 것은 나아감을 의미하는 것이지만, 동시에 모든 것이 그저 풍경으로만 스쳐갈 수밖에 없음을 의미하는 것이기도 하다. 그 무엇과도 마주치지 않고 달리려는 그의 질주를 따라잡고 그의 발길을 잡아채는 단 하나. 그것은 바로 '시'이다.

시를 쓴다는 것은 단지 대상을 응시하는 것이 아니다. 그것은 모든 대상에 의미를 부여하는 과정이며, 그로써 대상의 진실을 언어에 담아내는 과정이다. 결국 시는 그 어떤 것도 그저 '지나가버리는 것'으로 끝날 수 없게 하는 끈질긴 그 '무엇'이어야 한다. 적어도 시인 문보영에게 시는 그러하다. 그것은 그가 이 세상을 살아내야 하는 절대적이고 윤리적인 목표이며, 그의 어리석은 뒷걸음질에 정당성을 부여하는 유일한 가치인 것이다.

2

이처럼 2월의 시에는 그 어느 때보다도 굳건한 울림이 있다. 무엇보다 치열한 사유를 담아낸 시어들로 채워져 있다. 문학을 둘러싼 내우외환을 회피하지 않고 오롯이 자기 문제로 받아들이고 책임지고자 하는 시인들의 숙고가 조금씩 그들의 언어로 구체화된 것이다. 그 중에서도 "나는 나의 반역자로서 내 편에 설 것이다"서윤후, 「야수의 세계」, 『문학과사회』 겨울호

라는 시어로 엄정한 자기 검증을 선언했던 시인 서윤후는 보다 단단해
진 내면으로 돌아왔다.

준이치, 그때 우린 궁금해하지 않았지. 홀연히 사라지는 재주에 대해서.
서로 단추 없이도 잠기고 라켓도 없이 받아치는 게임을 하면서. 그때 나는 셔
틀콕이 걸린 나무가 되어 흔들리고 싶었지. 흔들림을 눈여겨봐야 하는 제자
리에 본 우리 얼굴은 지나치게 젊고 초라했어.

오래된 노래에 한 시절을 묻고 멀리 와버렸지. 준이치, 너와 내가 열렬했
던 음악이 우리의 입술을 베꼈다는 착각에 간주를 아슬아슬하게 반복했지.
우리는 어떤 노래와도 어울리지 않아. 다만 노래가 될 수 있을 뿐이었어. 흥얼
거림만으로 설명할 수 있는 채도로, 서로를 물들이고 물드는 게 재난임을 모
르고

(…중략…)

우리는 따뜻해 죽을 수도 있는 열대어를 취급하는 방식에 관해 이야기할
필요가 있었지. 때로는 내버려 두면 스스로 질겨지는 돼지가 되어 가장 크게
울고 싶었지만, 우리는 아무도 돼지가 되고 싶지 않은 세련됨이 멋인 줄 알고.
준이치, 나는 생각해. 따뜻한 스웨터를 입고 턱을 괸 다음, 무너질 일 없는 의
자에 앉아 하게 될 말이란 무엇일까.

서윤후, 「레몬 스웨터 블루」 부분, 『현대시』 2월호

이 시는 가상의 청자 준이치에게 전하는 2형식으로 구성되어 있다. 여기서 준이치의 존재는 중요한 의미를 갖는다. 그는 이 시의 유일한 수신자이지만, 동시에 이 발신이 결코 도달하지 못할 단 한 명의 독자이기도 하다. 준이치에게 전달되는 모든 발화가 과거형이라는 것은, 애초에 시적 화자 스스로 이 발신이 그에게 닿을 수 없음을 예상하고 있었다는 것을 암시한다. 누군가의 부재를 향해 던져지는 노래란 결국 그 수신인이 시인 자신일 수밖에 없는, 일종의 독백이기 때문이다.

여기서 시인의 '말 건넴'의 핵심은 다름 아닌 "홀연히 사라지는 재주"이다. 사라지는 건 재주일 수도, 혹은 그 사람일 수도 있다. 내 것이었던 재능의 소실, 함께였던 사람들의 부재. 어느 쪽이든 그 모든 것들은 사라졌다. 아니 이 모든 고뇌를 나눌 수 있었던 유일한 존재인 준이치 역시 사라졌다. 그러나 그 모든 부재를 방관하고 지켜보았던 것은 다른 누구도 아닌 '거기' 서 있던 시인 자신이다. "지나치게 젊고 초라"했던 우리로부터 벗어나 '흔들리고 싶었던' 그 욕망이, 지금의 부재를 만들어냈다는 각성이야말로 이 노래의 이유인 것이다.

그렇다면 한 사람의 "오래된 노래"를 "사라지는 재주"로 만드는 폭력의 본질은 무엇인가? 그것을 파악하기 위해서 우리의 분석은 다시 한 사람의 절실했던 실존, '시'로 되돌아와야 한다. 그것은 "너와 내가 열렬했던 음악이 우리의 입술을 베꼈다는 착각"에 근간한다. 착각이라고 말하지만 사실 그것은 "사라지는 재주"의 본질이기도 하다. 자기 뿌리를 가지지 못한 채 타인의 언어에 매료되어 시작된 재주는 결국 사라질 수밖에 없었음을, 동시에 그것은 너무도 쉽게 "베껴"지는 미약한 것임을.

시인은 고통스럽게 토로한다. '나'와 준이치, 아니 본질적으로는 시인 자신으로서의 '나'가 "서로를 물들이고 물드는 게 재난"일 수밖에 없었음을 고백하기에 이르는 것이다. 함께 닮아서 더 이상 둘이 필요하지 않은, 이러한 관계 속에서라면 누군가의 '사라짐'만이 나의 존재를 보증하는 의미가 될 수밖에 없기 때문이다. 결국 모든 사라지는, 혹은 사라진 것들의 계기는 언제나 타의적일 수밖에 없다.

이 시의 마지막 연에서 이 지독한 폭력의 모습은 보다 분명해진다. 시인은 "돼지가 되고 싶지 않은 세련됨"을 하나의 포즈처럼 걸치고 있었던 자신의 모습을 자각한다. 그는 끝없이 진흙탕에 구르는 그리하여 스스로를 바닥까지 내려놓는 시간, 즉 자기 자신이 아닌 온전히 대상을 바라보아야 하는 그 절실함으로부터 고개 돌려버린 것이다. 그는 고백한다. "가장 크게 울고 싶었"다고 말하지만 결코 울지 않았음을. 결국 준이치를 "사라지는 재주"로 만들어버린 그 폭력은 바로 시인 자신이었다.

그러므로 이제 시인의 시는 자기 부끄러움을 환기하는 하나의 질문으로 나아간다. "따뜻한 스웨터를 입고 턱을 괸 다음, 무너질 일 없는 의자에 앉아 하게 될 말이란 무엇일까." 진지한 사색이라는 가면을 쓰고 매혹적인 언어로 포장한 채, 스스로에게는 아무런 위해도 가하지 않을 만큼의 적당한 거리두기. 그것이 시적 "세련"이라면, 시란 이미 아무것도 아닐 수밖에 없음을, 그는 자각하고 있는 것이다. 이 순간 그의 독백은 더 이상 독백으로 남겨지지 않는다. 그것은 이 노래를 듣는 모든 청자를 향해 던지는 질문이 된다. 지금 그 안락한 의자에 왜 머물러 있는가.

밖은 밝고 안은 어두웠다

누군가 울면서 길 끝으로 걸어갈 때마다

나는 그 울음 끝을 오래 돌았다

제 꼬리를 잡으려고 도는 개와 함께

그것밖에 할 일이 없어서

어제를 빠져나온 사람의 옆구리에서는 흰 솜털이 날린다

먼지처럼 길 위를 구른다

나는 그 솜털을 주워

배를 채우고 저녁으로 가는데

(…중략…)

밤이 길거나

빛은 짧고

우리가 어둠 속에서 서로를 더듬었을 때

바닥이 천천히 걸어 나왔다

거기가

끝이었다

쏟아진 물을 바라보듯

돌던 개가 돌아본다

꼬리에 꼬리를 물고

안과 밖이 어두워졌다

김선재, 「섣달그믐」 부분, 『현대문학』 2월호

김선재 시인의 「섣달그믐」은 필연적인 파국을 노래하는 일종의 묵시록이다. "밖은 밝고 안은 어두웠다"로 시작되는 이 시의 마지막 연은 "안과 밖이 어두워졌다"로 마감된다. 지금 이곳의 어둠을 확인하는 것으로부터 시작된 시인의 화두는, 그보다 더 악화된 오늘을 일깨우는 것처럼 보인다.

시인은 누군가의 '울음'을 외면했던 자기의 모습을 담담하게 드러낸다. 그는 "누군가 울면서 길 끝으로 걸어갈 때마다 / 나는 그 울음 끝을 오래 돌았다"라고 고백한다. 그러나 그저 오래 돌았을 뿐이라는 그의 고백은 진실이 아니다. 그는 그저 돈 것이 아니라 '울고 떠난 이'가 남긴 무엇인가를 얻기 위해 그곳에 있었음을 고백한다. 누군가가 남긴 "솜털을 주워 / 배를 채우"는, 그가 생존이라 말했던 그것이 가장 추악한 폭력이었음을 이제야 깨닫는다. '나'의 오늘을 버텨내기 위해 '누구'의 오늘이 부서지기를 기다려야 한다면, 그 삶은 얼마나 비루한 것인가.

어쩌면 그것은 "밖은 밝고 안은 어두웠다"는 그 환상 때문인지도 모른다. 그것이 환상일 수밖에 없는 이유는 그 밝음과 어둠은 상대적인 것에 불과하기 때문이다. 이 시간 뒤에 마주할 '찬란한 빛'에 대한 기대는 이토록 비겁하고, 그래서 누추한 삶을 '인고'로 포장해낸 것이다. 그러나 그것 역시 허상에 불과했음은 이 시의 마지막에서 분명해진다. 끝도 없을 것 같은 어둠의 바닥을 더듬어 나온 문 앞에서, 시인은 좌절하고 만다. "거기가 / 끝이었다." 안이라 생각했던 어둠도 밖이라 생각했던 밝음도 사실 아무런 경계도 없었던 것이다. 그리고 그곳에서 그는 "꼬리에 꼬리를 물고" 서로의 "솜털을 주워" 자신의 주린 배를 채우는 끝없는 연쇄 속에 서 있는 자기 자신을 발견하고 만다.

마침내 시인은 그토록 고통스럽던 어둠에 자신을 가둔 것도, 그리고 가까스로 빠져나온 세상에서 또 다른 어둠에 부딪치게 된 것도 모두 자신으로부터 기인된 문제임을 자각한다. 한 사람의 비겁함, 그것이 만든 수많은 방관과 외면이 모이는 곳이 바로 어둠이 된다는 진실이다. 이로써 이 시는 하나의 묵시록이 된다. 그러나 이것은 절망의 노래만은 아니다. 늘 그렇듯 모든 묵시록은 종말의 예언서이지만 동시에 새로운 시작의 계시이기도 하기 때문이다. 다만 이 어둠의 시작이 '나'라는 개인이라면, 그 어둠의 종말 역시 '나'로부터 시작되어야 한다. '섣달그믐'을 마감하지 않고는 '정월초하루'를 맞이할 수 없다는 필연, 그것이야말로 김선재의 묵시록을 희망의 메시지로 읽게 만드는 이유이다.

3

    2017년 2월. 한국의 시는 여전히 경계에 서 있는 것처럼 보인다. 하지만 그렇다고 해서 그것이 '회색'을 의미하는 것은 아니다. 오히려 다음에 내딛을 한 걸음이 아직 완전히 성숙되지 않았음을 의미하는 것에 가깝다. 지금까지 드러내고 해결한 문제보다 더 많은 적폐들이 여전히 시단에 남겨져 있기 때문이다. 그럼에도, 아니 바로 그 때문에 2017년의 시는 더 많은 가능성을 안고 있음을 의심할 수 없다. '#문단_내_성폭력' 운동으로부터 시작된 성폭력 생존자들의 목소리는 은폐되어 있던 문단 권력의 실체를 고발하는 것에서 멈추지 않고, 모든 폭력과 혐오에 대한 저항으로 그 영역을 확산하고 있다. 최근 온라인 소셜 클라우드 펀딩에서 진행된 '#참고문헌없음' 출판 프로젝트는 하루 만에 목표했던 펀딩의 액수를 초과달성했다고 한다. 여성문인 145인의 글쓰기를 담아 성폭력 피해자들을 지원하는 이 프로젝트의 성공은, 이 시대를 더 뜨겁게 끌어안을 문학의 '다가섬'을 기대하게 한다. 그것은 지금까지와는 다른 방식의 목소리가 수면 위로 올라옴으로써 우리의 문학을 변화시킬 것임을 선언하는 것이기 때문이다.

    반이라고 믿어왔다

    쿠키의 반을 건네며
    너는 여느 날처럼 내 얼굴을 보고

여느 날과 달리 나는
부스러기를 보고 있다

반은 어렵다

손바닥 위에
쿠키의 무거운 반이 놓여 있다.

최호빈, 「쿠키의 반」, 『현대시』 2월호

　어쩌면 우리는 늘 같은 문제를 이야기해왔는지도 모르겠다. 어제의 시와 내일의 시 사이에서, 오늘의 시는 어떤 반쪽을 쥘 것인가? 그러나 최호빈 시인은 그 질문을 바꿔야 한다고 말하는 듯하다. 그에게 오늘은 '여느 날과 다른' 어떤 날이다. 그의 시선이 마침내 어제와 내일, 그 반과 반 사이에 남겨진 "부스러기"를 발견했기 때문이다. 그것은 오랜 시간 동안 너무나 당연하게 여겼던 진실, "쿠키의 무거운 반"은 항상 그의 손바닥 위에 놓여 있었다는 사실이다. 그 작은 권력과 안락함에 취해 놓치고 있던 '무엇'이 시인을 각성시킨다.

　이로써 질문은 다시 반복된다. "따뜻한 스웨터를 입고 턱을 괸 다음, 무너질 일 없는 의자에 앉아 하게 될 말이란 무엇일까."서윤후, 「레몬 스웨터 블루」 선택은 우리에게 맡겨져 있다.

『현대시』, 한국문연, 2017.3

제6장

죽은 시의 잔상殘像을 더듬다

송승언의 『철과 오크』

1. 죽은 시를 위한 론도

인간의 감각은 '존재'에 대한 가장 강렬한 확인이다. 눈으로 바라보고, 귀로 듣고, 손으로 만지고, 향기를 맡고, 맛을 음미하는 모든 감각작용이야말로, 지금 이곳에서 일정한 공간을 점유하고 일정한 시간을 영위하고 있는 존재로서의 자기 자신을 인식할 수 있는 유일한 증거이기 때문이다. 그런데 송승언의 『철과 오크』문학과지성사, 2014는 이 모든 감각에 대한 기본적인 신뢰를 의심하는 것으로부터 자신의 시세계를 풀어나간다. 시인은 오감을 통해 들어오는 모든 정보와 정서를 의심하는 데 그치지 않고, 더 나아가 그것을 고의적으로 왜곡시킨다. 무엇인가를 감각한다는 것을, 그리고 그것을 감각할 수 있다는 기대까지도.

그러나 송승언의 이러한 자세는 데카르트의 방식으로 말하자면 방법

론적 회의에 가깝다. 그것은 감각에 대한 부정이 아니라, 감각을 복원하기 위한 방법으로서의 의심이기 때문이다. 그리고 바로 이 때문에 송승언의 시는 일종의 추리과정이 된다. 그의 시에는 '무엇'이라고 확실하게 규명되지 않는 이미지들이 잔상처럼 흩어져 있다. 그러나 그것은 단지 흔적이 아니라, 실체를 재생할 수 있는 유일한 단서들이다. 이것을 종합하는 시인만의 방법은 바로 '론도'[1] 이다. "요즘은 붉은 스웨터를 짠다 너에게 줄 붉은 스웨터 / 요즘엔 꿈을 꾼다 아주 길고, 아주 짧은 꿈"「론도」처럼 비슷한 어휘들을 반복하고 그 반복에 미묘한 차이를 넣어 또 다른 의미를 포착하는 '반복과 이탈'이라는 독특한 시적 형상화의 과정은, 범죄현장에서 흩어진 증거를 찾아내고 그 미묘한 차이를 포착하는 탐정의 엄정하면서도 유쾌한 지적 유희를 연상하게 한다.

내가 이곳을 설계했다 믿었는데 아니었던 거지

블라인드 틈으로 드는 빛이 어둠을 망친다 생각했는데 눈은 여전히 감겨

있고, 몸은 벽 너머에서 들려오는 너의 노래에 묶여 있었다

입안에 고인 물이 다른 물질이 되려는 순간

---

1   18세기 후반에서 19세기 후반에 유행했던 기악형식으로, 처음 제시된 일정한 선율 부분이 주기적으로 반복되는 형태를 취한다. 변화되지 않는 부분과 그 선율에 조금씩 변화되는 부분이 대조를 이루면서 '반복과 이탈'이라는 기본 구도를 가지고 있다. 그런데 론도는 또한 중세시대에서 르네상스 시기까지 널리 유행했던 정형시를 지칭하는 것이기도 하다. 기악의 론도는 이로부터 영향을 받았다고 한다. 다음백과, 나무위키의 "론도" 항목 참조.

눈 속으로 하해와 같은 빛이 밀려들었다

「녹음된 천사」 부분

그런데 이러한 시인의 추적은 바로 그곳에 있어야 할 실체의 부재를 가장 명징하게 보여주는 것이라는 점에서 보다 주목되어야 한다. 『철과 오크』의 첫 관문을 여는 「녹음된 천사」는 송승언 시의 출발점을 분명하게 보여준다. 자신의 설계 속에 갇혀버린 시인. 그를 묶어버린 것도, "하해와 같은 빛"으로 다시 감각을 열어준 것도 모두 '너의 노래'이다. 자신의 모든 감각이 힘을 잃어버린 순간, 시인은 역설적으로 타인의 감각을 통해 자신의 감각이 재생되는 놀라운 순간을 목도한다. 더구나 그것은 '녹음된 천사', 즉 복제된 목소리이다. 그럼에도 시인은 그것이 박제된 이미지라고 여기지 않는다. 오히려 그는 실체 없는 모방이 가진 가능성, 그 단서들을 수집한다. 그것을 바탕으로 지금 이곳에 부재하는 시, 수많은 사람들이 이미 사망을 선고했던 '죽은 시'를 무덤으로부터 끌고 나오려는 시인의 집요한 추적이 시작된다.

2. 무덤을 열어, 마주한 '너'

이제 무덤 밖으로 되살아난 시를 마주하며, 시인은 타살의 증거들을 수집한다. 그 출발점은 시인으로 하여금 시를 잊게 만든 '최초'를 거슬러 올라가는 것이다. 그곳에서 시인은 그 어떤 정체성도 부여받지 못한 채, 끝없이 또 다른 존재로 변신해야만 하는 자기 자신을 발견한다. 늘 새로운 언어, 새로운 감각으로 또 다른 세계를 만들어야 하는 시인에게 '변신'은 어쩌면 숙명이리라. 문제는 이 변신의 긍정성을 왜곡시키고, 시를 타살한 '최초'를 찾아내는 것이다. 시인이 찾아낸 그 힘의 정체는 일체의 의문과 해석을 거부하는 명징함, 다름 아닌 '명령'이다.

　그는 '명령이 있었으니까 삽을 들고 흙을 팠던'「심부름」, 혹은 '물을 길으라 하시니 물을 길어야 했던'「증기의 방」, 그리고 "어디서 배운 노래인지도 모른 채"「베테랑」 흥얼거리며 "어둠 속에서 오래 빛나던 너의 비웃음"「유리해골」을 무작정 베껴야 했던 지난 시간을 거부하기로 마음먹는다. 어딘지 모를 곳으로부터 와서 그를 장악해버린 최초의 '명령', 그것을 거부하기 위해 그의 시어는 반복과 이탈을 통해 반역을 꿈꾼다. 그런데 이는 오직 벽 너머에서 사라졌던 '너'와의 대면을 통해서만 가능하다.

　　그는 라인을 떠나고 너는 라인에 합류한다 컨베이어 벨트를 따라서 가시.
이파리. 꽃가지. 붉은 꽃잎들.

　　그는 이제 없다, 말하며 너는 라인에 합류한다 마스크를 쓰고 손을 움직
인다 농담 없이 표정 없이
　　공장에 울리는 무조음처럼

　　(…중략…)

네가 피를 흘린다 비명은 마스크에 가려진다

그는 이제 없다, 말하며 너는 고개를 돌린다

그는 이제 입 없이 웃으며 꽃다발 속으로

들어간다

너의 자리에 공백이 생긴다 덜 만든 꽃이 도착한다

너는 라인 앞에서 정지한다

「디오라마」 부분

　동일한 감각, 동일한 공간, 동일한 시간만으로 하나의 존재를 판단한
다는 것은 얼마나 위태로운 것인가? 「디오라마」에서 시인은 컨베이어
벨트를 무대로 끝없이 교체되는 '그'와 수많은 '너'와의 관계를 통해 그
허상을 낱낱이 드러낸다. 여기서 시적화자는 수많은 '그'가 수많은 '너'
로 대체되는 과정을 지켜보고 있다. 주목되는 것은 '그는 라인을 떠나고
너는 라인에 합류한다'라는 시어의 반복이다. 지금 여기 없는 '그'는, 사
실 어제 여기에 있던 '너'였다는 진실은 시를 읽는 독자의 호흡마저도
무겁게 만든다. 그리고 끝없이 '너'로 대체되는 '그'를 자각하는 순간, 컨
베이어 벨트 저편의 공포는 시적화자가 서 있는 이편으로 이동된다. 시
속에서 호명되지 않았던 시적화자가 '또 다른 나'에 의해 '너'로 호명되
는 것이다. 꽃다발 속으로 들어가는 '그'를 목도하면서 시적화자가 만든
공백은, 그에게서 '나'의 자리를 빼앗아 '너'의 자리로 밀어 넣는다. 이

잔혹한 대체의 연쇄에서 자유로울 수 있는 존재는 그 누구도 없음은 이로써 분명해진다.

이처럼 무덤을 열고 나온 시, 그리고 시인이 마주한 또 다른 존재의 파편들. '너'와의 대면은 결코 평화롭지 않았다. 오히려 시인은 끝없는 탐욕으로 서로를 착취하고 서로의 자리를 탐하는 '나'와 '너'의 치열한 전투를 목도한다. 그 이유는 "서로의 표정에 세 들어 사는 임차인"「변검술사」처럼 도무지 구별되지 않는 얼굴로 인해 "네가 너인 까닭은 식탁에서 나와 마주 보고 있기 때문"이며 "만일 우리가 하나의 의자에 같이 앉는다면 우리는 내가 될 수도 있"「돌의 감정」다는 공포가 '나'와 '너'를 둘러싸고 있기 때문이다. 그러나 이 자각 위에서, 잃어버린 자기 존재에 대한 시인의 추적은 오히려 더 집요해지고, 본격화된다.

> 죽는 사람은 빈집에 죽으러 갔고
> 죽고 나서도 눈멀고 싶은 사람들이
> 물개가 되어 창에 찔린 채 돌아오기도 했다
>
> 「공화국」 부분

> 한 사람이 배를 두드리며 드러눕고 한 사람이
> 배를 두드리며 드러누웠다 드러누운 사람들을 밝히며
> 불은 타오른다

한 그림자가 드러누운 사람을 씹어 삼키고 한 그림자가 사람의 가죽을 벗

겨낸다

불 주위를 돌며 그림자들이 들썩이고 있다

「야영지」 부분

대문 밖에서는 끊임없는 군화 소리가 들려온다. 오랜 세월에 걸쳐 점점

가까워지고 있다. 너는 쉽게 잠들었지만

잠에서 깨는 법까지는 잘 몰랐고

「성문에서」 부분

시인은 '나'와 '너'를 대립시키는 힘, 무덤 밖을 지키던 그들의 실재를
예민하게 감각한다. 그들은 죽은 혹은 아직 죽지 않은 '나'와 '너'를 끝없
는 약탈의 관계 속에 밀어넣은 힘이며, '나'와 '너'의 합일을 공포로 오인
하도록 하는 왜곡의 논리이다. 그러나 시인은 그 가면에 속지 않는다. 시
인은 그들이 우리에게 반복된 죽음을 강요하는 힘임을 인식한다「공화국」.
또한 그것은 서로를 약탈하여 배를 채운 '나' 혹은 '너'가 승리에 취했을
때, 횃불을 밝혀 만찬의 식탁 위에 우리'나' 혹은 '너'를 올리는 최후의 탐욕
이기도 하다「야영지」. 그러나 그들이 가진 가장 큰 힘은 바로 익숙함이라
고, 시인은 말한다. 수제비처럼 구수하고 익숙한, 그러나 오랜 세월 꾸준
히 우리 곁에서 우리를 안심시켜온 그들은, 어느덧 대문 앞까지 다가온
무서운 추적자임을「성문에서」. 시인은 결코 간과하지 않는다.

이 지점에서 우리는 시인이 목도하는 2010년대의 한국사회를 재인식하지 않을 수 없다. 숙명과도 같은 죽음과 서로에 대한 약탈. 시인이 바라본 '우리'의 자화상은 너무도 서글프다. "우리의 생일을 떠올"리고 "누군가는 매장되고", "누군가 아주 오래 살았던" 그 잔인한 갈림길에서 "우리의 반은 우리의 반을 떠나며 / 낯선 얼굴로 돌아온다 말하"지만, 그것은 찰나의 것일 뿐이다「기원」. '너'를 죽인 오늘 '나'의 생존이 결코 영원할 수 없음을, 시인은 다시 한번 확인한다. '자신의 차례를 기다릴 수밖에 없는 우리 자신'「내 책상이 있던 교실」을 목도하는 것이다. 그러므로 2014년 4월, 우리가 잃어버린 '우리'를 떠올리게 하는「내 책상이 있던 교실」은, 『철과 오크』에서 시인 송승언이 발견한 가장 가슴 아픈 오늘이 아닐 수 없다. 그러나 이를 절망으로 해석한다면, 그것은 대단한 오독이 될 것이다. 이 점에서 이 시의 첫 연과 마지막 연을 다시 주목해보자.

내 책상 위에 국화가 있었다
국화 위에 편지가 있었다
편지 위에 국화가 놓였다
국화 위에 국화가 쌓였다

(…중략…)

흔들리는 등 위에 흰 손이 놓였다
흰 손 위에 흰 손이 놓였다

흰 손 위에 흰 손이 쌓였다

흰 손이 계속되었다

「내 책상이 있던 교실」 부분

1연에서 국화가 있던 자리는 마지막 연에서 흰 손으로 변모된다. 국화가 '남겨진 이들'이 '떠나간 그들'에게 바치는 눈물이라면, 마지막 연에서 등 위에 놓인 흰 손은 '떠나간 그들'이 '남겨진 이들'에게 보내는 위로가 아닐 수 없다. 이 눈물과 위로는, '나'와 '너'의 분리를 강요하는 세계의 폭력 앞에서 그가 할 수 있었던 유일한 저항, '반복과 이탈'을 통해 시인이 힘겹게 쟁취한 찰나의 합일이다. 이처럼 아직 오지 않은 그러나 언젠가 도래할 '우리'의 가능성은, 시인에게 시의 무덤을 열게 했던 열망의 정체가 아닐 수 없다.

3. 잔상殘像을 더듬으며

나의 방은 나를 가둘 만큼 넓지 못해서 너의 방을 떠돌았다 네가 원한다면 몸을 흔들며 커튼이 되고 테이블과 의자가 되고 네 손에 들린 피 묻은 나이프가 되는 일 그것이 문제되는가 내가 있기 전부터 여기 있던 사물들인데 네 손이 내게 닿으면 네 손이 되어 네 의자를 만지고 그 자리에 누가 앉을지 논하는 일

너는 네 테이블에서 나이프를 진전시킨다 나를 삼키고 네가 되려는, 내가

무슨 소리를 하고 있나 너는 발생하지도 않았는데

「세이프시프터」 부분

그러나 여전히 시인 앞에 펼쳐진 세계는 존재의 파편들로만 가득하다. 일상을 살지만, 일상을 살아낼 수 없는 시인은 자신의 정체성을 고독한 세이프시프터^{늑대인간}으로부터 발견한다. "꽃이 피면 꽃이 되고 나비가 앉으면 나비가 되"었다가 마침내 "네가 원한다면 몸을 흔들며 커튼이 되고 테이블과 의자가 되고 네 손에 들린 피 묻은 나이프"가 되었다가 "네 손이 내게 닿으면 네 손이 되어 네 의자를 만지고 그 자리에 누가 앉을지 논하는" 변신이라는 숙명은, 때로는 저주이지만 때로는 매혹적인 능력이기도 하다. 그로부터 가까스로 시인은 무엇도 될 수 없지만, 그 무엇이라도 될 수 있는 시의 힘을 되새김질 한다. "발생하지도 않"은 '너'를 노래할 수 있는 힘, 그리하여 절망 속에서 희망을 추적하는 것, 그것이 바로 시이다. 이 깨달음 속에서 시인의 길고 고단한 추적은 다시 원점으로 되돌아온다.

해변에 버려졌다
알 수 없는 해변이었다

알 수 없는 해변을 걸었다

알 수 없는 바다 생물의 사체와

파도에 깎여나가는 돌의 먼지들이

빛나고 있었다

먼 곳에서는 하나의 빛살로 보일 것만 같은

알 수 없는 해변을 걸었다

눈이 내리고 배가 고프고

밤이 오고 잠도 오는데 인가는 보이지 않고

알 수 없이 해변만 밤을 밝혔다

할 수 없이 바다 생물의 사체도 주워 먹고

모래 굴속에서 잠도 잤는데

파도 소리가 먼 땅까지 나를 데려다주었고

알 수 없는 해변으로 다시 데려다 놓았다

(…중략…)

이곳에 나를 버린 게 누구인지

생각하지 않았다 탈출을

꿈꾸지 않았다 알 수 없는

해변을 걸었다

멈추면

완성되지 못하는 침묵이 굴속에서 울었다

「유형지에서」 부분

　구원된 것인지, 버려진 것인지. 축복인지 저주인지 알 수 없는 유형지에서 시인은 또 다른 시를 쓰고자 한다. 그에게 시가 '너'의 살을 도륙하는 칼이 될지, '너'의 밤을 덮힐 나무가 될지는 알 수 없다. 변신한 시인이 '나'로 호명될지 '너'로 호명될지도 알 수 없다. 어느 쪽이라 해도 시의 무덤에서 탈출한 시인이 수많은 시의 흔적들만 가득한 유형지에 서 있다는 현실은 바뀌지 않는다. 모든 것이 하나인, 혹은 하나여야만 하는 공원에서 하나의 의자 앞에 선 '나'와 '너'「여름」. 이 절망 같은 현실에서 시인은, 희망의 남은 잔상을 추적하고 있다.

『현대시』, 한국문연, 2015.6

제7장

배반의 언어, 이토록 눈부신 소멸

김근의 『당신이 어두운 세수를 할 때』

1

"Ceci n'est pas une poésie."
김근의 시는 르네 마그리트의
반역 위에서 시작된다. 그는
자신의 언어를 하나의 육체로
형상화하는 한편, 그 육체의
절대성을 부정함으로써 자기
시를 부정하는 도발적인 반역

을 수사화修辭化한다. 그로 인해 그의 시는 하나의 언어로 완성되지 않으
면서도, "있는지 없는지도 모를 희미한 희미한 자음을 달고", "같은 모음
을 지닌 낱말들처럼"「형−낱말들」 시가 아니면서도 시가 될 수밖에 없는, '시

詩'가 되어 쏟아져 내린다. 그리하여 그의 시는 늘 한 걸음씩 뒤처지면서 의미를 만들어낸다. 각 시어가 놓인 행간을 지나야만 하나의 의미로 흐릿한 형체를 드러내는 지연遲延. 김근의 시어가 만들어내는 이 반역을 풀어내는 것이야말로 『당신이 어두운 세수를 할 때』를 여는 첫 번째 열쇠이다.

2

시인은 지금 그를 시인으로 살 수 없게 만드는 절대적 공포, 그가 힘겹게 육화시킨 시를 끝없이 겁탈하는 모욕의 땅 위에 서있다. "형상이 형상을 겁탈"하고 "앞통수가 앞통수를 겁탈"「휴일」하는 이곳에서 파멸은 필연이 되어버렸다. 이것은 하나의 묵시록에 가깝다. 하나의 형상이 다른 형상을 파멸함으로써만 존재할 수 있다는 것은, 더 이상 이 땅 위에서 생산과 죽음이 공존할 수 없음에 대한 선언이기 때문이다. "소년도 청년도 노인도 사내도 계집도 그 무엇도 지칭하지 못하는 청년"「야음을 틈타」들로 가득한 세계에서, 그러나 시인은 파멸이 아닌 소멸消滅을 선택한다.

> 여자가 살을 파내고 나를 심는다
> 나는 아무 저항 없이 여자의 살에 뿌리를 내린다
> 내 실뿌리들이 혈관을 타고 여자의 온몸으로 뻗어 나간다
> 여자를 빨아먹고 나는 살찐다
> 언젠가 여자는 마른 생선처럼 앙상해질 것이다

옛날에도 그랬다

나는 커다란 종기처럼 여자에게서 자랐다
나라는 고름 주머니를 달고 여자가 길을길을 갔다

「길을길을 갔다」

아랫도리를 열지 않고 자기 살을 파내 '나'를 심은 여자의 선택은, "응애응애 어느 병원에선가 또다시 / 너라는 병원체를 보유한 너의 새끼들"「너의 멸종」의 식인食人으로부터 벗어나겠다는 마지막 의지이다. 겁탈되기보다는 기생寄生되기를 선택한 여자의 몸 위에서 '나'는 여자를 빨아먹고 여자를 앙상하게 만들지만, 그들은 처음으로 대체가 아닌 공생을 획득한다. 제 피를 빼내 나눔으로써만 얻을 수 있는 이 찰나의 공존, 그리하여 점점 앙상해지지만 오롯이 제 존재를 '나'에게 흡수시키는 이 눈부신 소멸 속에서 김근의 시는 마침내 육체를 얻는다.

육화된 시는 언제나 불완전하다. 여자에게 기생하여 탄생한 '나'는 늘불구의 육체성을 갖는다. 팔 하나를 잃어버린 불완전한 육체 앞에는 언제나 "그림자도 없이 젖은 팔이 나를 놓아주지 않는"「젖은 팔」유혹의 순간이 놓여 있다. 그 때문일까? 그는 곳곳에서 자신이 잃어버린 자음과모음의 흔적들과 마주친다. "소년의 귀에선 내가 쓰다 버린 / 문장들이 흘러왔다", "나는 그 문장들을 기워 / 새를 만들었다"「밤에, 소년이 있었다」. 그러나하나의 문장으로 혹은 하나의 의미로 완성되는 순간, 시는 낱낱이 파멸되고 타락한다. 그래서 시인에게 시의 완성은 타인의 언어를 빼앗아 자기를 충족하는 죄악으로 인식된다.

이미 시인의 세계에는 겁탈과 약탈과 파멸로 이루어진 견고한 사원들이 곳곳에서 목도된다. 거리는 "빛나는 나이를 거들먹거리"「휴일」는 청년들, 사실 청년을 겁탈하고 그들의 육체를 빼앗아버린 '무엇'으로 가득 차 있다. "청년을 다 벗은 청년이 전보다 훨씬 더 청년의 모습으로 멀쩡히"「야음을 틈타」 거리를 활보하고, "남은 청년은 소년도 청년도 노인도 사내도 계집도 그 무엇도 지칭하지 못하는 청년"「야음을 틈타」이 되어버리고 만다. 끝없이 대체되는, 그리하여 그 이전의 존재를 자각할 수조차 없게 버려지는 찌꺼기들. 그 모서리마저 남겨두지 않고 희미하게 만들어버리는 폭력적인 공간에서는 시인의 자의식마저 흔들린다.

> 당신과 내가 서로 몸을 바꿔 입고 당신이 나고 내가 당신일 때 다시는 나는 내가 아니고 당신은 당신이 아닐 때 남자도 여자도 아예 버릴 때 우리의 발바닥이 우리의 얼굴을 알아보지 못할 때 우리의 꼬리가 영영 우리의 머리를 만나지 못할 때 당신과 내가 그만 당신과 나를 넘어 범람할 때 떠내려갈 때 그럴 때
>
> 「밝은」 부분

그러므로 '너'의 세계는 훨씬 찬란하고 매혹적이다. 뜨거운 입김으로 달뜬 그들의 육체는 끝없이 서로를 겁탈하고 또 다시 겁탈 당함으로써, 모든 욕망이 낱낱이 드러난 야만의 공간 속에 그들의 추악함을 감춰버

린다. '나'도 '너'도 남자도 여자도 그리고 자기 자신도 사라져버린 그곳에서, 형상은 끝없이 대체되어 무엇인지조차 알 수 없는 것으로 남겨진다. 타자의 욕망 아래 제 몸 하나 숨길 곳 없이 벌거벗은 시인을 때리는 것은 "환한, 환한 대낮"「대낮」의 빛이다. 그곳에서 "언제든 모르는 너는 모르는 나를 때려눕"「대낮」히지만 그 겁탈의 시간이 지나도 여전히 그곳은 "대낮, 너는 아예 없었다는 듯이 환한, 환한"「대낮」 밝음으로 남겨진다.

그럼에도 불구하고 시인은 "사람들의 살과 뼈를 취해", "새로운 벽돌을 만들어 쌓았다는"「떠도는 사원」 탐욕의 사원 안에 거처하기를 거부한다. 그것은 곧 그의 언어가 누군가를 착취하는 폭력이 되는 것을, 혹은 그 폭력에 이용되는 것을 거부하는 것이다. 그가 추구하는 모호함은 그를 스스로의 탐욕으로부터 지켜낼 마지막 보루인 것이다. 이제 시인이 꿈꾸는 것은 아무도 모르는 어둠의 복원이다. 그래서 모든 것이 흐릿해져서 사라졌다고 생각하는 그 순간, 시인은 "저기서 여기로 그늘 하나 거리를 더듬으며 기어 기어 오는"「밝은」 것을 결코 놓치지 않는다. 그로부터 그의 언어는 반역을 꿈꾼다.

> 그림자가 매일 너를 낳는다 성기를 두 개나 달고 덜렁거리는 젖꼭지를 여
> 섯 개나 지닌 그림자의 젖을 너는 차례로 빨아 먹는다
>
> 「그림자」 부분

죽은 몸에서 출산하여, 썩은 젖을 먹으며 스스로 생산의 첫 장을 연 새로운 너. '나'와 '너'의 피해도 가해도 없는 흡수를 배반하면서 태어난,

이 새로운 언어야말로 김근이 꿈꾸는 '시'이다. 끝없이 서로를 겁탈하는 이 공포의 세계를, 그는 시인에게 시어를 빼앗고 고통도 울음도 빼앗아 버리는 "검열"「병 속에 담긴 편지」이라고 규정한다. 이 숨을 곳 하나 없는 폭력적인 밝음 앞에서 그의 시는 자명하지 않으나 흐릿하지 않고, 때로 모호함으로 위장해 밝음에 몸을 감출 줄 아는 새로운 어둠의 문법으로 구성된다. 그리하여 그의 시는 시가 아니되 시일 수밖에 없는, '시'가 된다. 시는 이제 괴물이 되었다.

> 여자가 무엇이었는지도 알 도리 없이 여자는 사라졌다 여자가 사라지고 결국 나는 이름을 잃어버린 사람들이 세운 이름을 잃어버린 나라의 시민이 되었다 다시는 아무도 이름을 출산하지 못했다
>
> 「이름을 먹는 여자」 부분

여기서 시인이 느끼는 두려움의 본질이 드러난다. 그것은 동일함이다. 하나하나의 이름을 잊은 채, 그에게 주어진 집단의 이름 속에서 다시는 아무런 언어도 생성하지 못한 채 파멸되어버리는 그 종말의 단일성. 그것이야말로 시인이 느끼는 가장 끔찍한 공포인 것이다. 그는 자기 시 안에서 '나'이지만, 더 많은 순간 '나' 아닌 관찰자로서 '누구'로도 호명될 수 없이 사라지는 수많은 그들을 목도한다. 바로 이 때문에 그는 이름을 복원하여, 언어를 회복하고자 한다. 흐릿해진 모든 그들을 호명함으로써 그들의 경계를 찾아주는 일. 그리하여 하나의 언어가 다른 하나의 언어를 집어삼키지 않고도 무한히 탄생되어 공존하는 일. 시인에게

그것은 바로 '시'를 노래하는 것이다. "쓰고 지우고 다시 쓴, 또 지우고 그 위에 새로 쓸 이야기, 들"「지워지는」을 통해 그는 파멸 앞에서 의미를 지연시킴으로써 '오늘'을 연장한다.

이 지점에서 「조카의 탄생」 연작의 의미를 고찰할 필요가 있다. 조카야말로 그가 처음으로 회복한 이름이기 때문이다. 따라서 혈육의 친연성은 상당히 독특한 성격을 띤다. 타자를 먹어치워 타자의 언어를 빼앗는 세계를 거부하면서도, 이 혈육의 친연성 안에서만큼은 끔찍한 흡혈의 관계가 긍정된다. 태초에 그를 자기 안에 심어 피를 빨렸던 여자처럼, 이 연작 속에서 시인의 언어는 처음으로 끝없이 자기 시를 흡혈하며 성장하는 존재를 응시한다.

> 무어라 불러야 할까 당신과 나 사이
> 오직 당신만 나만 닮은 것 같은 저것
> 동시에 당신과 나를 닮은 적 없는 혹은 아무것도 아닌
> 어쩌면 태어난 적도 아주 없는 것 같은 저 꼬물거리는 저 헤헤거리는 주
> 머니를
>
> 「조카의 탄생—부 하고 모 하는 사이」 부분

여기엔 '탄생'의 위대함이라는 이 낡은 수사에 대한 어쩔 수 없는 경이가 담겨 있다. '조카'로 호명되는 존재는 "아무도 이름을 출산하지 못했다"「이름을 먹는 여자」던 그 공포의 세계로부터 시인을 구원할 가능성처럼 여겨진다. "커다란 종기"나 "고름 주머니"「길을길을 갔다」에 불과했던 '나'로

부터 시작되었으나, 그것은 당신도 나도 아닌 낯선, 그러나 거부할 수 없는 절대적인 존재로 등장한다. 이로부터 그의 시는 새로운 질감으로 변화된다. 소멸을 선택하지 않고도, 기생하지 않고도, 공존할 수 있는 길. "덧대다 덧대다 네가 아주 다른 너여도 결코 당황"「조카의 탄생 - 이모의 말」하지 않는 끝없는 퇴고를 긍정하고, 완성되지 못한 시의 육체를 위해 끝없이 미지의 언어를 탐하면서도 "그래도 상관없었다"「조카의 탄생 - 삼촌의 말」는 말로 탐욕을 긍정하게 만드는 대상으로, 시는 새롭게 그 앞에 나타난다. 물론 여전히 그것은 "무엇과 무엇의 사이인지도/가늠할 수조차 없는"「조카의 탄생 - 아비의 말」존재이다. 그러나 오직 이 '조카'로 호명되는 존재 앞에서만큼은, 겁탈이나 식인의 폭력이 아닌 육체와 육체의 애정 어린 접촉이 가능해진다.

손 위에 손이
발 위에 발이

몸 위에 몸이
포개지네

눈 위에 눈이
귀 위에 귀가

당신 위에 당신이

미끄럽네

간신히
바람은 바람 위에

「조카의 탄생 – 어미의 말」

3

그렇다. 이것은 모두 시에 대한 이야기였다. 김근은 시를 쓰기 위해, 시를 배반하는 언어로써 그를 속박한 세계에 구속되지 않는 시를 쓰고자 했다. 그림자를 통해 그는 밤을 염원했고, 해독되지 않는 모호함으로 자기 시에 어둠을 더하였다. 그래서 김근의 시는 하나의 문장으로 완결되기를 거부하고, 늘 미완성된 자음과모음의 모호함 속에 정체를 감추고자 했다. 시인은 그것만이 끝없는 탐욕으로부터, 그리고 날카로운 검열로부터, 그의 언어를 지키는 마지막 방편이라고 생각하는 듯하다. 그 때문일까? 그의 시를 논리적으로 읽으려는 나의 시도는 하나하나의 의미를 완성하려고 할 때마다 시인의 견고한 방어막 앞에서 무너져 내렸다. 그리고 마침내 모든 논리성이 포기되는 그 순간, 그의 시는 숨겨놓았던 언어의 속살을 드러내주었다.

형이 나를 먹기 시작했다 그것은 형의 최초의 근친식인 나는 형을 필사하

기 시작했다 형은 이제 막 베껴지기 시작하는 문장 그것은 내 최초의 근친 필사

「형-필사」 부분

배반의 언어는 누구의 것인가? 새로운 언어의 탄생에 대한 지향 없이, 이미 존재하는 언어로 하나의 의미를 만들려는 모든 시도를, 시인은 "근친 필사"의 죄악으로 규정한다. 이 지점에서 시의 육체를 향한 탐욕의 출발점은 '너'로부터 '나'를 추적하는 것으로 나아간다. 맨 처음 그 목소리를 "고름 주머니"「길을길을 갔다」에 담은 그 출발점, 여자이자 청년이고 남자이자 소년이며, 겁탈하고 겁탈 당했던 '나'. 시의 탄생은 '나'와 '너'의 구분을 무효화하고, 더 나아가 그 어떤 언어와도 결코 동질하지 않은 새로운 문법을 긍정하게 한다.

하는 수 없이 나는, 나를, 형이라, 부르기로 했다 나는 더 이상 형의 동생이 아니었다 형이 먼저 숨고 나는 나중에 형이 되었다 드디어 형, 찾았다!

「형-숨바꼭질」 부분

형이 동생을 먹고, 동생이 형이 되어 또 다른 동생을 먹고, 그 동생은 형일 수도 형이 동생일 수도 있는 이 무한한 자기모방의 연쇄 속에서, 시인이 꿈꾸는 유일한 탈출. 그것은 필사를 넘어선 그 무엇, 여전히 '시'이다.

이로써 김근은 이 한 권의 시집에 모든 시의 숙명을 담아낸다. 하나의 육체로 실감되었던 시가 필연적으로 맞이할 수밖에 없었던 탐닉으로서

의 필사筆寫. 시인은 자기 시를 부정함으로써, 그 시가 시인을 집어삼키고 시인 아닌 새로운 육체를 부여받아 황홀한 소멸의 길을 갈 수 있기를 꿈꾸고 있다. 그에게 시는, 그 자신에게조차 맨살을 허락하지 않는 영원한 미지의 언어이기 때문이다.

그럼에도 불구하고 나는, 여전히 그 언어의 감춰진 속살이 궁금하다.

『현대시』, 한국문연, 2014.10

제8장

이상동몽異床同夢, 액자의 안팎

김지녀의 『양들의 사회학』, 이진희의 『실비아 수수께끼』

1

"죽을 수 있기 위하여 글을 쓴다—글을 쓸 수 있기 위하여 죽는다."[1]
김지녀의 『양들의 사회학』^{문학과지성사, 2014}은 이러한 블랑쇼의 선언으로부
터 그리 멀지 않은 곳에 위치해 있다. 말하기의 숙명을 타고난 자에게
죽음은 그 종결을 의미한다. 그러나 동시에 죽음을 노래한다는 것은 아
직 살아있음에 대한 확인이기도 하다. 종결은 끝이면서 위안이 되는 것
이다. 이 순환 속에서 죽음은 때로 너무 쉽게 말해지고, 그 절실함은 과
장되기도 한다. "내 쓰레기통에는 믿음이란 낱말들이 수북이 쌓여 있
다"^{「알약들이 녹는다는 것」}는 시인의 고백은, 죽음이 때로는 속된 신앙이 되기

---

1   모리스 블랑쇼, 이달승 역, 『문학의 공간』, 그린비, 2010, 123쪽.

도 함을 의미하는 것이다. 그럼에도 불구하고 여전히, 시인은 죽음 앞에서만 완벽하게 살아 있는 자신을 발견한다. 오히려 그를 고통스럽게 하는 것은 죽음이 아니라 침묵의 공포이다. 시는 죽음을 각오할 때, 비명처럼 토해진다. 따라서 죽기 위해 글을 쓰고, 글을 쓰기 위해 죽어야 하는 숙명은 이제 그에게 희망이 된다.

탐욕의 시작은 뭘까? 탐욕을 위해 우리가 무엇을 찾지? 그래 일상에서 본 것을 탐하기 시작하지. 자네 몸에 쏟아지는 시선에 무언가를 느끼지 않나. 클라리스? 그리고 자네도 원하는 것을 구하기 위해 그렇게 하지 않나? 그래서 양들이 비명을 멈췄나?

영화 〈양들의 침묵〉 중, 한니발 렉터의 대사

영화 〈양들의 침묵〉에서 한니발은 사이코패스라는 자신의 절대적 위치에 서서 공포에 질려 비명조차 지르지 못하는 인간을 '양'에 비유한다. 그러나 그가 경멸하는 것은 그러한 인간의 나약함이 아니다. 폭력의 일상에 갇혀서도 끝없는 탐욕을 멈추지 않는 그 욕망이다. 한니발은 이를 '양의 악취'로 묘사한다. 표제작 「양들의 사회학」은 이로부터 시적인 메타포를 차용한다. 그것은 침묵의 폭력을 긍정하거나 변명하기 위함이 아니다. 그로부터 벗어날 단 하나의 지향, '혀'를 되찾는 길고 고단한 여정의 시작이다.

그렇습니까?

전 그냥 결정되면 알려주세요

그대로 따라갈게요

양 한 마리가 갑자기 달려 나간다

그 뒤를 따라 우르르 쫓아가는 것은 양들의 습성

벼랑인 줄 모르고

와르르 떨어져 죽는 줄 모르고

아이들은 이리저리 돌아다니면서

상관없다는 표정

털이 계속 자라니까 신경 쓰여 못 살겠어

일 년에 한 번씩은 온몸의 털을 깎아야죠

그것이 문화인의 자세니까

누가 먼저 할까요?

초원은 고요하다

이마는 순하고

양의 울음소리를 들어본 적이 없다

「양들의 사회학」 부분

양들을 가두고, 벼랑으로 내모는 것은 스스로의 탐욕이다. 타인과의
구별을 위해 만든 "울타리"는 스스로 자라는 "선"이 되어버린다. 울타리
가 선이 되는 순간, 그것은 일상화된 폭력으로 변주된다. 일단 만들어진

선은 스스로 증식한다. 가장 큰 아이러니는 문자도 울타리도 아닌 "그것을 아무도 넘지 않는다"「선」는 사실이다. 선은 그 자체로 이미 필요를 넘어서 규칙이라는 당위가 되어버린 것이다. 이로부터 자유로운 것은 아직 선울타리의 규칙을 습득하지 않은 아이들뿐이다. 그러나 이 아이들의 자유로운 방종 역시 문명이라는 당위 앞에서 단죄될 것임은 명백하다. 이미 생겨버린 테두리 안에서 양들은 스스로 그 권위를 지켜내고자 하기 때문이다. 선을 벗어난 생존을 상상할 수조차 없는 그들은, 온몸의 털을 깎아 바치면서도 "문화"라는 말로 그 폭력을 추종한다.

시인은 이 모든 것이 숫자로부터 시작되었다고 말한다. "숫자를 배우고부터 모든 것이 명확"「숫자를 배우고부터」해졌고, 그는 "열한 개의 발가락은 조금 넘"「저울과 침묵」친다는 사실을 깨닫고 만다. 숫자로 규정되는 세계에서는 부족한 것도 넘치는 것도 모두 선 밖의 일이 된다. 그것은 언제나 "빈곤"하거나 "낭비"되는 것으로 규정된다. 그래서 시인은 "상상력으로 나는 빈곤해졌다"「숫자를 배우고부터」고 고백한다. 말이 시인의 숙명이라면, 문명이라는 틀에 갇히는 것은 인간의 숙명이기 때문이다. 그러나 발화되지 못한 말은 사라진 것이 아니다. "죽고 난 뒤에 입을 벌리는 조개껍데기"「발설」 속에 숨겨졌을 뿐이다. 그 속에서 말은 비명이 된다. 그것이야말로 시인을 시인으로서 존재하게 하는 힘이다. 오직 죽음을 통해서만 시인의 비명은 다시 언어가 된다.

목이 계속 자란다면
액자의 바깥을 볼 수 있겠지

눈동자가 없어도

밤을 아름답다고 말할 수 있어

웃는 입이 없어

조용해진 세계에서

얼굴과 얼굴과 얼굴의 간격

목이 계속 자란다면

무너질 수 있겠지

붉은 흙더미처럼 나의 얼굴이

긴 목 위에서 빗물에 쓸려 나가네

꼿꼿하게 앉아서

갸우뚱하게

「모딜리아니의 화첩」

  선 안의 세계는 이제 "액자"로 규정된다. 액자 바깥을 탐하는 시인의 탈주는 불안하고 위태롭다. "계속 자라는 목의 욕망은 "액자의 바깥"을 보려는 욕망이다."[2] 액자라는 틀로부터 벗어나고 싶은 그의 욕망은 액자 안의 숫자들에 맞출 수 없는 불구의 육체로부터 기인한다. 시인이 꿈꾸는 것은 "눈동자가 없어도", "밤을 아름답다"고 말할 수 있는 세계이다. 그러나 액자를 넘어버린 긴 목, 불구의 육체는 시인에게 침묵을 강요한다. 그가 타고난 말의 숙명은 이 세계에서는 불필요한 것이다. 이곳 울타리 안, 양들의 세계는 무조건적인 동의同意가 강요되는 곳이기 때문이다. 벼랑으로 달려간다 하더라도 "그대로 따라갈게요"를 외치며 묵묵히 처형을 감수해야만 한다. 그곳에서 비명은 허용되지 않는다.

액자 바깥을 탐하는 시인의 욕망은 바로 그 때문에 저항의 몸짓이 된다. 침묵을 깨고 말하고 싶다는, 가린 눈을 벗고 세계를 보고 싶다는 그의 욕망이 비명이 되는 것이다. 그것은 때로는 '무너지는 목'을 다시 쌓으며, 얼굴이 "붉은 흙더미처럼" 쓸려 나가는 고통을 감수하게 한다. 그럼에도 불구하고 여전히 "꼿꼿하게 앉아서 갸우뚱하게" 바깥을 바라보는 시인의 고집은, 절망에 이르러서도 절망에 순응하지 않겠다는 의지로 보인다. 그의 욕망은 "밟히면 밟힐수록 싹이 올라"「더 딱딱한 희망」오는 감자와 같다.

물론 그의 간절함은 끊임없이 좌절된다. 이 완고한 액자의 세계는 그의 탈주를 쉽게 허락하지 않는다. 그러나 좌절은 시인을 멈출 수 없다. 액자 밖의 세계를 향한 그의 갈망은 멈추지 않는다. '말'은 그의 선택이 아닌 탄생과 함께 주어진 숙명이기 때문이다.

그의 구멍에는

2   함돈균, 해설 「감각사회학으로 그린 모딜리아니의 초상」, 『양들의 사회학』, 문학과지성사, 2014, 128쪽.

나를 부르는 메이라기 가득 차 있다

쉽게 웃을 수 없고
먹을 수 없는

그는 홀로 생각하는 입을 가지고 있다

「생각하는 입」 부분

그러나 발화의 순간, 죽음이라는 자유를 향한 질주는 이 결정적인 순간에 멈칫거린다. 비명을 갈구하는 것은 시인이지만, 정작 그에겐 혀가 없다. "입 속에서 잘린 꼬리가 꿈틀거리지만"「낙인」 아직 그것은 제자리를 찾지 못했다. 이로부터 시인은 머뭇거린다. 그는 "희망도 불행도 없는 얼음의 단정함"「해동」과 같은 침묵의 유혹에 잠시 흔들리기도 한다. 침묵을 깬다는 것은 수많은 타자의 시선, 그 폭력적인 경멸과 비난 앞에 던져지는 것이기 때문이다.

시인의 혀를 자르고, 시인의 입을 빼앗고, 그리하여 시인의 비명을 가두어버린 시선들. 울타리의 충실한 감시자들은 누구인가? 그것은 그 자체로 액자이고, 선이며, 울타리이기도 한 모든 '우리'이다. 그 시선들은 "홀로 생각하는 입"을 가진 시인을 용납하지 않는다. 이곳은 오직 '영문도 모른 채 매달려 있는 작은 두 귀'「너는 하나의 사과」만 허용되는 완벽한 동의同意의 공간이기 때문이다. 양들의 사회학은 이미 너무 견고해졌다.

똑바로 걸어도 나는 비뚤어진다

한쪽 눈이 자꾸 다른 쪽을 본다

안경을 벗고

나를 보면 안다

거울 속에서 귀가 눈을,

코가 입술을,

비웃기 시작한다, 거울 속에서

마음은 늘 조용하다

「사시(斜視)」 부분

따라서 시인은 여전히 두려워한다. 액자 밖의 세계를 향해 갸우뚱했던 그 경사만큼 그는 이미 이 세계에서 비뚤어져버렸기 때문이다. 되살아난 혀보다 닫혀버린 입보다 더 두려운 것은 이 세계의 선 위에서 이미 '똑바로' 걸을 수도 바라볼 수도 없는 자기 자신이다. 이제 그는 이 세계에서 "나를 모르는 사람들이 자꾸만 태어나고"「나의 잠은 북쪽에서부터 내려온다」 '그들이 밀고 들어올 때 나는 나를 되돌아 나올 수가 없는'「숨」 상태에 빠져들고 만다. 그를 둘러싼 세계는 의심과 감시로 가득 찬 세상이기에, 혀를 되찾았음에도 시인은 여전히 침묵을 강요받는다. 그의 숙명이 이 세계에선 죄악이 되는 것이다. 그럼에도 불구하고 시인은 침묵을 강요하는 이 감옥 안에서 끝없는 비명을, 그의 시를 읊조린다.

2

김지녀의 『양들의 사회학』이 '양'이라는 메타포를 통해 강요된 침묵 속에 침잠하는 오늘의 대한민국에 대한 묵시록을 토해냈다면, 이진희의 『실비아 수수께끼』는 그 사회를 위장해왔던 메르헨의 속살을 짚어내는 것으로 이 폭력적인 시대에 냉소한다.

> 등 뒤의 실밥이 탁, 탁 타지고 있어 성탄 파티를 열기 위해서라면 솜이 필
> 요하다지만 토끼 인형을 흠씬 망가뜨리고 파티를 열다니 구운 과자를 내오
> 고 촛불을 켜고 박수치며 노래를 부르다니 더럽고 해진 팔다리 껍데기를 난
> 로에 던지다니 활활 타오르다니 이렇게 발이 시린데 저렇게 따뜻하다니
>
> 「그레텔, 그레텔」 부분

그레텔이 난로 속으로 밀어 넣은 것이 마녀가 아닌 토끼인형이라는 시인의 발화는 환상 뒤에 숨겨진 추악한 이면을 들춰낸다. 더구나 토끼 인형을 망가뜨려 땔감으로 사용하는 이 끔찍한 파티의 목적은 '성탄'이 다. 가장 성스럽고 아름다운 날은 가장 폭력적이고 추한 욕망으로 가득 차 있다. 성스러움에 대한 시인의 거부는 『실비아 수수께끼』의 곳곳에 서 발견된다. "이국의 국경처럼 아름다운 그 들판 어느 지점이 / 매우 흉 측하고 널따랗게 파헤쳐지고 있었"던 "그날은 하필 성탄절"「와흘」이었고, 그리하여 그에게 "크리스마스란 어떤 단호한 기쁨으로 포장된 폭탄"「탄 생기념일」에 불과하다. 동심을 망가뜨리고, 신적 공간으로서 와흘[3]의 경건

함을 파괴하는 폭력의 중심에 '성탄'이 놓여 있다. 이러한 성스러움에 대한 부정은 가식적이고 인위적인 아름다움에 대한 거부이다. 이로써 메르헨의 허위는 비로소 벗겨지기 시작한다.

오, 메리 셸리

배꼽 없이 탄생한 내가 빨아보고 싶은 젖꼭지

당신을 엄마라고 불러야 할지 아빠라고 생각해야 할지

당신이 나의 이름을 부르지 않아서

프랑켄슈타인 박사는 내 이름을 짓지 못했다

나라는 조각을 이어 붙였을 뿐

(…중략…)

죽도록 외로워서

당신을 없앨 방법을 찾아내지 못해서

프랑켄슈타인을 죽이고 말았다

그러고도 나는 천국은커녕 이름을 얻지 못했으니

한 페이지도 읽은 적 없으면서

---

3   와흘은 본향당이 있는 제주의 지역이다. 본향당은 제주 여인들이 자기 삶에 일어난 모든 것을 고백하고 신고하는 장소로서 신당의 기능과 함께 일종의 상담소 역할을 하는 장소이다. 최근 제주의 와흘 지역에 산업단지 조성이 예정되면서 본향당을 둘러싸고 지역민과 외부 투자자 사이의 갈등이 고조되고 있다.

나를, 이름 없는 나의 심정을 안다고 생각하는

이에게 당부한다, 한 번쯤 아름다운 상상력을 발휘해

나의 이름을 무어라 하면 좋을지

아파해달라고

「프랑켄슈타인」 부분

그러나 액자의 바깥, 메르헨을 벗어난 세계에서 마주한 '나'의 본질은
너무나 끔찍하다. 시인은 탄생으로부터 자신에 대한 저주가 시작되었다
고 고백한다. "다시 태어나지 않으려고"「불완전한 선희」 태어난 그는, "날개도
온기도 고귀함도 박탈"「어디나 천사들이」당한 천사처럼 불완전한 존재이다.
시인은 이러한 자신을 '괴물'이라고 호명한다. 그는 "나를 도저히 사랑
할 수 없는 순간마다 / 내 안에 도사리고 있는 괴물을 사랑하려고 / 하루
하루 / 살아왔다, 살아간다"「시인의 말」라고 고백한다. 불완전하게 호명되는
괴물로서의 자신을 인식하며, 그 추함을 긍정하고자 하는 노력이야말로
그의 시를 발화하게 하는 힘이다. 그러나 숨겨진 자기 내면의 심연을 들
여다보는 일은 그리 녹록지 않다.

끝나지 않을

실비아 수수께끼

언젠가는 끝내야만 할, 끝내고 싶은

실비아 수수께끼

「실비아 수수께끼」 부분

표제작 「실비아 수수께끼」에서 시인은 지독한 자기모순과 자기 부정을 극대화한다. 실비아는 온갖 모순으로 가득 찬 존재이다. 이기적이며 선하고, 때로 소녀였다가 소년이기도 한 실비아에게 가장 절실한 것은 시를 쓰는 것이다. 이처럼 실비아는 시인의 분신이지만, 실제로 그는 쓰고 싶은 시를 쓸 수 없는 상태에 놓여 있다. 전능할 수 없어서 "죽도록 살고 싶은 실비아 그래서／사는 게 헌신짝 같은 실비아"의 내면은 그 모순으로 인해 폭발 직전이다. 그것은 창조자를 거부하고 스스로에게 이름을 붙인 시인의 반역이지만, 그 누구도 자신을 하나의 이름으로 호명하지 않을 것임을 잘 알고 있는 괴물의 절망이기도 하다. 따라서 실비아 수수께끼는 끝날 수 없다. "언젠가는 끝내야만 할, 끝내고 싶은"이라고 말하지만, 그것은 위악이거나 위선이다. 괴물 없이는 시인도 존재할 수 없기 때문이다. 그의 시는 그대로 괴물의 비명이기에, 수수께끼는 영원하다.

이제 실비아는 괴물로서의 시인이, 자신의 추함을 긍정하는 호명이 된다. 그럼에도 불구하고 여전히 그는 '메리 셸리'의 세계에서는 '무명無名'의 존재를 벗어날 수 없다. 호명되지 않는 그는 침묵하는 존재이다. 김 지녀의 시적 페르소나인 '모딜리아니'가 액자 안에서 바깥의 세계를 향해 목을 내밀었다면, 이진희의 시적 페르소나인 '실비아'는 그 바깥에서 자신을 내친 액자 안의 세계를 들여다보며 죄악의 본질을 발견한다. 이진희에게 액자 안의 세계는 "죄의식과 위험하고도 아름다운 장미 울타리"「봄날의 어느 푸른 당나귀의 꿈」처럼 양가적 매혹을 풍기는 공간이다. 이 매혹은 그 이면의 추악함으로 인해 더욱 강렬하게 다가온다. 시인은 그 공포를 사막으로 표현한다. 모든 것을 '무無'로 만드는 사막에서, 그는 언젠가 물 한 방울 없이도 익사될 것임을 예감한다「흐르고 있었다」.

이처럼 이기적인 세계에서 이기적으로 살아가지 않는 자에게 남겨진 선택이란, 액자 밖의 괴물이 되는 것뿐이었다. "시인의 괴물은 이러한 세계의 맨얼굴이자 그 세계에 대한 반성과 회의를 요구하는 존재이다."[4] 괴물을 선택한 순간, 그토록 갈구했던 호명의 가능성이 비로소 다가온다. 그러나 그것은 찬란한 영광이 아닌, 더 생생한 고통으로 각인된다. "나와 상관없이 진행되는 꿈 / 나와 상관없는 것의 고통 / 나와 상관없다는 고통"「나와 상관없이」에 시달렸던 시인은, 이제 그 고통을 자기화하려고 노력한다. 이 모든 아픔과 죄책감을 끌어안음으로써 마침내 시인은 고통스러운 호흡을 시작한다. 그를 호명하지 않는 세계의 침묵에 저항하는 유일한 방법은 그 세계를 향해 비명을 지르는 것밖에 없음을, 마침내 깨달은 것이다. 시인은 목청을 가다듬는다. 그리고 메리 셸리의 안전한 세계, 프랑켄슈타인 박사의 연구실을 떠나 북극의 괴물이 된다. 비명이 된다.

> 아름다운 황금 새장 속에서
> 죽은 새의 자유가 나날이 더럽혀지고 있는 방
>
> 그 어둑한 방이 벼락처럼 환해질 때

---

4 김근, 해설「괴물의 발견」, 『실비아 수수께끼』, 삶창, 2014, 161쪽.

알 수 있지, 새장이 하나뿐이 아니라는 사실을

그리고 깨달을 수도 있지

세상은 벼락처럼 샅샅이 환해지기 어렵고
그런 방들이 우리 곁에
얼마나 가까이, 얼마나 무수히
존재하는지를

그 방들 중 어느 방은 언젠가
친절한 친구이자 이웃, 형제자매를 자처하는 우리가
기꺼워하며 오래도록 머물던 방이기도 하다는
평범한 사실을

「황금 새장이 있는 방」 부분

이제 '그저 눈부시기만 하던 그곳'「봄날의 어느 푸른 당나귀의 꿈」의 진실이 드러
난다. 안전하고 완전했던 그 방은 죽음의 침묵이 지배하는 곳이었다. 그
곳은 오직 죽음만으로 자유로워질 수 있는, 아니 그 죽음의 자유마저도
더럽혀지는 공간이다. 모든 성스럽고 아름다운 공간이 사실은 그곳을
거부하는 모든 존재를 '추함'으로 규정하며 침묵의 폭력으로 단죄하는
공간임은 이제 분명해진다. 그곳은 아무런 이유 없이 "마디 굵은 손가락
을 매우 짓찧는"「마늘」 폭력을 누군가의 희생으로 미화하는 위선적인 공

간이기 때문이다. 환상을 걷어낸 메르헨의 세계는 괴물의 기괴한 미소보다 더 추악하다.

> 그럼에도 불구하고
> 사랑하지
>
> 「종소리」 부분

『실비아 수수께끼』는 바로 이 지점에서 이 시집의 첫 장으로 되돌아간다. 「종소리」는 뒤에 이어질 시들의 수많은 전제가 '공백空白'이 될 것임을 예언하고 있다. 괴물을 사랑하지 않고는 시를 쓸 수 없다는 시인의 자각이야말로, "그럼에도 불구하고"라는 시어에 숨겨진 층위였던 것이다. 그의 시는 메르헨의 위장이 벗겨진 자리, "사다리 없는 탑 꼭대기에 스스로 유폐되지 않고 // 쓸모 잃은 베틀에 먼지가 수북한 그곳에서 백골이 된"「사춘기」, 동화 밖으로 밀려나 괴물이 되어버린 그들을 위해 존재했던 것이다. 그리하여 『실비아 수수께끼』의 마지막 시편은 시인과 함께 괴물이 되어 메르헨으로부터 추방될 그의 독자에게 보내는 연서가 된다.

> 깊이 생각할수록 인간을 사랑하기 어렵고
> 더 깊이 생각한 후에야 인간을 사랑할 수 있다
>
> 매번 나는 그 지점에서부터

나와 당신 사이의 편지가 씌어지기를 희망한다.

「코끼리 천체」 부분

이토록 달콤하고 처절한 연애편지를 거부할 수 있는가?

3

이제 두 시인은 질문한다. 액자 안인가, 밖인가? 침묵을 깨는 순간, 그 어떤 틀도 그들의 비명을 가둘 수 없다.

『현대시』, 한국문연, 2014.8